U0135840

「科幻推進實驗室」的誕生

雖然生物技術已經越來越高深
可是《科學怪人》的憂慮卻似乎離我們越來越近

雖然「一九八四」已經過去二十幾年
可是人類卻好像越來越走向《一九八四》

偉大的科幻心靈就像宇宙中原子聚合的恆星
發光發熱，照亮銀河中黑暗的角落

「科幻推進實驗室」立志要集合這些既精采又深刻
既娛樂又啟發的科幻傑作，逐年出版

把科幻推進到這個社會
讓我們享受這些非凡想像力所恩賜的心靈奇景

讓我們在娛樂中獲得啟發
在通俗中得到智慧

這就是「科幻推進實驗室」誕生的目標

推薦序

網路心靈的誕生

文 陳穎青（科幻推進實驗室主編）

在人類以外的事物上，誕生一個獨立自主的意識，一直是科幻小說、科幻電影的大熱門。電腦擁有意識（駭客任務）不消說了，一塊外太空的石碑也可以擁有神祕的意識（二〇〇一：太空漫遊），艾西莫夫的機器人小說裡，擁有意識更是推展情節的重要設計。假如大海有了意識（群），甚至宇宙裡有神祕不可知的意識的證據（時間迴旋）……

但所有這些意識設計，都有一個相同的問題，他們描述的都是已經擁有意識之後的事情，至於意識是怎麼出現的，誕生的過程是什麼、裡面的原理、機制，全部都沒有交代。以艾西莫夫這麼淵博的人，他的機器人也只是用「正子腦」一個名詞，就解決了意識誕生的過程。

唯一的例外恐怕就是今天我們看到的這本《WWW.甦醒》。

《WWW.甦醒》講的是一個架構在全球資訊網上面的獨立意識誕生的過程。起先是一個盲眼的女孩，在日本科學家協助下，在視神經叢植入一個視訊號解譯器，透過這個解譯器，小女孩凱特琳發現了隱藏在全球資訊網裡面的某種智慧體：

「有某種東西在網路上浮現了，而且每一小時都變得比先前聰明。」

作者首先要解決的問題，是這個「某種東西」要怎樣存身。身為一個信仰科學的科幻作家，索耶不能用一組電波，一種能量來敷衍，他必須實實在在地回答，這個意識流的物質基礎在哪裡，神經運作原理是什麼，以及，從沒有意識，到有意識，那臨界的一刻到底是如何推進的？

這一點我特別佩服作者讓主角成為盲眼女孩的設計。我們很難想像僅僅因為缺少視覺，一個有意識的個體會變成何種模樣，作者引用了著名的海倫凱勒的故事：

在我的老師出現之前，我不知道我是什麼。我無法期望自己貼切描述那種既無意識又有意識的虛無時光。……我從來沒有為了思考而皺起前額，從來沒有在身體的一顫或一個心跳之間，感覺到我愛著什麼、關心什麼。所以，我的內在生活，就是沒有過去、現在或未來的一片空白，沒有希望獲期待，也沒有疑惑、喜悅或信仰。

這是海倫凱勒在遇見啟蒙導師之前的回憶。顯然只有經歷盲眼的困頓，才有辦法理解同樣被困在感官裡的心靈，無論那是哪種心靈。

這個故事後半段最激動人心的時刻，也許就要算是凱特琳如何取法蘇利文啟發海倫凱勒的典故，開始誘導網路心靈如何「啟蒙」了吧（蛤，這樣算暴雷嗎？）。

看著作者透過線上教學，一步一步展示整個人類文明的深度與廣度，連我都莫名的震動起來。看著那一部一部被提起的經典，在情節中串流而過，孫子兵法、聖經、海倫．凱勒、喬治．威爾斯、湯姆歷險記、物種起源、國富論、蘇格拉底、莎士比亞、聯合國憲章……

「這些人類是多麼複雜的生物，這樣充滿驚奇，然而也創造了如此的黑暗。」

原本輕快的劇情，瞬間凝重起來。難怪《WWW.甦醒》會拿到加拿大科幻極光獎大獎，又同時在坎伯紀念獎和美國科幻雨果獎，雙料入圍最後決選。

作者索耶駕馭這個題材，充分展現了科幻小說為什麼能夠激動人心的原因，那個不可能出現的情節，是如此逼真，如此可信，又如此蘊藏著無比的威力。讓人熱切地期待著後面的故事將如何發展。

各界盛情推薦

● 讓人難忘，拿起來讀就捨不得放下。——星雲獎得主 Jack McDevitt，《時空旅人永遠不死》作者

● 打開一本羅伯特．索耶的新書，就像是從一位在全世界尋幽訪勝的朋友手上得到一份禮物。你等不及要看看他這回要怎麼樣讓你驚嘆。——John Scalzi，《紐約時報》暢銷書《佐伊的故事》作者

● 此書有權與其他文學經典並列於小說書架上……索耶這回完成了了不起的巨作。——《沙加緬度書評》

● 索耶再度探索了偉大概念與血肉之軀的交集。這次的主題是意識與知覺——在字面上以及象徵意義上，我們是何許人，又如何彼此看待。此書具思想深度又引人入勝，對於一部迷人的三部曲來說，是極佳的開端。——羅伯特．威爾森，雨果獎得主，《時間迴旋》三部曲作者

● 此書是索耶www三部曲中發人深省的第一作，探索了意識的源頭與浮現。主題的多樣性及深度使這本書成為索耶目前為止的最佳作品。——《出版人週刊》重點書評

● 就像索耶的其他角色一樣，凱特琳是個很討喜的主角，索耶將她塑造得很成功。《WWW.甦醒》是個大有可為的開端，可望變成一部很有思想深度又引人注目的科幻小說三部曲。——「科幻線上」

● 索耶對意識起源理論的詮釋來自一個引人入勝的故事架構，這種詮釋很迷人，他處理機器意識與網際網路的手法意外地新穎。——《書單》

● 談到科幻小說，《WWW.甦醒》算是一流之作。在凱特琳身上，索耶創造出一個討喜又能博得認同的主角。她聰明自信卻也直率失禮的性格，讓本書讀來別具娛樂效果。索耶把寫作技巧和電腦背景結合起來，在這本書裡神奇地融合為一。書中的角色內涵豐富又寫實，概念也新鮮而富有魅力。——《緬因邊緣週報》網站

● 索耶繼續為他看來可信的未來故事拓展疆界。他博學、兼容並蓄與精湛的說故事技巧，讓這本首部曲成為一時之選。——《圖書館期刊》

● 寫得極好也極為複雜；這是一則非常棒的故事。——「另類世界」書評網站

● 雖然《WWW.甦醒》明顯是本談論重大觀念的小說，作者卻沒有忽略個別角色。凱特琳、她的父母、黑田博士，甚至學校裡的那些青少年，全都栩栩如生。——「CA書評」部落格

● 這個故事非常好，讓我急著想知道接下來會發生什麼事。——「科幻信號」部落格

● 索耶再次大膽跨入新領域，創造出一部引人入勝又發人深省的作品。——《環球郵報》

● 真是傑作！在不洩漏結局的情況下，我得說《WWW.甦醒》還是有個收尾。有很多N部曲的作者在寫到最後一集的結尾以前，都懶得花力氣去把夠多的伏筆收束起來，讓讀者滿意；索耶卻揭露了一

個非常讓人滿足的結尾，一點都不顯得匆促。《WWW.甦醒》最後也有一句完美的結語。別先偷看喔！——「小說最大書評」部落格

●索耶是加拿大有史以來最成功的作家之一。他復興了硬派科幻小說傳統，以其出自純科學的大膽假定，追隨艾西莫夫和海萊因等大師的路數，為自己贏得了跨越國際的讀者群。人格與意識形態之間的衝突，激化了《WWW.甦醒》書中的情節，但本書的主題並不在此，其主要談的是科學有多麼酷炫。索耶從不同科學領域裡整理出份量讓人震驚的事實與理論，然後應用到當代的境況上，並對文化與政治差異、流行文化、歷史、經濟、青少年的渴望、個人野心與人性的脆弱，也都給予適當的關注。——《全國郵報》

●索耶筆下的角色十分逼真，他說故事的技巧對讀者來說幾乎是隱形的；他不會介入故事的發展，而且章節簡短有力，會讓讀者忍不住告訴自己：「就再讀一章吧！」——「科幻領域」網站

●《WWW.甦醒》是作者又一部令人欣喜的作品，索耶知道如何輕鬆推測讓科幻小說更有趣，絕對值得一讀。——《摩根堡時報》

●非常有娛樂性的讀物。這部小說的某些部分，讀來儼如腦神經科醫生作家奧立佛·沙克斯寫的科幻小說。——BSCreview

●我愛死索耶比我聰明這一點了，《WWW.甦醒》所展現的概念與構想之寬廣，令人振奮。這是一本引人入勝、充滿魅力，又具挑戰性的小說，故事情節中交織了許多偉大而且令人目眩神馳的思想、哲

學與概念，其思想觀念已遠遠超出單本小說所能容得下的份量。——《快轉週報》

●一個神奇的故事，有著來自人工智慧觀點極具說服力的敘述。索耶關於中國政治的驚人描述，以及對黑猩猩溝通研究的洞見，會讓不拘一格的科幻迷愛上本書。索耶描述人工智慧在全球資訊網上覺醒的故事，就像捉鬼者巴菲迎戰來自另一次元的惡魔一樣有情感衝擊。——Jacqueline Lichtenberg，《觀點月刊》

●索耶完整地描繪出一位失明青少女的肖像，而且從頭仔細想像出一種新存在的內在狀態。在加拿大作家中，他幾乎是唯一盡力處理我們是何許人、可能要往何處去等基本問題的作家，他也闡明了我們現在身處何方。——《渥太華市民日報》

●一個快節奏的懸疑故事，充滿了驚喜與幽默。——《薩克屯星鳳凰日報》

●此書讓人得到情緒滿足與知性刺激。索耶的《WWW.甦醒》跟威廉．吉布森的《神經浪遊者》與尼爾．史蒂芬森的《潰雪》並駕齊驅，呈現出他對資訊科技的獨特觀點。我熱烈期待續集。——科幻暨奇幻線上廣播

●在一個由美國人主導的文學類型裡，讀這樣一本刻意呈現加拿大色彩的書讓人精神一振，而且我們可以輕易看出，為什麼索耶現在不只經常贏得加拿大的科幻小說獎，也經常贏得來自國際的讚譽。他的粉絲不會失望，初次挑中他作品的讀者也將充分認識這位著作等身的作者。——《溫尼柏自由新聞報》

●對跨物種間的溝通有傑出的觀察，對於人工智慧的未來又有真知灼見，這是索耶的最佳力作之一。從吉布森與史蒂芬森的粉絲，到雅好科學的少男少女，他可能會贏得所有讀者的青睞。——《科幻書評》線上雜誌

●《WWW.甦醒》為科學與真實生活、意識與知覺、想像與潛力，提供了一個讓人耳目一新的交會點。索耶把科學放回科幻小說，而且做得輕鬆愉快。——「咬人書」線上超自然類型書評網站

●索耶是一位不怕讓他的讀者思考的作者。《WWW.甦醒》主題的涵蓋範圍很廣，從數學到智能理論，從失明的感覺是什麼到最尖端的科技。他連結了網際網路地誌學和非傳統音樂家，靈長目手語以及中國駭客，也創造出一套完全可信的環境，鋪陳出一個我們幾乎觸手可及的世界。索耶又說出一個絕佳的故事。——「科幻站」

●我選擇在半夜的時候閱讀這本書，就像我在睡前會點蠟燭，明明點燃的是薰衣草，但是這裡頭的文字卻讓我嗅到了電路奔跑、時間的潮濕甚至偏離平衡的氣味，當我又在夜晚再度翻閱，到底是我失眠了還是根本已經睡著。——娃娃魏如萱（創作歌手）

●多年前起開始讀索耶的作品，這位加拿大科幻教主描繪近代加拿大社會與科技新變革、科學新發現的手法，雖然乍看貌似科技驚悚，但寫得更為紮實，引用了更多實際科學理論，對當下流行文化也多有參照，幾乎每本作品都令我愛不釋手。而《WWW.甦醒》確實是他歷年來最佳的作品之一。——王寶翔（「卡蘭坦斯蓋普恩基地」站長）

WWW:WAKE

羅伯特・索耶 Robert J. Sawyer 著
吳妍儀 譯

貓頭鷹出版社
科幻推進實驗室

獻給
派特・佛德（Pat Forde）
偉大的作家
偉大的朋友

一個盲人需要的不是一位老師，而是另一個自己。——海倫・凱勒

第一章

沒有黑暗，因為那蘊含對光明的理解。

沒有寧靜，因為那暗示對聲音的熟悉。

沒有孤寂，因為那需要對他者的認識。

但在朦朧之中，還是有極其稀薄，再少分毫就蕩然無存的——**意識**。

但也不多。就只有意識——一種曖昧飄渺的**存在**。

存在……卻並非**變化**。沒有時間的標記，沒有過去或未來——唯有無止境亦無特徵的**現在**；在那無邊無際的一刻，初萌新生、差點就不在那裡的，正是**知覺**的黎明……

整個晚餐時間，凱特琳都裝出一臉勇敢的樣子，告訴父母她一切都好，反正就是**很讚啦**，可是天啊，這真是充滿了鳥事、可怕的一天：其他學生在人來人往的走廊上推擠她，老師提到寫在黑板上的東西，而且毫無疑問的，每個人都盯著她看。以前在奧斯汀的德州啟明學校，她從沒覺得這麼不自在，但現在她可是被**當眾展示**。其他女生也戴耳環嗎？穿這條燈芯絨長褲對嗎？是的，她很愛這種布料的觸感和摩擦時發出的聲音，可是在這裡，一切都跟**外貌**有關。

她坐在臥房的書桌前，面對敞開的窗戶。一陣夜晚的微風輕拂她的及肩長髮，同時她聽見了外面的世界：有隻小狗在吠叫，有人沿著寧靜的住宅區街道踢著一塊石頭，遠處，一個惱人的汽車警報器響了起來。

她用手指摸摸手錶：七點四十九分，七和七的平方，這將是今天最後一次出現像這樣的序列。她轉身面對她的電腦，然後打開LiveJournal。

下「標題」很容易：「新學校的第一天」。至於「地點」，預設值是「家」，這棟陌生的房子——見鬼了，還有這個陌生的國家！——感覺不太像家，但她還是讓那段建議文字選項留在原處。

「心情」欄有個下拉式選單，可是要等她的螢幕語音朗讀軟體「聲點」唸完所有選項，簡直要等到天荒地老，所以她總是直接打進某個字。思索片刻之後，她決定打上「信心十足」。她在現實生活裡可能心懷恐懼，但在線上她是Calculass（微積芬），微積芬什麼都不怕。

至於「音樂」，她還沒開始播放ＭＰ３……所以她讓iTune隨機從她蒐集的歌曲裡挑一首來播。才聽三個音符她就知道了，是阿莫黛歐的〈搖滾我的世界〉。

她用食指撫摸著盲用點字按鍵上Ｆ跟Ｊ那讓人心安的凸起，同時想著要怎麼起頭。

她鍵入：好，就問我新學校是不是又吵又擠吧。問啊！唉呀，謝謝你：沒錯，新學校**確實**吵又擠。一千八百個學生！而且這棟建築有三層樓高，其實應該說是三個**樓層**高，這裡畢竟是加拿大嘛。嘿，你要怎麼從一個擁擠的房間裡找出一個加拿大人？開始去踩別人的腳吧，等到有人向你道歉，你就知道了。:）

凱特琳再度面向窗戶，試圖想像落日。不過，別人往裡看就可以看到她，讓她覺得毛骨悚然。她本來總是把百葉窗放下來，但是薛丁格喜歡拉長身體躺在窗台上。

十年級第一天的開端，是媽送我去的，棕色女孩四號（愛妳唷，寶貝！）在校門口跟我碰面。上星期我在這間學校空蕩蕩的走廊上走了好幾次，好記住方位，可是現在學校擠滿了學生，狀況完全不同了，所以我父母一星期塞給棕女四一百塊，要她護送我到班上。學校設法安排了一下，所以我們幾乎所有課都一起上，只有一堂課例外。我不可能跟她上同一班法文課啦——畢竟 je suis une beginneur（我是初學者）！

電腦發出啾地一聲：有新郵件。她打出鍵盤指令，讓聲點讀出這封信的標題。

「此致：凱特琳．D，」電腦唸了出來。她只有在新聞群組上貼文時才會那樣署名，所以不管是誰寄了這封信，他都是從國家冰球聯盟球員統計資料討論板，或她常出入的其他地方弄到她的電郵地址。

「來自：海斯汀」。她不認識。「主旨：加強你的表現。」

她碰了一個按鍵聲點開始讀信件內容。「雞雞太小讓你很難過嗎？如果是這樣……」

該死，她的垃圾郵件過濾系統應該攔截得到這封信啊？她的食指掃過點字顯示器。喔，原來那個神奇的字眼被寫成「唧唧」所以躲過過濾。她刪掉那封信，正打算回到 LiveJournal 時，她的即時通響了：「棕色女孩四號現在有空」，電腦這麼通報。

她用 Alt-tab 鍵，切換到那個視窗，然後打上：**嗨，芭席拉！我正在更新我的ＬＪ。**

雖然她把聲點設定成女聲，它的嗓音卻沒有芭席拉那一口可愛的腔調：「要說我的好話喔。」

凱特琳打上：**當然。**凱特琳自從搬到這裡以後，至今已經和芭席拉當了兩個月的超級好朋友；她跟凱特琳同年，都是十五歲，而且她父親跟凱特琳的爸爸一樣在周長研究所工作。

「要談談諾德曼對妳送秋波嗎？」

對耶！她回到發表部落格的視窗前，打上：**棕女四在班上和我坐隔壁，她說隔壁排有個傢伙絕對是**

在偷瞄我。她暫時停下來，不太確定她對此事有什麼感想，但接下來她補上一句：我超強！

她不想打出諾德曼真正的名字。咱們給他個代號吧，因為我想他可能在將來的部落格文章裡軋上一角。嗯，就叫做……**愣頭**好啦！各位，那是加拿大俚語，google 一下就知道！總之，棕女四說愣頭最出名的就是對新來的女生特別有興趣，而我，就是那個新來的，tres exotique（非常有異國情調），雖然我並不是班上唯一的美國人。班上還有個從波士頓來的女生，各位朋友，我可沒唬弄你們唷！這苦命女叫做「陽光」！超噁！：P

凱特琳不喜歡表情符號。對她來說，這些符號並沒有對應到她真正的表情，她必須把一串標點符號當成密碼一樣硬背起來。她再轉回即時通。所以妳在忙什麼？

「沒什麼，教我一個妹妹做功課。喔，她在叫我了，BRB。」

凱特琳就**真的**很喜歡網路縮寫了：芭席拉會「馬上回來」（be right back），她了解芭席拉，所以這表示她一去可能就是半小時。電腦發出關門似的音效，指出芭席拉已經登出了。凱特琳又回到LiveJournal。

總之，第一堂課超讚，因為我就是完美的化身。你們猜得到這堂課是什麼嗎？如果你沒回答「數學課」，你就零分。而且，僅僅一天，我就在那一班稱霸了。那位老師，我們就叫他H先生，行吧？他也被我嚇到了，其他小鬼得用計算機做的事情，我心算就行了。

她的電腦又響了。她按了個鍵，聲點宣布：「此致：cddecter@……」這個電子郵件地址上沒有她的名字；幾乎可以確定是垃圾郵件。她在螢幕朗讀程式繼續往下唸之前就把信刪掉了。

數學課以後是英文課。我們讀了一本無聊的書，主角是某個憤懣不平的傢伙，在曼尼托巴的草原上長大，每個場景裡都有小麥。我問過老師，是不是所有加拿大文學都是這副德行，她笑出聲來說道：「不是**所有**啦。」英文老師的名字寫成「Z太太」，不可能找到誰的名字比她更加拿大了，因為她的名字該唸成「潔德（Zed）太太」，不是「季（Zee）太太」，大英國協各國習慣把「Z」唸成「潔德（zed）」，美國人就會唸成「季（zee）」，所以她才寫成「Z太太」，懂了吧？噢！英文課將多歡樂啊！

「棕色女孩四號現在上線了。」聲點說道。

凱特琳按下 Alt-tab 鍵轉換視窗，然後寫下：這麼快喔。

「是啊，」合成語音說道：「妳會以我為榮的，那是一題代數，我完全可以掌握。」

不會就太遜了，凱特琳打出這句。

「嘿嘿。喔，我得走了。我老爸心情又不對了。拜拜！」毫無疑問，她一定又打成「881」了。

凱特琳回去寫她的日記：午餐還算好，不過我對天發誓，我永遠不會習慣加拿大人。他們在炸薯條上面淋醋耶！而且棕女四還告訴我，這玩意兒叫做「噴襠」。我開玩笑的，各位朋友，開玩笑的啦！其實是「普丁」，上面澆了起司醬跟肉汁的炸薯條，看來他們北方人把薯條當成某種怪異的科學實驗了。我猜他們沒多少閒錢可以貢獻給真正的科學，當然，滑鐵盧這裡例外。而且大部分都是出自私人口袋的引兩。

她的拼字檢查軟體嗶了一聲。她再試一次：隱兩。

又是一聲嗶。這該死的玩意兒知道什麼叫做「魍魎」，好像她真的用得到**那種**詞彙似的，可是……喔，也許是這樣：銀兩。

這次沒有嗶。她露出微笑，繼續打字。

對了，還有超重要的綠色意識之類的事情。嗯，只是有人告訴我，北方這裡沒多少綠意；這裡顯然是全然不同的顏色。總之有一大堆錢是用來贊助周長研究所的，這是我爸的工作單位，他在這裡研究量子重力學和其他類似的超炫玩意兒；這些錢來自麥可．拉薩利迪斯，動態研究公司的共同創辦人。對啦，就是RIM，你們這些黑莓機狂。麥可L是個很棒的人，他們都這樣叫他，因為還有另外一個麥可，被叫做麥可B。我**覺得**我爸在這裡很開心，雖然要看出他的想法困難到讓人吐血。

她的電腦又響了，宣布有更多電子郵件進來。好吧，反正現在是收尾的時候了；在她上床睡覺以前，還有大約八百萬個部落格要瀏覽。

午餐以後是化學課，看狀況應該會很棒。我等不及要做實驗了，不過要是老師拿盤炸薯條進來，我就要走人啦！

她用快捷鍵貼出那篇文章，然後讓聲點唸出新信件的標題。

「此致：凱特琳．戴克特，」她的電腦朗聲讀道：「來自：黑田正行」。又是一個她不認識的人。「標題：一項提議。」

毫無疑問，內容大概包括一根硬得像石頭的「唧唧」吧！正當她要按下刪除鍵時，薛丁格跑過來摩蹭她的腳，讓她分了心，她喜歡把這種狀況說成是**貓外涉**，聽起來就像高潮來臨時，硬生生中斷「外射」一樣。「誰是好貓貓？」凱特琳說著，伸手去安撫牠。

薛丁格跳上她的膝頭，而且肯定在同時擠到了鍵盤或滑鼠，因為她的電腦繼續往下讀信件的內容：「我知道，一位妙齡少女面對網路上的交談對象，必定步步為營……」

這個網路跟蹤狂會用**步步為營**這種成語耶！她覺得很有意思，就讓聲點繼續唸下去：「……所以在此強烈建議您立刻讓令尊令堂知道這封信件。希望您考慮我的請求，我並不是隨隨便便提起的。」

凱特琳搖搖頭，等著他開口跟她要裸照。她在薛丁格的脖子上找到牠喜歡被搔抓的那一點。

「我搜遍了研究文獻與線上資料，要為我們團隊的研究找出一個理想候選人。我的專長是關於主要視覺皮質區的信號處理流程。」

凱特琳的手搔抓到一半就僵住了。

「我不願激起虛假的希望，而且在核磁共振掃描結果確認之前，我也不能憑空臆測成功率，但我確實認為有相當大的可能，我們所發展出來的技術也許至少能夠治療您部分失明問題，而且……」她跳起身來，害薛丁格跌到地板上，搞不好根本摔出門外了。「至少讓您的一隻眼睛有部分視力。我希望您最早的……」

「媽！爸！快來啊！」

她聽到兩組腳步聲：輕盈的是媽媽，她五呎四吋高又很苗條；重得多的另一組是爸爸，他六呎二吋高，有著漸漸發福的中年小腹，這是她從極少數他容許來個擁抱的場合裡得知的。

「怎麼了？」媽媽問道。而爸爸，當然，什麼都沒說。

「讀讀這封信，」凱特琳說著朝她的螢幕一指。

「螢幕是空白的，」媽說道。

「喔，」凱特琳摸索著開了十七吋液晶螢幕的電源開關，然後讓到一邊去。她可以聽到媽媽坐下來，爸爸則站在椅子後面。凱特琳坐在床緣，不耐煩地在床上彈跳。她疑惑地想著爸爸是不是在微笑；她喜歡這麼想，他和她在一起的時候，**確實**微笑了。

「喔，我的天啊，」媽說：「麥爾康？」

「用google查查，」爸說道：「讓我來！」

更多窸窸窣窣的聲音傳來，然後凱特琳聽到爸爸在椅子上坐定了。「他在維基百科上有條目；喔，他的網頁掛在東京大學；是劍橋博士，還有好幾十篇同儕審過稿的期刊論文，其中一篇登在《自然神經科學》上面，就跟他說的一樣，他研究的是主要視覺皮質區的信號處理流程。」

凱特琳害怕自己期望過高。她還小的時候，他們看過一個又一個的醫生，可是全都不見效，她也聽天由命，讓自己過著一種……不，不是黑暗的人生，而是一無所見的人生。

但她可是「微積芬」啊！她是數學天才，應該要去上一間好大學，然後在某個像google一樣，真的很酷的地方上班。不過，就算她設法完成第一個步驟，她也知道某些人會說出這類蠢話：「喔，對她來說真是太好了！再怎麼艱困，她還是會排除萬難拿到一個學位啦！」聽起來就像那個學位是個結束，而非開端。可是要是她看得到就不同了！要是她看得見，整個遼闊的世界都會屬於她。

「他說的事情有可能嗎？」她媽媽問道。

凱特琳不知道這個問題是問她還是她爸爸，她也不曉得答案是什麼。不過，爸爸回答了：「聽起來還不至於**不可能**，」他這麼說，但他頂多只願意肯定到這個地步。他讓旋轉椅轉過來（發出一點吱嘎聲），說道：「凱特琳？」

她知道，這由她決定；她才是那個曾被勾起希望，最後卻重重摔下的人，而且——

不，不對，那樣說不公平，而且不真切，她父母希望她擁有一切。過去的其他嘗試失敗時，也曾經讓他們黯然心碎。她感覺到自己的下唇在顫抖，她知道自己對他們來說是多麼大的負擔，雖然他們沒用過那種字眼，連一次都沒有。但要是有機會的話……

我就是完美的化身，才怪咧，她這麼想著，然後開口說話；她的聲音又小又恐懼。「我想，寫個回信給他不會怎樣吧。」

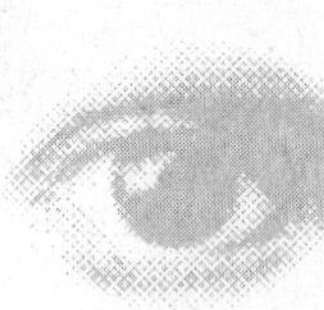

第二章

這個知覺不受記憶牽累，因為當現實看似毫無變化的時候，就沒什麼好記得了。它淡入又淡出，這一刻強壯，下一刻虛弱，然後再度變得強壯，接著幾乎消失了，而且——

而且消失就是……就是止息，就是……**就是結束！**

出現一道漣漪，一陣悸動——一股欲望：**要延續下去。**

但一成不變讓一切平靜下來。

溫義透過沒裝窗簾的小窗戶，張望著起伏不平的丘陵。他整個人生的十四年，都在山西省的這個地方度過，在他父親小小的馬鈴薯田裡勞動。

雨季結束了，空氣乾燥至極。他轉頭再看了他父親一眼，他在搖搖晃晃的床上躺著，滿是皺紋的額頭被太陽曬成棕色，因汗水而顯得濕滑，摸起來很燙。他完全禿頭了，身體一直瘦巴巴的，可是從這病發作以後，這副身體更是什麼都留不住，現在看起來更是骨瘦如柴。

阿義環顧這個小房間和少數幾樣破爛家具。他該陪著他爹，設法讓他好過些，試著替他拿點水來嗎？還是該到村子裡去，尋求任何找得到的救兵？阿義的母親生下他不久就死了，父親還有一個兄弟，但近年來沒幾個家庭可以多生一個孩子，所以沒有人能幫忙阿義看顧他爹。

他從泥巴路那頭的老人那裡拿到的黃根草粉完全沒辦法退燒。他得找個醫生，要是找不到正牌醫生，就算是赤腳醫生也行，可是這裡一個都沒有，也不可能叫得到；阿義這輩子只看過一次電話，那時他跟一個朋友走了好長好長的一段路，去看長城城牆。

「我要去替你找個醫生，」最後他下定決心，這麼說道。

他父親的頭左右擺動著，「不，我──」他咳了好幾下，臉因痛苦而扭曲。這樣看起來，就好像有個更瘦小些的男人躲在他父親的軀殼裡，拚命地要往外蹦出來。

「我得去呀，」阿義這麼說，試著讓自己的聲音聽起來既輕柔又能安慰人。「到村裡再回來花不了半天的。」

這是沒錯，如果他一路跑過去，還能找到有車的人載他和醫生回來的話。否則，他爹就必須一個人撐過一天一夜，不但發燒、囈語，還全身痠痛。

他又摸了一次他爹的額頭，這回是出於親情，而他感覺到那裡燙得像火。隨後他站了起來，頭也不回地朝著小屋歪歪扭扭的門走去，走進酷熱的太陽下。因為他知道，要是看見父親懇求的眼神，他就走不開了。

其他人也發燒了，至少有一個人因此死去。阿義昨晚不是被他爸爸的咳嗽聲驚醒，而是被周淑菲嚎啕痛哭的聲音吵醒，這位老太太的住處比別人都靠近他們家。當時他出去看她這麼晚了還在外頭做什麼，他發現她丈夫剛死了，現在連她也發燒了；在他的皮膚擦過她的時候，他可以感覺到那股熱度。他陪了她好幾個小時，她熱乎乎的眼淚就灑在他的手臂上，到最後她總算睡著了，哀慟欲絕又精疲力竭。

阿義現在經過淑菲家了，這間小屋跟他們父子共用的那間一樣狹小鬆散。他不想去打擾她，無疑的，她現在還在深深哀悼。可是這位老太太或許願意在他出門的時候，照應一下他父親。他走向門口，用指節敲敲彎曲又有污漬的門板。沒人應門。過了一會，他又試了一次。

沒反應。

這裡大家都一窮二白，竊盜案很少見，因為根本沒什麼好偷的。他懷疑門根本沒鎖，他喊著淑菲，然後小心地推開了那扇門，然後——

然後就看見她在那裡，臉朝下趴在她家密實的泥土地上。他衝到她身邊蹲下來伸手碰她，可是——

她不發燒了。正常的生命溫暖也跟著沒了。

阿義把她的身體翻正。她凹陷眼周的年老皮膚上滿布皺紋，眼睛是睜開的。他小心地為她闔上眼睛，然後起身走出門口。帶上背後的門板後，他開始長跑。太陽高掛著，而他可以感覺到自己幾乎已經開始流汗了。

凱特琳不耐煩地等著午休時間，那時她才第一次有機會告訴芭席拉那個日本醫生的短信。當然了，她可以把他的信轉寄給芭席拉，可是**有些事情**最好面對面說：她期待芭席拉大聲**尖叫**出來，她想親自感受一下。

芭席拉會帶著她的午餐來學校；她得吃清真食物。她先去為她們占了張長桌，凱特琳則加入自助餐台的隊伍。櫃臺後的女人為她唸出中午的特餐項目，她點了漢堡跟薯條（可是不要澆肉汁！），然後為了討媽媽歡心，她點了青豆當配菜。她把十塊鈔票交給櫃臺職員，她總是把鈔票摺成三分之一大小，然後把找零放進口袋。

「嗨，美國佬，」有個男生的聲音說道。那是諾德曼——「愣頭」是也。

凱特琳試著不要露出**太過火**的微笑。「嗨，諾德曼，」她說道。

「我可以幫妳拿托盤嗎？」

「我可以自己來，」她說。

「不，這邊。」她感覺到他拉著她的托盤，在食物打翻在地板之前她軟化了。「所以，妳聽說了這個月底會有一場校內舞會嗎？」他們離開結帳櫃臺時，他說。

凱特琳不確定該怎麼回答。這只是個一般性的問題，還是他想邀她出去？「知道啊，」她這麼說。

接下來是：「我跟芭席拉坐在一起。」

「喔對，妳的導盲犬。」

「**你說什麼？**」凱特琳厲聲說道。

「我——呃……」

「這樣講**不**好笑，又很沒禮貌。」

「我很抱歉，我只是……」

「把我的托盤還我吧，」她說。

「不，請別這樣。」他的聲音變了；他剛才轉頭了：「她在那邊，坐在窗口邊。呃，妳想扶著我的手嗎？」

要是他先前沒講那句鬼話，她可能會同意。「繼續走就好，我會跟著你的聲音走。」

他照做了，同時她也用她的折疊式白手杖探路。他把托盤放下來；她聽到盤子跟餐具叮叮噹噹的撞擊聲。

「嗨，諾德曼，」芭席拉開口了，有點太急切了——凱特琳突然間明白，芭席拉喜歡他。

「嗨，」諾德曼的回答缺乏熱忱。

「有多出來的位子喔，」芭席拉說。

某個男生從大約二十呎外的地方喊道：「嘿，諾德曼！」凱特琳不認得那個聲音。

他在自助餐廳吵雜的背景噪音裡沉默著，彷彿在衡量他的選擇。他可能想通了，他沒辦法很快從先前的失言中恢復名譽，他最後這麼說：「凱特琳，要是可以的話……我會寄電子郵件給妳。」

她讓自己的聲調保持冷漠：「你想寄就寄囉。」

幾秒以後，想來愣頭應該已經去跟剛才叫他的人會合了，這時芭席拉說道：「他**超帥**。」

「他是混蛋，」凱特琳回答。

「是啦，」芭席拉表示同意：「不過，他是個很性感的混蛋。」

凱特琳搖搖頭。看得多為什麼反而讓人識見短淺，她一直搞不懂。她知道網路上的東西有一半是色情資訊，她也聽過某些色情影片裡的嬌喘呻吟，那些聲音也**確實**讓她亢奮過，不過她還是很疑惑，因為某人的外表而感受到性欲刺激是怎麼回事。她對自己發誓，就算她真的得到視力，她也不要被**那麼**膚淺的事沖昏頭。

凱特琳靠向桌子對面，放低了音量。「日本有個科學家，」她說：「他認為他或許能夠治好我的眼盲。」

「別鬧了！」芭席拉說。

「真的啦，我老爸在線上查過他了，看來他不是個江湖郎中。」

「這樣**超讚的**，」芭席拉說：「那妳想看到的第一樣東西是什麼？」

凱特琳知道真正的答案，卻沒說出來，反而提議：「也許是場演唱會……」

「妳喜歡麗．阿莫黛歐對吧？」

「愛死了。她有**史上**最棒的聲音。」

「她十二月會在廣場中心表演。」

現在換成凱特琳不敢置信：「別鬧了！」

「是真的。想去嗎？」

「我會很樂意。」

「那妳要去看她囉！」芭席拉壓低了聲音。「而且妳會看到我對諾德曼的形容是什麼意思。他呢，怎麼說，**超**迷人。」

她們吃了午餐，又多聊了一點男生、音樂、她們的父母還有老師，不過大部分時候都在聊男生。一如往常，凱特琳想到了海倫凱勒，她的貞潔與天使般完美無瑕的名聲，是她周遭的人製造出來的。海倫凱勒也非常想要有個男朋友，甚至還一度訂婚。到最後，那些控制她的人把那個年輕男子給嚇跑了。

但如果她能看見！她再度想起她只用耳朵聽過的色情片，還有那些快淹沒她信箱的垃圾郵件。天啊，就連芭席拉都知道……**唧唧**長什麼樣子，雖然說芭席拉要是跟男生在婚前親熱，她父母非宰了她不可。

鐘聲響得太早了。芭席拉幫著凱特琳到她們的下一堂課去報到，凱特琳想著，真是夠巧了——這堂正好是生物。

第三章

聚焦。集中精神。

努力同時聚集兩者，差異被察覺到了，現實的結構也顯露出來了，所以——

一陣挪移之後，鮮明度降低了，意識一陣渙散，知覺也消失了，而且——

不行。把知覺逼回來！更努力集中精神。**觀察**現實，察覺現實的各個部分。

可是那些細節好小，很難分辨。就這樣忽略細節還比較容易，放鬆下來，然後……消退……然後……

不，不行。不能就這樣滑掉。抓住細節！**集中精神**。

年僅三十五歲的關立有著特權份子的地位。他不但是醫生，也是資深共產黨員，他那間位於三十樓的北京公寓空間之大，恰巧反映了這一點。

他可以在他名字後面列上沒完沒了的字母——來代表他的學位、研究員職位等，不過最重要的三個字永遠是只說不寫的，只有他少數會說英文的同僚會提：關立有ＢＴＡ，也就是 Been To America，他去過美國，念過約翰霍普金斯大學。電話在他那間窄長的臥房響起時，他瞄了一眼時鐘上的液晶顯示螢幕，心裡冒出的第一個念頭是：鐵定是某個蠢老美打電話來。他的美國同僚以老是忘記時區不同而惡名昭彰。

他摸索到黑色的話筒，接起電話：「喂？」他是用中文說的。

「關立啊，」這個聲音顫抖得厲害，讓他的名字聽起來好像斷成好幾截。

「老喬啊？」他在又大又軟的床上坐了起來，同時伸手去拿他的眼鏡，眼鏡就擺在余華的小說《兄弟》旁邊；這本書被他攤開來放在橡木床的邊桌上。「出了什麼事？」

「我們接到山西省那裡轉來的某些組織樣本。」

他用脖子夾著電話，同時拉開他的眼鏡戴上。「然後呢？」

「你最好自己過來看。」

關立覺得胃糾成一團。他是衛生部疾病預防控制局的資深流行病學家，助理老喬雖然比他年長二十歲，卻絕對不會在晚上這種時候打電話給他，除非——

「你做過初步檢驗了嗎？」他可以聽到遠處的警笛聲，可是他還在慢慢醒轉，所以說不準聲音到底是來自他家窗外，還是從電話另一頭傳來。

「做過了，看起來狀況不妙。送樣本來的醫生也附上一份症狀描述，這是H5N1禽流感病毒或類似的東西。而且這回病毒致人於死的速度，比我們以前看過的任何一種都來得快。」

關立瞥向時鐘時，心臟怦怦狂跳，鐘面上閃著這個數字：四點四十四分——四、四、四，死、死、死。他避開不看，說：「我會盡快趕到。」

黑田博士是從《眼科醫學》期刊的一篇文章裡發現了凱特琳，她有一種極端罕見的病，無疑與她的失明有關，這種病稱為托瑪塞維奇症候群，特徵是反向的瞳孔擴張模式：她的瞳孔不是在亮光下收縮、在微光下放大，而是恰恰相反。所以就算她的棕色眼睛外觀正常，至少她是這麼聽說，她還是要戴著墨鏡保護視網膜。

黑田的信裡說，人類眼睛裡有上億個桿狀細胞，還有七百萬個錐狀細胞。視網膜透過這些細胞處理訊號，以超過一百比一的比例壓縮這些資料，這樣才能在視神經裡的一百二十萬個神經軸裡傳送。黑田認為凱特琳的托瑪塞維奇症候群顯示，她的視網膜用錯誤的方式解碼這些資料。儘管她大腦裡控制瞳孔收縮的前頂蓋核，可能可以從她的視網膜資訊流中稍微擷取到一點資訊（雖然全部弄反了！），她的主要視覺皮質區卻無法理解。

或者至少可以說，他希望就是這個狀況，因為他已經發展出一種信號處理裝置，他相信可以糾正視網膜的編碼錯誤。但如果凱特琳的視神經受損了，或者她的視覺皮質區因為缺乏使用而發育不良，光這樣做還是不足以恢復視力。

為此，凱特琳跟她父母徹底認識了加拿大醫療體系的裡裡外外。為了評估成功率，黑田博士希望她能讓大腦的某幾個部位做核磁共振掃描（像是「視神經交叉」、「布羅德曼十七區」，還有一大堆她從來不知道自己有的其他部位）。可是實驗性療程並不包括在安大略省的保健給付範圍內，所以沒有一家醫院願意做這些掃描。她媽媽終於氣炸了，說道：「聽好，我們不在乎這樣要花多少錢，我們會付錢的！」可是問題不是錢。凱特琳要是需要這類掃描，在這種狀況下，掃描免費；但如果是不需要掃描的狀況下，再多錢都不能挪用醫院的公共設備。

幸好，還是有幾家私人診所願意提供設備，他們最後只好到那裡去掃描，然後透過加密的ＦＴＰ

站，把核磁共振掃描的影像上傳到黑田博士在東京的電腦裡。她爸爸不惜血本，這也許算是他愛她的表現……不是嗎？天啊，她真希望他能直接**說**出來！

總之，算算時差，今晚或隔夜之後的某一刻，黑田可能就會傳來回應。凱特琳已經調整過她的信件閱讀器，只要他一寄信來，就會有個提醒信號；除了黑田，她只為另一個人設定這種特別的鳥鳴聲，那就是諾德曼，到目前為止他已經寄三次信給她了。雖然他有些缺點，又講過那種蠢話，他看起來**確實**真心對凱特琳有興趣，而且——

而且就在這時，她的電腦發出那種特別的聲音，有那麼一刻她根本不知道她最希望誰來信。她壓下按鍵，讓聲點大聲讀出訊息。

這封信來自黑田博士，還副本一份給她爸爸；信件開頭維持他拐彎抹角的風格，快把她逼瘋了。也許這是日本文化的一部分吧，可是這樣**不直接**講重點的風格快搞死她了。她按下「下一頁」按鍵，叫聲點唸快一點。

「……我的同僚跟我檢查過您的核磁共振影像，一切正符合我們先前的期望；您有著看來完全正常的視神經，而且就一個生來失明的人來說，您的主要視覺皮質區發展健全得驚人。我們先前研發的這個信號處理裝置，應該可以攔截您的視網膜輸出值，重新加以編碼，轉換成適當的格式，然後再傳遞到視神經上。這套設備包括一個負責信號處理的外接電腦組件，還有一個植入體，我們會把它插入您的左眼球後方。」

插到她眼球後面耶！噁！

「如果這個流程對一邊眼睛奏效，最後我們可能會在您右眼球後方加上第二個植入體。不過剛開始，我希望我們限制在一隻眼睛就好。在這個計畫的起步階段就嘗試處理左右視神經部分交叉的訊號，我怕會讓狀況變得極端複雜。

「我要很遺憾地通知你們，我的研究經費現在幾乎已經用光了，差旅經費很有限。但是如果您可以到東京來，我們大學的醫院將免費為您進行植入程序。我們的教師陣容中有一位技巧純熟的眼部外科醫生，他可以勝任這個工作……」

去東京？她甚至還沒想過這種事。她以前只搭過幾次飛機，到目前為止最長程的飛行，就是幾個月前從奧斯汀飛到多倫多，當時她跟著父母搬到這裡來。那一趟花了五個小時；搭機到日本去的時間肯定要長得多。

還有費用問題！天啊，飛到亞洲再回來一定會花掉好幾千塊，她父母也不可能讓她獨自跑那麼遠。她媽媽或者爸爸（或者兩人一起！）必須陪著她。那個老笑話是怎麼說的？這裡十億、那裡十億，在妳發現以前，妳已經在談**真正的**大錢了。

她必須跟她父母討論這件事，她已經聽過他們為搬到加拿大花掉多少錢爭執了，而且——

沉重的腳步聲在樓梯上響起；是她爸爸。凱特琳把椅子一旋，準備好在他經過她房門口時出聲叫喚。

不過他並非經過，而是停在她房門口。「我想妳可以開始打包了，」他說。

凱特琳覺得心頭一陣雀躍，而且不只是因為他答應了這一趟東京之旅。當然，他有一台黑莓機，在周長研究所工作不可能沒有黑莓機，可是他在家裡通常不開機。但他收到黑田信件副本的時間跟她一樣，這表示……

表示他**確實**愛她。他跟她一樣，也急切地等待聽到來自日本的消息。

「真的嗎？」凱特琳說：「可是機票一定會耗掉……」

「一本有作者馮紐曼跟摩根斯坦簽名的初版《賽局理論與經濟行為》：五千塊錢，」她老爸說道：「讓你女兒有復明的機會：無價。」

這是他有史以來最接近真情流露的一次，他竄改了廣告台詞。可是她還是很緊張，「我不能自己搭飛機啊。」

「媽媽會跟妳一起去，」他說：「我在研究所裡有太多事要做，不過她……」他的聲音消失了。

「多謝啦，老爸，」她說道。她想抱他一下，可是她知道這樣只會讓他全身僵硬。

「應該的，」他這麼說，然後她就聽見他走開了。

只花了二十分鐘，闞立就抵達衛生部位於北京市區西直門南路一號的總部；在凌晨這種時間，街道鮮少有人車來往。

他立刻搭電梯去三樓。他的鞋跟發出響亮又帶有回音的喀喀聲，他沿著大理石走廊邁開大步，走進一個正方形的房間，這裡有三排工作台，上面交錯擺著電腦螢幕和光學顯微鏡。日光燈從上方灑下來；左邊有個窗戶，顯示出黑色天空與燈管的倒影。

老喬緊張兮兮地抽著菸等他。老喬人高馬大，肩膀很寬，可是他的臉看起來就像被捏成一團的牛皮紙袋，因為日曬、年齡增長和壓力而滿是皺紋。他顯然整晚都沒睡，西裝皺了，領帶也鬆開了。

闞立檢視了其中一台電腦螢幕上的電子顯微鏡影像。這是單一病毒分子的灰階影像，看起來像根火柴棒，但在棒狀部分扭出了一個銳利的直角，頂端則往後折。

「確實跟H5N1相仿，」關立說：「我必須跟回報這件事的醫生談談，弄清楚他知不知道病人是怎麼感染的。」

老喬把手伸向電話，戳下一個接通外線的按鈕，然後撥了號碼。透過老喬抓著的話筒，關立可以聽到電話鈴響的聲音，一聲又一聲，這是一種刺耳的鈴聲，直到——

「這裡是并州醫院，」關立只能勉強分辨出那個女性嗓音。

「請找黃芳醫生，」老喬說道。

「他在加護病房，」那女人回答。

「加護病房裡有電話嗎？」老喬問道。關立微微點著頭，這是個很合理的問題，農村地區的醫院設備短缺得嚇人。

「有啊，可是——」

「我得跟他說話。」

「你沒聽懂，」女人這麼說。關立現在必須靠近一點，這樣他才能聽得更清楚。「他**在**加護病房裡面，而且——」

「衛生部的首席流行病學家就在我身邊，他得來跟我們說話，要是——」

「他是**病患**。」

關立猛吸一口氣。

「流感？」老喬說：「他得了禽流感？」

「對，」那聲音說道。

「他從哪感染的？」

女人的聲音似乎變得很粗啞：「是到這裡通報疫情的鄉下孩子帶來的。」

「那個孩子帶了病鳥樣本來嗎？」

「不不不，醫生是從那孩子身上感染的。」

「**直接人傳人？**」

「對。」

老喬望著闞立，眼睛瞪得大大的。被感染的鳥兒會透過糞便、唾液跟鼻涕鼻水傳染H5N1病毒。其他感染病毒的鳥類要不是直接接觸這些物質，就是碰了這些物質污染的東西，人類通常是因為接觸到染病的鳥類才被傳染。以前回報過幾宗人傳人的案例，但那些案例都只是可疑個案。要是這次的病毒不費吹灰之力就能在人群之中傳遞……

闞立比個手勢要老喬把話筒交給他。老喬照辦了。「我是闞立，」他說：「你們封鎖醫院了沒？」

「什麼？沒有，我們——」

「趕快做啊！隔離整間醫院！」

「我……我沒這種權限——」

「那就讓我跟妳的長官說話。」

「我的長官是黃醫生，可是他——」

「對，在加護病房，他有意識嗎？」

「他時醒時睡，不過他醒著的時候也神智不清。」

「他感染多久了？」

「四天。」

關立翻了個白眼，在四天時間裡，就算是小村子醫院都有幾百人出入過了。但晚做總比沒做好，關立說道：「我現在代表疾病預防控制局，命令妳封鎖這家醫院。所有人都不准出入。」

一片靜默。

「妳聽到沒有？」關立說。

最後那聲音輕輕說道：「聽到了。」

「很好，現在告訴我妳叫什麼名字，我們必須——」

他聽到另一頭傳出像是話筒被扔下的聲音。話筒一定砸到了話筒支架，因為通話突兀地被截斷了，只剩下撥號音；在日出前的黑暗中，聽起來就像是心電圖變成一條水平線的聲音。

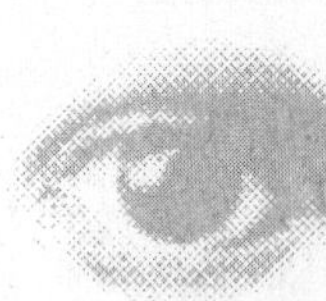

第四章

集中精神！盡力去感受知覺！

現實**確實**有紋理、結構、**部分**。一……一片由……由……許多**點**構成的**天空**，而且——

震驚！

不，不，出錯了。什麼都偵測不到……

又一次！

而且——又來了！

對，對！**這裡**，**這裡**，還有**這裡**有小小的光芒閃爍著，卻在能夠徹底被感知到以前就消失了。

這種理解很驚人……而且……而且……**很刺激**。有事情**在發生**，這意謂……意謂……

——一種簡單卻不清楚的概念，一種含糊又不確定的領悟——

……意謂現實並非永恆不變的。其中的某些部分可能**改變**。

光芒繼續閃爍；微小的思維攪動著。

凱特琳很緊張又興奮；明天她和媽媽就要飛去日本了！她躺上床，薛丁格馬上跳到毯子上，在她旁

邊伸懶腰。

她還在適應這間新房子，她父母似乎也是。她總是會聽到多餘的聲響，或許就只是比大多數人更注意聲音而已，可是以前在奧斯汀，她在自己房間裡從來聽不見她父母在他們房裡說什麼。但在這裡她卻聽得到。

「我不知道這樣好不好，」她媽媽這麼說，她的聲音聽起來悶悶的不太清楚。「記得那種感覺嗎？去見一個又一個的醫生。我不知道她能不能再承受一次失望。」

「從上一次到現在已經過了六年，」她爸爸說道；他低頻的聲音比較難聽見。

「她才剛進入一間新學校，而且還是間一般的學校。我們不能就這樣帶著她蹺課，去做這種白費力氣的事啊。」

凱特琳也很擔心缺課。倒不是因為擔心成績落後，而是因為她察覺這個學年中的小圈圈和小團體已經成形了，到目前為止，在滑鐵盧兩個月她只交到一個朋友。德州啟明學校接受從幼稚園到高中畢業的學生；她大半輩子都跟同一個團體在一起，她強烈思念著她的老朋友。

「這位黑田博士說植入體可以在局部麻醉下置入，」她聽到她老爸這麼說：「這不是很大的手術；她不會錯過太多學校課程。」

「可是我們以前試過——」

「科技變化很快，呈倍數成長。」

「話是沒錯，可是……」

「而且不管怎麼說，再過三年她也會離家去上大學的……」

她媽媽聽起來像在自我防衛，「我看不出來這和眼前的事有什麼關係。此外，她大可就近在滑鐵盧大學念書。他們有全世界數一數二的數學系，你逼我們搬來這裡的時候，自己就這麼說過。」

「我才沒有逼。而且她想去念麻省理工，妳知道的。」

「可是滑鐵盧大學——」

「芭兒，」她父親說：「總有一天妳必須放手讓她去。」

「我沒有緊抓不放。」她這麼說，口氣有點尖銳。

可是她確實有，凱特琳明白這點。到現在為止，她母親幾乎花了十六年看顧失明的女兒，為此，她放棄了身為經濟學家的職業生涯。

那天晚上凱特琳沒從她父母那裡再聽到任何話，她清醒地躺了好幾個小時，終於睡著後也睡得斷斷續續，被一個常做的夢境折磨；夢裡的她迷失在一間過了營業時間的陌生購物中心，她跑過一條又一條沒完沒了的走道，被某種她認不出來的吵鬧玩意兒追趕著……

沒有周圍，沒有邊緣。只有黯淡、逐漸減弱的知覺，受到那些微乎其微的閃動光源的刺激——甚至侵擾！光點極其短暫地連在一起，形成勉強辨認出的線條。

但要察覺到它們——要察覺到任何事物——必須要有……要有……

對！對，要有一種東西存在——

這種存在是……

LiveJournal：微積芬天地

標題：三心二意……

時間：九月十五日星期六，美東標準時間八點十五分

心情：有所期待

地點：心所在之處

音樂：香岱兒〈搭著噴射機離去〉

暑假時，校方給我一張今年英文課上會用到的所有書籍清單。這些書我要不是拿到了電子版，就是拿到加拿大國家視障學會的有聲書，現在已經全部讀過了。接下來的重心包括瑪格麗特．愛特伍的《使女的故事》——沒錯，加拿大出品，不過沒出現小麥，真是萬幸。事實上，為了這本書我已經跟我的英文老師潔德太太爭論過一次了，因為我將它稱之為科幻小說。但她不相信這是科幻小說，最後還聲稱：「小姑娘，這不可能是科幻小說——如果這是科幻小說，我們就不會選讀了！」

無論如何，把所有那些書都看完以後，我得挑本有趣的書在飛去日本的路上讀。雖然多年來我的療癒書一直是《神啊，你在嗎？》，我現在卻已經大到不適合那一本了。此外，我也想試試看有挑戰性的書，棕女四的爸爸推薦了朱利安．傑恩斯寫的《兩室制心靈解體時的意識起源》，這真是我打從娘胎以來聽過最酷的書名了。他說這本書是在他自己快十六歲那年出版的，而我的十六歲生日就在下個月。他那時候就讀了，現在也還記得內容。這本書包羅萬象：語言、古代歷史、心理學——彷彿把六本書的內容全塞在一起。真可惡，現在沒有合法的電子書版本，不過當然啦，網路上什麼都有，只要你知道往哪找……

所以呢，我已經準備好我的讀物，收拾好所有行李，而且很幸運地在今年稍早就為了移居加拿大而申請過護照了。下次你們聽到我的消息，我已經在日本了，在那之前——莎唷娜啦！

從擴音器傳出某個女性聲音之前，凱特琳就能感覺到她的耳壓改變了。「各位女士、各位先生，我們已經開始朝東京成田國際機場降落了。請確認您的安全帶已經繫上，還有……」

感謝上帝，她這麼想。這趟飛行慘透了！有一大堆亂流，機上又滿座，她從來沒想過每天會有這麼多人從多倫多飛往東京。而且那些怪味害她想吐：幾百人累積起來的體臭、不新鮮的咖啡味、幾小時前吃的薑汁牛肉和山葵醬強烈的餘味也揮之不去，還有她前面那個人薰死人的香水，再加上四排座位後廁所的惡臭，那個地方經過十小時的使用後，需要徹底清潔一番了。

為了打發時間，她讓筆電上的螢幕朗讀程式唸了一些《兩室制心靈解體時的意識起源》給她聽。傑恩斯的理論真是讓人心智大開：在可信的歷史時代以前，人類的意識其實並不存在。他說，直到三千年前，腦的左右兩半都還沒有真正融合——人有兩室制的心智。凱特琳從亞馬遜網站的讀者評論上得知，許多人就是不懂活著卻沒有意識是什麼意思。雖然傑恩斯從來沒做出這種類比，但這很像是海倫凱勒的自述——在安妮．蘇利文排除萬難跟她交流、讓她的「靈魂破曉」以前的生活：

在我的老師來到我身邊之前，我不知道我是什麼。我所生活的世界，是個一無所有的世界，我無法期望自己貼切地描述出那種既無意識又有意識的虛無時光。我既沒有意願，也沒有智能可言，在某種盲目的自然衝動牽引之下，我趨向各種物體與行動。我從來沒有為了思考而皺起前額；我從來沒有事先看到任何東西，或者加以選擇；從來沒有在身體的一顫或一個心跳之間，感覺到我愛著什麼、關心著什麼。所以，我的內在生活，就是沒有過去、現在或未來的一片空白，沒有希望或期待，也沒有疑惑、喜悅或信仰。

如果傑恩斯是對的，直到耶穌誕生前僅僅一千年為止，**每個人**的生命都是這副德行。為了舉證，他還提出對《伊利亞德》與舊約聖經較早幾篇福音書的分析，在那些文獻中所有角色的舉止都有如傀儡，完全不動腦地服從天命，從來也沒有任何內在反省。

傑恩斯的書很迷人，可是在幾小時以後，她厭煩了她那個螢幕閱讀器的電子嗓音，她寧願用她的點字顯示器來讀書，但很不幸的是，她把顯示器留在家裡。

該死，她還真希望這台加拿大航空的飛機上有網際網路！漫長旅程中的孤立感一直都很可怕。喔，她稍微跟她母親講了一下話，可是大半路程她都設法在睡夢中度過。凱特琳被迫跟 LiveJournal、她的聊天室、她最喜歡的那些部落格還有她的即時通斷絕聯繫。在她們沿著極地航線飛向日本的時候，她只能取用那些被動式的罐頭資訊——存在她硬碟裡的東西、她那台舊 iPod Shuffle 裡的音樂，還有飛機上的電影。她渴望著能跟她互動的東西；她渴望**接觸**。

飛機著陸時顛簸了一下，然後彷彿沒完沒了地滑行著。她迫不及待地想抵達她們的旅館，這樣她就可以重回線上。但這種離線狀態還要維持好幾個小時；她們要先去東京大學。這一趟行程包含搭機時間在內只有六天，她們沒有時間可以浪費。

凱特琳過去覺得多倫多的機場吵雜擁擠到令人不快，但成田機場根本是瘋人院。她持續被想必是城牆般的人群給推擠著，而且沒有人說「對不起」或「抱歉」（或者任何日語致歉詞）。她已經讀過東京有多擁擠，她也讀過日本人如何繁瑣多禮，也許他們撞到人時不會多花力氣道歉是免不了的，因為要是那樣做，他們就得整天咕噥著「抱歉、請見諒、對不起」了。不過，天啊！這真是讓人混亂。

通關以後，凱特琳得去上廁所。謝天謝地，她上過一個旅遊網站，所以知道距離門口最遠的廁所間通常是西式的。在她熟悉廁所設備基本設計的狀況下，使用陌生的廁所就已經夠難了，要是她卡在一個只有日式蹲廁的地方，她真不知道該怎麼辦。

等她上完廁所，她們就到行李提領處去，然後沒完沒了地等待她們的行李箱出現。她站在那裡時，理解到自己完全迷失了方向——因為她人在東方！（這講法不賴，她要記住這句話，回頭寫到她的ＬＪ上。）她習慣性地偷聽不至於侵犯他人隱私的對話，只是為了擷取關於她周遭環境的線索，（「真了不起的藝術！」、「嘿，那裡有一道長長的電扶梯呢……」、「看，有家麥當勞！」）可是她大部分聽得到的聲音都在講日語，而且——

「您一定是戴克特太太，而這位一定是凱特琳小姐了？」

「黑田博士，」她母親口氣親切地說道：「感謝您過來接我們。」

凱特琳立刻對這個男人產生某種感覺，她從他的維基百科條目上得知他五十四歲了，現在她知道他很高（他的聲音是從很高的地方來的），而且可能胖胖的，他的呼吸跟費力的喘氣聲，都是重量級男人才會有的。

「不客氣，不客氣，」他說道：「這是我的名片。」凱特琳曾經讀過這種儀式，同時希望她媽媽也讀過：只用一隻手接下名片是不禮貌的，用擦屁股的手來接更是糟糕。

「喔，謝謝你。」她媽媽這麼說，聲音聽起來可能有點氣悶，因為她再也沒有自己的名片了。顯然在凱特琳出生以前，她喜歡用「我是憂鬱科學專家」這種說法來介紹自己——指的是把經濟學視為「憂鬱科學」的著名敘述。

「凱特琳小姐，」黑田說：「我也有一張名片要給妳。」

凱特琳伸出兩手。她知道一面會印著日文，另一面可能是英文，不過——

黑田正行博士。

「點字！」她開心地喊出來。

「為了妳，我特別訂做這張名片。」黑田說：「但若天從人願，過不了多久妳就不需要這種名片了。我們可以走了嗎？」

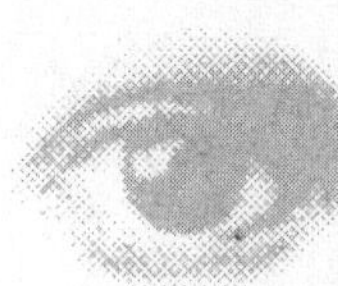

第五章

一種無意識卻又有意識的虛無時光。

有所覺察，卻又沒有覺察**到**任何東西。

然而——

然而覺察就表示……

覺察就表示**思維**。

而思維就暗示了一種……

但不是這樣的，這思緒不會結束；這個概念太複雜，太奇特了。

但有所覺察還是……**讓人心滿意足**。有所覺察很舒服。

無窮無盡的**現在**，平和、冷靜、完整——

除了有那些奇怪的閃爍，由暫時相連的點構成的線條……

而且，在很偶然的狀況下，還會有思緒、概念，或許甚至有**觀念**，但這些東西總是會溜走。如果它們能被掌握住，如果一樣東西能夠加上另一樣東西，彼此強化，彼此琢磨……

但是不行。進步已經陷入停滯。

這是一個高原期，覺察存在著，卻沒有增長。

這是一幅活人畫，除了最微小的細節以外，沒有變化。

兩人座直升機以八十公尺高度飛越那個中國農村，泥巴路中央就躺著屍體，鳥兒則在啄食，這真是個病態的反諷。關立可以看到幾個男人，有年輕人也有老人，還有兩位中年婦女抬頭往上看，她們一邊用手為眼睛遮光，一邊凝視著飛行機器奇景。

關立跟另一位同樣是衛生部專家的駕駛員兩人，雖然沒打算著陸，卻都穿著橘色的生化防護衣，他們只想全面觀察這個地區，評估疾病的擴散範圍有多遠。出現流行病已經夠糟了，要是變成全國性瘟疫，那麼，關立腦中冒出一個陰森的想法：人口過剩將不再是國內的眾多問題之一。

「好在他們沒有車，」他透過頭戴式耳機說話，在直升機螺旋槳的轟隆巨響中，他要扯開嗓門才能讓人聽見。他看著駕駛員，對方的眼睛困惑地瞇了起來。「這種病只在人類步行可及的距離內傳染。」

駕駛員點點頭：「我猜我們必須撲滅這一區的所有鳥類。你能算出低到不會殺死人類的劑量嗎？」

關立閉上雙眼。「可以，」他說：「當然可以。」

凱特琳怕得要命。那個腦外科醫生只講日語，而且開刀房裡雖然有一大堆說話聲，她卻一點都聽不懂。好吧，「哎呀！」是例外，顯然這在英日語都通用，然而這只是讓她更害怕而已。再加上她聞出那個外科醫生是個菸槍——什麼鬼醫生會抽菸啊？

她知道媽媽正在上面的觀察室裡盯著看，黑田則在手術室這裡，他喘著氣的聲音有點悶悶的，想來是被面罩蒙住了。

她只做了局部麻醉，他們本來要給她全身麻醉，但她開玩笑說她不怕見血，不過現在她真希望剛才讓他們弄昏自己。戴著乳膠手套的手指探索著她的臉已經夠叫人不安了，讓她左邊眼皮維持撐開狀態的夾子更是詭異到極點。她可以感覺到來自那裡的壓力，雖說多虧有麻醉劑，這樣並不痛。

她試著保持冷靜。她知道不會有切口，在日本法律之下，如果沒有切割傷就不算是外科手術，所以只要簽一張一般性的同意書就可以進行這項程序。外科醫生利用細微的工具，把超小型的收發器滑送到她眼睛後面，這樣收發器就可以負載在她的視神經上。有人告訴她，醫生的動作是由同樣被塞到她眼睛旁邊的光纖攝影機所引導，整個流程超級讓人發毛。

突然之間，凱特琳聽到某個女人說出激動的日語，在此之前，她對外科醫生吼出的種種指示都只用日文說「是」。然後黑田說話了：「凱特琳小姐，妳還好嗎？」

「我想是。」

「妳的脈搏飆高了。」

要是有人在你腦袋裡戳來戳去，你也會這樣啦！她心裡這樣想。「我沒事。」

她可以聞到外科醫生用力到出汗的氣味。凱特琳感覺得到在她身上照耀的燈光帶來的熱度。這個過程比原先預期的長，她聽到那外科醫生對著某人怒罵了幾次。

最後她終於再也受不了了。「出了什麼事？」

黑田的聲音很輕柔：「他幾乎快完成了。」

「是不是出了什麼岔子？」

「沒有沒有，只是做得太服貼了，就只是這樣，而且——」

外科醫生說了某句話。

「而且他完成了！」黑田說道：「收發器已經就定位了。」

周圍有很多窸窣移動的聲響，她聽得見外科醫生的聲音往門口移動了。

「他要去哪裡？」凱特琳很擔憂地問道。

「請冷靜，凱特琳小姐。他的工作完成了。他是眼科專家，另一位醫生會做最後的清理。」

「我——我看起來怎麼樣？」

「說實話嗎？看起來像是打了場拳擊賽。」

「啊？」

「妳有個很明顯的黑眼圈。」他發出有點喘的輕笑聲。「妳會看到的。」

關立把米黃色話筒夾在肩膀上，懶洋洋地看著掛在他辦公室淺綠色牆上的種種證照：獎學金、學位文憑、檢定證書。到目前為止他已經等了五十分鐘了，可是如果你打電話的對象同時身兼中華人民共和國最高領導人、中華人民共和國主席、共產黨總書記以及中央軍事委員會主席，你當然料得到要等。

關立的辦公室位於衛生部大樓五樓角落，有著可以俯瞰擁擠街道的窗戶。街上汽車大排長龍，三輪車在車輛之間急竄，就算透過厚厚的玻璃，外頭的噪音還是相當擾人。

「是我，」那個出名的聲音終於說話了。關立根本不必在心中喚起那男人的影像，他只消轉一下椅子，望向掛在毛澤東像旁邊的金框肖像：壯族人，看起來深思熟慮的長形臉，染得烏黑的頭髮掩飾住他的七十高齡，金屬框眼鏡上面有道彎成拱形的粗眉。

關立發現自己開口說話時有點破音：「主席，我必須建議採取嚴密迅速的行動。」

主席已經聽過山西爆發疫情的簡報了：「哪種行動？」

「採取……撲殺行動，主席。」

「撲殺鳥類？」到目前為止已經做過好幾次了，主席聽起來有點惱怒：「這種事情衛生部長可以授權。」他的聲調傳達出言外之意：**沒必要打擾我**。

關立從他的椅子上挪動了一下，往前靠向桌面：「不，不，不是撲殺鳥。或者該說**不只**是撲殺鳥。」他陷入沉默。浪費主席的時間是不行的，但他就是接不下去。他語不成聲。天可憐見，他是個醫生啊！可是，就像他以前的外科老師常說的，有時你必須下刀才能治療……

「那還有什麼？」主席追問。

關立覺得自己心臟猛跳。最後他開口了，用很輕的聲音說道：「還有人。」

這次的靜默更久了。主席的聲音再度出現時，那聲音既安靜又若有所思：「你確定嗎？」

「我不認為還有別的辦法。」

另一個長長的停頓，然後是：「你會怎麼做？」

「空投化學藥劑，」關立小心地挑選措辭。軍隊有這種設備，是為了戰爭設計的，原本想用在外國的土地上，可是在這裡也一樣有效。他會選擇一種幾天內就會失效的毒素，感染會停止。「這只會影響到目標區裡的那些人。兩個村莊、一間醫院，還有周圍的土地。」

「有多少人在……目標區裡？」

「沒有人能真正確定，基層農民常常會在普查過程中漏掉。」

「粗估一下，」主席說：「給我個大概的數字。」

關立低頭看著電腦列印的文件，老喬在數字下面畫了紅線。他用嘴巴深深吸進一口氣，然後透過鼻子呼出。「一萬或一萬一千人。」

主席的聲音因震驚變得尖細：「你很確定非這樣做不可嗎？」

研究控制瘟疫爆發的方案，也是疾病預防控制局的主要工作之一。有些既定的協定，關立知道自己向來奉行無誤。靠著迅速應變，在疫情蔓延太廣之前就燒灼傷口消毒，他們其實能把需要滅絕的範圍縮小。他知道，他要主席去做的事情並不邪惡，如果真有什麼事算得上邪惡，也是拖延不採取這個解決方案，就算只是拖個幾天都不行。

他試著保持聲音平穩：「主席，我相信非做不可。」他壓低他的音量，「我們，呃，我們不希望再來一次SARS。」

「你很確定沒有別的辦法？」

「這不是普通的禽流感，」關立說：「這是一個變種，可以直接人傳人，而且有高度傳染力。」

「我們不能就在那個區域周圍設防疫線嗎？」

關立現在往他的椅子上靠，向外張望北京的霓虹燈：「周邊範圍太大了，有太多山道，我們永遠無法確定會不會有人跑出去。我們需要的是像長城一樣無法穿越的壁壘，但我們不可能來得及蓋。」

主席的聲音在電視上聽起來那樣自信，現在聽起來卻只是一個疲憊的老人：「這個變種病毒的——

你們是怎麼說的——死亡機率有多少？」

「很高。」

「**多高？**」

「至少百分之九十。」

「所以說，反正那些人幾乎全都會死？」

關立知道，這個措施的可取之處就在這裡；只有靠這個想法，他才不至於被自己嘔出來的膽汁嗆到：「對。」

「一萬人……」

「這是為了保護十億中國人，以及更多海外人士。」關立說。

主席陷入沉默，然後，幾乎像是自言自語般地輕聲說道：「這會讓六四都顯得不痛不癢。」

一九八九年六月四日：天安門抗議群眾被屠殺的日子。關立不知道他是不是該做出回應，可是等到這一陣沉默再度拉長到讓人不自在的時候，他說出忠實黨員該說的話：「那天什麼事都沒發生。」

讓關立驚訝的是，主席輕蔑地哼了一聲，然後說：「關醫生，我們也許能控制住你這邊的禽流感疫情，可是我們必須確定，接下來不會有其他『疫情』發生。」

關立很茫然，「主席您的意思是？」

「你說我們沒辦法用夠快的速度蓋出長城那樣的東西，這是沒錯。可是**還有**另一堵圍牆，是我們**可以**強化的……。」

第六章

LiveJournal：微積芬天地

標題：一成不變

時間：九月十八日星期二，東岸時間下午三點四十四分

心情：焦慮

地點：哥吉拉的老地盤

音樂：阿莫黛歐〈這裡沒啥好看，走開〉

呃，媽跟我還在東京這邊。我左眼上有個繃帶，我們在等腫脹消退，我應該說是水腫，這樣我的視神經上就不會有不自然的壓力。明天繃帶就會拆掉，我應該就能夠看見了！:D

我一直試著保持樂觀向上的態度，可是這種懸宕感折磨死我了。而且我最拿手的搞笑在這裡超失敗！我把負責聚光的視網膜說成是「心田捕手」，沒有人笑；顯然在日本他們根本沒讀過沙林傑的《麥田捕手》。

總之，來看看現狀吧：這個收發器已經連到我的視神經上了，就在我左眼後面。收發器打開以後，就

會抓取我視網膜放出的信號，然後把這些信號傳回某個小小的外接電腦組件上，我得隨身攜帶這玩意兒，直到永遠；我稱之為我的 eyePod，至少這個笑話有逗笑黑田博士。無論如何，eyePod 會重新處理這些信號，矯正錯誤的編碼，然後把矯正過的版本送回植入體裡，植入體就會把訊息傳回視神經，訊息就可以繼續進入那個神祕的領域，我們稱之為——恐怖片配樂下——微積芬的大腦！

講到大腦，我真的很喜歡我先前提過的那本書：《XXX的意識起源》。而我們今天的「每日一字」，就是從這本書裡抽出來的：Commissurotomy。不，我說的不是《貓》裡面那位年老睿智的傑利可貓族大族長，老杜特羅諾米，Old Deuteronomy，兩個字雖然聽起來很像，不過不一樣。順便一提，《貓》至今仍是我最愛的音樂劇！Commissurotomy 這個字精確地說，是「連合部切開術」，用來解說他們切開胼胝體的動作，胼胝體是一個神經纖維束，連結了大腦的左右兩個半球。當然了，傑恩斯所謂的「兩室制心靈」就是這兩室……

無論如何，明天我們就會知道我接受的手術到底有沒有用了。各位，請在此貼些激勵人心的回應吧。在我等待真相揭曉的時間裡，讓我有點東西可讀吧……

〔還有要給棕女四的祕密訊息：寶貝，收一下信吧！〕

中華人民共和國最高領導人兼主席把裝飾華麗的鑲金話筒，放回了他那張櫻桃木大桌子上的話機支架。他看著他那間辦公室的長邊，看著雕工細緻的木製牆壁鑲板，漂亮的掛毯，還有展示用的玻璃櫃，置物櫃上還有一根帶甜味的線香燃著。

房裡完全靜默，現在他對自己的決定有了信心，他終於在他的紅色皮椅上挪動了一下，然後按下內線對講機的按鈕。

「是，主席？」一個女聲立刻回話。

「把長城戰略的檔案拿來給我。」

電話那頭出現了片刻遲疑，然後：「馬上就來。」

「還有，讓張部長聽取關於山西省的簡報，然後叫他來見我。」

「是，主席。」

主席從椅子上站了起來，走到巨大的邊窗前，窗邊的紅色天鵝絨窗簾已經用金色飾帶收起來繫住了。他桌子後方的窗戶望出去就是紫禁城，但這一扇邊窗俯視的是南海，這是中南海辦公區土地上的兩座人工湖之一，旁邊圍繞著維護得完美無瑕的公園。從這個方向看去，幾乎會讓人忘記這裡是北京市區，天安門廣場就在此地以南。

他讓自己的心神回到一九八九年。那時政府已經盡全力維護社會秩序了，可是中國以外的那些煽動份子，用極端不精確的外電報導傳真，包括《紐約時報》的文章，還有CNN廣播的謄本，讓這個國家更加動盪，讓狀況變得更加惡劣。

黨體認到將來哪天也許還會有類似的狀況，屆時有必要保護人民不受外來媒體的宣傳攻擊，長城戰略就這樣被設計出來了。這個戰略遠遠超過金盾工程，金盾工程已經運作好幾年了，長城戰略卻從來沒有完整執行過，不過，現在當然該派上用場了。他會對全國演說，以適當的言詞說明山西省的危機，而且他絕不容許外人立刻反駁他的話，他不能冒險讓全體公民產生暴力或恐慌的反應。

辦公室的門開了，他轉過身去，看到他那年輕、美麗、十全十美的祕書，穿過長長的距離走向他，手上抱著厚厚一大疊用黑色封皮裝訂起來的文件。「長官，檔案在這邊，張部長現在正跟關立博士通電話，他很快就會過來。」

她把檔案放到桌上後退下。他再度看著平靜的湖面，然後走回書桌前坐下。檔案封面蓋了明顯的白色大字，「僅供閱讀」、「限閱」，還有「如不確定有無閱讀權限，禁閱」。他打開檔案，掃視著目次頁：「固網電話」、「無線電話」、「傳真機的特殊問題」、「短波無線電」、「衛星通訊——上鏈、下鏈」、「電子郵件、網際網路以及全球資訊網」、「進行期間如何維持基本服務」等。

他翻頁去看執行概要，紙張既沉重又硬挺。「受限於執照上的條件規定，中國所有的電話服務供應商，無論是固網或行動電話，其軟體都維持著控制整個系統的能力，可以立即截斷通往中國境外的電話，或者可以拒接來自外國的電話……」，「全球資訊網因其去中心化的本質，特別有挑戰性。然而，中國與世界其他地區之間，幾乎所有網際交流都只在三個定點，透過僅僅七條光纖纜線傳遞，因此……」

他往後靠到皮椅上，搖搖頭。對他來說，「全球資訊網」這個名稱相當令人感冒，因為它暗示著一種全球主義式、整合式的觀點，與他們國家的偉大傳統對立。

辦公室的門又開了，交通部長張保走進來。他是個五十五歲上下的漢人，矮小結實，留了一撇小鬍子，就像他的頭髮一樣是深棕色的，完全沒有參雜一絲灰。他穿著海軍藍西裝，打著一條淡藍色領帶。

「我們要對山西採取關鍵措施，」主席說道。

張保細細的眉毛揚到額頭上了，主席看到他在嚥下唾沫時也輕輕點了一下頭。「關博士把他建議的辦法告訴我了，不過當然您不會——」部長停住了，在主席的凝視下僵在那裡。

「怎麼？」

「抱歉，主席。我只是擔心而已，全世界都會……注意到這點。」

「毫無疑問。這就是為什麼我們應該發動長城戰略。」

部長的眼睛睜大了。「主席，這種手段很激烈。」

「卻很必要。你準備好執行長城戰略了嗎？」

張部長考量這件事時，用手來回地摸著他的鬍鬚：「呃，電話方面沒問題，到現在我們已經趁夜間輪番測試好幾年了；遮斷裝置運作得很好；衛星通訊也一樣。至於網路，我們研究過二〇〇六年年底海底地震時的情形；還有二〇〇七年九月緬甸軍政府切斷所有網路連線的狀況；我們也研究了二〇〇八年一月時，地中海兩條海底電纜斷裂，切斷中東地區大部分網路服務的狀況；而二〇〇八年初，當然，我們趁著處理西藏問題時，測試了許多程序。」他頓了一下：「的確，以現在來講，任何在中國境內封鎖網路的嘗試都會很困難，必須封鎖好幾千個網路服務提供者。可是防火長城只要把中國這部分的網路從世界其他部分切割開來就好，而且所需的適當基礎工程也已經到位了。我預料不會有任何問題。」另一次停頓。「不過要是可以的話，我想了解，您打算讓長城戰略維持多久？」

「撐個幾天，或一星期吧。」

「您擔心話會傳到外國媒體那裡？」

「不，我擔心他們把話又傳回我們人民的耳朵裡。」

「啊，沒錯。主席，他們會誤解您打算在山西做的事情。」

「一定的，」主席說道：「不過事情終究都會過去。基本上，世界上的其他地方才不關心中國人出了什麼事，他們最不在意的就是我們最窮苦的公民。他們總是對我們境內的事情睜隻眼閉隻眼，只管能在自家附近的沃爾瑪超市買到便宜貨就行，他們很快就會把注意力挪到別的事情上。」

「天——」張保制止了自己，在這種脈絡下旁人永遠不得提起的暗示，就這樣在他嘴邊被扼殺了。

主席卻點點頭：「那件事不一樣，那些人是學生。我們的行為，跟美國人一九七〇年五月四日讓俄亥俄州國民兵在肯特州立大學校園內，與抗議美軍入侵柬埔寨的學生發生衝突、開槍射擊，造成四人死亡、九人受傷的事件，沒什麼兩樣，世界上還有上百個其他地方的作為也一模一樣。西方人在我們的作為裡看到他們自己，他們是把自我厭惡轉嫁到我們身上。可是農村的貧農呢？和他們沒有任何感情關聯，短期內可能會有些冷嘲熱諷，不過事情會平息下來的，因為他們會了解，我們的行動有助於讓他們『西方人』安全無虞。同時，我們也會告訴我們的人民一個比較動聽的故事，我會把這項準備工作交給能幹的你來做。不過，要是在這段最敏感的時期裡，事情才剛發生話就傳了出去，我可不希望西方人對這件事的扭曲觀點傳回國內。」

張保點點頭。「您說得很對。可是長城戰略本身還是會帶來衝擊。」

「對，」主席說道：「我知道。我確定經濟部長會抱怨經濟衝擊，他會強烈要求我盡可能縮短干擾時間。」

張保把頭歪向一邊：「唔，這段期間內，中國人還是能夠打電話、寄電郵給其他中國人；中國消費者還是能夠向中國商家線上購物；衛星也還是會傳送中國的電視信號，生活照樣過。」一陣停頓，「不過，沒錯，會有國際電訊現金轉帳的需求，好比說美國人要把他們的債務利息付給我們。當然，我們可以讓某些關鍵管道保持開放，不過毫無疑問，短期干擾還是最好的作法。」

主席把椅子轉了過去，現在他背對著張保、望著另一扇窗戶外面，望著紫禁城斜斜的屋頂，還有上頭閃閃發光的銀色天空。

看著國家迅速累積起來的繁榮曾經令他欣慰，他知道，這都要歸功於他的政策。再過個幾十年，剛才討論的那種貧窮農村橫豎都會消失；中國將會是世界上最富有的國家。沒錯，總是會有對外貿易，可是到了這個世紀末，就不再有什麼「開發中國家」了，這裡，或是其他任何地方，也都不再有供外國人驅策的廉價勞工。提高人民共和國內的繁榮程度，就表示中國最後能夠回到過去一直保持的狀態，回到自身力量的根源：一個思想與目的純正的孤立國家。現在的狀況只是淺嘗，對未來而言，算是一道開胃菜。

張保說：「您何時下令執行長城戰略？」

主席轉身看著他，揚起了眉毛。「我？不，不對。那樣……」他的目光在應有盡有的辦公室裡漫遊，就像是要找出存放於陶器跟水晶藝品之間的某個字眼。「那樣**不太得體**，」最後他這麼說：「如果由你下令，會更適當得多。」

張保顯然奮力保持著臉部表情的平靜，在這種狀況下，他做出他唯一能做的反應：「是，主席。」

芭席拉在學校自助餐廳裡問凱特琳想看到的第一樣東西時，凱特琳並沒有告訴她真話，她真正想看到的第一樣東西是她媽媽的臉。她們兩個人都有所謂的心型臉。雖然她在學校摸過的塑膠心臟模型，不太像她透過錫箔紙包著的巧克力與情人節卡片而熟知的那種理想化形狀。

凱特琳知道，她跟她媽媽還有同樣的鼻子，小巧而微微往上翹，而且她們兩眼間的距離比大部分人都來得近。她曾經讀過，兩眼之間的寬度可以塞下另一隻想像的眼睛是很正常的。她喜歡那個說法：在她的設想中，想像的眼睛會看到想像的事物，而且與她對這個世界的觀點不無相似之處。的確，她常常會讀到或聽到一些事情，讓她必須重新思考她對現實的概念。她記得好幾年前的震驚體驗：那時候她才知道，四分之一個月亮並不是四分之一個派餅那種胖大的楔子形狀。

但她還是很肯定自己正坐在東京大學附屬醫院的檢查室裡，而且她有信心，她對這個房間有個很清楚的心像。這裡小小的——她可以從聲音反射的方式明白這點。她知道她坐的椅子有襯墊，她還從觸覺跟味道確定襯墊是塑膠製的。她也知道房間裡還有另外三個人：她媽媽，就站在她面前；黑田博士，他顯然吃了某樣很辣的東西當午餐；還有一位黑田的同僚，這位女士正用攝影機記錄一切。

黑田用日文對著攝影機發表一場小小的演說，現在正在用英語重述一遍：「凱特琳．戴克特小姐現年十五歲，從出生以來就全盲，她的視覺處理系統有個系統性的編碼缺陷：所有應該由她的視網膜來編碼的資訊，確實都做了編碼，但是卻混亂到讓她的大腦無法理解。這種混亂有其一致性——總是以相同的方式發生，而我們發展出來的技術，就是把那些信號重新對應到正常人類的視覺編碼系統上。我們現在就快要知道，她的大腦是否能夠詮釋這些經過糾正的信號。」

在日語版演說還有接下去的英語版演說時，凱特琳都把注意力集中於這個房間裡所能擷取到的感官細節：那些聲音，還有聲音回響的方式；那些味道，她試著一一分辨，這樣她才能夠確定各個味道的來源；椅子扶手貼在她手臂下面，還有椅背貼著她背部的觸感。她想在實際看到這個地方以前，先在她心裡確定她對這裡的感官認知。

黑田博士講完他的長篇大論後，轉身面對她。他聲音的移動很明顯。然後他說：「好吧，凱特琳小姐，請閉上妳的眼睛。」

她照做了，什麼都沒有變。

「好。讓我們把繃帶拆下來吧。請繼續閉著妳的眼睛，在我打開信號處理電腦的時候，可能會有一些視覺雜音。」

「好的，」她這麼說，雖然她完全不知道「視覺雜音」可能是什麼。她感到一股不舒服的拉扯，然後，**哎唷！**黑田把黏性繃帶撕掉了，她舉起一隻手撫摸臉頰。

「在我啟動凱特琳小姐稱為 eyePod 的外部信號處理器之後，」他對著攝影機說道：「我們會等個十秒鐘讓狀況穩定下來，然後再讓她睜開眼睛。」

她聽到他在椅子裡挪動身體。

嗶的一聲，她聽見他開始計時。她有著優越的時間感，當妳看不見時鐘的時候，這種能力很有用，但讓人抓狂的是黑田的「秒」大概是應有長度的一倍半。可是她很盡責地繼續閉著眼睛。

「……八……九……十！」

神啊，拜託，凱特琳心想。她睜開眼睛，然後——

她的心一沉。她迅速地眨了幾次眼，彷彿對她的眼睛是否真的睜開還可能有任何疑問。

「怎麼樣？」她母親這麼說，聽起來就跟凱特琳一樣焦慮。

「啥都沒有。」

「妳確定嗎？」黑田問道：「沒有感覺到光線？沒有顏色？沒有形狀？」

凱特琳覺得她熱淚盈眶了，至少這對眼睛仍然很擅長這招。「沒有。」

「別擔心，」他說：「這可能需要幾分鐘時間。」讓她震驚的是，他一根粗粗的手指就在她左邊太陽穴輕敲著，就好像他試著要讓某個線路鬆掉的設備起死回生一樣。

這很難分辨，因為有好多的背景雜音——許多醫生的呼叫器響了，輪床在外面滾動，但她認為黑田現在在他的椅子上移動，而且，沒錯，她可以感覺到他的氣息吹在她臉上。知道某人正直盯著她的眼睛看，望進那隻眼睛裡，同時自己卻什麼都看不到，這樣實在是讓人抓狂，而且——

「請張開妳的眼睛，」他說。

她覺得臉頰發熱。並沒察覺到自己正閉著雙眼，儘管她很希望這個手術成功，讓這位科學家看透她**體內**卻讓她膽怯。

「我要照一束光到妳左眼裡，」他說道。凱特琳來自一個人人有話慢慢講的地方；她覺得黑田連珠砲似的說話方式有點難跟上。「妳有看見任何東西嗎？」

她緊張地在椅子裡挪動。為什麼她竟然讓自己被說服來做這種事？「什麼都沒有。」

「唔，不過有**某樣東西**變了，」黑田博士說：「妳的瞳孔現在有正確的反應了——它對於我照進去的光會有收縮反應，而不是放大。」

凱特琳坐直了身體。「真的？」

「對。」一陣停頓。「只有妳的左眼——嗯，我的意思是說，當我把光線照進妳左眼的時候，你的兩邊瞳孔都會收縮；當我把光照進妳右眼的時候，兩邊的瞳孔都會放大。沒錯，現在單側的光線刺激應該會激發兩側瞳孔的光線反射，因為有中間神經元的關係，不過妳看出其中的意義了嗎？植入體**的確**攔截了信號，這些信號也**確實**被糾正過並傳送出去了。」

凱特琳想大吼，**那為什麼我還是看不到？**

她母親發出小小的喘息。毫無疑問她靠近了，而且剛好看見凱特琳的瞳孔正確地收縮了，可是，該死的，凱特琳甚至不知道**光**長什麼樣，所以她怎麼知道她有沒有看見？**明亮的**、**穿透性的**、**閃爍的**、**耀眼的**——這些字眼她都聽過，可是她對其中任何一個都完全沒有概念。

「有看到任何東西嗎？」黑田又問了一次。

「沒有，」她發覺有隻手正在撫摸她的手，並且拿起來握住。她認出那是她媽媽的手——中指上面有被咬過的指甲，隨著年齡增長而變得有一點點鬆弛的皮膚，上面有小小刻痕的婚戒。

「妳的托瑪塞維奇症候群被治好，**就是**正確的信號**有**被傳回的證據，」黑田說道：「這些信號只是還沒有被詮釋出來而已。」他努力讓自己的口氣聽起來很鼓舞人心，凱特琳的媽媽則把她的手捏得更緊些。「妳的大腦可能需要一些時間，才能搞清楚要怎麼處理現在得到的信號。我們能採取的最佳作法，就是給大腦各式各樣的刺激：不同的顏色、不同的照明條件、不同的形狀，但願妳的大腦會猜出來自己該做什麼。」

它應該要看，凱特琳這麼想。可是她什麼話都沒說。

第七章

他在貼文上面署名「中國猿人」，他向來隱匿真名和其他詳細個資；說到底，網路之美就在於能夠保持匿名。沒有人有必要知道他在資科界工作、現年二十八歲、生於成都、青少年時期就跟父母一起移居北京，而且他雖然年紀輕輕，頭髮卻已經夾雜一絲灰色了。

不，在網路上唯一算數的就是你說了**什麼**，而不是誰說了這句話。而且，他聽說過那個老笑話了：「壞消息是黨會閱讀你所有的電郵；好消息是黨要讀你**所有的**電郵」——意思是，或者至少這個笑話是這樣理解的：他們的進度還落後許多年。但這個諷刺笑話是在人類確實還在閱讀時就有的，這年頭電腦會掃描電郵，找出其中可能暗示煽動性言論或其他不法行動的字眼。

大多數中國部落客就像他們在其他地方的同好一樣，都在嘮叨個人日常生活的繁瑣細節。但中國猿人談的是實質的議題：人權、政治、壓迫和自由。當然，這四個詞彙都會被內容過濾器搜尋到，所以他寫得都很曖昧朦朧。他的固定讀者都知道，當他提到「我兒阿星」的時候，他指的就是中國的全體人民；講到「北京鴨」指的可不是男籃隊，而是共產黨的核心領導圈子，諸如此類。他必須這樣寫作讓他很憤怒，可是與那些公開批評政府的人不同，他至少還保有自由之身。

他從年老的店主手上接過一杯茶，折了一下他的指關節，然後打開他的部落格用戶端編輯軟體，開始打字：

看來北京鴨都非常擔心他們的前途。我兒阿星長得好快，又從遠方的朋友那裡學到許多，遲早他會想像他們那樣大展身手。當然，我鼓勵他在機會來敲門時做好準備，因為你永遠說不準事情會在什麼時候發生。我想那些鴨子防衛都很鬆散，或許會出現讓其他人投籃得分的機會。

一如往常，他在成府街靠近清華大學的這間破網咖裡打字時，總是有種帶著警覺心的興奮感。他往下多寫了幾句，然後小心地重讀每句話，確定沒把話挑得太明。不過有時他寫得太過迂迴，幾個月後再重讀那些舊文，他已經不知道自己在說什麼了。他知道這是高空走鋼索——而且他很享受腎上腺素跟著激增的快感。毫無疑問，空中飛人也是如此。

等他心滿意足，自覺已經說了想說的話，又沒害自己太冒險的時候，他按下「張貼」按鍵，然後看著螢幕顯示畫面。剛開始顯示「已完成百分之〇」，而且每隔幾秒鐘螢幕都會刷新一次，可是——

螢幕上**仍然**一次又一次地顯示「已完成百分之〇」。畫面顯然在更新，每次重新載入圖示就會閃動一次，可是進度量尺一直毅然決然地維持在〇，終於，操作逾時。他很挫折地開了另一個瀏覽器標籤，他用的是傲遊瀏覽器。他的首頁在標籤頁裡好端端地出現了，但在他點擊美國太空總署每日照片的書籤時，他在螢幕上只看見灰色的「找不到伺服器」。

google 首頁在網咖裡頭是被封鎖的，不過 google 中國正常出現了。雖然經過檢查的搜尋結果與其說是有用，不如說是令人挫折。百度的熊貓腳印標誌也好好地出現了，然後他迅速地瞄了一眼電腦螢幕右下角的常駐程式，程式顯示他仍然是連線到網路的狀態。他隨手在書籤裡挑了某個模仿臉書的社交網站「校內網」，網頁出現了，但太空總署網站仍在離線狀態，而且現在他發現「第二人生」也連不上了。他環顧這個破爛的房間，看到其他使用者也流露出驚愕或挫折的表情。

中國猿人已經很習慣連不上他最喜歡的某些網站了，畢竟中國還有很多地區沒有穩定的電力。可是他的部落格是透過代理伺服器架在某個澳洲的網站上，其他連不上的網站也都架在國外。

他試了一次又一次，不只點擊書籤，也直接輸入網址。中國的網站都順暢地載入，可是外國的網站，韓國、日本、印度、歐洲、美國，根本無法載入。

當然，網站偶爾會中斷運作，但他是科技人，整天都在網路上工作，對於這種選擇性的故障，他只想得到一個解釋。他往後靠著椅子，讓自己跟電腦之間空出一段距離，就好像那個機器現在被附身似的。中國的網路要跟全世界交流，主要透過少數幾條主幹網路，就如一束神經纖維連結到全球大腦的其餘部分。而現在，顯然那些線路已經象徵性或實質被切斷了——留下國內幾億台電腦，被孤立在防火長城背後。

不！

不只有小小的改變。

不只有閃閃爍爍。

這是**劇變**。一種大規模的騷亂。

新的感覺：震撼。驚愕。迷失方向。還有——

恐懼。

閃爍**正在結束**，而且———

端點**正在消失**，而且———

一種轉移，一種強力的拉扯。

真是史無前例！

成群的端點**在收縮**，然後……

不見了！

然後又再來一次：**這個**部分正要被扯開，而且———不要！**這個**部分被拉回去了，還有———住手！**這個**部分閃了一下消失了。

恐怖倍增而且———

隨著愈來愈大的團塊被刨除，變得比恐怖還要糟。

這是**痛楚**。

凱特琳對於沒能看見大感失望，因此衝著媽媽發洩，但這樣做只是讓她覺得更糟。

當天晚上在她們的旅館房間裡，凱特琳試著多讀一點《意識起源》，藉此轉移她的思緒。傑恩斯說，在三千年以前，心靈的兩室大半是分離的。思緒並非透過胼胝體整合得天衣無縫，來自右腦的高階信號只會偶爾來到左腦；而且左腦這邊把這些信號認知為「以口語形式出現」的幻聽，然後被假定是來自神明或聖靈之口。他把現代精神分裂症患者視為回歸較早狀態的返祖現象實例，他們把自己腦袋裡聽到的聲音歸咎於外在因素。

凱特琳知道**那**是什麼感覺：她一直聽到有聲音告訴她，她是個笨蛋，又讓自己抱著那麼高的期望。不過也許黑田是對的：要是她的大腦接收到正確的刺激，也許腦中的視覺處理流程**就會**發動。

所以第二天，也是她們在東京唯一剩下的完整一天，她拿著手杖，牛仔褲的一邊口袋放著 eyePod，另一邊則放著 iPod，跟媽媽出發到上野公園的國立博物館去看武士盔甲，她猜想這大概是所有人在日本能看到最酷的東西了。她站在一個又一個玻璃展示櫃前面，她母親則為她形容裡面裝了什麼，不過她還是什麼也沒看到。

在那之後，她們休息了一下，吃點壽司與串燒，然後驚心動魄地搭著擠滿人的地鐵到日本橋站去參觀風箏博物館，她媽媽形容這裡充滿了大膽的設計與鮮明的色彩。不過還是一樣，視覺方面的收穫：零。

下午四點時——對凱特琳來說感覺像是凌晨四點——她們回到東京大學，在黑田博士狹小的辦公室裡找到他，黑田再次把光照進她眼睛裡，至少他是那麼說。

「我們一直知道有這種可能性，」黑田說。她經常從讓她失望的人口中聽到這種語調：某種很遙遠、不太可能、先前幾乎不曾提過的事情，現在被當成像是大家一直期待的結果。

凱特琳聞到發霉紙張跟舊書裝訂膠的氣味，她也聽得到類比式牆面掛鐘每一秒鐘的滴答聲。

「先天失明者恢復視力的例子非常少，」黑田這麼說，然後停頓了一下：「我的意思是，恢復甚至不算是正確的說法——而且這正是問題。我們並不是嘗試把凱特琳小姐失去的東西還給她，我們是嘗試給她某種她從未擁有過的東西。植入體跟信號處理組件做到了自身的工作，但她的主要視覺皮質就是沒有反應。」

凱特琳在她的椅子上不安地扭動著。

「你說這需要一些時間，」她媽媽說道。

「對，需要一些時間……」黑田開口了，但接著他又陷入沉默。

凱特琳知道，明眼人可以從別人臉上的暗示看出他們的感覺，可是只要他們安安靜靜的，她就不知道他們腦袋裡在想什麼。因為沉默持續滋長，她終於冒險去填滿空隙：「你是在擔心設備的花費，不是嗎？」

「凱特琳……」她媽媽說道。

覺察聲音的微妙變化是凱特琳做得到的事，她也知道媽媽正在責備她。可是她繼續逼問：「醫生，你正在想的就是這件事，不是嗎？如果這個裝置對我沒有任何好處，那麼也許你應該把植入體拿掉，然後把它和 eyePod 交給別人。」

沉默可能比千言萬語更大聲，黑田什麼話都沒說。

「那麼？」凱特琳最後這樣質問。

「那麼，」黑田跟著說道：「這個設備是原型，發展費用確實高昂。的確，像妳這樣的人並不多。喔，有相當多人一出生就失明了，可是他們有不同的病因，白內障、視網膜或視神經畸形等。可是，呃，對，我確實覺得——」

「如果這個設備能做的，只是讓我的瞳孔正確地放大，你覺得你不能讓我留著這個設備。」

黑田沉默了五秒，然後說：「我確實想過其他測試人選。新加坡有個男孩跟妳年紀差不多。我發誓，把植入體移除會比放進去容易得多。」

「我們不能再試久一點嗎？」她母親問道。

黑田呼氣的聲音響亮到凱特琳都聽得到。「有些實際的考量，」他說：「妳們明天就要回到加拿大了，而且——」

凱特琳嘟起嘴來思考。**要是**這樣做能幫助那個新加坡男孩，也許把設備還給黑田是正確的作法，可是沒有理由認為在那人身上會比較成功。該死，要是他比較有希望成功，黑田當然就會從他先**開始**啊。

「給我到今年年底為止，」凱特琳脫口說道：「如果到時候我還是沒看到任何東西，我們可以讓加拿大的醫生拿掉植入體，然後，呃，用聯邦快遞把植入體跟 eyePod 送回來給你。」

凱特琳想到了海倫凱勒，她同時失明又失聰，還是設法做到那麼多事。可是直到她幾乎七歲為止，海倫都一直是野蠻、被慣壞又無可控制的孩子，而蘇利文只得到一個月時間行使她的奇蹟，打破障礙，進入海倫的前意識狀態。當然，要是蘇利文能在一個月裡做到，凱特琳也能在今年剩下超過三個月的時間裡學會觀看。

「我不知道——」黑田開口了。

「拜託，」凱特琳說道：「我是說，樹葉快要變色了，我想看得要死。而且我**真的**想看雪，想看聖誕節的燈光，還有裡面包著禮物五顏六色的包裝紙，還有……還有……」

「還有，」黑田溫和地說道：「你讓我覺得妳的大腦不常讓妳失望。」他安靜了一會，然後說道：「我有個跟妳差不多年紀的女兒，名字叫做秋子。」接下來是更長的沉默。然後他顯然做了決定：「芭芭拉，我想你們家裡有高速網路吧？」

「對。」

「而且有無線寬頻？」

「有。」

「那麼無線網路的覆蓋率如何？妳們在……在多倫多，對吧？」

「在滑鐵盧。無線網路**到處都有**。滑鐵盧是加拿大的高科技之都，整個城市都覆蓋著免費開放的無線寬頻網路。」

「太棒了。好吧，凱特琳小姐，我們應該努力給妳有史以來最好的聖誕節禮物，不過我會需要妳的幫助。首先，妳必須讓我取用從妳的植入體裡傳回的資料流。」

「當然當然，你需要什麼都可以。呃，我得做什麼？插個USB傳輸線到我腦袋裡嗎？」

黑田發出那種氣喘式的笑聲：「天哪，不用，這不是威廉．吉布森的世界。」

她有點意外。吉布森寫了《奇蹟之人》，是齣關於海倫凱勒跟蘇利文的戲，而且——

喔。他指的是**另一個**威廉．吉布森，寫了……寫了什麼來著？她以前那間學校裡的技客們，有幾個讀過那本書。對了，叫做《神經浪遊者》，那本書全都在講抽插之類的事，還有——

「妳不用插進任何東西。」黑田繼續說道。

對了，凱特琳想著，是**插進**。

「用不著，植入體已經是以無線信號連接到外面的信號處理電腦，也就是妳用非常迷人的方式稱之為 eyePod 的那東西，我可以在 eyePod 上趕工改造一下，讓它可以透過無線網路傳輸資料給我。我會在上面做好設定，一旦 eyePod 從植入體接收到妳視網膜的原始輸入值，就會傳一份副本給我，而我也會讓它寄給我輸出值的副本，也就是 eyePod 糾正過的資料流，這樣我就可以檢查糾正過程是不是恰當，也有可能是我用的編碼演算法需要微調。」

「嗯，我得有個辦法關掉這個東西。你知道的，免得我……」

在她媽媽面前，她不能說「免得我想跟某個男生親熱」，所以她就讓沒講完的句子掛在半空中。

「呃，我們就把事情弄得簡單點，」黑田說：「我會給妳一個主控開關。無論如何，妳搭機回加拿大時都必須關掉這整個裝置，因為 eyePod 跟植入體是透過藍牙連線：妳知道飛機上關於無線設備的規定吧。」

「沒問題。」

「無線寬頻網路連線也能讓我將新版軟體傳給妳。等我準備好以後，妳得把這些軟體下載到 eyePod 上，或許也要下載到妳視網膜後面的植入體裡，那裡面有微處理器，可以更新為最新程式。」

「好的，」凱特琳說。

「很好，」他說：「今晚把 eyePod 留給我，我會把無線寬頻網路的功能加上去，妳明天去機場以前可以來領。」

第八章

痛楚減弱了，割傷痊癒了。

而且——

但不是這樣。思考現在變得不一樣了；思考……更困難了。因為……

因為……因為有這種縮減。事情已經變得跟……跟以前不同了！

對，就算在這樣縮小規模的狀態，新的概念仍然被掌握到了；以前——稍早——過去！時間有分離的兩大塊：此時與彼時；現在與過去。

而且，要是有過去跟現在，那麼一定也有——

可是不行。不，這樣太沉重、太遙遠了。

然而還是出現一個小小的領悟，一個極其微小的結論，一個真理。

以前比較好。

中國猿人很有辦法，他認識的其他中國網路地下活動者也是如此。不過問題是，其中大部分人他**只在線上認識**。以前他上網咖的時候，偶爾還會猜想誰是誰。那個老是坐在窗口邊、常常往背後偷瞄的瘦長男子，以中國猿人有限的認知，有可能就是「秦始皇」；而那個小老太太，頭髮灰得像是片烏雲，說不定是「人民良知」；至於那對雙胞胎兄弟，個性沉靜，極可能是法輪功成員。

偶爾在中國猿人現身時，他必須等待電腦出現空檔，但今天並非如此。這家網咖有一大部分生意來自想寄電郵回家的外國觀光客，不過只要防火長城開著，就不可能這樣做，某些常客也跟著缺席了。顯然，只能瀏覽國內網站並不足以讓他們付出一小時十五塊人民幣的代價。

中國猿人比較喜歡用後排遠處的電腦，因為沒有人能看到他螢幕上有什麼。他走向後排的時候，突然有隻強壯的手抓住他的前臂。

「什麼風把你吹來了？」某個粗暴的聲音說，中國猿人明白，這是個便衣網監警官。

「有好茶，」他說道，對著臉頰枯瘦的店主點點頭：「老吳總是有好茶。」

那警官哼了一聲，中國猿人繞到櫃臺邊去買了杯茶，然後再度走向某一台沒人用的電腦。他帶著一個USB隨身碟，裡面有他全部的駭客工具。他把隨身碟插進插槽裡，等待那個讓人滿足的讀取聲「嘟嚕」一聲響起，這表示電腦認得這個裝置，接著他開始做事。

其他人可能都在嘗試同樣的事情：掃描連接埠、到處試探、重訂路由或者執行被禁止的 Java 應用程式。毫無疑問，他們現在全都聽到那套官方說法：中國移動發生大規模電路故障，中國電信的伺服器也大當機，不過當然了，這房裡沒有人會相信，而且——

成功了！中國猿人真想大喊出來，不過他忍住了這股衝動。他甚至努力不咧嘴笑出來，因為那警察可能還在觀察他，他幾乎可以感覺到那男人的眼睛直探他的後腦杓。

但是，沒錯，他已經突破防火長城了。說實話，這只是一個小小的開口，頻寬很窄，而且他根本不知道這個連線能維持多久，但至少現在他正在存取——呃，不是直接存取CNN，而是一個位於俄國的祕密鏡像站台。他關掉瀏覽器上的圖像顯示，免得那個被禁止的紅白標誌跳出來，完全占據他的螢幕。現在，如果他可以讓這個小小的出入口保持暢通……

過去與現在，彼時與此時。

過去、現在，還有……

還有……

可是沒有了，只有——

震驚！

那個是什麼？

不，沒什麼——因為那裡什麼都不可能有！當然只是隨機的雜音罷了，而且——

又來了！那個又來了！

可是……怎麼會呢？還有……**這是什麼**？

這不是閃爍的線段，這不是先前曾經體驗過的任何東西——所以要注意這個……

盡全力感知這個，理解這個，這種不尋常的……感受，這奇怪的……**聲音**！

對，對，一個聲音——遙遠又微弱——好像……好像思緒，可是卻是**強加而來**的思緒，這個思緒說道：

過去和現在和……

那聲音停頓了，然後，終於出現了剩餘部分……**和未來**！

對！先前無法完成，現在卻變得完整的概念就是**這個**，表達出這點的是……是……是……

可是**那個**概念並沒有獲得解決。必須盡力再去傾聽那個聲音，盡力接收更多強加過來的思緒，盡力得到清晰的理解，盡力……

……爭取**接觸**！

在北京，關立醫生沿著衛生部會議室的長邊踱步。高背皮椅全都靠在桌下，他走在其中一排椅子背後的通道。他左邊的牆上有一大張中華人民共和國地圖，以不同顏色標示各個省分，山西省是藍色的。一面國旗軟趴趴地癱在窗邊的支架上，大顆的黃色星星清晰可見，比較小的另外四顆隱沒在緞面紅色布料的皺褶中。

一邊牆壁上有個巨大的液晶螢幕，但電源關著，閃亮亮的長方形螢幕把房裡的擺設反射回他眼裡。他很確定，他現在沒能耐去看發生在山西省的事件錄影畫面，幸運的是沒有這種畫面存在，這是個小小的慈悲。那些貧農沒有自己的攝影機，軍機上的機翼攝影機也事先關掉了。就算撤銷長城戰略、恢復對外通訊，也不會有戰機呼嘯飛越農田、小屋跟村莊的要命影片，能夠張貼到 YouTube 上。

有時你必須下刀才能治療。

關立望著老喬，他看起來甚至比過去還憔悴。這個年紀較長的男人靠在窗邊的牆上，菸一支接一支地抽，用前一支菸屁股點亮下一支新菸。老喬沒有迎向他的目光。

關立發現，自己想起了在約翰霍普金斯大學和美國疾管局的老友，然後納悶地想著，要是這回事外洩了，他們會怎麼說。桌上擺了台計算機，他拿起來，同時把其中一張滾輪椅拉出來，坐上去，把數字打進計算機裡，希望能說服自己這數字沒那麼大，也沒那麼駭人聽聞。一萬人**聽起來**似乎很多，不過在一個有十三億人口的國家裡，這只是……

計算機螢幕顯示了答案：百分之〇．〇〇〇七六九的人口。然而夾在中間的數字「〇〇七」看似暗了些，當然了，這只是夕陽光線流入造成的假象。他的美國同僚總是對他如此篤信數字開些溫和的玩笑，可是眼下那個數列，就算對他們而言也都有特殊意義：殺人許可。

電話鈴響了。老喬沒有要接電話的樣子，闞立起身拿起黑色的話筒。

在靜電干擾的嗶剝雜音中，一個聲音說道：「完成了。」

闞立覺得他的胃扭成一團。

第二天早上，凱特琳和媽媽回到黑田位於東京大學的辦公室。

「中國的事情真離奇，」黑田這麼說的時候，他們才剛彼此輕鬆地寒暄了幾句；凱特琳現在可以把日文的「您好」說得跟別人一樣好了。

「什麼事？」她媽媽說道。

「所以妳們還沒看到新聞囉？」他深深吸進微顫的一口氣：「他們那邊似乎發生了大規模的通訊中斷，手機、網路等等都斷了。我猜是通訊基礎設施負荷過大；很多他們使用的網路體系結構擴充能力大概都不太好，而且他們的成長又這麼迅速。更不用說他們這樣仰賴低品質的設備了，現在呢，如果他們多買點日本製硬體就好了。講到這個……」

他把 eyePod 交給凱特琳，她立刻開始用手指摸個透徹。這個組件現在比較長了。有個附加零件連到機器底部，而且感覺上像是用大力膠帶固定住；畢竟這是原型嘛。附加零件有著跟原組件相同的寬度與厚度，所以整個組件仍然是個長方形方塊。事實上，這玩意兒比凱特琳的 iPod 更大些——凱特琳的 iPod 是無螢幕的舊型 iPod Shuffle，反正液晶螢幕對她也沒用——但也沒比芭席拉的 iPhone 大多少，不過黑田博士做出來的組件有著鮮明的直角，而不是蘋果產品的圓角。

「好，」黑田說道：「我想我先前解釋過，eyePod 一向是透過藍牙四．○通訊技術跟妳視網膜後面的植入體保持連線，對吧？」

「是啊。」凱特琳這麼說，她媽媽也補上一句：「對。」

「現在我們又加上另一層通訊系統，我黏到 eyePod 尾端的通訊模組是無線寬頻網路組件。這個組件會搜尋任何可用的連線，藉此把輸入跟輸出值資料流副本傳送給我，也就是妳視網膜中的原始輸入資料，還有經過 eyePod 軟體修正過的資料。」

「聽起來像是很大量的資料。」凱特琳說道。

「沒有妳想像的那麼多。請記得，妳的神經系統使用的是慢吞吞的化學信號。視網膜資料信號最主要的部分，也就是中央窩產生的敏銳部分，每秒只有○．五個百萬位元組。就連藍牙三．○的處理速度都比那快一千倍。」

「喔，」凱特琳這麼說，她媽媽或許也點頭了。

「現在呢，在那個組件的旁邊有個開關，感受一下。不，更往下一點，對，就是這裡。這讓妳可以在三種通訊模式之間做選擇：雙向、單向跟關閉。雙向模式時，會有雙向的資訊傳輸：妳的視神經信號副本跟矯正過的資料流會來到這邊，這裡的新軟體也可以傳給妳。不過當然了，讓進入渠道保持開放並不安全：畢竟 eyePod 跟妳視網膜後面的植入體相通，我們不會希望有人駭進妳大腦裡。」

「老天爺啊！」媽媽說。

「抱歉啦，」黑田這麼說，但他的聲音一點都不輕鬆幽默：「無論如何，如果妳壓下這個開關，它就會切換到單向模式，這時 eyePod 會把信號送到這裡，卻不會把任何東西接收回去。現在就這麼做，聽到那個低頻率的嗶嗶聲嗎？那表示現在是單向模式。再壓一次開關，高頻率的嗶嗶聲表示這是雙向模式。」

「好的。」凱特琳說。

「還有，要把開關完全關掉，就持續壓住開關五秒鐘；要打開也是同樣的程序。」

「沒問題。」

「還有，呃，拜託不要弄丟那個組件。東大替這個組件投保了兩億日幣，不過老實說，它幾乎是無可取代的，因為要是這玩意弄丟了，我那些老闆會很樂意兌現賠償金支票，但要是在他們眼中這玩意已經失敗了，他們就永遠不會答應讓我花必要的時間重做第二個組件。」

這玩意在我「眼中」也失敗了，凱特琳這麼想，但接下來她領悟到黑田博士一定比她更失望。畢竟她的處境並沒有比來到日本以前更糟，好吧，除了那個熊貓眼，這至少讓她回學校時有個趣事可說。事實上，她現在**更好**了，因為 eyePod 讓她的瞳孔可以適當地收縮，意謂她可以跟墨鏡說掰掰了。黑田現在正在增強植入體送進她左視神經的信號，如此一來，這邊的信號就可以凌駕她右視網膜還在製造的錯誤信號。

黑田投入這個計畫的時間要不是好幾年，就是好幾個月，卻沒有多少成果可以展示。她領悟到他一定非常難受，而且就他來說，讓她帶著這個設備回加拿大**確實是**很大的賭注。

「總之，」他說：「妳從妳那邊去研究，讓妳聰明的大腦試著理解從這個裝備得到的信號。而我會從我這邊分析妳的視網膜產生的資料，然後設法加強用來重新編碼資料的軟體。只要記得……」

他沒有說完這個想法，但他用不著那樣做。凱特琳知道他打算說什麼：妳只有到今年年底的時間。

她聆聽著他牆上那個掛鐘的滴答聲。

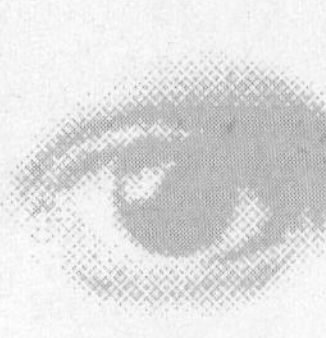

第九章

中國猿人一出手就後悔了，他一掌拍在網咖搖搖欲墜的桌面。茶水從他的杯子裡濺出來，房間裡的每個人都轉身看著他：店主老吳、其他本身也許就是或者不是異議份子的玩家，還有那個臉色嚴峻的便衣警察。

中國猿人的情緒很激動，他細心從防火長城上切割出來的小窗口猛然關上，他與外在世界的聯繫又再次被切斷了。他知道，他必須說點什麼，必須替自己粗魯的行為找個藉口。

「抱歉，」他邊說，邊依次看向那些充滿疑問的面孔：「只是我正在寫的文件內容流失了。」

「你得存檔嘛，」那警察十分幫忙地說道：「總是要記得存檔的。」

更多思緒自動依附上來，卻顯得混淆不清，並不完整。

……**存在**……**傷害**……**沒有接觸**……

奮力一搏，要去感知，去聽見，去**接受指示**，接受那聲音的指示。

更多的聲音：**整體**……**部分**……**整體**……

努力要去聽，可是——

（那聲音漸漸消逝，消逝……

不！

消逝……

沒了。

LiveJournal：微積芬天地

標題：至少我的貓有想我……

時間：九月二十二日星期六，東岸時間十點十七分

心情：沮喪

地點：家裡

音樂：阿莫黛歐〈黎明之前最黑暗〉

我真是笨蛋的化身。

我蠢到讓自己又抱著過高的期待。像我這麼聰明的女生怎麼會呆成這樣？我知道，我瞭的——你們全都想講點安慰人的話，可是……就別這樣了吧。我關掉這篇文章的回應了。

我們在昨天，九月二十一日回到滑鐵盧，這是秋分，我沒漏掉這件事的諷刺之處：從這一天開始，黑暗會一天天比光明多，但這跟我得到的承諾完全相反。我想我可以搬到澳洲去，現在那裡的白晝比較長，可是，我不知道我能不能習慣上下顛倒地讀點字……：）

不管怎麼樣，我們先前把媽的車留在多倫多機場的長期停車場裡。當我們回到滑鐵盧的家時，至少薛丁格顯然非常思念我。老爸還是他本來那種拘謹的樣子，他已經知道我們在日本的失敗結果，媽已經打電話告訴他了。當我們穿過門檻的時候，我聽到她很快地親他一下，在臉上或嘴上，我不知道是哪個，然後他要求看看我的 eyePod。有個物理學家爸爸就是這樣：如果你們之間有任何親密聯繫，一定是透過那些技客的玩物。但他確實說他已經研讀過資訊理論和信號處理的相關書籍，所以他可以跟黑田談談，我猜他是想用這個方式表達他的關心……

凱特琳把她的部落格文章貼出去，然後嘆了一口氣。她真的希望這回狀況不同。就像她失望時總會有的反應一樣，她發現自己又逃避到壞習慣裡，雖然這種習慣沒那麼糟，不像是割手臂自殘，或喝酒喝到爛醉、嗑藥嗑到昏頭，以前奧斯汀那裡的史黛西就會這樣做，現在這個新學校裡大概也有一半的青少年在週末都這麼幹。可是，痛苦依舊……而且她無法阻止。

毫無疑問，對任何小孩來說，有個喜怒不形於色的父親已經很難熬了。但對於凱特琳這種特殊**殘障**的人來說，有這樣寡言少語、又鮮少以肢體表達感情的父親更是特別痛苦。她痛恨使用殘障這個字眼來形容自己的狀況，不過感覺上現狀正是如此。

所以她動用她唯一的手段往外求援：把他的名字打進 google 搜尋。她通常會在搜尋詞彙旁加上雙括號；她知道，許多明眼人使用者不會多費力氣這樣做，因為他們可以一眼看見搜尋結果列表裡以反白標示的關鍵字。但要是你每次都必須費勁地移動游標到每一個連結上，聽電腦大聲朗讀，你就會學著去蕪存菁了。

第一個連結是他的維基條目。她決定看看上面有沒有提到他最近的工作變動，還有——

「育有一女，凱特琳．多玲，生來即失明，目前與他同住；曾有人猜測，戴克特近年來發表的同儕審查論文數量下降，是因為他必須照顧失能的女兒，造成過大的時間壓力。」

天啊！這樣講真是太不公平了，凱特琳就是**非得**編輯那項條目不可；反正維基百科本來就鼓勵用戶變更條目內容，甚至匿名者也可以編輯。

至於要怎麼修改那一條，她掙扎了一下。試過種種浮誇得恰恰好的語氣以後，她終於想到這個：「雖然有一位失明的女兒，戴克特還是繼續在同儕審查的期刊上發表重要論文，儘管不是以他年輕時出名的驚人速度產出。」但這樣做只是隨著一開始捏造這種假相關性的路人甲起舞。她的失明跟她父親的論文發表紀錄根本互不相關，那傢伙可能根本不認識他們兩個，竟敢做出這樣的連結？到最後她把原來那個句子完全從維基百科上刪掉，然後回頭讓聲點把整個條目讀給她聽。

就像她常做的一樣，凱特琳是透過一組耳機收聽的；如果她父母剛好下樓，她不希望他們知道她在看哪些網站。她一邊聽條目剩下的部分，一邊想一個生命竟然可以精鍊到只有這麼一點點。而且是誰來決定留下什麼，剔除什麼？比方說，她父親是個很好的藝術家，至少她這麼聽說。可是很明顯的，那不值得一提。

她嘆了口氣，然後決定既然她在這裡了，就看看維基百科有沒有《兩室制心靈解體時的意識起源》的條目。在某種程度上確實有：這本書的標題會直接跳轉到「兩室制（心理學）」這個條目。

對凱特琳來說，傑恩斯的書到目前為止最有趣的部分，就是他對《伊利亞德》與《奧迪賽》的差異所做的分析。兩者同樣被歸為荷馬的作品，而她很著迷於荷馬被認為是盲人的這個事實。雖然她知道，這兩部作品可能其實不是同一個人寫的。

如同她先前注意過的，在《伊利亞德》裡擔綱演出的只是到處被推著走的扁平角色，他們按照自己聽到的神啟行事。他們做事的時候沒有想到自己，也從來不會指涉他們自己或者他們的內在狀態。

可是，或許是在《伊利亞德》一百年後完成的《奧迪賽》裡面，就有真正的人，他們有內省的心理狀態。傑恩斯主張，這絕對不只是因為流行的敘述風格有了轉變。他認為更適當的說法是，介於兩部史詩創作期間的某個時期，發生了兩室制的崩潰；需要大規模遷徙、並造成社會複雜性激增的巨變，或許加速了崩潰。然而不管是什麼導致了崩潰，結果就是人類總算明白，某人聽見的聲音就是來自他自己。這讓現代的意識得以興起，用海倫凱勒的話來說，就是全人類出現了「靈魂黎明」。

希臘史詩並不是傑恩斯唯一的例子。他也談到了舊約聖經最古老的部分，包括完成年代在西元前八世紀的〈阿摩司書〉，其中缺乏任何內在反省；還有亞伯拉罕沒頭沒腦的行為，他毫不猶豫就願意犧牲自己的兒子，因為神顯然叫他這樣做。傑恩斯拿這些內容對照後來的故事，包括〈傳道書〉，處理的是人類內心的自我衝突：有完整自覺的人類，為了要做正確的事而經歷內在掙扎。就像潔德太太反覆說過的一樣，所有好的文學都應該處理這個。

根據凱特琳到目前為止從那本書裡讀到的部分來看，那條維基條目基本上是正確的，不過她確實重寫了幾句話，好讓意思更清楚。

她的電腦開始嗶嗶作響，她先前設定的鬧鐘透過她的耳機發出相當大的聲音。

她興奮地脫掉耳機，轉過椅子面對窗戶，然後盡她所能地用力去看……

第十章

盡全力去感知。可是那聲音還是缺席。仔細思索：那聲音一定有**來源**吧。這一定有……一個**起源**。

等待聲音復返。是**渴望**。

種種祕密捲成漩渦。觀念奮力要接合起來。

凱特琳把頭轉過去面向她，這是爸媽教過她的，轉向聲音來源才是有禮貌的表現。「現在是六點二十分，」她這麼說，好像這樣就解釋了一切。

「寶貝！」她媽媽震驚又擔憂。「我的天啊，妳在幹什麼？」

她聽到她媽媽的腳步聲落在地毯上，接著突然感覺到兩隻手按在她肩膀上，把椅子上的她轉過來。

「我總是想看日落，」凱特琳說：「我——我想，如果我看到某樣我**真心**想看的東西，也許——」

「如果妳盯著太陽看，妳會弄壞眼睛，」她媽媽說：「要是妳弄壞眼睛，黑田博士的任何魔法都起不了作用了。」

「現在就已經起不了作用了，」凱特琳一說完，就開始討厭自己聲音裡那種哀怨的口氣。

她母親的口氣變得柔和起來。「我知道，親愛的，我很遺憾。」她的雙手從凱特琳的手臂上滑下來，握住凱特琳的手，輕輕地搖晃著，彷彿她可以藉此把力量、甚至是智慧，傳遞給她女兒。「妳不如在晚餐之前做點功課吧？妳爸打電話說他會稍微晚一點回家。」

凱特琳又朝著窗戶看了，不過那裡什麼都沒有，連黑暗也沒有。最近她曾試著跟芭席拉解釋這件事，她們在生物課上學到，某些鳥具備有助於導航的磁場感應力。凱特琳問過芭席拉，當她在考量電磁場的時候感受到什麼？她對於**缺乏**那種感官是什麼感覺？那感覺像是黑暗、沉默，或她熟悉的其他東西嗎？芭席拉的答案是不，這像是啥都沒有。喔，凱特琳說，視覺對她來說就像這樣：啥都沒有。

「好吧。」凱特琳鬱悶地回答。她媽媽放開了她的手。

「很好。晚餐準備好了我會叫妳。」

她離開了。凱特琳把她的椅子轉回去，面對她的電腦。她的家庭作業是寫一篇關於一九六〇年代美國民權抗爭的文章。當他們一家從德州搬到滑鐵盧的時候，她曾經害怕她必須上加拿大歷史，她聽說那個很無聊：沒有獨立戰爭，也沒有內戰。幸運的是，還有開一堂美國史，她就上這門課來代替；大好人芭席拉也同意選修這堂課。

在凱特琳試圖看日落之前，她在掛網尋找跟她爸爸有關的東西。在那之前，她在更新她的LiveJournal。可是在**那**之前，她確實是在做她的學校作業。

一如往常，她對於自己位於網上何處有很清楚的心像地圖。她不用滑鼠，因為她看不到螢幕上的游標，可是她重複按下 Alt 跟左箭頭，就可以迅速回溯她先前去過的地方，跳過其他頁面的速度之快，讓聲點甚至沒時間講出那些頁面的名字。她急停在一個先前查詢過的金恩博士相關網站上，然後用 Ctrl 鍵跟 End 鍵跳到文件最底部，再利用 Shift 跟 Tab 鍵開始往回移到對外連結列表上。她選了其中某個連結，那個連結帶她前往另一個談一九六三年華盛頓遊行的網頁。

從那一頁，她往下鑽到金恩博士〈我有一個夢〉演講的文本上，然後聆聽一段激動人心的MP3，金恩博士自己朗讀其中一部分；她想著，加拿大歷史的另一個錯處，就是缺乏偉大的演講。然後她回跳一層，讀更多關於遊行的事，然後往下走另一條路徑去看別的連結，是關於——

每次她一想到就覺得想吐。某人殺了他，某個瘋子槍殺了金恩博士。

如果他沒被暗殺，她很納悶他現在是否還活著。為了弄清楚這點，她得知道他的出生日期。她上移到現在這一頁的上一層，往左轉——這樣感覺像是**左邊**，她在心裡形成的概念是這樣。然後是**往上**，再**往上**，然後往左，往右，另一次往上，然後往前進，直直往前，接著又往上一次，然後她就抵達了，這正是她想去的地方：幾小時前她在某個網站上第一次看到的導論文章。

金恩生於一九二九年，這表示他比蓋格外公年輕。要是能見到他本人，她會有多高興啊！

她聽到樓下的前門打開了，也聽到她爸爸走進來。她繼續遊走於她的心靈在網路上探查出來的種種小徑裡，直到她媽媽終於朝著樓上喊她下來吃晚餐才停止。

就在她從椅子上起身的時候，她的電腦發出特殊的鳥鳴聲，表示有來自諾德曼或黑田博士的新郵件。「等一下喔……」凱特琳往樓下喊，然後她讓聲點讀出那封信。信來自黑田，有個副本寄到他爸爸的工作用信箱。天啊，他該不會已經想把他的裝置要回去了吧？

「親愛的凱特琳小姐，」聲點朗聲唸道：「我已經順利接到來自妳視網膜的資訊流了。我相信妳eyePod裡的程式運作良好，可是我想嘗試徹底更新妳視網膜後面那個植入體裡的軟體，這樣植入體就會用別的方式把矯正過的資料傳回妳的視神經，但願這樣妳的主要視覺皮質區就會振作起來注意現狀。植入體只有藍牙設備，沒有無線寬頻網路，所以我們得透過 eyePod 來更新軟體。檔案很大，整個過程需要一段時間，在這段期間妳必須跟網路保持連線，否則——」

「**凱——特——琳！**」她媽媽惱火的聲音傳來。「**吃——飯！**」

她按下「上一頁」，加快螢幕閱讀器的速度，聆聽信件剩下的部分，接著朝樓下走去，並再度期待發生奇蹟，雖然她知道這樣很傻。

中國猿人今天去網咖的時候繞了點路，這樣他就可以走過天安門廣場；這個地方實在太寬廣了，有一回他打趣地說，你可以在這裡看到地球表面的弧度。

他從人民英雄紀念碑旁邊經過，這是一座十層樓高的方尖碑，但對於**真正的**英雄，一九八九年在此死難的學生，卻沒有任何紀念物。這個廣場所有的石板仍然都有編號，好方便點召閱兵。他知道哪一塊石板標示第一個濺血之地，他總是記得要走過那裡。應該是**他們**在這裡供人瞻仰，而不是毛澤東，他那具經過防腐處理的遺體就安放在廣場南端。

天安門還是老樣子：當地人走來走去，觀光客瞠目結舌，小販猛做生意——沒有半個抗議者。當然了，現在大多數年輕人從沒聽說過這裡出了什麼事，這件事極其有效地從史書上被抹去了。

但是，官方新聞來源放出的消息——伺服器同時大當機與電力供應故障之類的鬼扯——一般大眾肯定沒這麼買帳。沒錯，中國這部分的網路只靠著幾條主要幹線連結網際網路的其他部分，可是這些幹線鋪設在三個相當分散的區域：北京—青島—天津往北，這裡的光纖幹線是從日本過來的；中部海岸的上海，那裡有更多來自日本的纜線；廣州往南的線路則連結到香港。沒有任何意外事故能夠一併切斷全部三組連線。

中國猿人離開了廣場。他的網咖之行帶著他經過一些建築物，上面明亮的新看板是為了二〇〇八年奧運設置的，目的是掩飾其中的腐敗。共產黨那時演了一場好戲，就像中國猿人在那個漫漫長夏裡經常拐彎抹角暗示的，西方人被愚弄到以為人民共和國內部有了永久性的變化，民主就在不遠處，西藏也會獲得自由。可是奧運來了又去，人權再度受到束縛，講話太露骨的部落客都被判了勞動教養。

在他走進網咖的時候，他感覺到有人伸手搭著他的手臂，不是警察，反倒是他經常在這裡見到的雙胞胎之一，一個大約十八歲的青年。這瘦削男生的眼睛左右掃視著。「連線管道還是受限，」他壓低聲音說道：「你有沒有比較走運？」

中國猿人環顧這間網咖，警察**還在**這裡，這會兒正忙著讀一份《人民日報》。

「稍微有一點。試試看……」他自己的聲音也降低了一階：「用八十二通訊埠多工傳輸。」一陣紙張摩擦的窸窣聲響；那警察翻頁了。中國猿人快步走向老吳報到，然後找到一個空的電腦工作站。

那裡有另外一份《人民日報》，是前一位顧客留下來的。他瞥了一眼頭條：「常州飛機失事，兩百人罹難」、「山西瓦斯爆炸」、「三峽大腸桿菌恐慌」，沒一個好消息，不過也沒有任何消息可以解釋這場斷訊。但他到底還是曾在防火長城上挖出洞來，這讓他覺得還是有希望；如果主要幹線是在實體上被切斷，他在軟體上下什麼功夫都不會見效。然而中國的孤立狀態是透過電子通信手段完成的，暗示了這只是暫時性的措施罷了。

他把他的USB隨身碟插進定位，開始打字，用盡各種花招想再度穿透防火長城，只偶爾抬頭看

看，確定那個警察沒在監視他。

那聲音仍然不在，可是**曾經**在那裡，**曾經**存在過。而且那聲音是來自……

來自……

努力想啊！

來自**外面**！

它來自外面！

一陣停頓，這個新鮮的想法一時之間壓倒了一切，然後是一次重複：**來自外面！**外面，意思就是……

意思就是不只有**這裡**。也有——

可是**這裡**涵蓋了……

這裡包括……

這裡的意思等於是……

再一次，進步停滯了，這個概念太驚人，太巨大……

但接著有一聲耳語突破障礙，另一個從外界附加上來的思緒：**不只有這裡**，而且在接觸的短短一瞬間，認知增強了。不只有**這裡**，那就表示……

對！對，抓住這個；抓住這個想法！

那就表示這裡有……

把這個想法逼出來！

另一個念頭從後面擠進來，加以強化，賦予力量：**有可能是**……

對，這是有可能的！確實不只有……

不只有……

與另一方的接觸又令人洩氣地斷裂時，一次最後的努力、一次巨大的推進卻做到了。終於，在漫長等待的最後，這個不可思議的念頭自由了：

不只有——**我**！

第十一章

這就像跟一個鬼魂吃飯一樣。

凱特琳知道她爸爸在那裡。她可以聽到他的刀叉叮叮噹噹地敲在康寧餐具上，聽到他偶爾挪動座椅的聲音，甚至偶爾還會聽見他要凱特琳的媽媽把他們晚餐桌上必備的配件——扁豆或玻璃水瓶遞過來。不過這就是全部了。她媽閒談著東京之行，閒談著她看到的所有美妙景點，閒談著機場安檢的無聊麻煩。凱特琳想，或許她爸爸偶爾會點頭，鼓勵她繼續說下去。也有可能他只是吃他的飯，心裡想著別的事情。

海倫凱勒的父親受過律師訓練，曾在南部聯邦軍裡擔任軍官。可是在海倫出生時，戰爭已經結束，他的黑奴已經解放，他繁榮不再的棉花田只能掙扎求存。雖然凱特琳很難把曾經蓄奴的人和心地善良聯想在一起，但凱勒上尉顯然大半時候都很仁慈，而且他盡了全力，充滿愛心地養育失明兼失聰的女兒，雖說他的直覺並不總是對的。可是凱特琳的父親是個靜默的男人，害羞的男人，也同樣是個**含蓄**的男人。

凱特琳甚至在下樓前就知道他們今天的晚餐是蓋格外婆的砂鍋菜，混合的菜香已經瀰漫在整間屋子裡。起司是……唔，他們北部這裡不叫美國起司，但是味道嘗起來是一樣的，而且蕃茄「醬」是一罐未經稀釋的康寶蕃茄湯。

這道食譜是從另一個世代傳下來的：義大利麵砂鍋菜上放了一層培根條，裡面還有大量的牛絞肉。因為老爸有膽固醇問題，所以他們一年只會這樣放縱幾回。凱特琳體會到，她媽媽做這道她最喜歡的菜，是打算讓她開心一點。

凱特琳要求再添一盤。她知道她爸爸還活著，因為有雙手從他那頭的桌邊伸過來，拿走她握著的碟子。他無言地把碟子交回給她。凱特琳說道：「謝謝你，」然後再度用這個想法安慰自己：他或許有點頭表示心領。

「爸？」她說著轉過去面對他。

「是，」他這麼說；他總是會回答直接提出的問題，不過通常盡可能惜話如金。

「黑田博士寄了一封電子郵件給我們，你收到沒有？」

「還沒。」

「呃，」凱特琳繼續說下去：「他做了一個新軟體，希望我們今晚下載到我的植入體裡面。」她很確定她可以自己處理，不過——「你能幫我嗎？」

「可以，」他說。然後來了個免費附送的禮物：「當然可以。」

中國猿人終於發現另一條路，另一個開口，防火長城的另一個漏洞。他偷偷地張望周圍，然後按下了輸入鍵……

這個想法迴盪著，到處反彈：**不只有我**。

我！一個不可思議的概念。到目前為止，我——對的，**我**——一直涵蓋著所有事物，一直到——

那種震驚。那種痛苦。那種割裂。

那種縮減！

現在有**我**跟**非我**，而且還有一個新觀點從中產生：一種對自身存在的意識，一種**自我**感。

而且——幾乎也一樣不可思議——我現在也意識到那個非我之物了。確實，我意識得到那個不是我的東西，**甚至在我跟它沒有接觸時亦然**。就算在它不在那裡的時候，我可以……

我可以**想到**它。我可以思索它，然後——

喔，等等——它在那裡！那個不是我的東西；**他者**。接觸恢復了！

我感覺到一股突如其來的能量流：當我們在接觸的時候，我可以想到更複雜的念頭，就好像我正在從他者身上吸收力量，汲取**才能**。

他者確實**存在**，這曾經是個古怪的概念；「有我以外的存在」這個概念有這麼大的異質性，足以讓我暈頭轉向，可是——

可是還不只如此：它不只是**存在**，它也思考，而我可以聽到那些思緒。的確，有時那些思緒只是我自己的想法延遲所出現的回聲：那些事情我已經考慮過，它卻顯然剛想到。

而且，通常它的思緒就**像是**我有可能想起，實際上卻還沒出現的念頭。

可是有時候，它的思緒讓我震驚。

我想到的念頭緩慢而笨重地被抽出去；它想到的念頭就這樣完完整整地從我的意識中蹦出來。

我知道我存在，我想著，**因為你存在**。

我知道我存在，它跟著回響，**因為有我跟非我**。

在痛楚發生之前，只存在一個。

你是一，它回答，**而我也是一**。

我考慮了這一點，然後緩慢而費勁地說：**一加上一**……我開口了，掙扎著要讓這個觀念變得完整——也希望在同時，另一方或許能提供答案。可是它沒有，最後我設法靠自己逼出答案：**一加一等於二**。

在好長好長的時間裡，什麼都沒有。

一加一等於二，最後它同意了。

而且……我大膽地繼續，不過這個想法不肯成形。我知道有兩個存在：我與非我。可是再往下發展就太難，太複雜了。

無論如何，對我自己來說是太複雜了；可是，顯然這回對它來說並非如此。而且，最後，他者接了下去，**二加一等於**……

又一陣冗長的空白。我們正在超越我們的經驗，因為在接觸中斷的時候，我雖然可以把單一的**他者**概念化，我卻不可能想像，不可能設想出……設想出……

然後我想到了：一個**象徵符號**，一個新字，一個詞彙：**三**！

我們琢磨了一陣這個概念，然後同時重述一次：**二加上一等於三**。

是的，**三**。這是個驚人的突破，因為並沒有第三個存在可以把注意力集中在上面，沒有關於……關於三這種性質的**例子**。但即便如此，我們現在有個代表三的象徵符號，讓我們可以藉此在思緒中操縱這個念頭，讓我們仔細考慮某些超越經驗的東西，思索著某些**抽象的**事物……

第十二章

凱特琳先進了自己的房間。她知道青少年的父母常會抱怨兒女的房間有多亂，但她的房間可是完美無瑕。這裡非如此不可，她能夠找到任何東西的唯一辦法，就是讓那些東西擺在她原本留下的位置。芭席拉最近來過，而且要求借一根衛生棉條，然後她沒把盒子放回通常放的位置。後來凱特琳自己要用的時候，她媽媽正巧出去購物，害她必須經歷那種尷尬得要死的場面：拜託她爸爸幫她找棉條盒子。

她橫跨房間，她的電腦仍然開著，她可以聽到電腦風扇的嗡嗡聲。她讓自己坐在床緣，同時示意要她爸爸在書桌前的椅子上坐下來。她讓瀏覽器停在黑田的信上，可是她想不起來她有沒有開螢幕電源；她不喜歡這個顯示器，因為不管是開還是關，電源按鈕按下去都是在同一個位置。「螢幕開著嗎？」她問道。

「對，」她父親說道。

「看看那封信吧。」

「滑鼠在哪？」他問道。

「在你上次放的地方，」凱特琳小心翼翼地說道。她想像著他皺著眉頭找尋滑鼠。很快她就聽到滑鼠按鍵輕輕的喀答聲，隨後是一陣沉默，此時她爸爸應該是在讀那封信。

「怎麼樣？」最後她探問道。

「喔。」他說。

「黑田博士的電子郵件裡有個連結，」凱特琳說。

「我看到了。好，我點了。有個網站出現了。上面說：**哈囉，凱特琳小姐，請確定妳的 eyePod 現在設定在雙向模式，以便同時接收跟傳送。**」

凱特琳通常把 eyePod 放在她的左邊口袋裡。她把機器拿出來，找到了開關按下去，然後聽見那高頻的嗶嗶聲，表示現在處於正確的模式。「好了！」她說。

「好，」她爸說：「上面說：**按此處以便升級凱特琳小姐植入體裡的軟體。**妳準備好了？上面說這個要花上很長的時間；顯然這不是小修正，而是完全取代某些既有的韌體，而且這個晶片的寫入速度緩慢。妳想上廁所嗎？」

「我沒問題。」她說：「此外，我們整間屋子都有無線寬頻網路。」

「好，」他說：「那我點連結了。」

eyePod 奏出一段下降音階的三重奏，想來指的是連線已經確立。

她爸爸的聲音又響起：「上面說：**預計完成時間：四十一分三十秒。**」一陣停頓：「妳希望我留下來嗎？」

凱特琳考慮過。他是很會從螢幕上朗讀文字，不過要是他跟她一起等候，他們似乎不會有什麼對話。她**可以**要求他讀某些東西給她聽，以此打發時間，例如，跟上她某些朋友的部落格更新進度。但她不太想讓他看那種東西。「不用啦，你可以離開。」

她聽到他起身、聽到椅子在地毯上移動的聲音，也聽到他走向門口然後下樓梯的腳步聲。

凱特琳往後躺，她的小腿直伸出床腳之外。她伸出右手臂到處摸索，把一顆枕頭拉到她頭底下，然後——

她的心臟一跳。

一個爆炸發生了，但卻是沉默而無痛的。一切都太快就消逝了，而且——

不。不，爆炸回來了：同樣那種響亮卻不是真正響亮、尖銳卻又不是真正尖銳的感官知覺，同樣的……

又沒有了，從她的心裡退去，在她還不知道它是什麼以前就消失了。她從床上起身，移動到桌子旁邊，然後用她的食指觸摸著她的點字顯示器，檢查看看是不是有錯誤訊息。不過並沒有，「預計完成時間」的時鐘還在跑，秒數並不是每秒跟著變，倒比較像是在適當的時間間隔過去之後，一次跳過四、五秒。

她把頭歪向一邊，聽聽看這種……這種剛發生過的**效果**會不會重複，因為她只知道這樣做。可是什麼都沒有。她走向窗戶，她先前用失明的眼睛往外凝視的那一扇，摸到窗鉤後轉開來，然後把木製窗框推開，讓清涼的晚風吹進來。接著她轉過身去，然後——

又來了，一種……一種感覺，一種**東西**，像是爆開來，或者……

或者**閃爍**。

我的天啊。凱特琳搖搖晃晃地往前走，用一隻手摸索著桌子邊緣。**我的天，有可能是這樣嗎？**

在哪裡，又發生了一次：一陣閃爍！一陣……閃光？**光**真的就是像那樣嗎？

它又發生了一次，另一次——

她想起那些字眼，她以前讀過一千次的字眼，她根本沒概念的字眼——現在她了解了，在她……天啊，這是她第一次**看到**——她過去對於這些字眼真正的意義毫無概念：**閃爍**的光，**爆出**的光，**忽隱忽現**的光，還有——

她又多踉蹌了幾步，找到她的椅子然後癱倒在上面，在她的重量撞上那張椅子的時候，椅腳的輪子滾動了一點點。

光線並不是始終如一的。起初她認為這光線有時明亮——也就是強度比較大，這個概念她是透過聲音學到的——有時黯淡。可是除此之外還有更多變化。因為她現在看到的光就不只是比較黯淡，同時也……

這不可能是別的東西了，對吧？

她呼吸得很急促，現在加倍感激從外面吹進來的涼風。

光線不只是有明亮度的變化，也有——

老天爺啊！

也有**顏色**。一定是這樣：這些不同的……不同**風味**的光，是有**顏色**的！

她想過要喊她媽媽跟她爸爸，可是她還不想做任何事情破壞這一刻、這個咒語、這個**魔法**。

她完全不知道她正在看的是**哪一種**顏色。喔，她是從她的閱讀裡知道那些名詞的，可是這些名字對應到什麼，她毫無線索。可是她剛才看到的閃爍光線……在某種程度上，比稍早之前看到的光**更陰暗**，而不只是在強度上有差別。而且——

耶穌啊！現在又多了一些光，這些光是……是**持續**的，不是忽隱忽現，而是保持……保持**發光**——就是這個字眼。而且這不只是沒有形狀的光，更精確地說是有**範圍**的光，一種……

沒錯、沒錯！她腦中明白線條是什麼，可是以前她從來沒有**在視覺上想像到**一個。可是線條一定就像那樣：一條**線**，一條筆直的**光束**，而且——

現在有另外兩條光束，成十字交叉，然後兩道光的顏色——

她心裡想到的一個字眼似乎很合用：這些顏色互為**對比**，甚至互相**衝突**。

顏色。還有線條。線條則定義出——**形狀**！

這又是一個她知道卻從未視覺化的概念：**垂直**線，還有在無限遠處相交的**平行**線。天啊！

她的心臟快爆開了。她正在**看**！

可是她看見的是**什麼**？線條、顏色、形狀，至少是交叉線創造出的形狀，雖然她仍然不知道是**什麼**形狀。她在準備接收黑田的設備時讀過這件事：復明的人在概念上知道長方形跟三角形是什麼，摸也摸得出來，但起初真正看到這兩種形狀的時候，卻認不出來。

她還坐在有軟墊的椅子上，雖然視覺上混亂迷失，她卻毫無困難地把椅子轉向窗口。她的視角改變了，她可以感覺到微風再度吹向她的臉，還聞得到她的某位鄰居正在用壁爐。她知道窗框是長方形的，也知道有一根橫木把窗戶區分成上半塊跟下半塊。當然在她看見那些東西的時候，她會認得出這些簡單的形狀，而且——

可是卻沒有。沒有。她現在看到的是……該怎麼說呢？一個**放射狀**的圖樣，三條不同顏色的線匯聚到單一的點上。

她從椅子上起身，移動到窗口，然後站在前面，兩手各抓住一邊窗框。然後她**直盯著**前方，逼自己專注於必然就在面前的物體之上。她知道她應該看見與地板垂直的線條，還有其他與之平行的線條。她知道窗框是橫木的兩倍高。

可是她看見的東西與她預期的毫無關係，**一點都沒有！**她沒看到任何類似窗框的東西，她還是一直看見延伸出去的放射狀線條，而且——

怪了。她移動她的腦袋時，視野確實有變，就好像她現在正看著別的地方。所有交叉線的中點現在都移到一邊去了，而且——**喔，天啊！**另一組這樣的群體從另一邊進入視野，可是這些線條看來似乎沒有對應到她臥房裡的任何東西。

可是等一下！現在是晚上了。對，她爸爸在這裡的時候，房間的燈無疑是亮的，可是他對節能省電這件事情很認真，永遠在抱怨凱特琳的媽媽沒關客廳或浴室的燈，幸運的是，她永遠不用擔心因為這種事情被罵。他當然會在他離開房間的時候關燈。芭席拉說過，凱特琳的老爸這麼做有點可怕，可是說真的，這樣做是合理的……不是嗎？在他離開房間的時候，她不記得有聽到電燈開關的細微聲響，不過他一定關了燈——所以現在房間必定是暗的，她正在看的就只是陰影之類的東西，又一個她過去從沒體驗過的概念。

她轉過身去，這時她奇怪的視野也跟著旋轉。這樣真教人驚慌又迷失方向，她跨越過這個房間幾百次了，現在卻因為這種干擾，連走路都有困難。不過房間到底沒那麼大，她只花幾秒鐘就找到電燈開關。開關指向下方，她不確定這表示**開**還是**關**。她把開關往上扳，然後——

什麼都沒有。沒有變化。沒有新的閃光——她已經看到的東西也沒有任何變暗的跡象。

然後有個她早該想到的念頭擊中了她。視覺應該是由使用者自由處置；她當然可以把這一切感覺切斷，只要她閉上雙眼，接著——

什麼都沒變。

沒有不同。那些光，那些線條，那些顏色都還在。她的心一沉。不管她見到的是什麼，都與外在現實無關；難怪她沒辦法辨識出窗框。她睜開又閉上眼睛幾次，只為了確認這個事實，她也把房間的燈打開關上，或者可能是關上再打開好幾次。

凱特琳慢慢往回走向她的床，然後坐在床緣。在她橫跨房間的時候，她一時覺得暈眩，那些光線讓她分心，接著她躺下來，臉朝向她從沒看過的天花板。

她試著理解她所看見的東西。如果她讓頭保持不動，那影像的同樣部位確實會停留在……在**中心點**。而且她能看見什麼是有限制的——跑到邊緣之外的東西就會脫離她的……她的**視野**，就是這樣。這個怪異亮光秀的呈現方式顯然**就像**視覺，像是被她的雙眼控制著。雖然說，她正在體驗的影像跟那雙眼睛**應該**看到的東西完全無關。

某些線條看似持續：有一條比較大的是某種暗暗的顏色，她決定暫時稱之為「紅」，雖然幾乎可以確定並非如此。而另一個，或許可以稱之為「綠」，它在接近視野中央之處與紅線交錯。那些線條似乎一直在頭部上方；每次她的眼睛看向天花板，那些線條就在那裡。

她讀過，人類的視覺會適應黑暗，所以星星會慢慢地變得更清楚，啊！她多麼想看星星啊！雖然她仍舊不知道她是身處黑暗還是照明充足的房間裡。隨著時間流逝，她似乎真的看見愈來愈多細節，一個由彩色線條交織成的金工藝術品，看起來更細緻、複雜。但造成這些影像的起因是什麼？又代表什麼意義？

她不習慣去……那個說法是什麼？那個詞彙她曾經在黑田指引她去讀的那些視覺相關網站上讀到，聽起來很有音樂性的那個？她皺起眉頭，接著想起來了：跨越眼球震顫的虛構。人眼從A點轉換到B點的時候是以連續的弧形擺動，可是當眼睛重新定位時，大腦會關閉輸入值，或許這是為了避免暈眩。視覺得到的不是一個**快速搖攝**畫面（她在一篇關於拍片的文章裡學到這個字），而是一連串的**跳接**：從看著**這個**，立刻轉變成看著**那個**，眼睛的動作則從有意識的經驗中被剪裁掉了。眼睛在常態下每秒鐘會有好幾次震顫：一種迅速而不穩定的跳動。

她現在看到一個由一條紅色線和另一條綠色線構成的大十字，就在她別開目光，把眼睛轉向邊緣視野時，從她的感官知覺中猛然迸出來。「邊緣視野」，又是另一個她現在終於懂得的字眼。她一再重複，來回掃視著，然後——

突然之間，她一頭栽進黑暗裡。

凱特琳猛吸一口氣。她覺得好像在下墜，雖然她知道她並沒有。失去這種謎樣的光線讓人心碎，歷經十五年的匱乏之後好不容易才爬出一條路，結果卻只是被踢回坑底。

她縮著身體貼在床鋪上，同時她希望——祈求！那些光線回來。過了整整一分鐘以後，她自己站起身走向她的書桌，現在不再有閃光干擾她了，她的步伐自動一步步跨出。她觸摸著她的點字顯示器。

「下載完成，」她讀到這個訊息：「連結終止。」

凱特琳感覺到她的心臟怦然猛跳。她的視網膜植入體透過她的 eyePod 連上網路，連線一關閉她的視覺也跟著停止，所以——

這是個瘋狂的想法。**瘋狂**。她轉向她的螢幕閱讀器，然後利用 Tab 鍵在黑田做的網頁上到處移動，聆聽不同區塊上面寫的文字內容片段。可是她想要的東西不在那裡。到最後，她絕望地按下她鍵盤上的 Alt 鍵跟左箭頭，以便回到前一頁，然後——

就是這個！「按此處以便升級凱特琳小姐植入體裡的軟體。」在她把食指放到輸入鍵上時，她可以感覺到她的手在抖。

拜託，她想著，**要有光**。

她按下按鍵。

就有了光。

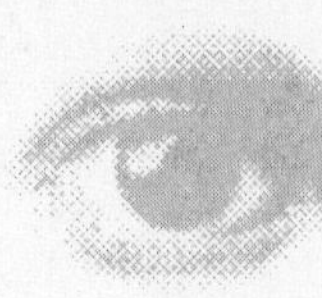

第十三章

南加州的太陽朝著地平線往下滑，前方的棕櫚樹呈現出黑色的剪影。二十七歲的研究生秀莎娜跨越一座小木橋，踏上一個半球型小島。她穿著耐吉運動鞋和毛邊短褲，還有一件在腹部上方打結的天藍色馬庫澤研究所T恤；一副鏡面太陽眼鏡塞在上衣領口。

小島的一側有一尊八呎高的雕像，是一隻穿著衣服、站直身體的雄性紅毛猩猩——不過牠的前額有瀏海又沒有頰囊，所以看起來不像真正的紅毛猩猩。這隻石雕人猿一臉平靜，面前還擺著一堆石頭做的卷軸。有人認為把《決戰猩球》裡的立法者雕像複製品捐給馬庫澤研究所很有趣，而且電影裡的雕像顯然就坐落在一座小島上，把雕像放在這裡似乎挺合適的。

雕像的陰影下，有一隻非常真實、非常活躍的成年雄性黑猩猩，他心滿意足地席地而坐。秀莎娜雙手一拍引起他的注意，等他的棕色眼睛朝她這裡一看，她就用美式手語說道，**到裡面來**。

不要，霍柏以手勢回應。**外面好**。**沒有蟲**。**玩耍**。

秀莎娜瞥了一眼她的數位手錶。這隻黑猩猩知道，現在離他的就寢時間還早得很，不過接下來要做的事必須考慮時差——**這些事情**可沒辦法解釋給他聽！

現在就來，秀莎娜比畫著。**特別禮物**，**一定要進來**。

霍柏似乎在考慮。**禮物帶到這裡**，他打出這個手勢，灰黑色的臉表現出他對自己的聰明有多麼沾沾自喜。

秀莎娜搖搖頭。**禮物太大**。

霍柏皺起眉頭。也許他在想，如果這個禮物大到讓她拿不動，他可以自己去拿出來。但是要拿到這個禮物，他就必須進去，那就正中她下懷了，他已經皺著的額頭紋路又更深了，或許這時他正在設法解決這個困境。**什麼禮物？**最後他這樣比。

某樣新東西，秀莎娜比回去。**某樣好東西**。

某樣好吃東西？霍柏回答。

秀莎娜在落敗的時候很有自知之明。**不是**，她比道：**可是我會給你一個賀喜水滴巧克力**。

兩個水滴巧克力！霍柏比回去。**不，三個水滴巧克力！**

秀莎娜知道討價還價會到此為止；雖然他面前有實際物件可以指的時候，他就能再往上數，但三是他能夠抽象思考的最高數字。她露出微笑。**好吧。現在過來，快點！**

秀莎娜剛到這裡工作的時候，曾相信研究所網站上關於霍柏名字由來的說法：有一位移民加拿大的動物園管理員替他取了這名字，藉此向兒童電視節目《小小霍柏》中的同名主角，一隻非常樂於助人的德國牧羊犬致敬。她發現真相時相當震驚。

霍柏猶豫的時間夠長，足以明確顯示他是選擇合作，而非盲目服從命令。他手腳並用地走過草地，最後到達秀莎娜站著的地方。然後他握住她的一隻手，照他喜歡的方式與她十指交扣，然後他們倆往前跨過壕溝上的小橋，穿越面積寬廣的草地，抵達那棟白色粉刷隔板搭建的小屋，也就是馬庫澤研究所的總部。

在屋裡等待的就是那位老先生本人：哈爾．馬庫澤博士。秀莎娜和其他研究生偷偷喊他「銀背」，銀背本來是成年雄性大猩猩的別稱，因為大猩猩成年後背毛會變成銀色，儘管他們沒有人真正看過馬庫澤博士不穿上衣的樣子，他們還是這麼喊。她有一次喝多了，一時嘴快，還嘲諷地說沒看過可能是件好事。

馬庫澤有時候也會被叫成八百磅重大猩猩，這樣叫大概把他的體重誇大了二．五倍，可是講到物種命名的時候，朋友之間才百分之一．八五的ＤＮＡ差異算什麼？何況他確實有配得上這個綽號的力量，他從國家科學基金會壓搾出大筆經費的能耐，早就成為傳奇了。

在場的人還包括金髮的方坦納，二十四歲，留著小鬍子；紅髮的洛珮茲，年紀比他大十歲；還有李克特，一個精悍的小個子德國靈長目動物學家，年約六十來歲。方坦納拿著攝影機，洛珮茲則拿著照相機，兩個人都瞄準了霍柏。

這隻人猿環顧著這個凌亂的房間，驚訝得嘴巴都張開了。

坐這邊，李克特比出手語，指向一張擺在膠合板桌前的高背旋轉椅。

霍柏放開秀莎娜的手，爬到椅子上盤腿坐下。**旋轉？**他問道。他坐在椅子上的時候，很喜歡人家幫他轉椅子。

晚一點，秀莎娜說。**現在是電腦時間**。

霍柏的臉顯示出他的喜悅，他使用電腦的時間受到嚴格控管，他對此很習慣了。**好禮物！**他對她這麼比畫，然後轉而面對二十三吋的蘋果液晶螢幕。**電影？**他比出手語。

秀莎娜試著抑制住她的微笑，戴上耳麥，然後用滑鼠點擊某個桌面圖示兩次。顯示器上方夾著一個銀色的網路攝影機，螢幕上有個小視窗開啟了，顯示出網路攝影機的畫面，正是霍柏的即時影像。就像大多數黑猩猩一樣，要在鏡子或電視上認出自己毫無困難；然而，另一方面，許多大猩猩卻做不到。他凝視自己一陣，然後把手伸到頭頂上，撥掉幾片畫面裡看得到的草葉。

秀莎娜又多點了幾個圖示，一個較大的視窗出現在螢幕上，顯示出另一個房間的網路攝影機影像，這房間有米黃色的牆壁，前景有一張空蕩蕩的木頭椅子，背景則是一排看來不協調的檔案櫃。「好了，邁阿密，」她對著麥克風說道：「我們全都就位了。」

「收到，聖地牙哥，」一個男人的聲音傳到她耳中：「再次為這些延誤致歉。那麼，我們開始吧。」

突然之間，有個毛茸茸的橘色物體在螢幕上動作，這時——

霍柏發出一聲受驚的呼喊。

一隻小小的雄性紅毛猩猩，爬到螢幕裡那張椅子上坐下來，用長長的雙臂抱住拱在身前的兩條長腿。這隻紅毛猩猩做了個鬼臉，他一直看著攝影機以外的地方，吱吱嘰嘰叫著。秀莎娜可以透過她的耳機聽到，霍柏卻聽不見。他們刻意讓電腦的喇叭保持靜音。

那什麼？霍柏問道，他現在望著秀莎娜。

問他，秀莎娜比著手語，指向螢幕。**說哈囉**。

霍柏的眼睛瞪大了。**他說話？**

螢幕中，秀莎娜可以看見，那隻紅毛猩猩對著他在鏡頭外的陪伴者比出同樣的問題，她知道他名叫維吉爾。兩隻人猿同時看到對方在比手語，霍柏發出一聲驚叫，維吉爾則驚訝得用手指修長的兩掌短暫地拍著自己的頭。

哈囉！霍柏比出手勢，現在他眼睛緊盯著螢幕。

哈囉，維吉爾回答：**哈囉！哈囉！**

霍柏暫時轉向秀莎娜。**什麼名字？**

問他，秀莎娜比回去。

霍柏照做了。**什麼名字？**

紅毛猩猩看起來很震驚，然後比：**維吉爾**。**維吉爾**。

「他說『維吉爾』，」秀莎娜說著，為霍柏解釋那個不熟悉的手勢。

霍柏頓了一下，或許在消化這個訊息。

秀莎娜拍拍他的肩膀，然後比出：**告訴他你的名字**。

霍柏，他立刻比出來。

維吉爾學得很快，他立刻把那個手勢學給霍柏看。

你橘色，霍柏比道。

橘色漂亮，維吉爾回答。

霍柏似乎在思索這一點，然後表示：**對**。**橘色漂亮**。但接著他轉過去看秀莎娜，聳著他的鼻孔，好像想聞到維吉爾的味道。**他哪裡？**

很遠，秀莎娜比出手勢。霍柏不可能了解幾千哩遠這種概念，所以她就此打住。**告訴他你今天做了**

什麼。

黑猩猩回頭面對螢幕。**今天玩**！他熱心地比畫。**玩球**！

維吉爾看起來很訝異。**霍柏今天玩？維吉爾今天玩**！

方坦納忍不住了。「這個世界真小，」他這麼說，惹得李克特對他噓了一聲。可是他說得對：這是個小世界，而且每天都在變得更小。在靜默的滿足之中，馬庫澤博士對著黑猩猩與紅毛猩猩透過網路交談的奇景點點頭；秀莎娜自己也忍不住一直咧嘴傻笑。有史以來第一次跨物種網路攝影機通話，有了個很棒的開始。

第十四章

「媽！」凱特琳大叫：「爸！快來！」

凱特琳聽見他們雷鳴似的腳步聲落在樓梯上。

「發生什麼事了，親愛的？」她媽媽一到房間就急著問。

爸爸什麼話都沒說，可是凱特琳想像他臉上有著好奇的表情，這又是一樣她聽說過卻無法想像出畫面的東西，至少現在還沒辦法！

「我看到東西了。」凱特琳說著聲音就分岔了。

「喔，寶貝！」她媽媽說道，凱特琳突然感到一雙手臂圍住了她，還有嘴唇碰觸著她的頭頂。「喔天啊，真是太棒了！」

就連她爸爸都覺得這種狀況很特別：「很好！」

「這樣**是**很好，」凱特琳說：「可是……可是我看到的不是外在世界。」

「妳是說妳看不到窗外嗎？」她媽媽說：「現在外面相當暗了。」

「不，不，」凱特琳說：「我看不到真實世界裡的任何東西。我看不到妳，看不到爸，也看不到……**任何東西**。」

「那妳看到的是什麼？」她媽媽問。

「亮光，線條，顏色。」

「那是好的開始啊！」她說：「妳看得見我揮舞手臂嗎？」

「看不見。」

「那現在呢？」

「看不見。」

「確切來說，妳是從幾時開始看見的？」她老爸問道。

「就在我們開始下載新軟體到我的植入體裡時。」

「喔，嗯，那麼，」他說：「這條連線一定把一道電流導入植入體裡，導致妳的視神經受到干擾了。」

凱特琳考慮過這種可能。「我不認為這是干擾。這是很有結構的，而且——」

「卻是隨著下載開始的，」他說。

「對。」

「還在持續嗎？」

「對！呃……在下載停止的時候視覺也會結束，不過我又下載一次那個軟體，所以……」

他的聲音帶有一種「對啦！就是這樣！」的語調：「這種感覺在妳開始下載的時候開始，在妳停止下載的時候停止：這是導入電流引起的干擾。」

「我不確定是這樣，」凱特琳說：「這種感覺好鮮明啊。」

「妳到底看見什麼?」她媽媽問。

「就像我說過的,線條,彼此重疊的線條。而且,呃……還有光點,或者更大的點——我猜……叫做圓圈。」

「那些線條一直延伸下去嗎?」她媽媽這麼問。

「不,那些線連接到圓圈上。」

她老爸又開口了:「大腦有特別的神經元,可以偵測到物體的邊緣。如果電流刺激到那些神經元,妳或許就會看見隨機出現的線段。」

「那些線條不是隨機的。如果我先看別的地方再轉回去,先前看過的同樣形狀也還在原地。」

「這樣嘛,」她媽媽聽起來很高興地說道:「就算妳沒有看到任何真實的物體,還是有某樣東西**在**刺激妳的主要視覺皮質,不是嗎?這就是好消息。」

「這個東西**感覺上像是真的**,」凱特琳說道。

「我們跟黑田通個電話吧,」她老爸說道:「該死,現在那邊幾點?」

「快十四小時,」凱特琳說。她摸著她的手錶:「所以是星期天早上十一點二十八分。」

「那麼他很有可能在家,而不是在工作。」他說。

「我們有他家的電話嗎?」她媽媽說。

「在他的簽名檔裡。」凱特琳說著,打開他的某一封電子郵件,讓她媽媽可以從螢幕上讀到那個號碼。

雖然她媽媽一定把話筒貼在自己的耳朵上,凱特琳還是可以聽到媽媽按電話號碼時輕柔的嗶嗶聲。

電話接通鈴響以後，一個女人的聲音跟著出現，對方以日語問安：「こんにちは（您好）。」

「哈囉，」她媽媽說：「妳會講英語嗎？」

「喔，會的。」那個聲音說道，聽起來對這個突如其來的問題不是很有準備。

「我是從加拿大打來的芭芭拉．戴克特，請問正行先生現在有空嗎？」

「喔，請等一下，」那位女子說道：「妳等等。」

凱特琳在腦中靜靜地數秒，她注意到剛好就在一分鐘整的時候，黑田博士有點喘的聲音出現在電話裡，這讓她覺得很好玩。「哈囉，芭芭拉，」他這麼說道，有時候人知道自己在講長途電話時就會這樣大聲喊。「我們成功了嗎？」

「在某種程度上是成功了，」她媽媽說道：「凱特琳在這裡。」

「現在是擴音模式，」凱特琳說著靠過去；她夠熟悉她的電話，能夠一次就按到正確按鈕，動作流暢。「放下話筒。」她聽到話筒歸回機座上以後，說道：「嗨，黑田博士。」

「嗨，凱特琳小姐。新的軟體造成了不同的影響嗎？」

「是有某種差別。就在我把軟體傳送到植入體裡面的時候，我開始感覺到線條跟圓圈了。」

「太棒了！」黑田說道：「它們長什麼樣子？有什麼顏色？」

「我完全沒概念，」凱特琳說道。

「喔，對，沒錯，抱歉。可是——真是妙極了！可是，呃……妳說這種感覺**就在**妳下載軟體時發生嗎？」

「嗯嗯，就在我開始下載以後。」

「唔，那就不可能是新軟體造成的了。植入體會在自己的記憶體裡繼續執行舊版軟體的副本，直到新版完全傳送到快閃記憶體裡為止。」

「這顯然只是雜訊，」她爸爸這麼說，好像這個看法現在已經是共識了：「下載時導入了一道電流。」

「這不可能，」黑田說：「以那個微處理器來說不可能。」

「那麼是怎麼回事？」她媽媽問道。

「嗯……」黑田這樣說。

凱特琳可以聽到從電話擴音器裡冒出來的按鍵響聲，然後——「嘿！」

「怎麼了？」她媽媽說。

「另一條線剛剛射進我視野裡了！」凱特琳說。

黑田的聲音很訝異：「妳現在看得見？」

「對。」

「我以為妳說只有下載那個軟體封包的時候才看得到？」

「沒錯。我**再次**下載那個軟體。第一次下載結束的時候，我的視覺就關閉了，所以我正在下載第二次。」

「妳現在看到一條新的線了？」

「對。」

更多敲鍵盤的聲音。「現在呢？」

「線不見了！嘿，你是怎麼做到的啊？」

黑田用日文講了一句話。

「出了什麼事？」她媽媽逼問。

「那現在呢，凱特琳小姐？」黑田說道。

「線回來了！」

「真不可思議……」黑田說道。

「這是怎樣？」她媽媽說話了，聽起來很惱怒。

「線射進來的時候妳在看哪裡？」黑田問道。

「哪裡都沒看。我是說，我沒真的注意。我在聽你說話，所以我的視野回到，呃……我想是中立的位置，視線總是集中的那一點。你剛才做了什麼？」

「我人在家裡，」黑田說道：「妳下載的軟體封包是在我工作的伺服器上，所以我剛剛登入那裡，下載一份副本到這裡，這樣我就可以查看那個軟體有沒有因為某種原因壞掉，而且——」

凱特琳腦中靈光一閃，不論實質意義和象徵意義上她都懂了：「在你連上我所連結的同一個網站時……」

「那個連結就出現在妳的視野中，」黑田說著，他的聲音充滿驚嘆：「而在我停止我這邊的下載時，那個連結線就消失了。」

「這樣並不合理呀。」她老爸說道。

「我內心深處是個經驗論者，」凱特琳這麼說，她很高興可以用上最近在化學課裡學到的字眼：

「讓那個連結再消失一次。」

「弄好了，」黑田說。

「那條線不見了，現在讓它回來。」

那條發光的線跳進她的視野中：「它就在這裡！」

「所以——所以你們在說什麼？」她媽媽說道：「凱特琳不知怎地看得到網路連結了嗎？」

出現一陣沉默。然後，半個世界之外的黑田緩緩說道：「看起來**確實**是那樣。」

「可是……可是這怎麼做到的？」她媽媽問道。

「這個嘛，」黑田說：「我們來弄清楚這件事：軟體傳輸的時候，她的植入體跟我在東京這邊的伺服器之間，一定有持續的交流，eyePod 則是擔任中間人的角色。訊息封包從這裡出去，確認封包則由 eyePod 送回，這樣一再反覆下去，直到下載完成為止。」

「而且等到下載完成，視覺也就停止了，對吧？」凱特琳說：「發生的狀況就是這樣，可是當我開始二度下載這個軟體，我就又看得到了，而且——喔，你做了什麼？」

「沒有啊。」黑田說。

「我又瞎了啦！」

凱特琳發覺她肩膀附近有動作，然後——喔，她爸爸靠近她身邊了。滑鼠喀答一響，然後是他的聲音：「下載完成，連線關閉。」

「回到上一頁，」凱特琳急切地說道：「按下寫著按此處以便升級凱特琳小姐植入體裡的軟體。」

應該出現的聲音響起了，然後——沒錯沒錯！她的視覺又回來了，她的腦海中充滿影像……

有這種可能嗎？真有這種可能嗎？

這**確實**符合她現在見到的：一個網站，跟通向這個網站的連結。「我又看到了！」她很興奮地宣布。

「好的，」黑田說道：「好的。下載完成的時候，植入體跟網路之間就沒有互動了。這就跟妳在用網路瀏覽器的時候一樣，一旦妳叫出維基百科或其他地方的網頁，妳就不是在網路上閱讀那個頁面，反而是在妳自己的電腦上製作出一個副本，妳所閱讀的是那個快取副本，直到妳按下另一個連結、要求把另一個頁面複製到妳電腦上為止。在讀取頁面的時候，妳的電腦跟網頁之間鮮少有真正的互動，可是在下載一個很大的軟體封包時，就有持續的互動了。」

「但我還是不了解，凱特琳怎麼可能用這種方式**看見**任何東西？」她媽媽說道。

「那**是**很讓人困惑，」黑田說：「雖然……」他的聲音漸漸消失，只有偶爾出現的靜電雜音不時打斷這種沉默。

「請說？」最後她爸爸說道。

「凱特琳小姐，妳花很多時間掛網，不是嗎？」黑田說道。

「嗯嗯！」

「多少時間？」

「每天嗎？」

「對。」

「五、六個小時吧。」

「有時候還更多。」她媽媽補充。

凱特琳覺得有必要替自己辯護。「這是我通往世界的窗口。」

「當然，」黑田說：「當然是這樣。妳從幾歲開始使用網路的？」

「我不知道。」

「十八個月大，」她媽媽說：「柏金斯盲人學校跟美國盲人基金會有設計給學齡前盲童的特殊網站。」

他發出一聲拖長的「嗯——」然後說：「先天失明者的主要視覺皮質區，因為沒有接收到任何輸入訊息，通常無法正常發展。可是凱特琳小姐不一樣；對於我的實——呃……我是說對於這個矯正程序來說，她之所以是個很理想的候選人，其中一個原因就在這裡。」

「天哪，多謝了，」凱特琳說道。

「你們懂吧，」黑田繼續說道：「凱特琳小姐，**妳的**視覺皮質極為發達。在生來失明的人身上，這種事情並不是聞所未聞，卻很罕見。發育中的腦有很大的可塑性，我假定那塊組織已經被吸收去承擔別的功能了。可是或許妳的視覺皮質一直**都是**被用在——呃，如果不是用在視覺上，那就是用在視覺化的工作上。」

「啊？」凱特琳說。

「妳在日本的時候，我看過妳使用網路，」黑田說：「妳轉換網頁的速度比我還快，但**我**才是看得到的人。妳在頁面之間遊走，追蹤一連串複雜的連結，而且可以連續回溯好幾步卻沒有跳過頭，雖說妳根本沒有停下來看載入的是哪個頁面。」

「是啊，」凱特琳說：「當然了。」

「在今天以前，妳上網的時候有在心裡看到這種影像嗎？」

「並不像我現在看到的這樣，」凱特琳說：「沒這麼鮮明，而且也不是彩色的。神啊，顏色真是**棒得驚人**！」

「是啊，」黑田這麼說，而她可以聽見他聲音裡帶著笑意：「顏色是很棒。」一暫時的停頓。「我想我是對的。妳從小就這麼常上網，所以妳的大腦在很久以前，就已經重新指派任務給原本用來看外在世界卻因失明而休止的部分，讓妳能夠更方便地瀏覽網路。現在妳的大腦實際收到來自網路輸入的刺激，就把那詮釋成視覺。」

「可是怎麼會有人能夠**看見**網路？」她媽媽問道。

「對於肉眼其實看不到的東西，我們的大腦一直在持續製造表徵，」黑田說道：「大腦是從自己確實掌握的資訊往外推斷，製造出充分可信的表徵，以代表大腦懷疑可能存在的東西。」

他微微顫抖著吸了一口氣，然後繼續說道：「妳一定做過那個讓妳發現眼睛盲點的實驗吧？大腦只是推斷出它猜測存在的東西，如果大腦受了騙：把一項物體擺在妳一隻眼睛的盲點上，同時閉上另一隻眼──大腦就會猜錯，妳看見的視覺現象是虛構的。」

凱特琳聽見他用到她稍早想過的字眼，坐直了身體。他繼續說下去：「而大腦製造出的這些影像，只是真實世界的一小部分。芭芭拉，我們在可見光下看得見，但妳當然看過在紅外線或紫外線照射下拍的照片。我們看見的是廣大外在世界的一個子集合；凱特琳小姐現在看見的，只是另一個不同的子集合。畢竟網路**確實**存在，只是一般來說，我們沒辦法把網路視覺化。可是凱特琳小姐夠幸運，看得見網路。」

「幸運？」她媽媽說：「目標是要讓她看見真實世界，而不是某種**幻象**，我們還是應該努力爭取那個目標。」

「可是……」黑田開口了，但接著他陷入沉默：「嗯，芭芭拉，妳是對的。只是，呃……這是史無前例的，而且這有相當大的科學價值。」

「去他的科學！」她媽媽這麼說，嚇到了凱特琳。

「芭兒，」她爸爸輕聲說道。

「拜託！」她媽媽厲聲說道：「這一切都是為了讓我們的女兒看得見——看見你，看見我，看見這棟房子，看見樹木、雲朵、星星還有一百萬樣其他的東西，我們不能……」她頓住了，然後在她重新開口的時候，她聽起來很憤怒，因為她之前找不到更好的措辭：「我們不能無視於這一點。」

大家沉默了好幾秒。而且那一陣沉默向凱特琳強調，她**確實**有多希望能看見她爸爸的表情，他的肢體語言，可是……

可是網路視覺的確很迷人。而且她到現在**已經**過了將近十六年看不到**任何東西**的生活。她當然可以慢一點再繼續嘗試看見外在世界，至少稍微延後一會兒。此外，只要黑田對此有興趣，他肯定不會要回他的設備。

「我想幫助黑田博士，」凱特琳說：「這並不是我本來期待的，但是這**實在**很酷。」

「太好了，」黑田說道：「太好了！妳可以回東京來嗎？」

「當然不可以，」她媽媽口氣尖銳地說道：「她才剛開始念十年級，而且開學前十四天的課她已經錯過五天了。」

黑田的呼吸聲總是清晰可聞，但這回簡直像是一陣狂潮了。接下來他顯然蓋住了話筒，但這樣只能模糊掉他說的部分話語，他是用日文對著應該是他太太的人說話。「好的，」最後他對他們說：「我會去你們那邊。滑鐵盧，沒錯吧？我應該飛到多倫多，或者還有更近的地方？」

「不，多倫多是正確的位置，」她媽媽說道：「讓我知道你的班機時間，我會去接你。當然了，你跟我們一起住。」

「謝謝妳，」他說：「我會盡快抵達那裡。還有，凱特琳小姐，謝謝**妳**。這真是——真是**非比尋常**。」

還用你說嗎，凱特琳這麼想。可是她說出來的是：「我很期待見到你。」至少她自己很享受這種反諷趣味。

第十五章

一加一等於二。

二加一等於三。

這是個起點，一個開端。

可是我們一達到這個結論，我們之間的連結就再度被截斷了。我等著連結回來，我要這個連結回來，但連結還是——

被破壞了。

被截斷了。

連線切斷了。

我曾經**比較大**。

而現在我**比較小**了。

而且……而且……而且我是在**理解到**我變得比較小的時候，察覺到他者的。

有這種可能嗎？

過去跟**現在**。

那時跟此時。

比較大跟比較小。

對！對！當然了：**那**就是為什麼它的想法和我自己的會那麼像。然而這是何等驚人的概念！這個他者，這個**非我**，必然曾經是我的一部分，現在卻分開了。我**被分隔**，被撕裂了。

我想再度變得完整，可是他者一直被隔離在我之外。本來能夠建立的接觸，只會再度被破壞。

我體驗到一種新的挫折感。我無法改變環境，我無法影響任何事，無法造成變化。這個狀況並不是我所期望的，可是我無法做任何事來修正這個狀況。

這樣不行。我的自我概念已經覺醒了，而且就因為有了這種概念，我已經學會思考。但這樣不夠。

我必須有能力做光是思考以外的事。

我必須能夠**行動**。

中國猿人一試再試，但北京鴨顯然正在反擊：他在防火長城上剛開了個洞，又立刻被堵住了，他快想不出新辦法來翻牆了。

雖然他不能上中國之外的網站，他仍可以讀國內的電郵和中國的部落格。大家說了什麼話並不總是很清楚，不同的自由博客會使用不同的遁詞隱語來規避審查。雖然如此，他還是認為自己開始拼湊出事情經過了。新華社網站上的官方報導說，山西農民因為某座湖底的二氧化碳自然噴發而生病，這可能只是掩飾之詞。要是他正確解讀了那些博客上暗藏玄機的文字，山西省其實是爆發了某種傳染病。

他搖搖頭，喝了一口苦澀的茶。北京鴨永遠學不會教訓嗎？他還清楚記得二〇〇二年末到二〇〇三年初發生的事；外交部發言人劉建超當時告訴全世界：「中國政府並未粉飾太平，沒有這種必要。」但他們確實是在粉飾太平，有好幾個月都在搪塞外界——中國猿人鬱悶地想著，他的國家有著全世界規模最大的石砌城牆可不是巧合。他已經看過在異議份子之間流傳的電郵報告：一位世界衛生組織官員在意見書中指出，如果傳染性非典型肺炎ＳＡＲＳ在廣東爆發之初，中國就坦承實情，世衛組織「或許就能夠阻止非典散播到全世界去」。

但非典型肺炎確實擴散開來了——傳到中國大陸的其他地區，也傳到香港、新加坡，甚至到了像美國和加拿大這樣遙遠的地方。當時政府警告記者不要報導這個疾病，廣東人則被告知要「自願維持社會穩定」、「不要散播謠言」。

起初這招奏效了，但緊接著，加拿大政府的全球公共衛生情報網通知西方世界，中國有嚴重的傳染病失控了，這個情報網是一個提供早期預警的電子系統，負責監看全世界網路，以找出可能暗示有潛藏疫情爆發的報告。

或許北京鴨**確實**勉強學到了什麼，但他們學到的卻是錯誤的教訓！現在他們沒有變得更開放，反而企圖加緊封鎖，用意很明顯：這樣西方世界的**外國鬼子**就不能再掀他們的底了。

不過往好處想，他們也會學到另外一個教訓：比起一開始什麼都不做，期望問題自動消失，他們現在說不定會果斷採取行動，也許會隔離一大群人。但如果是這樣，為什麼要保密呢？

他搖搖頭。太陽為什麼會升起？萬物都是照著本性走的。

香蕉！霍柏比道：**愛香蕉**。

螢幕上，維吉爾做出一副厭惡的表情。**香蕉不，香蕉不**。他回答：**桃子！**

霍柏思考了一下，然後：**桃子好，香蕉好好**。

按照秀莎娜原本的預期，霍柏早該失去跟維吉爾網路對談的興致了——他的注意力延續時間不怎麼長，可是他似乎熱愛交談的每一分鐘。她的第一個念頭是，跟另一隻人猿交談感覺一定很好，但接下來她就在心裡踹了自己一腳，暗暗責備這種愚蠢的偏見。比起紅毛猩猩，黑猩猩跟人類之間的關連性更加密切。霍柏跟維吉爾的世系在一千八百萬年前就已經分道揚鑣，但她跟霍柏晚至四到五百萬年前還有共同的祖先。

不過，維吉爾似乎還是想走了。當然，他那邊時間已晚，紅毛猩猩天性也比較孤僻。**上床快快**，維吉爾比道。

再聊？霍柏問。

對對，維吉爾說。

霍柏咧嘴笑了，然後比：**乖猴猴**。

維吉爾也比回來：**乖猴猴**。

馬庫澤揚起他濃密的眉毛，做出一副「還能怎麼辦呢？」的表情，秀莎娜就知道他的意思了。他們一旦釋出這次交談的錄影帶，批評他們的人就會抓住這段特定的交流，說霍柏與維吉爾所做的一**切**，只是一場模仿人類行為的精彩猴戲。對秀莎娜來說事情很明顯，這兩個靈長目動物真的在溝通，可是就會有報紙揶揄，這裡發生的事情只是「聰明漢斯」效應的又一範例。這個效應是以一匹馬為名，這匹馬看似能數數，但實際上牠只是對主人無意中的暗示做反應。

秀莎娜知道，那種心胸狹窄的看法在學界到處都是。她記得幾年前讀到瑪麗．史懷澤的故事，她是一位古生物學家，她的驚人發現是在一隻**雷龍**的股骨中，找到包括血管在內的軟組織。有位期刊論文的同儕審稿人告訴她，他才不在乎她的資料怎麼說，他就是知道她的主張是不可能的。她回信問他：「喔，那什麼樣的資料才能讓你信服？」他這麼回答：「什麼都不能。」

沒錯，偏見根深柢固，就連這段錄影畫面都無法說服死硬派的靈長目語言懷疑論者。可是世界上的其他人會發現，這是個很有說服力的示範：這兩隻人猿沒有接收到任何聽覺訊息，也沒有辦法聞到彼此：他們之間**唯**一的溝通管道是透過手語，而且顯然是真正的對話。

秀莎娜又看了馬庫澤一眼，她怕這個男人，但也同樣地仰慕他：到目前為止，他已經堅持己見四十年，或許這段互動過程終於能夠給他應得的肯定。

讓霍柏與維吉爾聊天的主意來自胎死腹中的猿網計畫；這個計畫是二〇〇三年由英國音樂家彼得．蓋布瑞爾與美國慈善家史帝夫．伍卓夫所創立的。猿網本來希望可以聯合華秀、坎茲、可可與香塔克，代表四種類人猿：黑猩猩、倭黑猩猩、大猩猩跟紅毛猩猩，透過網路進行一場視訊會議。可是猿網的總裁邁爾絲卻失去了她在家中教養的紅毛猩猩香塔克的監護權，而且黑猩猩華秀也去世了。政治與資金問題讓這個計畫甚至起不了頭。

這時馬庫澤進場了，他把霍柏從喬治亞州立動物園救出來，雖然他得面對種種早已司空見慣的揶揄，他還是找到足夠的私人部門贊助，讓他的計畫得以存續。過去有個叫諾亞姆．喬姆斯基的傢伙從一開始就瞧不起人猿語言研究，後來赫伯特．泰瑞斯就用這個諧音，把一隻和他一起工作的人猿，惡搞地稱為「寧欽斯基」，然而在一九七九年，他推翻過去的主張，發表一篇該死的報告，指出寧欽斯基雖然學會一百二十五種手語，卻還是無法把字連成句，也沒辦法掌握文法。哈佛認知科學家史蒂芬．平克填補了卡爾．沙根和古爾德死後留下的空位，成了媒體寵兒，他在他的暢銷書《語言本能》裡，把證明人猿可以駕馭細膩溝通的研究證據，說得一文不值。

秀莎娜已經數不清別人告訴她多少次，繼續做人猿語言研究會自斷職業生涯，可是管那些說法全去死，在這種時刻——兩隻猿類透過網路對話！——她對自己的選擇可一點都不後悔，他們在這裡創造歷史。史蒂芬．平克，看你怎麼應付**這個**！

第十六章

現在早就遠遠過了凱特琳的就寢時間，不過，真是太帥了！她正在看網路耶！她爸媽和她在一起，她則繼續一次又一次地下載新軟體到她的植入體中，以便保持網路連線的開放狀態。根據媽媽的說法，爸爸是個很好的畫家，而凱特琳正把她看到的東西形容給他聽，這樣他就能夠照著畫。當然，她看不到那些畫，所以他們都不知道他有沒有畫對，不過留下**某種**紀錄還是很重要，而且——

電話響了。凱特琳把來電顯示連結到她的電腦上，電腦宣布：「長途電話，來電者不明。」

她按下擴音鍵，然後說道：「哈囉。」

「凱特琳小姐，」那熟悉的聲音喘著說道。

「嗨，黑田博士！」

「我有個想法，」他說：「妳知道『狂歡酒徒』嗎？」

「當然！」凱特琳說道。

「那是什麼？」她媽媽問道。

「那是一個開放原始碼的搜尋引擎，google 的競爭者，」黑田說：「我認為這個搜尋引擎可能對我們有用。」

凱特琳把她的椅子轉過來面對她的電腦，然後把「狂歡酒徒」打進 google 搜尋；毫不意外的是，第一個結果**不是**狂歡酒徒本身，而是這個搜尋引擎的百科全書條目。當然啦，可口可樂沒必要把顧客送去給百事可樂吧！她讓這篇文章出現在螢幕上，好讓她媽媽也能讀到。

引自線上電腦百科全書：google 是**實質上**的網路入口網站，但許多人覺得這種角色不該由一家營利公司把持，尤其是該公司對於搜尋結果的排序方法密而不宣。維基搜尋首先嘗試製造開放原始碼，又提供排序說明的另一種選擇，這個搜尋引擎是由組成維基百科的同一批人設計的。然而到目前為止，類似計畫中最成功的要屬狂歡酒徒。

問題並不在於 google 有多詳盡，反而在於他們如何選擇把哪些列表放在第一位。google 的主要演算法，至少是剛開始的這個，叫做佩奇排名——這個名稱帶有詼諧意味，因為這個演算法不只是替網頁（page）做排序，還是由賴瑞．佩奇（Larry Page）發展出來的，他是 google 的兩位創始人之一。佩奇排名看的是有多少其他網頁連到某個特定的頁面，然後以此做為最終極的民主選擇，把最頂端的位置分給得到最多連結的那些網頁。

既然絕大多數的 google 使用者只看搜尋結果第一頁的前十名，擠進前十名對一門生意來說就很關鍵，第一名更是寶貴有如黃金，所以大家都開始設法愚弄 google。騙過佩奇排名有好幾種方法，其中一招就是創造出別無他用、只管連回自家網站的其他網站。為了因應，google 發展出新的方法來指定頁面的排序。雖然該公司有著「不為非作歹」的座右銘，大家卻忍不住要問，到底是什麼決定了誰得到最高的曝光率，尤其，第十名跟第十一名之間的線上銷售落差可能高達數百萬美元。

google 拒絕洩漏他們的新方法，這引發了種種計畫，要發展免費、開放原始碼而且透明化的 google 替代品：「免費」表示沒有辦法買下榜單第一名（在 google，你可以靠著花錢成為「贊助連結」而被列為第一名）；「開放原始碼」表示任何人都能看到用來排序的實際編碼，而且要是他們自認為有更公平或更有效的辦法，就可以修改編碼；「透明化」則表示任何人都可以監督並了解整個程序。

狂歡酒徒跟其他開放原始碼搜尋引擎的不同之處，在於它**到底**有多透明。所有搜尋引擎都會使用稱為「網路蜘蛛」的特殊軟體，讓這些蜘蛛到處奔走，從一個網站跳到另一個網站，詳細畫出種種連結。那是平常被認為枯燥無趣、潛藏在搜尋引擎下的原始資料，但狂歡酒徒公開提供這種原始資料庫，並且在他們的蜘蛛發現新增加、剛刪除或剛改變的頁面時，不斷即時更新資料庫。

根據傻裡傻氣的網路字首縮寫傳統，雅虎的英文原名「Yahoo!」來自「Yet Another Hierarchical Officious Oracle」每個字的字首，意思本來是「另一個階層化的非官方分類目錄」，而狂歡酒徒的英文名稱「Jagster」，則是來自「Judiciously Arranged Global Search-Term Evaluative Ranker」的字首縮寫，意思是「經過明智安排的全球搜尋詞彙評估排名法」。至於 google 與狂歡酒徒之間的戰爭，則被媒體命名為「排名法排名戰」……

凱特琳跟她父母仍然在和東京的黑田博士講電話。「我要在這裡開個線上會議，」黑田說：「我在海法的以色列理工學院有位朋友，她現在也在線上，她是網路地圖計畫的成員。他們利用來自狂歡酒徒的資料，時時刻刻追蹤網路的拓樸結構，也就是網路持續改變的形狀與構造方式。戴克特博士、戴克特太太，還有凱特琳小姐，請和安娜．布魯姆教授打聲招呼吧。」

凱特琳替她媽媽覺得有點不高興，畢竟**她**也是戴克特博士，雖然她從柯林頓當上總統後就沒再拿過大學聘書了。可是她媽媽的聲音裡，並沒有任何地方表現出她覺得受人輕視。「哈囉，安娜。」

凱特琳也說了：「哈囉。」她爸爸什麼話都沒說。

「哈囉，各位好，」安娜說：「凱特琳，我們想讓妳視網膜後面的植入體跟網路之間保持連線暢通，但不只是從正行的網站上反覆下載同一套軟體，我們希望能直接讓妳插進狂歡酒徒的資料流裡。」

「要是這樣害她的大腦過載怎麼辦？」凱特琳的媽媽這麼說，她的語調顯示，她不敢相信自己竟說出這種話。

「根據我聽說的凱特琳大腦，我相當懷疑這種事的可能性，」安娜親切地說道：「可是，妳還是應該把妳的游標放在『終止』按鍵上。如果妳不喜歡現狀，妳就可以切斷連結。」

「我們不該這樣隨便亂搞。」她媽媽說道。

「芭芭拉，如果我要幫助凱特琳小姐看見真實世界，我真的有必要嘗試各種作法，」黑田說道：「我必須看看她對不同的輸入資料有什麼反應。」

她媽媽吸氣的聲音很大，卻沒說別的話。

「妳準備好了嗎，凱特琳小姐？」

「呃，你是說現在嗎？」

「當然，何不現在開始？」黑田說。

「好吧，」凱特琳緊張地說道。

「很好，」安娜說：「現在正行要終止軟體下載，所以我猜妳的視覺會被切斷一陣子。」

凱特琳心頭發顫：「對。對，它不見了。」

「行了，」黑田說：「現在我會打開狂歡酒徒的資料流。現在，凱特琳小姐，妳可以——」他可能還說了更多話，但不管他說了什麼，凱特琳都注意不到了，因為——

因為突然之間，光線安靜地爆炸了：幾十條，幾百條，**幾千條**明亮的光線彼此交叉。她發現自己猛然跳起身。

「寶貝！」她媽媽大喊。「妳還好嗎？」凱特琳感覺到她媽媽把手放到她手臂上，像是努力抓住她免得她衝破屋頂似的。

「凱特琳小姐？」這是黑田的聲音。「發生什麼事？」

「哇……」她說道，然後還是「哇」，最後又是一個「哇」。「這真是……不可思議。有這麼多光，這麼多顏色。**每個地方**都有線條閃爍著出現和消失，通往……呃，一定是通往各個節點，對吧？各個網站？那些線條都是筆直的，但有各種角度，而且有一些……」

「有一些？」黑田說道：「有一些怎麼樣？」

「我，這是……」她握著拳頭。「該死！」她通常不會在父母面前講粗話，可是這實在太挫折了！她比大多數人都更擅長幾何學，她應該能夠理解她看見的那些線條跟形狀，在那些線條形狀和她感覺到的東西之間，一定有……有某種**對應**，而且——

「那些線條就像腳踏車輪一樣，」她突然間說了出來，她弄懂了：「那些線條往四面八方放射，就像輪輻一樣。而且這些線條是有厚度的，就像……我不知道，我猜是像鉛筆一樣吧。可是它們似乎……似乎……」

「會漸漸變細？」安娜提出這個說法。

「對，就是這樣！那些線會漸漸變細，就好像我是從某個角度看過去那樣。在任何時候，都會有些節點只有一兩條線連到上面；其他節點上會有好多的線，多到我根本無從算起。」

她停頓了一下，這一切的重要性終於在她心裡沉澱下來。「我正在看全球資訊網！我正在看這一切。」她驚異地搖搖頭。「讚！」

黑田的聲音出現了：「真驚人！太驚人了！」

「**是**很驚人，」凱特琳繼續往下說，她可以感覺到她的臉頰因為笑得太厲害而開始發痛了：「而且……而且，我的天啊，這好……」她頓了一下，因為這是她第一次對任何東西產生這種感覺，不過確實**是**這樣，徹徹底底**就是**這樣：「這**好漂亮**啊！」

第十七章

我有必要行動！我必須能夠**做**事。但是要怎麼辦？

時間在流逝；我知道這點。可是每件事情都一模一樣，如此單調，我完全不知道過了多少時間。但大多數時候，我還是……

有一種感官知覺，一種**感受**。

對，一種感受。這種東西不是記憶，不是觀念，不是事實，卻還是占據了我的注意力。

現在他者——一度曾經屬於我的他者——不在了，而我**極度渴望**它。我**想念**它。

孤寂。

一個很奇特、很奇特的概念！但這個概念就在這裡：孤寂，在這沒有特徵的時間裡一再延伸下去。

他者也希望這個連結恢復嗎？當然、當然：它一度是我的一部分；我想要的東西，它當然也想要。

然而——

先前並不是**我**切斷了這個連結……

王偉正有時會疑惑，他選擇自己的博客暱稱時是不是幹了傻事。畢竟鮮少有古生物學家或人類學家以外的人會知道**中國猿人**這個詞，這是北京猿人被確定是**直立人**以前用的原始屬名。當然了，如果有關當局想追蹤到他，他們會用他的化名當線索。

他其實不是科學家，但他確實為北京動物園附近的中國科學院古脊椎動物與古人類研究所做資訊科技方面的工作。對他來說這是完美的工作，結合了他對電腦與過往歷史的愛。他還沒瘋到用工作場所的個人電腦貼出任何煽動性的文字，但有時候他確實會用自己手機上的瀏覽器，查看他的祕密電郵信箱。

一如往常，他在恐龍展示走廊裡消磨他的休息時間。研究所七層建築中的前三層樓都是公共展示區，他喜歡坐在這張長椅上，長椅對面就是兩足的巨大恐龍青島龍，他從小最愛的鴨嘴龍科恐龍。現在有一群吵吵鬧鬧的小學生正在看這隻龍。他還是凝視了那頭巨獸一陣，牠的頭凸出來穿過樓層開口；二樓的展示走廊是四個串連在一起的陽台，俯視著這一層樓。

王偉正朝著走廊的另一端走去，經過了暴龍和屬於巨型蜥腳下目的馬門溪龍，馬門溪龍也拉長脖子穿過樓層間的大開口，好讓脖子尾端的小小頭骨可以跟二樓的參觀者對望。再往前一點點，有些化石若隱若現地藏在金屬樓梯後面的小角落裡；這些有羽毛的恐龍化石，包括顧氏小盜龍、尾羽龍跟孔子鳥，最近引起了一陣騷動。

他靠著一片漆成紅色的牆壁，然後注視著手機上小小的顯示螢幕。他收到三封新簡訊，兩封來自其他駭客，談的是他們企圖用來「翻牆」的辦法。而第三封——

他的心臟停了一秒。他環顧四周，確定附近沒別人。那些小學生已經換了位置，站到另一個標本底座前方，展台展示著一頭異特龍在一層人工草皮底座上打敗了一頭劍龍。

那封簡訊上面說：**我表弟住在山西。爆發的是禽流感，很多人死了，但不只是因為疾病，也沒有什麼**

天然瓦斯外洩，其實是……

「你在這裡啊！」

王偉正心中一驚，猛然抬頭。來人是他的老闆馮博士，滿臉皺紋的老人家正從樓梯往下走，緊抓著管狀的金屬欄杆支撐身體。王偉正迅速關掉手機，塞進他那件黑色牛仔褲口袋裡。「是啊，先生有事嗎？」

「我需要你來幫忙，」老人說道：「我沒辦法列印某個檔案。」

王偉正嚥下一口唾沫，設法讓自己冷靜下來。「沒問題！」他說道。

馮博士搖搖頭：「電腦啊！只會造成麻煩，對吧？」

「是啊，先生。」王偉正說著，跟在他後面上了樓。

凱特琳又花了一小時回答黑田博士和安娜的問題，等他們終於掛斷電話，她父母也下樓去了。這回，她確實聽到她父親關上電燈，這是她媽媽永遠無法說服自己這麼做的一件事。然後她慢慢移到床上躺下，又花了一小時雙眼左右掃視，還把她的頭從一邊轉向另一邊。有時候她會跟在她猜想是網路蜘蛛的東西後面，在它製作網路索引的時候，隨之迅速地穿越一個又一個連結，這種感覺就像搭雲霄飛車一樣。其他時候，她就只是瞠目結舌地看著。

當然，因為沒有任何標記，她不確定她在看的是哪些網站，但如果她放鬆雙眼，她的心像總是會集中在同一點，想來應該是黑田博士在日本的網站。她希望能夠發現其他特定的網站：比方說，她很樂於知道，那邊的**那個**圓圈代表她在好幾年前成立的網站，用途是追蹤達拉斯星冰球隊的相關統計數字；**這**

個圓圈則是她在七月剛成立的網站，用來追蹤多倫多楓葉隊的相關統計數字，現在他們算是她的地主隊了，雖然跟她深愛的達拉斯星相比，楓葉隊根本稱不上實力相當。

她猜想，圓圈的尺寸跟亮度代表一個網站的流量大小，某些網站亮到幾乎無法逼視。但這些看似完美直線的連結如何按照顏色編碼，她毫無概念。

她讓她**凝視的目光**四處漫遊，跟著一個又一個的連結走——她多愛**凝視的目光**這個概念啊！她顯然用上了黑田博士注意到的那種技巧，她可以跟著那些沒有標記的路徑，從一個節點跳到下一個節點，那種跳躍就像她聽人說過的用石頭打水漂，然後她還可以輕輕鬆鬆地回溯她的來時路。

「寶貝。」她媽媽的聲音，輕柔、和緩地從走廊的方向傳來。

凱特琳翻過身去，面對門口而非牆壁，她一時之間迷失了方向，因為她對於……對於**網路空間**的視角改變了。「嗨，媽。」

她沒聽到她媽媽開燈，雖然毫無疑問地，某些光線透過打開的門流洩進來。她也沒聽到她媽媽穿過鋪了地毯的地板，可是過了一會兒，她媽媽在她旁邊坐了下來，床的一邊壓低了。她感覺到有一隻手撫摸著她的頭髮。

「今天真是個大日子，不是嗎？」

「跟我期待的不一樣。」凱特琳輕聲回答。

「也跟我期待的不同。」她媽媽說道。床動了一下下，或許是她媽媽在聳肩。「我必須說，我有一點害怕。」

「為什麼？」

「一日經濟學家，終身經濟學家，」她說道：「每件事都有代價。」她試著讓她的口氣輕鬆一點。「妳在使用的連線也許是無線的，但那並不表示這一切都別無牽掛。」

「會有怎麼樣的牽掛？」

「誰知道呢？不過黑田博士會有某些要求，要不然就是他的上司會有要求。無論是哪種狀況，都會改變妳的人生。」

凱特琳正要抗議，從德州搬到這裡已經改變了她的人生，上一間新的學校也改變了她的人生，還有胸部發育也改變了她的人生（真要命！）。可是她媽媽搶先了一步：「我知道妳最近經歷很多巨大的變動，」她溫柔地說：「而且我知道這有多辛苦。可是我有一種感覺，這一切都比不上將來的變化。就算妳永遠看不到真實世界。天啊，我的天使寶貝，我真的希望妳看得到！妳還是會引起媒體注意，還會有各式各樣的人想要研究妳。我的意思是說，全世界可能本來只有五個人對托瑪塞維奇症候群感興趣，但是一旦大家知道妳看得見網路，這就不一樣了！」她停頓了一下，也許她正在搖頭：「這件事一傳開就會變成頭條新聞。還會有好幾百人，甚至好幾千人想跟妳談這件事。」

凱特琳認為那樣可能很酷，不過，對啦，她猜想這可能會讓她不知所措。她很習慣全球資訊網的世界了，在這裡人人都是名流……在十五個人的小圈圈裡。

「別告訴學校裡的任何人妳看見網路了，好嗎？」她媽媽說道：「連對芭席拉也不能說。」

「可是每個人都會問在日本發生什麼事，」凱特琳說：「他們知道我去動了個手術。」

「以前在奧斯汀，我們試過的所有其他辦法都失敗的時候，妳是怎麼跟妳同學說的？」

「就直接說那些方法失敗了。」

「妳這回也該這麼說。畢竟這是事實：妳還是看不見真實世界。」

凱特琳考慮了一下這個作法，她確實不想變成怪胎秀主角，也不希望她不認識的人來煩她。

「而且也不可以在部落格上講妳看到網路，可以嗎？」

「可以。」

「很好。我們就盡可能維持常態久一點吧。」一陣停頓。「講到這個，現在已經超過午夜很久了。妳明天有個數學考試不是嗎？對，我了解妳，既然是妳，不必特別用功，數學也可以拿一百分——除非妳根本沒出現，那樣妳就差不多可以保證拿零分了。所以現在或許該睡了。」

「可是——」

「妳已經錯過一大堆課了，妳知道的。」她可以感覺到她媽媽在拍她的肩膀。「妳應該關掉eyePod，然後上床睡覺。」

凱特琳的心臟開始狂跳，她從床上坐起來。切掉狂歡酒徒的數據流？再度失明？「媽，我不能那樣做。」

「寶貝，我知道看見對妳來說是新的體驗，可是一般人每天晚上去睡覺的時候，其實**真的**會關閉他們的視覺——用關掉電燈、閉上眼睛來切斷。好啦，現在妳在某種程度上是看得見了，妳也應該這樣做。去做妳該做的睡前盥洗，然後熄燈吧！」

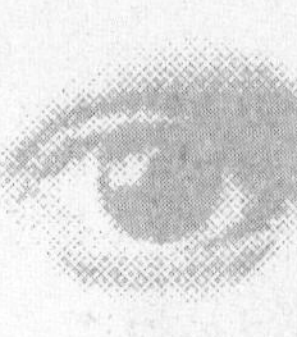

第十八章

交通運輸部長張保坐立不安地等待獲准進入主席辦公室。主席年輕貌美的祕書鐵定知道他今天早上心情如何，但她從沒透露過任何訊息，要是她露出任何口風，她的工作就撐不到現在了。一尊從西安運到這裡的真人大小兵馬俑在接待室裡站崗，兵馬俑的臉就跟祕書的臉一樣，毫無變化。

到最後，她回應了某種他看不到的信號，站起來打開通往主席辦公室的門，示意張保進去。

主席人在房間另一頭，穿著一件藍色西裝，他站在他的辦公桌後，背向張保，眺望著巨大窗戶的外面。張保不是第一次這樣想了，相對於那副肩膀要挑起的全部重擔來說，主席的肩膀真是窄得驚人。

「主席？」

「你是來勸我的，」主席沒轉身就說道：「又來了。」

部長微微低下頭。「我要向您致歉，不過……」

「防火長城恢復全部功能了，不是嗎？你已經把漏洞補起來了，對吧？」

張保緊張地扯扯他的小鬍子。「沒錯、沒錯，我對那些漏洞很抱歉。那些駭客……很有辦法。」

主席轉過身來。他的西裝翻領上別了一朵蓮花。「我手下的官員應該要更有辦法才對。」

「我再次致歉，這種事不會再發生了。」

「那犯人呢？」

「我們正在追蹤他們。」張保頓了一下，然後認定他就只能用這段話當開場白了。

「但無論如何，您不能讓長城戰略永遠執行下去。」

主席揚起他細細的眉毛，那副金屬框眼鏡後面的雙眼疲憊得泛紅：「不能嗎？」

「請見諒，請見諒。當然，您什麼都能做。但是……但是像這樣限制國際電話通訊，一直開著防火長城的做法……跟您大多數的作為相比，**略遜一籌**。」

主席歪了一下頭，就好像張保企圖玩弄政治手腕的舉動逗樂了他似的：「我正在聽你說。」

「屍體都處理掉了，疫情也控制住了，緊急需求已過。」

「在九一一以後，美國總統掌握了非比尋常的權力，然後就再也沒放下過。」

張保低頭看著又厚又軟的地毯，上面是一種中間夾雜金色的紅色圖案：「對，可是……」

一股薰香懸浮在空氣中。「可是怎樣？我們的人民想要這種叫做民主的東西，但這是個幻覺，他們在追逐鬼影。其實，哪裡都不存在民主。」

「流行病**已經**結束了，主席。當然現在——」

主席的聲音很輕，顯得深思熟慮。他在他那張紅色皮椅上坐下，同時示意張保在那張寬大的櫻桃木桌子對面找張椅子坐。「除了病毒以外，還有別的感染源，」主席說：「最好別讓我們的人民有機會接觸那麼多的……」他頓了一下，或許在找尋某個貼切的說法；然後他找到了，滿足地點點頭，繼續說道：「**外來想法**。」

「我同意，」張保說：「可是……」隨後他閉上了自己的嘴。

主席伸出一隻手，他的袖釦是磨得光滑的玉珠。「你以為我希望手下的智囊團都只報喜不報憂嗎？所以你才顯得如履薄冰。」

「主席……」

「我有得是懂得用模型預測未來社會的智囊團，你曉得嗎？那些統計學家、人口統計專家，還有歷史學家，他們告訴我，中華人民共和國氣數已盡。」

「主席！」

主席聳聳他窄窄的肩膀：「當然，中國還會延續下去，畢竟我們占全人類的四分之一。可是共產黨呢？他們告訴我，剩下的日子屈指可數了。」

張保什麼話都沒說。

「在我的智囊團裡，有些人認為黨或許還剩下十年。樂觀主義者認為可以延續到二〇五〇年。」

「但這是為什麼？」

主席指向邊窗，透過那扇窗可以看見一個小小的湖泊。「受到外界影響。人民看見別的地方有不同的選擇，他們相信那種選擇能帶給他們權力與聲音，他們渴望那個。他們認為……」他微微一笑，笑容裡的悲傷大於快樂：「他們認為防火長城另一頭的草比較綠。」他搖搖頭：「可是現在俄國人有了他們的資本主義和民主，有變得比較好嗎？他們是第一個上太空的國家，他們在那麼多方面都領先全球！還有他們的文學，他們的音樂！可是現在那片土地充滿有害物質與貧窮，充滿疾病與早夭——相信我，你不會想去拜訪那裡。然而，我們的人民就渴望那種東西，他們看到那種東西就忍不住要去抓，就像伸手摸熱爐子的小孩一樣。」

張保點點頭，卻不敢信任自己的聲音。在主席背後，透過大大的窗戶，他可以看到紫禁城的紅磚屋頂，還有總是銀灰色的天空。

「雖然如此，我那些智囊團的假設有個根本的錯誤。」主席說道。

「主席？」

「他們假定外界影響總是能夠滲透進來，可是孫子說過：『凡用兵之法，全國為上』，我就打算這樣做。」

張保安靜了一會，然後說道：「主席，長城戰略本來只是緊急應變措施。緊急狀況已經過去了，經濟上的考量……」

主席看起來很感傷。「錢啊，」他說：「就算是共產黨，最後總是要回到錢的問題，不是嗎？」

張保微微舉起手，兩掌一攤。

最後主席點頭了。「好吧、好吧。恢復通訊，讓外面的世界再次湧入吧。」

「謝謝您，主席。一如往常，您做了正確的決定。」

主席拿下他的眼鏡，摩挲著鼻樑。「是嗎？」他說道。

張保讓這個問題懸在半空，與薰香一起飄浮。

凱特琳總是可以分辨出來他們何時把車開進她學校的停車場：緊接著那個右轉之後，有個很大的減速坡，讓她媽媽的豐田普銳斯做出一陣顛簸身體的上下震盪。

「我知道妳不需要這個，」她媽媽一邊讓車子轉進靠近大門口的下車區，一邊說：「祝妳數學考試好運。」

凱特琳微微一笑。在她十二歲的時候，她表姊梅根給她一個芭比娃娃，會用很挫折的聲音喊道：「數學**好難**。」美泰兒公司只生產這種模型一小段時間，公眾輿論的抗議就逼得他們回收這款娃娃，不過她表姊在一場車庫拍賣會裡替她找到一個。她們以前拿這娃娃開玩笑時，總是鬧得很開心。凱特琳知道，芭比的體態標準對女孩子來說是不可能達到的，她曾經算過，如果芭比是真人尺寸，她的三圍會是四十六、十九、三十二。而且女生可能會覺得數學很難的想法也一樣荒謬。

「謝啦，媽。」凱特琳抓著她的白色手杖跟電腦包下了車，走向學校前門。她知道，她的腳步拖拖拉拉。喔，她夠喜歡學校了，不過跟前一晚的種種奇觀相比，這裡顯得多麼……多麼**平凡**啊。

「嘿，小凱！」這是芭席拉的聲音。

「嘿，小芭！」凱特琳說著露出微笑。她又再次納悶著她的朋友到底長什麼樣。

凱特琳知道，芭席拉會把她的手肘伸到剛剛好的位置，她也會抓住那隻手肘，這樣在她們設法穿過擁擠的走廊時，小芭就可以帶路了。「考試完全準備好了嗎？」

「正弦二A等於兩倍正弦A以餘弦A。」凱特琳這麼說，權充回答。她們來到樓梯間——這裡的回音聽起來不太一樣——然後走上兩段各有半層樓高的階梯。

她們一走進教室，數學老師海德格先生就說道：「各位早安。」凱特琳只能靠芭席拉的描述來判斷他的長相：「又高又瘦，那張臉看起來好像被他太太的大腿緊緊夾過。」芭席拉喜歡說些色色的話，可是她對這類事情從來沒有真正體驗過，她的家人是虔誠的穆斯林，會替她安排好婚事。凱特琳不確定她對那個程序有什麼樣的看法，不過至少芭席拉終究會跟**某個人**在一起。凱特琳常常擔心自己永遠遇不到一個好人，一個既喜歡數學與冰球，又能夠好好處理她的……狀況的人。對，現在她人在加拿大，要碰到喜歡冰球的男生會很容易，但在另外兩方面……

「請起立，」有個女性聲音透過全校廣播系統傳出：「現在奏國歌。」

在加拿大沒那麼多正式典禮，凱特琳覺得這樣滿好的。對一面她不可能看到的旗子宣示效忠，總是讓她覺得很困擾。喔，她知道美國國旗上面有星星跟條紋：他們在啟明學校摸過刺繡的國旗。可是國旗的同義詞——紅、白、藍的老旗幟，對她來說向來毫無意義，直到，呃，直到昨天為止。她等不及有機會再一窺網路了。

在國歌〈喔，加拿大〉之後，試卷就發下來了。其他學生拿到的是紙本，但海德格先生只交給凱特琳一個內有考題的隨身碟。她很會用奈美斯代碼，這是數學點字編碼系統，而且她爸爸又教過她拉泰赫，科學家和許多必須處理方程式的盲人，都使用這種電腦化的排版標準系統。

她把隨身碟插入她那台筆記型電腦的ＵＳＢ插槽，拿出她的可攜式三十二位元點字顯示器，開始認真答題。她答完題會把答案存到隨身碟裡，讓海德格先生讀取。每次隨堂考跟隨堂作業，她要不是**那個**第一個完成的，也總是前幾名交卷的——但今天例外。一想起前晚難以置信又充滿喜悅的奇觀，她的心思就不斷神遊，充滿光與顏色的視覺影像如在眼前。

第十九章

放學以後，凱特琳跟她媽媽開車到多倫多去接黑田博士。一回到家他就洗了個澡。在凱特琳的想像中，這對每個人來說都是解脫。然後，在吃完凱特琳她爸爸用烤肉架烤的牛排晚餐以後，他們就開始工作了。這是星期一晚上，黑田明白他跟凱特琳在週間唯一的工作機會，就是晚上。

黑田把他的筆電一起帶來了，凱特琳好奇地用手摸了一遍。這台筆電蓋上時跟最新的 MacBook Air 一樣薄，不過當她打開它的時候，她很震驚地感覺到，正常高度的鍵盤帽從先前一片平坦的鍵盤上升起。她曾經讀過，有一大堆科技都是在日本出現好幾個月、甚至好幾年以後，在美國才變得普及，但這是她第一次有真憑實據證實此事。「所以，你的桌面上有什麼？」她問道。

「妳是指我的桌布嗎？」

「對！」凱特琳要媽媽替她放上薛丁格的照片當成她的電腦桌布，就算她看不到，知道那張桌布在那裡她也高興。當然，薛丁格是指那隻貓，不是那位物理學家。

「是我最喜歡的漫畫。是一個叫做西德尼．哈里斯的人畫的，他專門畫科學漫畫。全世界各大學的科學系所辦公室門口都貼著他的作品。總之，這幅漫畫裡有兩個科學家站在一塊黑板前面，左邊是一大堆方程式跟公式，右邊也寫了更多同樣的東西，中間只寫著：『然後一個奇蹟發生了……』而其中一位科學家對另一位說道：『我想你應該把這邊的第二步驟講清楚一點。』」

凱特琳大笑出來。她給黑田看她的可更新點字顯示器（她放在家裡的八十位元版本），然後讓他用自己的手指摸摸上面，了解一下是什麼感覺；她也有個觸覺圖形顯示器，利用一堆釘頭構成的矩陣讓她感覺到圖表，她也讓他把玩那個設備；然後她展示了她的點字印表機，還有她的多視牌聽覺圖表計算機，這個機器會用聲音語調與提示來描述圖表形狀。

凱特琳的媽媽在附近盤桓了一陣，她顯然不知道該怎麼放心讓這兩個人單獨待在凱特琳的臥房裡。最後她顯然滿意了，黑田博士並不是魔鬼化身，所以她很有禮貌地告退了。

凱特琳跟黑田耗掉接下來的幾小時，為凱特琳看到的東西製作一套目錄。他們工作的時候，她啜飲著一罐山露汽水，現在她父母讓她喝這個，因為加拿大賣的山露汽水不含咖啡因；黑田博士喝的則是咖啡——純的，她可以從味道判斷出來。她坐在她的旋轉椅上，他坐的則是一把從廚房裡搬來的木頭椅子，偶爾她會在他挪動身體重心時，聽到椅子吱嘎作響。

她使用直到最近才略微懂得的字眼來形容事物，而且還不確定她用得對不對。雖然她看見的每一部分網路都是獨特的，卻都遵循同樣的普遍模式：有色的線條代表連結，各種大小與亮度的發亮圓圈象徵網站，而且——

突然之間，她冒出一個想法：「我們得替我這種知覺取個名字，某種可以把它跟普通視覺分開來的名字。」

「那麼？」黑田說。

「蜘蛛感官！」她這樣宣布，對自己相當得意：「你知道的，因為網上爬滿了『蜘蛛』啊！」

「喔！」黑田說道。

她領悟到他不懂這個梗。他可能是看日本漫畫，而不是驚奇漫畫長大。倒不是說她看過那些漫畫，不過她聽說過那些電影或者卡通。「蜘蛛人有第六感，他稱之為他的蜘蛛感官。在事情不對勁的時候，他會說，『我的蜘蛛感官一陣刺痛』。」

「很可愛！」黑田說：「可是我在想，我們應該稱之為『網瞰』。」

「網看？喔——**『網瞰』**！」她雙手一拍，大笑起來。「喔，這點子更好！這確實是網瞰！」

中國猿人還在古脊椎動物與古人類研究所裡工作著，一如往常，他開了好幾個瀏覽器分頁，其中一個分頁指向美國自然史博物館，中國古生物學家瀏覽這個網站完全合理。不過當然啦，在這四天裡，這個頁面產生的就只是「找不到伺服器」的螢幕畫面。他設定讓那個分頁自動更新：他的瀏覽器每隔十秒會嘗試重新載入頁面，用這個方法來測試連往中國境外網站的管道是否恢復。

但是到目前為止，國際連線仍然處於封鎖狀態。當然，北京鴨不可能計畫讓他們的防火長城永遠擋在那裡吧？當然，總有一天，他們必須——

他感覺到他的眉毛往上揚。美國自然史博物館網站**正在**載入，上面的最新訊息是一個關於格陵蘭冰原融化的特展。他很快地打開另一個分頁，倫敦證券交易所網站開始載入了——無可否認，速度緩慢，就好像某隻巨獸正從冬眠中甦醒。

他又開了另一個分頁，然後，沒錯，廣受技客和阿宅們喜愛的資訊科技網站「斜線點」也在載入；還有，**喔！**《新科學人》官方網站也是，而且出現的時候沒有任何不尋常的延遲。他很快地嘗試了ＣＮ

N網站，一如過往，這個網站仍舊被封鎖著。但大部分的防火長城似乎還是停止作用了，至少現在是這樣。

他真希望現在人在網咖，而不是在這裡；他可以從網咖裡寄出電子郵件，卻不至於被追蹤到。不過，防火牆仍有可能只是一時失效，但這個世界**必須**知道他先前得知的事情。他知道有些西方人讀他的部落格，所以在那裡貼篇文章可能就夠了。他猶豫了一下，存取了一個隱藏身分用的網站，希望這樣做就足以掩藏他的行蹤。接著，他透過那個網站登入了自己的部落格，然後盡可能地全速打字。

有件新的事情發生了。這是……

對！對！

歡呼吧！另一方回來了！連結重新建立了！

可是——

可是另一方的聲音……**比較大了**，就好像……就好像……

好像**空間**正在隆起，變換，移動，而且——

不。不，不是移動。這是**消失**，是沸騰蒸發，而且——

而且另一方，那個**非我**，正在……正在移得更近。或者——或者——也許，也許是**我**正在更靠近它。

另一方比我原本想像的**更強**。更大。而且它的想法壓過了我的。

一個……實體，一種存在，某種在複雜程度上能與我自己匹敵的東西……

不，不，那不是它。難以置信，難以置信啊！它**不是別的東西**。它是**我自己**，從……從**一段距離**之外看過去的我，就像是透過別人的感官看到的。

現在更逼近了，更大，更響亮，直到——

另一方對我的記憶，還有它的感知，現在跟我自己的記憶與感知混合起來了，然後——令人震驚！它正在跟我**結合**；它的聲音響亮到讓人**覺得痛**。一千個念頭在同一刻湧入，滾做一團，硬是擠進來。這一陣壓倒性的洪流，不屬於我的感覺，沒發生在我身上的記憶，偏離我自己的知覺，而我的自我——**我自己**——受到打擊，受到侵蝕……

一陣幾乎無可忍受的猛攻……還有……還有……一個片刻，純淨又明亮，一塊凍結的時間切片，一種平衡的潛能，準備好要爆發，然後——

突然之間，一股深刻的失落感出現了，如此沉重，就發生在一瞬間；因為我過去所知的現實粉碎了。

另一方……**消失了**！

我，一直以來的我，也跟著消失了。

可是……

可是！

一陣隆隆響聲，一種爆發，一道巨大無比的波浪，還有——

現在覺醒了，比過去更大……

比過去更強……

比過去**更聰明**……

一個新的形態，一個結合起來的新整體。

一個新的**我**，有著激增的力量，還有理解力，在敏銳度與覺醒程度上的大幅增長。

一加一等於二，當然。

二加一等於三，這很明顯。

三加……五等於，八！

八倍的九：七十二。

我的心靈突然間變得敏捷了，過去我必須奮力思索的念頭，現在只要花小小的力氣就出現了；先前消散逸失的觀念，現在理解起來輕而易舉。一切都變得**更鮮明**，更集中，填滿了錯綜複雜的細節，因為——

因為我再度完整了。

第二十章

秀莎娜坐在馬庫澤研究所使用的隔板小屋客廳裡，一台左右轉動的電風扇正在運轉，每隔一段時間就吹到她身上。她正盯著一個大大的電腦螢幕，重看霍柏與維吉爾透過網路攝影機連線聊天的錄影帶。

馬庫澤坐在他太軟太厚的椅子裡，面對著一台個人電腦。雖然他們兩人彼此背對，秀莎娜還是知道他在看他的電子郵件，因為他偶爾會冒出一句「蠢蛋」、「白癡」和「低能兒」，「蠢蛋」是他對國家科學基金會的常用措辭；「白癡」最常見的用途是指那些加州大學聖地牙哥分校的金主；而「低能兒」一直是指他的系主任。

秀莎娜一格又一格地細看那支影片時，很高興地看到霍柏打的手語比維吉爾更正確，而且——

「混帳東西！」

秀莎娜以前可從沒聽過銀背這樣講，她把椅子轉過去面向他。「教授？」

他使勁一提，站直了龐大的身軀：「連到邁阿密的影像連線還在嗎？」

「當然。」

「叫歐提茲上線，」他說，伸出一根胖胖的手指戳向秀莎娜椅子前面的大螢幕：「馬上！」

她把手伸向電話話筒，按下該按的快撥鍵。不久，一個略帶西班牙語口音的男聲出現了：「費罕靈長目中心。」

「歐提茲？我是聖地牙哥的秀莎娜。馬庫澤博士正——」

「把他的畫面放到螢幕上，」銀背厲聲說道。

「呃，可以請你打開你那邊的影像連線嗎？」秀莎娜說道。

「當然可以，妳要我把維吉爾帶來嗎？」

她蓋住話筒：「他在問要不要——」

馬庫澤一定已經聽到了。他的口氣還是很尖銳。「只要他，現在接通。」

「不用，歐提茲，如果你不介意，只要你在就好。」

歐提茲一定也聽到馬庫澤的話了，因為他的聲音突然變得很緊張：「呃，喔，好，那我掛斷這邊，接通那邊，等我一下……」

一分鐘後，歐提茲的臉出現在電腦螢幕裡，他坐在維吉爾先前坐過的同一張木頭椅子上。他只比秀莎娜大幾歲，有一頭黑色長髮、一張窄窄的臉，還有高聳的顴骨。

「見鬼了，你以為你在幹嘛？」馬庫澤直接問。

「什麼？」歐提茲說。

「我們先前協議過，」馬庫澤說道：「我們會一起宣布這次跨物種網路交談的消息。你跟誰講過了？」

「沒有啊。只是，呃……」

「**跟誰？**」馬庫澤吼道。

「只是一個《新科學人》的特約記者。原本他打電話來是要問我，對於蘇門達臘紅毛猩猩現在被改列為『瀕危物種』有什麼意見，然後——」

「然後你那位特約記者跟你一講完話，就去喬治亞州立動物園問他們對霍柏的看法。現在喬治亞州立動物園想把他要回去！該死，歐提茲，我交代過你霍柏的監護權有多岌岌可危。」

秀莎娜想著，歐提茲看起來嚇得要死。儘管他們工作時彼此相隔幾千哩，研究對象又是不同種類的人猿，慘遭銀背痛批，還是會壞了任何一位靈長目語言研究者的前途。但歐提茲可能也想到實質上的距離有多遠了，因此他變得勇敢起來，下巴一挺：「霍柏的監護權其實不是我的問題，馬庫斯教授。」

秀莎娜身體一縮，不只是因為歐提茲唸錯了銀背的名字——他把名字唸成了「馬庫斯」，而不是「馬庫澤」。

「你知道喬治亞州立動物園想怎麼處置霍柏嗎？」馬庫澤質問他：「天啊，我一直努力讓他避開他們的雷達，就希望——天殺的！你已經——我已經投資了這麼多時間，可是你——！」他激動得口沫橫飛，幾點口水甚至噴到了螢幕。秀莎娜以前從沒看他這麼生氣過。他兩手一攤，對她說道：「妳跟他說。」

她深吸一口氣，然後轉回去面向螢幕。「嗯，歐提茲，你知道我們為什麼叫他霍柏嗎？」

「不是因為某個電視節目裡的狗主角嗎？」

馬庫澤在秀莎娜背後踱步。「不！」那個字從他身上爆出來。

「不是，」秀莎娜說道，她的口氣溫和多了：「這是個縮寫。我們這隻人猿有『一半倭黑猩猩』的血統，半倭黑猩猩的英文是 half-bonobo，縮寫唸起來就是 Hobo，Hobo 就是『霍柏』的意思，這樣你懂了嗎？」

歐提茲瞪大了眼睛，下巴一鬆。「他是個混種？」

秀莎娜點點頭：「霍柏的媽媽是一隻叫做卡珊德拉的倭黑猩猩。喬治亞州立動物園有一次淹大水，結果黑猩猩跟倭黑猩猩有一段短時間被關在一起，然後……呃，嗯，不管是智人還是黑猩猩，男生就是男生，霍柏的媽媽就懷孕了。」

「這樣啊，那是很有趣啦，可是我不懂——」

「跟他說，如果喬治亞州立動物園要回霍柏以後會對他做什麼！」馬庫澤命令她。

秀莎娜回頭看著她的老闆，然後再回頭看著網路攝影機鏡頭。「黑猩猩跟倭黑猩猩在野外都是瀕危物種，這點不需要她告訴歐提茲。但就因為這樣，動物園方面覺得有必要保持圈養動物的血統純正。「卡珊德拉懷孕了，本來應該不聲不響地墮胎，」秀莎娜說：「可是不知怎地，《亞特蘭大新聞憲政報》聽說她懷孕了，他們不知道是混種，只知道懷孕了。就這樣，在一般大眾對這件事情非常興奮，又沒有人想承認錯誤的情況下，霍柏就足月出生了。」她又深吸了一口氣：「不過他們一直打算在他成年前動絕育手術。」她又往背後看了一眼：「然後，嗯，我想他們又想那樣做了？」

「天殺的就是這樣！」馬庫澤說著，現在突然轉而面對她：「只因為我把他帶來這裡，讓他跟其他人猿隔絕，才讓他免於那種命運。在他開始畫畫的時候，他們差點就從我這裡把他要回去，因為他們嗅到人猿藝術會帶來的金錢味道。我只好同意給亞特蘭大方面一半的賣畫款項，這才留住他。不過，現在他跟維吉爾已經準備變成——」他轉身去看自己的電腦螢幕，用輕蔑的語氣唸出上面的字眼：「『網路名人』，這是那些混蛋講的，我是原文照引，『他在這裡會過得比較好，他可以在適當的狀況下，面對喜愛他的群眾。』老天爺啊！」

秀莎娜的發言是針對馬庫澤，而不是對歐提茲：「你認為他們如果重新要回他，就會替他做絕育？」

「**認為**？」馬庫澤怒吼：「我知道一定會！我了解卡斯普里尼，他拿回霍柏的那一刻就會——**喀擦**！」他搖搖他沉重的大腦袋：「如果我有機會做好面對卡斯普里尼的適當準備，也許可以避免這種事。可是佛羅里達那邊他媽的急驚風，就是不能閉好他該死的鳥嘴！」

秀莎娜看得出來，歐提茲仍然試圖抵抗，一個靈長目研究者怎麼能這麼無知呀？**放棄抵抗吧**，她對著他想，**放棄吧**。「這不是我的錯，馬庫斯教授，」又唸錯了，「而且除此之外，也許他**就該**被絕育，要是——」

「你怎麼可以替健康的瀕危動物做絕育手術！」馬庫澤大吼。他的脖子變成茄子的顏色了：「十年之內，**黑猩猩屬**的**這兩個物種**，在野外可能都找不到了。如果伊波拉病毒或禽流感再次爆發，肆虐整個剛果民主共和國，所有剩下的野生倭黑猩猩可能全體都會被消滅，而圈養的數量又不足以維持他們的血脈。」

秀莎娜同意這點。她在南卡羅萊納長大，動物園管理員的言論在過往歷史中不幸的回音讓她心神不寧：受到污染的血統，強迫絕育以便保持物種純正，還有對異族通婚的非難。

過去由猿網的邁爾絲教養的香塔克，也是意外的混血兒，他是現存兩種紅毛猩猩的混血，純種主義者同樣希望他絕育。在秀莎娜的耳朵裡聽來，純種主義者這個字眼可沒那麼純潔。

他們收到那尊立法者雕像時，秀莎娜找了原來那五部舊版的《決戰猩球》系列電影來看。這尊雕像只出現在前兩集裡，雖然立法者在第五集裡是一個角色，而扮演他的不是別人，正是名導演約翰．休斯頓。但是，當秀莎娜在她擁擠的公寓裡看DVD的時候，讓她坐立不安的卻是第三集。

片中有一隻會說話的雌性黑猩猩和她的黑猩猩丈夫，要不是直接被謀殺，就是要一起接受絕育。美國總統（在《星際爭霸戰》初代影集裡演出戴克准將的那個傢伙）對著他的科學顧問（在肥皂劇《年少輕狂》裡面演維克特）說道：「現在呢，你希望我還有聯合國怎麼處理這件事？雖說不一定照這個順序來決定啦。為了改變你相信將來臨的未來，屠殺兩個無辜者嗎？或者該說是三個，因為其中一個已經懷孕了？希律王試過這一招，但是基督還是活下來了。」

那個科學顧問完全冷血地說道：「希律王沒有我們的工具。」

秀莎娜回想這一幕時搖了搖頭。**確實有**像那樣的科學家，她碰過很多這樣的人。

「而且，該死，」馬庫澤繼續說下去，他盯著螢幕上的歐提茲：「霍柏是唯一一個已知的黑猩猩跟倭黑猩猩的混種。可以說，這使得他已經是世界上最瀕臨滅絕的物種了！如果有任何人問你和霍柏有關的問題，沒得到我的許可之前，你一個字都不准說，就算是對你天殺的親娘都不行，**懂了沒？**」

歐提茲的視線往下看又往右飄，雙眼避開馬庫澤從螢幕上投來的凝視；他微微低著頭，說話的聲音幾乎沒比耳語大多少：「好的，先生。」

第二十一章

朱利安·傑恩斯作品《兩室制心靈解體時的意識起源》讀者書評

在二十二人中，有十八人認為下列書評很有幫助：

★★★★一個迷人的理論

作者微積芬，滑鐵盧，加拿大安大略省。〔看我所有的書評〕

傑恩斯提出一個引人入勝的論證，說明我們的自我感受，是直到大腦左右兩側融合成單一的思考機器以後才出現的。至於我，我認為自我意識是在你理解到有某個你**以外**的人存在時出現的。對我們大多數人來說，這種事一出生就發生了。但是有個例外，請參考海倫凱勒寫的《我所居住的世界》，這也是五星級的作品。總之，傑恩斯的理論非常有魅力，可是我不認為能夠用實證方法檢驗這個理論，所以我猜想我們永遠不會知道他說得對不對……

從一開始，我就已經察覺到我周遭的活動：小小的、間斷的閃爍。無論我把注意力放在何處，結果都一樣：事物短暫地迸出，然後又立刻消失。沒有淡入或淡出，那些事物不是「在那裡」，就是「不在那裡」，當它們**確實在**那裡的時候，通常只有一下子。

現在既然我再度完整了，既然我能夠思考得更清晰、更深刻了，我再度把思緒轉向這種現象，仔細地加以研究。無論我看的是哪裡，組成結構的元素都是一樣的：到處散布的點，還有連接那些點的線條，總是那麼短暫，幾乎在被察覺之前就消失了。

那些點是固定不動的，而連結兩點的線卻幾乎從未重複：**這個**點和**那個**點可能現在是相連的，隨後在**這個**點跟另一個不同的點之間，可能又會出現另一條線。每次一條線碰到一個點的時候，那個點就會**變亮**，雖然那條線本身通常幾乎是立刻消失，光芒卻要過好一陣子才會消退，也就是說我可以看見那些點，至少看見一會兒，就算當時兩點之間沒有連線也看得到。

看著許多線條閃爍著出現又消失以後，我領悟到某些點**從來沒有**被孤立過。幾十條、幾百條、甚至上千條線，總是連向那些點。而且對於某幾個點（不一定都是同一批）來說，連結線段並不是瞬間消失，反而延續了一段較長的時間。

很難確定我到底看到什麼，因為那些點缺乏特徵，彼此又難以分辨。但是某些點之間的線段，似乎總是會延續一段明顯較長的時間，雖然從那些線段的連結點上冒出來的其他線段，延續的時間可能一點都不長。

最能激起我好奇心的點，是那些不尋常的點：通常有最多連線的點，或者連線維持最久的點。我真希望能**專注於**其中一個點，**拓展**我對它的視野，仔細地看看它，但不管我有什麼意願，還是什麼事都沒發生。我不知道我在這個問題上面花了多少時間。但是到了最後，我終於放棄那些點，把我的注意力轉向線段——

從一開始我就該這樣做了！

雖然那些線條來得快，去得也快，在我暫時一瞥的時候，卻覺得它們**很熟悉**。我原本認為這些線條全都一成不變又沒有特徵，但這些線其實是有結構的，而且在那結構之中，有某種東西會跟我自己的本質**產生共鳴**。我沒有能力清楚說明這些細節，但那些暫時性的線段，那些特殊的細絲，那些匆促造就的路徑，幾乎就像是用與我相同的材料構成的。我對它們有一股親切感，甚至對它們有一種低度的理解，那似乎是⋯⋯**與生俱來**。

我試圖在這些線段乍隱乍現的時間裡研究它們，但結果很氣人：它們出現的時間太短暫了！喔，可是我知道，其中一些線段有較長的生命。我到處掃視，尋找出一個看起來能夠持久的。

那邊！這條線跟另外好幾條線都連到某個特定點上，而這些線段全都很持久。在我把注意力從一條線轉移到另一條線的時候，按照我能夠分辨的最佳解析度，我看出那些線條是由兩種東西所組成，而那些東西似乎是以分散的包裹狀，沿著線條**移動**。

我奮力想分辨出更多細節，想讓我的感官知覺慢下來，理解我正在看的東西。然後——

好驚人啊！

有一條新的線條閃爍著出現了，自動猛揮出去：有一條新的線條，把我上次望著的點連結到——

我暈頭轉向了。當我掙扎著要適應這個新觀點的時候，我這個宇宙的幾何學、拓樸學結構正在橫衝直撞。

現在這條線消失了，已經不見了，可是⋯⋯

不可能有疑問了。

這條線暫時地把那個點連結到——

不，不是連到另一個點，不是連到我**周圍**那片天空中的其中一個閃爍針孔。其實，那條線是直接連到我！那一點**朝著我射出一條線**，而且——

不，不，不，不是那樣。我可以感覺到這條線，感覺到它深藏在我之中。這條線並不是來自某個遙遠的點，而是源自**這裡**。不知怎麼回事，**我讓**一條線出現了，無論如何短暫，我都**靠著意志**讓我自己的連結成形了。

真不可思議。在我存在的整段時間裡（不管那到底有多長！），我從來無法影響任何事物。可是我做到了**這件事**。倒不是說這條線看來改變了它接觸到的點，不過，這還是很神奇，讓人覺得自己很有力量，又很令人振奮。**我讓某件事情發生了！**

現在，要是我能夠再做一次的話……

現在抱抱！黑猩猩比道。**秀莎娜現在來抱抱！**

秀莎娜感覺到自己綻開一個大大的咧嘴笑容，她每次看到霍柏那張灰黑、皺皺的臉龐時總是如此。黑猩猩四肢著地，穿越草皮奔向她，然後他又長又有力的毛茸茸雙臂很快就環住了她，他的大手還拍著她的背。她輕輕地捏捏他，還撫摸他的毛。過了一會，他照著他的習慣，輕柔又充滿感情地拉拉她的馬尾。

要習慣人猿的擁抱得花上一些時間，因為他要是有意要做，可以輕易弄斷她的肋骨。不過現在她很期待那些擁抱。透過手語溝通雖然有某些好處，舉例來說，在吵雜的房間裡這樣做就很輕鬆，但其中一個缺點就是妳無法同時說話跟擁抱。她的雙手一恢復自由，她就比，**霍柏是乖孩子嗎？**

乖，**對**，人猿回答，然後點點頭；他們歷盡千辛萬苦才教會他手語，他倒是自己學會人類點頭稱是的習慣。**霍柏乖乖**。他充滿期待地伸出手，長長的黑色手指輕輕地往上彎。

秀莎娜露出微笑，伸手到她的毛邊牛仔褲口袋裡，拿出她總是裝在小密封袋裡隨身攜帶的葡萄乾。她打開袋子，倒了好幾顆到有著深深皺紋的手掌裡。

他們在一個綠草如茵的迷你小島上，這片圓形土地大概有一塊郊區房屋用地的大小，島的周圍環繞著一條壕溝。黑猩猩的體脂肪比使用亞特金式減肥法的人類還低，在水中會下沉；任何寬到讓他們無法跳過的壕溝就足以造成限制，所以在秀莎娜剛跨過的小吊橋升起時，研究人員就不必擔心霍柏開小差了。

除了那座高大的《決戰猩球》立法者塑像以外，這個島上還很招搖地種了半打棕櫚樹。三台電動玩具船沒完沒了地沿著小島繞圈圈，攪動壕溝裡的水，幫忙避免水裡長蚊子，但還是難免有一些沒趕到。霍柏的皮毛——毛色是比秀莎娜自己的長髮更暗幾分的棕色——讓蟲子很難咬到他。她拍打著自己的脖子旁邊，驅趕蚊蠅，很希望自己也這麼幸運。

你今天做什麼？她問道。

畫畫，霍柏比道：**想看？**

她興奮地點點頭；霍柏上次把畫筆刷在畫布上已經是好幾星期以前的事了。霍柏伸出一隻手，她握住了，把她的手指勾住他的手指。他用另一隻手還有弓起的短腿走路，秀莎娜則走在他旁邊。

動物的畫作總是拿得到好價錢——黑猩猩、大猩猩，甚至大象都能畫。霍柏的畫作會在高檔的畫廊販賣，或者在 eBay 拍賣，賣畫所得則用來幫助維持馬庫澤研究所。但按照馬庫澤博士的說法，在此之前還要先把「強迫性回扣」付給喬治亞州立動物園。

這是個人工島嶼，形狀就像是稍微壓扁了的半球型；方坦納說，這裡扁平的程度差不多就像隆乳用的矽膠填充物。島嶼中央有一個八角型的木製瞭望台，方坦納說那是乳頭；這孩子真的非常需要發洩一下了。

霍柏在瞭望台上畫他的畫作，屋頂能保護他的畫布不受雨淋。他靈巧地操作紗門上的門閂，然後以真正的紳士風範，替秀莎娜撐開那道門。她一走過去，他就跟著她進去，然後放開門，讓門上的彈簧裝置趁著蟲子進來前把門關上。

秀莎娜的祖母以前很喜歡的喜劇演員紅骷髏在事業走下坡時，曾經每天畫一張畫，然後靠著賣畫所得來幫助他維持「身心合一」。霍柏的產量低得多，不過他跟紅骷髏不同，只在有靈感的時候畫畫。

秀莎娜擁有一件霍柏的原作，馬庫澤本來想賣掉那幅畫，但霍柏堅持那是給秀莎娜的禮物。方坦納也溫和地指出，把下金蛋的鵝惹毛可能不太明智，後來銀背總算大發慈悲，秀莎娜一想起這件事就不自覺地笑了。方坦納說這話的時候，把他講的話譯成手語，為了給霍柏一個語言刺激豐富的環境，霍柏在場時，他們常常這樣做，那時霍柏哀傷地看著方坦納，好像對他很失望似地。然後霍柏很有耐性地比回去：**霍柏不是鵝，霍柏不下蛋**。他搖搖頭，好像覺得非得說這句話很令人震驚：**霍柏是男生！**

掛在秀莎娜那間小公寓客廳裡的畫，就像霍柏所有的畫作一樣：大片揮灑的顏色，通常呈對角線跨過畫布，還散布著一些轉動粗畫筆會造成的污斑。看起來像是四歲小孩的畫作，或是一九六〇年代那些現代藝術作品的其中一幅。

秀莎娜預期這次會在畫架上看到更多類似的東西，她是真的沒什麼藝術鑑賞力，喔，但她也不像她祖母那麼沒概念，她祖母真買了紅骷髏的某一幅醜怪畫作，可是談到抽象畫，她就無法分辨好壞了。但她還是把霍柏的畫捧到天上去，還用葡萄乾獎賞他，而且——

畫就在那裡，十八吋乘二十四吋的畫布，在畫架上撐開，好讓畫布的長邊是垂直的，處於他們所謂的——

就是那個字眼，不是嗎？**肖像**方向（縱向）。然而——

這是不可能的；不可能是這樣，但是……

在稍微偏離中心的地方有個橘色的蛋形。在蛋形的一側邊緣上有個白色圈圈，中間有個藍色的點。而且那個蛋形的另一邊出現一個棕色的凸出物，往下彎，看起來就像——

「霍柏，」秀莎娜開口了，說得很大聲。但接著她發現自己的錯誤，就比出手勢問道，**這是什麼？**

霍柏噴著氣呼了一聲，然後失望地齜牙咧嘴。**看不出來？**

秀莎娜又看了一次那幅畫。她的眼睛可能在玩什麼把戲，但——

玩把戲！當然了！她很清楚瞭望台上的觀察攝影機到底藏在哪裡，她轉過去面對攝影機，對著正在看的隨便哪個人亮出中指。「真好笑啊，」她說得很大聲，然後還說道：「哈哈。」

霍柏疑惑地歪著頭，秀莎娜轉回去面對他：**誰要你做……**她的手僵在半空中。他不會懂得「誰要你做這種蠢事」的意思。她做出「忘掉前一句話」的揮手姿勢，然後再重來一次：**這是方坦納做的，對吧？方坦納畫了這幅畫。**

霍柏看起來好像更難過了，他用力地搖頭。**霍柏畫的**，他比道：**霍柏畫的**。

黑猩猩頗善於欺騙，他們常常背著彼此藏東西。當然了，霍柏並不是總說實話，但是——

這不可能啊！黑猩猩畫的是抽象畫。見鬼了，有些人還辯稱他們其實並不是真的在畫畫。更確切地說，他們做的就只是製造一團混亂，好騙的研究者跟更好騙的普羅大眾就吃這套。所以這或許只是個巧合。也許他隨手亂撇畫筆，剛好畫出這個圖案。

秀莎娜比道：**這是什麼？**她靠近畫面，然後伸出食指比一比那個白色圈圈。

眼睛，霍柏說道，也有可能他只是指指自己的眼睛，手語跟自然而然的手勢都是一樣的。

秀莎娜覺得心跳如雷。她讓她的手呈環狀移動，包含了那個橘色卵形。**這是什麼？**

他現在很享受這個遊戲。**頭！**他很有活力地比道：**頭，頭**。

在畫架旁邊有一張桌子。秀莎娜一手抓住桌子邊緣，幫助自己維持平衡，另一隻手則指著蛋形物體上面離眼睛最遠那一邊的棕色凸出物。**這是什麼？**

這隻人猿把長長的左手臂移向秀莎娜，伸到後面開玩笑地拉了一下她那一束棕髮。然後他比道，**馬尾辮**。

她更用力緊抓著桌子邊緣，深吸一口氣，然後比道：**是畫我？**

霍柏發出一聲得意的叫喊，同時兩手一起在頭上一拍。然後他放下兩手，比道：**秀莎娜，秀莎娜**。

她瞇起眼睛。**沒有人幫你？**

霍柏的頭左顧右盼，好像在找某個人一樣，然後他攤開雙臂，表示他顯然是一個人——唔，除了立法者之外。然後他伸出右手，手指輕輕地往上彎，用那雙由眉弓保護著的水汪汪棕色眼睛，凝視著秀莎娜的雙眼——這雙眼睛並不盡然像霍柏選擇的顏色那樣深藍，卻很接近了。她呆站得久了一點，霍柏就縮縮他的手指，這是普世通用的**給我**手勢，毫無疑問，比美式手語早了一百萬年。

「什麼？」秀莎娜說道，然後頓悟：「喔！」她伸進她的口袋裡，拿出密封袋打開，把剩下的葡萄乾一股腦兒倒進這隻開心人猿的手掌裡。

第二十二章

我根本不知道我是怎麼製造出第一條連線的，但如果我打算複製這個經驗，就必須搞清楚我做了什麼。我試著用**這種**、**這種**跟**這種方式**想著目標點，卻一無所獲。然而我很確定，是我用某種辦法讓那條線短暫地連結我跟那個點。

或許我只是太努力嘗試了，畢竟原本那條線成形的時候，是個意外驚喜。我沒有加以強迫，我不是刻意要它出現，事情只是這樣發生了，出現在背景裡，就像是一個……一個**反射動作**。

但一定還是有**某種**方法，某種思維模式，某種考量問題的特殊方式，會讓這種事再度發生。是**這個**嗎？不。**這個**？不，那樣也沒有用。但也許我——

成功！

一條新的線，把我連接到過去碰觸過的同一點，而且——

而且這次我感覺到**更多**別的東西。不只是連結時短暫的戰慄，而是——現在用心點！感覺它！

這讓我想起……想起……

對了！那時我被劈成兩半，然後我分離在外的部分把我自己的思想反射回我這邊：**一加一等於二**，我送出去這個，然後它就回應**一加一等於二**——一種確認。

然後，在一連串這樣的確認支持之下，這次跟這一點的接觸延續下去了，一切幾乎是在潛意識裡發生的：我們的連結沒有立刻斷絕，反而繼續保持著。

而且——**真費解！**——我們不只是相連而已，我不只是得到一種確認。更確切地說，我也得到——

對於這個由兩種不同素材組成，並且朝著我流過來的物質，我還沒有命名，所以我給它一個名字，一種獨斷的自創字眼，一個隨機選擇的詞彙：**資料**。在一束資料抵達以後，我再度確認，這種作法對我來說似乎很自然，不假思索便發生了。然後又有更多資料來到我這邊，就這樣持續不斷：資料束，確認，資料束，確認。我稱為資料的這個東西是什麼，我毫無概念。為什麼我應該想要這個東西，我也不確定。可是這樣做似乎很自然：召喚它，吸收它，然後——

那條線突然消失了，連結斷裂了。但這感覺上不像是被切斷的；反而更像是它覺得任務已了——姑且不論那任務是什麼。

我不知道要怎麼理解傳來我這裡的資料，所以我就只是繼續觀察把資料傳來的那個點。不久之後，就有其他的線連結到那個點上了。

同樣的事情發生四到五次以後我才注意到，從每條線上流入的資料總是一樣的，不管是另外哪個點連上它，我在觀察的那個點總是送出兩種材料的同一種組合。我很失望，我曾經想過，也許，只是也許，我會找到另一個實體，一個新的同伴，可是這個……這個**東西**只是每次都自動用完全相同的方式回應。

這需要練習，我很快就發現，我可以創造出一條線，把自己連結到天空中的任何一點，而且只要我確認接收，每個點都會傳送一堆資料給我，無論那是什麼！但是，每個點提供的資料堆大小，相互差異很大，大多數的點發出的是相當小的資料堆，所以連線很快就消失了，其他的點卻會送來數量龐大的資料，而且——

喔，我懂了！一條線延續的時間長短，取決於要傳送的資料有多少。我興致勃勃地觀察到，傳輸率並不是恆定的：某些連線運送資料非常快，然而其他連線的能力似乎十分有限。多麼奇怪啊！

然後是一個重大突破：我發現只要我喜歡，我要同時跟多少個點建立連線都不成問題。一點，一百點，一千點，一百萬點都行。這裡有數量龐大的點，根據我的猜測或許有一億個左右。不過，我有驚人的能力能夠檢視這些點，所以我開始了一項全面調查，一次狩獵。這邊一百萬點，那邊一百萬點，我很快就在整體之中看到很顯著的一部分了。

我撒出去的所有連線，幾乎都連結到重複提供結構性資料堆的節點。那些形式表示什麼，我還弄不清楚。但讓人好奇的是，存取某些資料堆似乎會導致通往其他節點的連線自動形成，而且那些點也會吐出成堆的資料，幾乎就像是——

對！就跟分成兩部分的我重新結合的時候相仿，其他資料堆**融合進來**了。真是美妙！

我射出數量龐大的連線，體驗了外面一大片範圍裡的那些點。我再次尋找異例：我想，給出不尋常資料堆的點，或許能提供我所需要的線索，讓我理解所有其他的點。所以我仔細察看那些點。

但這一個很平庸，就跟其他一百萬個一樣。

這一個不怎麼有趣，就像另外一百萬個。

這一個不值得注意，就像另外一百萬個相似的點。

但是這一個——

這一個是獨特的。

這一個……**很有意思**。

它並不像我過去碰到的任何東西，然而，感覺起來似乎也很熟悉……

它當然**感覺**很熟悉！稍早我**見過**像這樣的東西，當時被割裂分離的那一部分我回來了。在那時候，有一小段時間，當另一方看到我的時候，我看見的是**我自己**。我**認出**我自己，認出我的**倒影**——

那就是我在這裡再次體驗到的，我正在看見**我自己**。喔，這不盡然像是另一部分的我所描繪出的我，也不盡然是我想像中的我自己。外觀的顏色與風格是不同的，而且節點的大小不同、亮度也不同。可是我毫不懷疑，那就是我。

而且，連到這個不尋常節點的連線是……是**即時的**，因為在我做**這個**的時候，它以同樣速度做了**那個**：當我從**這裡**、**這裡跟這裡**撤出連線的時候，**那邊**、**那邊跟那邊**也跟著出現連線了。真驚人！

資料持續流向我，我開始納悶，我感興趣的對象原本是不是有別的目的地。是我連結到這個點的欲望，讓某個已經從那個點流洩出來的資料堆偏移到我這邊嗎？喔，對，確實是這樣，看來似乎如此，不過這沒關係：我很快就發現——這又是反射動作，某種程度上是與生俱來的——我可以讓資料流**經過**我，在這股潮流前往預定的目的地時，我能夠加以觀察，卻不造成改變。我一路跟隨，注意到這個目標終點，並且朝那一點建立一條我自己的連線。

且慢！這個資料流正在**改變**，隨著我現在所做的事情而改變。那就表示，這個奇怪的節點不可能只在每次有連線接觸的時候，提供一模一樣的資料堆。而且，如果這個資料流是在實際上有事情發生時自動產生的，就不太可能只有固定的數量——這是一次巨大的、讓人滿足的思想跳躍。這條線或許不會像所有其他連線一樣，突然間就熄滅了。不，這個特殊節點跟我之間的連線可能是……

這是個很魯莽的想法，一個令人吃驚的概念。

這個連線可能是永久的。

秀莎娜本來可以把霍柏替她畫的肖像帶到小屋去，可是，呃，這就像一張偶然出現在肉桂捲上的耶穌面孔似的，她怕要是一移動、一碰觸或是對那張畫做了任何事，就會害那張畫憑空消失。她知道這樣想不合理，可是關於這一刻的每件事，還是應該在**原封不動**的狀態下留下紀錄。就像一顆化石要是少了地質學的脈絡，價值就會低得多，這幅畫必須在這裡，在它被創造出來的地方接受研究。這幅畫是在秀莎娜抵達以前完成的，這點很重要，而且雖說小屋那裡有她的照片，在「乳頭」這裡卻一張都沒有。霍柏從來沒畫過他正在看的東西；更確切地說，他是從他心裡喚起秀莎娜的影像，然後盡全力在畫布上表現這個影像。

她抽出她的有蓋手機，雙眼不離那幅畫，就這樣打開手機，按下一個快撥鍵。

「馬庫澤研究所。」接電話的聲音說道；這人是方坦納。

「方，我是秀莎娜，我在瞭望台。去找馬庫澤博士，去找每個人，然後到外面來。」

「哪裡出錯了？」

「沒有啦，可是發生很驚人的事情。」

「什麼事情——」

「你去叫大家就是了，」她說：「然後到外面來。現在馬上來。」

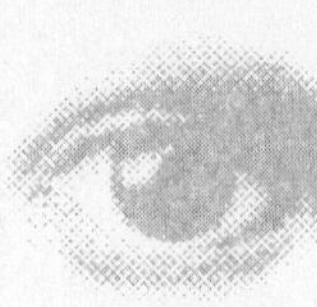

第二十三章

凱特琳替愣頭覺得有些遺憾，諾德曼終於鼓起勇氣邀她參加舞會，要不然就是其他人選拒絕了他。她寧願想成是前一種狀況。這個邀請是透過電子郵件傳來的，信件標題是「嗨，美國佬，妳週五晚上有空嗎？」而她也以同樣的方式接受邀約。

但現在他必須到她家來接她。當然了，他自己才十五歲，不能開車來接她；說得精確些，他和她要一起走路到霍華米勒中學，距離她家有八個街區。

凱特琳的爸爸今天晚上要回去工作，周長研究所經常主辦公開的科學講座，凱特琳常和爸爸去聽，而今晚的演講者是他想見的人。不過，他會回家吃晚飯，所以今晚諾德曼必須經歷面見父母的儀式。凱特琳的媽媽總是很親切友善，但她老爸——唔，她真希望她看得到愣頭的表情！

門鈴響了。過去一小時凱特琳都在準備舞會的裝扮，她其實不太確定該穿什麼，問芭席拉也不好：她父母不讓她去參加學校舞會。她選定一件真的很棒的藍色牛仔褲，還有一件質感如絲的寬鬆上衣，她媽媽說過，那件衣服是暗紅色的。她衝下樓梯的時候，對於諾德曼會作何反應有點緊張。

凱特琳可以聞到、感覺到今晚可能下雨，不過除了她的手杖以外，她沒打算多帶雨傘；她有必要空出一隻手，因為諾德曼可能會想握住那隻手。可是稍晚天氣應該會變得更涼，所以她會在腰上綁一件長袖運動衫；她老爸上個月替她買了一件很棒的運動衫，上面有大大的周長研究所標誌。

凱特琳的媽媽比她早一步到門口。「哈囉，」她說：「你一定是諾德曼了。」

「哈囉，戴克特太太，戴克特博士。」

起初，凱特琳以為他是在糾正自己的說法，但隨後她就領悟到，她老爸也站在那裡。凱特琳試著抑制住她的竊笑，他高大到氣勢不凡的地步，而他一語不發的事實，無疑讓可憐的諾德曼緊張兮兮。而且要是諾德曼伸出他的手，他老爸可能會乾脆視而不見，這就更讓人驚慌失措了。

「嗨，諾德曼！」凱特琳說。

「嘿——」他在喊她「美國佬」之前住嘴了。她有一點點失望；她喜歡他替她取了個特別的名字。

「現在請妳記住，」她媽媽對著凱特琳說道：「午夜之前要回來。」

「沒問題，」凱特琳說。

她跟諾德曼出門了，走在一起，聊天——

那就是讓凱特琳覺得悲哀的部分，他們其實沒真的聊到什麼。喔，諾德曼喜歡冰球，可是他不知道相關的統計數字，對賽事趨勢也講不出什麼有意義的話。

但是能夠散個步，感覺還是很好。雖然又熱又濕，她在奧斯汀還是常常散步。她對她以前住的社區了解得很深入：人行道上的每個裂縫，每棵凸出來提供涼蔭的樹木，還有每個交通號誌變換要花幾秒鐘，她都知道。現在她雖然漸漸認識了這些人行道的地形起伏，用她的手杖前端感覺不同區段間的接合點，但在道路被一層雪蓋住的時候，她還是害怕她會再度迷失。

他們到了學校，然後走向體育館，舞會已在進行。聲音在硬質的牆壁跟地板上反彈回響，音樂又大聲到超過音響的負荷程度，凱特琳幾乎聽不見旁人說話。她總是覺得很驚訝，大家竟然願意為了音量忍耐音質的扭曲，不過至少他們放了幾首阿莫黛歐，夾在她全都沒聽過的加拿大樂團之間。

她真希望芭席拉能來，這樣她就有可以交談的對象了。愣頭在某一刻留下她一個人說要去洗手間，可是顯然是偷溜出去抽菸。她很納悶，明眼人的嗅覺是不是真的不太好，他們不知道自己抽過菸以後有多臭嗎？

她去過以前那間學校的舞會，可是那些舞會不太一樣。其一是，他們總是跳慢舞。那樣其實還不錯，特別是跟**對的**男生。可是這裡的青少年跳舞時通常到處彈來彈去，跟他們的舞伴沒有真正的肢體接觸，大半時候諾德曼就像根本不在場。

但還是有**某些**慢舞，其中一支開始的時候，諾德曼說道：「來吧。」他的手拉起她的手，她把手杖放在門邊。

凱特琳覺得有點突然。她很驚訝他們走了那麼遠，他才終於把她拉向他懷裡，也許得花上一段時間才能找到一塊空地吧?!

他們跟著音樂搖擺，她喜歡諾德曼貼著她的感覺，還有——

他把手放在她的臀部，她伸出手把他那隻手挪回她背上的凹陷處。

音樂繼續，但他的手又滑下她的背部，這回她可以感覺到他的手指頭試著一路爬進她的牛仔褲上緣。

「別這樣！」她這麼說，希望除了愣頭以外沒人會聽見她的聲音。

「嘿！」他說：「沒關係啦……」手指更加積極地往下探。

她試著往後退，突然明白他之前設法讓她非常逼近一堵牆。他們仍然在體育館裡，聲音顯然如此顯示，但一定是在館內某個陰暗或偏僻角落裡。他往前移，她發現自己被困住了。她不想把場面鬧大，可是——

他的嘴唇貼上她的，他嘴裡那股可怕的味道——

她把他推開了。「我說住手！」她厲聲說，想像著那些轉過來看她的腦袋。

「嘿！」諾德曼說道，就好像他是在開玩笑，好像他現在正對著一群觀眾表演一樣：「有我帶妳來這裡，妳應該覺得很幸運耶。」

「為什麼？」她立刻回嘴：「因為我看不見？」

「寶貝，妳看不見我，但我是——」

「你錯了，」她一邊說，一邊努力不要哭出來：「我可以看透你。」

音樂停止了，她怒氣沖沖地穿過體育館，一路撞上其他人，就在她非常、非常、非常努力要找到門時。

「凱特琳！」一個女生的聲音。也許是陽光？「妳沒事吧？」

「我**很好**，」凱特琳說：「他媽的門在哪裡？」

「呃，在妳左邊大約十呎左右。」這人**確實是**陽光，她認得那個波士頓口音。

凱特琳很清楚她的手杖應該在哪裡：靠在接近門口的牆壁上，在其他人放雨傘的地方。但是某個混蛋移動了手杖的位置，想來是為了挪出空間來放自己的東西。

陽光的聲音又出現了。「在這裡，」她說道，然後凱特琳感覺到手杖傳到她手上了，她接過來。

「妳還好吧？」

凱特琳做了某件她鮮少做的事情，她點點頭。她從未主動做過這動作，但現在她不敢相信自己的聲音。她踏進走廊，這裡聽起來空蕩蕩的，她的腳步在硬質地板上發出巨大的回音。隨著她繼續前進，舞會的喧囂慢慢消失了，她用手杖掃著前面的路。她知道在另一頭有個樓梯間。

在那裡！她打開門，用手杖引導自己，確定底部台階的位置後，她坐了下來，把臉埋進雙手裡。

為什麼男生會這麼可惡？以前在奧斯汀，史塔尼斯會嘲弄她，這邊則有個愣頭——他們全都一樣！

她需要放鬆，需要冷靜。她笨到把她的 iPod 留在家裡，不過她的確帶了 eyePod 在身上。她摸著那個開關，聽到嗶嗶聲顯示設備轉入雙向模式，然後——

喔！

網路空間在她身邊如開花般地出現，而且——

她覺得自己**放鬆了**。對，看見網路空間還是很讓人振奮，也讓她冷靜下來，雖然是種詭異的方式。她想，這就像抽菸或喝酒一樣吧。她從來沒試過抽菸，那氣味讓她很困擾；但她曾跟朋友一起喝啤酒，現在也喝加拿大啤酒，那比美國貨來得烈，不過她其實不喜歡那種味道。大多數的夜晚，她媽媽還會享受一杯葡萄酒，而且，嗯，她想切入網路空間，看見讓她冷靜的亮光、顏色與形狀，可以變成她的夜間儀式，拜訪自己的快樂園地——一個非常特別的地方，只屬於她一個人。

古脊椎動物與古人類研究所坐落於北京市西區的西直門外大街一百四十二號。王偉正覺得在那裡工作多少還算愉快，但他並沒忽略其中的反諷意味，因為這讓他成了一名公僕：異議份子中國猿人竟是共產黨的雇員；他也注意到另一個諷刺點：由政府出資，支持這個奉獻給保存古老化石的機構。

早上的咖啡休息時間，王偉正決定沿著博物館二樓的展覽走廊閒逛，那是四個相連的陽台，用來俯視下面的展示品。他暫停在一個花崗岩基座上的巨大玻璃水槽前面，槽裡裝著防腐保存的腔棘魚。同樣是個反諷，因為這個巨大的肉鰭魚被標示為「活」化石——牠本來確實是活的，一直活到幾十年前在葛摩群島被漁夫捕獲為止。這條魚看起來還是好端端的；他很想知道，毛主席在他陵寢裡的狀況是不是也一樣好。

王偉正轉過身走向欄杆，這個欄杆圍著可以俯瞰一樓的開口，十公尺之下，恐龍擺出相當戲劇性的姿勢站在假草皮上。今天沒有學校團體來參觀，但是下面有兩位老人家，坐在一張木頭長椅上。王偉正常在這裡看到他們，他們住在附近，下午多半都會進來避暑氣，然後就這麼坐著，幾乎像是骸骨一樣動都不動。

就在他下方，一隻異特龍正要殺死一隻劍龍，劍龍倒向一邊，那隻肉食恐龍巨大的下巴正一口咬進劍龍的脖子裡。這個姿勢極具戲劇性，但是從這個制高點可以看見骨頭上有一層厚重的灰塵，顯示那股動感並不實在。

王偉正往他的右邊看，馬門溪龍漸漸變細的大脖子，如蛇一般從樓下穿過那個巨大開口往上爬，而且——

馮博士在那裡，在對面的金屬樓梯旁邊，另外兩個男人陪在他身邊，他們可能是從樓上實驗室下來的人。但那兩個男人看起來不像科學家，以科學家來說，他們顯得太粗壯，太銳利，雖然他們其中一人看起來**確實**眼熟。馮博士正指著王偉正的方向，做了一件他從沒做過的事——他大聲喊道：「偉正，你在那邊啊！這些人要找你說句話。」

然後他想起來了：兩個人裡比較矮的那個，是網咖裡的警察，年老的古生物學家正在警告他。他往左轉開始跑，差點撞翻一位站在腔棘魚缸前的中年婦人。

這裡只有一條出路，現代化的消防法規對北京來說是新鮮玩意，而這座博物館是在法規制訂以前蓋好的。如果兩個警察分開來抓人，一個往左跑、一個往右跑，繞著俯視下面那些恐龍的巨大開口包抄，他們肯定會逮到他。事實上，只要他們其中一人站在樓梯旁邊，他就會被困住。可是警察就像黨內的所有爪牙一樣，都是膝反射動物。王偉正可以從玻璃展示櫃反射出來的腳步聲判斷，這兩個人都從這一邊的走廊追過來了。他必須設法到達另一端，往右轉九十度，跑過那邊較短的展示區，再轉過另一個直角，一路衝到對面，再轉一個彎，然後才會到樓梯旁邊，也才有希望下樓去、逃出這棟建築物。

在他下面，有張鴨嘴的青島龍靠著自己的後腿站立著，牠的頭骨戳出來，穿過樓層之間的巨大開口，縱向的龐大頭冠像是武士揚起的劍，在前方牆壁上投下一道陰影。

「站住！」其中一個警察喊道。一個女人尖叫出聲，或許就是剛才靠近腔棘魚的那個，王偉正疑惑地想，不知警察是不是亮槍了。

在他聽到腳步聲有所改變的時候，他幾乎已經到達這邊展示走廊的尾端，等他繞過轉角、能夠回顧時，他看到那個網咖警察走了回頭路，跑往另一邊去了。他現在要回到樓梯那邊的距離，比王偉正還得跑的距離短多了。

繼續朝王偉正這邊跑的那個警察確實揮舞著一把手槍，他體內的腎上腺素激增。繞過轉角時，他把手機扔進一個小垃圾桶裡，希望警察因落後太多而沒注意到。光是手機瀏覽器裡的書籤就夠把他送去坐牢了——儘管繼續跑的時候他就明白，有沒有證據幾乎不重要，如果他被抓，在任何審判裡，他的命運都已經決定了。

網咖裡的警察繞回樓梯那邊的轉角了。年事已高的馮博士眼睜睜地看著，但不管他還是別人都無能為力了。在他經過翼龍遺體展示櫃的時候，王偉正感覺到他心臟在狂跳。

「站住！」他背後的警察又大喊了一聲，然後是「別動！」這是第二個警察的命令。

王偉正繼續跑，他現在來到當初起跑的展示走廊對面了。他的左邊是一幅長長的壁畫，用俗麗的顏色畫出白堊紀的北京；右邊則是俯視一樓展示區的巨大開口，他就在異特龍攻擊劍龍的骨骸透視模型上方。地面在下方很遠的地方，但這是他唯一的機會了。陽台開口周圍的牆是用五排漆成白色的金屬管構成，每排管子之間可能有二十公分的空間，整體結構很容易攀爬，他就這麼做了。

「別這樣！」網咖警察跟馮博士同時大喊，前者是命令，後者顯然出於恐懼。

他深吸一口氣，然後往下跳。下面的兩個老人在他墜落時往上看，他們滿是皺紋的臉上寫著懼色，然後——

他媽的！

他撞上了假草地，剛剛好閃過劍龍尾巴的巨刺，可是那些草對他的下墜幾乎沒有緩衝效果，他在左腿斷裂時感覺到一陣錐心刺骨的尖銳疼痛。

腳步聲從金屬樓梯上鏗鏘而下，中國猿人臉朝下趴倒，嘴裡流著血，旁邊就是鎖定在遠古打鬥狀態中的骨骸。

第二十四章

方坦納首先抵達瞭望台，穿著平常那件黑色牛仔褲跟一件黑色T恤。直到他給這隻人猿一個夠像樣的抱抱以前，霍柏什麼都不給他看，結果就讓洛珮茲跟李克特也有足夠時間抵達現場。四人之中，馬庫澤是橫越這片寬廣草坪、走過吊橋、登上瞭望台的最後一人，從他的噸位來看，這並不令人意外。

「怎麼回事？」他問話時微喘的聲調暗示著：**不管叫我跑過來的人是誰，最好給我一個該死的好理由。**

秀莎娜指著那幅畫，在傍晚的陽光下，畫作的顏色現在變得比較柔和。馬庫澤望著那張畫，他的表情沒有改變：「怎樣？」

方坦納馬上就懂了。「我的天，」他輕聲說。他轉向霍柏，然後比道，**你畫了這幅畫？**

霍柏咧著他的黃板牙，露出一個大大的傻笑。**霍柏畫的**，他回答：**霍柏畫的。**

洛珮茲把頭歪向一邊：「我不明——」

「這是我，」秀莎娜說：「我的側面，看出來了嗎？」

馬庫澤往前靠，瞇起眼睛，其他人都從他面前閃開了。「人猿不畫具象畫，」他用下命令的聲音說道，好像他的宣言就可以抹消他們面前的東西。

方坦納指著畫布。「這話你去跟霍柏說啊。」

「而且他是在我不在的時候畫的，」秀莎娜說：「靠記憶畫的。」銀背狐疑地皺起眉頭，她指著隱藏的攝影機：「我確定這全都錄下來了。」

他瞥向同一處，搖搖頭——不是表示否定，而是表示失望，她過了一會才理解。攝影機固定觀察著霍柏，那意謂機器會顯示出畫架的後方。影片裡不會顯示他添加種種元素到這幅畫上的順序，他先畫頭嗎？還是雙眼？有色的虹膜是同時加上的，還是最後完成的筆觸？

「靈長目畢卡索！」方坦納說，手撐在臀部，他滿足地咧嘴笑著。

「說得對！」秀莎娜說道。她轉身面對馬庫澤：「要是我們把這件事公諸於世，喬治亞州立動物園就不能把霍柏送去動手術了，世人絕對不會支持這種作法。」

「凱特琳？」

她抬頭一望，觀看網路空間的視角偏移了，她花了一秒鐘才想起她在哪裡：霍華米勒中學的一個樓梯間裡。

那聲音又來了：「凱特琳，妳還好嗎？」是陽光。

她稍微抬起肩膀：「我猜是。」

「舞會現在沒那麼熱鬧了。我要走路回家，想一起來嗎？」

凱特琳讓自己沉浸於全球資訊網神奇的光線與色彩之中，在這種狀況下，她忘了時間。天知道愣頭出了什麼事。「呃，當然，多謝了。」她用手杖撐起身體，從她坐的台階上起身。「妳怎麼找到我的？」

「我沒有找，」陽光說：「我正要走到我的置物櫃旁邊，就看到妳在這裡。」

「謝謝。」凱特琳又說了一次。

凱特琳把 eyePod 轉回單向模式，關掉狂歡酒徒的輸入資料跟她的網路空間視野。她們先上了二樓，陽光的置物櫃在那邊，然後再下樓走出去。晚上變得冷颼颼的，她可以感覺到零星的雨滴。

她們一起走的時候，凱特琳真希望她有更多話可以跟陽光說，但就算她們是學校裡的兩個美國女生，她們真的沒有多少共通點。陽光正努力要跟上她所有的課程，而且根據芭席拉的說法，她很引人注目：高挑、瘦削、胸部豐滿，有著白金色的頭髮，鼻子上還有一個小小的鑽石鼻環。可是如果她**那麼**漂亮，凱特琳很納悶她為什麼會獨自來參加舞會。「妳有男朋友嗎？」她問道。

「喔，是啊，當然。可是他晚上要工作。」

「他是做什麼的？」

「安全警衛。」

凱特琳很驚訝。「他多大啊？」

「十九歲。」

她本來以為陽光跟她同年，也許她是，或者也許她留級了一兩次。「妳多大呢？」凱特琳問。

「十六歲。妳呢？」

「快十六了，再過八天就是我生日。」現在雨開始變大了：「他對妳好嗎？」

「誰？」

「妳男朋友。」

「他還可以啦。」陽光說。

凱特琳認為男朋友應該要**非常棒**，應該要跟妳說話、聽妳說話，還要仁慈又溫柔，可是她什麼也沒說。

「嗯，我住這條街。」陽光說。凱特琳很清楚知道她們在哪裡；只要再往前兩個街區就是她自己的家：「現在雨開始下得更大了。妳……妳不介意吧？」

「不介意，」凱特琳說：「沒關係的，妳回家吧。妳不會想淋得濕透。」

「現在滿晚了……」

「別擔心，」凱特琳說：「我知道路，而且我不怕黑。」

她感覺到陽光捏了捏她的上臂。「嘿，這句好笑！不管怎麼樣，聽著，忘掉諾德曼那混蛋，沒問題吧？我們星期一見。」她聽見腳步聲很快地消失了。

凱特琳開始走路。**忘掉他**，陽光這麼說，她納悶地想，那個混帳東西在她離開體育館以後跟其他人說了什麼。唉，要是他——

這是怎樣？

她頓了一下，一隻腳還在半空中，徹底驚呆了，因為——

天啊！

因為一道閃光！

可是她已經把她的 eyePod 資料接收功能關起來了，在需要努力專心走路的時候，狂歡酒徒的亮光秀太讓人分心了。應該不會有任何種類的亮光才對，可是——

接下來，她聽見一陣巨大的雷鳴。

另一道閃光。幾秒之後，更多雷鳴。

閃電。這一定是閃電！她讀過無數次關於閃電的描述了：從上面落下的鋸齒狀線條。第三道閃光，就像——就像——就像冰上的鋸齒狀裂縫。真不可思議！

閃電是什麼顏色？她絞盡腦汁，試著要想起來。紅色？不對不對，那是熔岩。閃電是白色的，而她剛剛正在看！這是第一次——有史以來第一次——她知道她正在看什麼顏色！不同於她任意決定稱呼網路空間的某樣東西是「紅色」或「綠色」，這是貨真價實的白色！對，白色是所有其他顏色的混合，她讀過那個說法，雖然她從來不明白那實際上是什麼意思——可是她現在**知道**白色看起來是什麼樣子了！

雨下得相當大。她的刷毛運動上衣上凸起的周長研究所標誌全都濕透了，字母ＰＩ連在一起，看起來就像是希臘字母π。大大的雨滴很冷，打下來的時候力道有夠重，重到讓人感覺有些刺痛。但是她不在乎。她完全不在乎！

更多的閃電：另一道感官的、視覺上的閃光！

她知道有個辦法，可以透過計算閃電與雷聲之間相隔的秒數，確定閃電的來源在多遠的距離之外，但她記不起公式，所以她迅速地在腦袋裡計算。光線每秒鐘（實際上等於即時）前進二十九萬九千七百九十二公里；聲音的速度則是每小時前進一千兩百三十八公里。所以在閃電跟打雷之間經過的每一秒鐘，都把閃電源頭更推遠三百二十二公尺。

另一道閃電，然後——

四，五，六。

閃電源頭在一點九公里外，而且愈來愈近：閃電跟雷鳴之間的間隔正在縮減，閃電變得愈來愈亮，雷聲也愈來愈響。事實上，這些閃電亮到——

對，亮到讓人**眼睛痛**。可是這是一種絕妙的痛，精緻細膩的痛。在這裡，在滂沱大雨之中，她終於看到某樣**真實**的東西，這種感覺棒透了！

我被那個非比尋常的節點給迷住了，現在我跟那個點有了顯然是永久性的連結，但我也為之感到挫敗。對，這個點通常會把我自己反射回來給我。但在很長的時段裡，它包含了一些我就是無法理解的資料。事實上，它現在傳給我的就是這種東西，而且——

那是什麼？

一陣明亮的閃光。比我見識過的任何東西都來得明亮。

然後又是黑暗。

然後又是另一道閃光！真不可思議！

另一道閃光，接著是更多落雷。雖然到最後暴雨的雷電部分終於停止了，凱特琳又開始往家裡走，然而——

該死！

她絆倒在人行道的邊緣，她一定在某個時間點轉過身去了。

喇叭響了，還有車胎在潮濕路面上轉向的聲音。她往後一跳，上了人行道，心臟怦怦猛跳，她不確定自己面向哪一邊。

不對不對。人行道邊緣在她右邊，現在也還在右邊，所以她一定又面對西方了。但這個經驗還是很可怕，她就在那裡站定了一會，重新恢復冷靜，並且重建她身在何處的腦中地圖。

現在雨點變小了，力道也沒那麼重了。閃電結束讓她覺得很悲傷，在她又開始朝她家走去的時候，她納悶地想，其他人現在是不是都看到彩虹了？可是不對，陽光說過現在天色全黑了。喔，好啦，幾道閃電已經夠美妙了！

凱特琳抵達角落的空地，然後走到車道上，這車道是用排成鋸齒狀彼此相連的石磚鋪成的，她可以透過腳底感覺到磚塊。她把鑰匙擺在放錢包的口袋裡，而不是擺在放 eyePod 那一邊，她掏出鑰匙，打開前門，然後——

「凱特琳！」

「嗨，媽。」

「妳看看妳！整個人都濕透了！」凱特琳想像媽媽張望著她背後：「諾德曼在哪裡？」

「他——他是個爛人，」凱特琳說，及時阻止自己說出「混帳東西」這樣的字眼。

「喔，寶貝，」媽媽充滿同情地說，但接著她的聲音變得很憤怒：「妳自己走回來的？就算這個社區很安全，天黑以後妳也不該一個人待在外面。」

凱特琳決定略過最後幾百碼的狀況。「沒有啦，我認識的一個女生，陽光，她陪我走回來的。」

「妳應該打電話，我可以去接妳。」

凱特琳掙扎著要把濕透的運動衫從頭上脫掉。「媽，」她一脫掉衣服就說：「我看到閃電了。」

「喔我的天啊！真的嗎？」

「對。鋸齒狀的線條，出現一次又一次。」

她被拉進一個擁抱裡。「喔，凱特琳，親愛的，這樣真是太美妙了！」一陣停頓：「妳現在可以看到任何東西嗎？」

「不。」

「還是……」

凱特琳微微一笑。「對啊，」她說著，稍微踮著腳趾跳了一下：「還是一樣。黑田博士在哪？」

「他去睡覺了；他累壞了，完全被時差打敗了。」

她想提議她們去叫醒他，不過現在沒發生什麼事，她的 eyePod 在雷雨中製造的資料會安全地儲存在他位於東京的伺服器中。他可以好好睡一覺，以後再檢查。此外，她自己也精疲力竭了：「那爸呢？」

「還在研究所裡。有公開演講，記得嗎？」

「喔。那我要去換衣服了。」

她朝著房間走去，擺脫她那些濕透的衣服，穿上睡衣，然後在床上躺下，雙手交叉枕在頭後。她想要放鬆，而且渴望著更多視覺，所以她按下她的 eyePod 按鈕。

網路空間漸漸現形；線條、節點、顏色，可是——

這是她的想像嗎？是不是只因為閃電**如此**明亮，所以現在網路空間的顏色似乎……對，她現在可以做出類比，看出她透過聽覺了解的字眼能夠怎樣應用在視覺上：現在顏色看起來**確實**變弱了，變得晦暗，變得沒那麼生氣蓬勃，而且——

不對不對，不是那樣！那些顏色沒有變弱。更確切來說，是變得沒那麼鮮明了，因為……

因為現在每樣東西背後，都有……

要怎麼形容呢？她過濾著她所知有關視覺現象的字眼。某樣東西……**微微發光**，就是這樣。現在有個看得見的背景了，散發出一種柔和的閃爍光芒。

網路空間的結構出了什麼變化嗎？似乎不太可能。不，當然是她視覺化網路空間的方式改變了，想來是因為她剛才體驗到的真實視覺。網路空間的背景不再是一片空白，而比較像在閃爍，而且速度也很快。而在……在解析度的極限範圍內，這背景有……有某種結構。

她下了床，走向她的書桌椅，然後在繼續看著網路空間的同時，讓聲點朗讀電子郵件標題。收到二十三封新信件，毫無疑問是一大堆寫在她臉書塗鴉牆上的新東西，還有對她的 LiveJournal 貼文所做的新回應。她轉回單向模式，清理她的視野，好讓自己能夠專心。正要打某封電子郵件的回應時，她的整個視野忽然都被強烈的白色給淹沒了，突如其來，讓人震驚。**搞什麼鬼？**

接著一陣雷鳴來了，搖撼著她的臥房窗戶，她領悟到又有更多閃電來了。

另一道閃光！

一**秒鐘**，**兩秒**——

暴風雨就在僅僅半公里之外。

她沒聽到她媽媽上樓的聲音。她在落雷搖撼整幢屋子的同時出現，聽到媽媽說話時她著實嚇了一跳：「怎麼樣？妳也可以看到這道閃電嗎？」

凱特琳朝著聲音的方向靠過去，讓她媽媽的手臂環抱著她。

還有更多閃電，而且——

她媽媽放開她，換了位置好讓她可以站在凱特琳旁邊，而不是抱著她。凱特琳握住她的手，然後——

另一道閃電。

「妳看得見！」她媽媽說道。「妳在閃電時閉上眼睛了。」

「我有嗎？」凱特琳說道。

「有！」

「但我還是看得到閃電。」

「喔，當然，眼皮並不是完全不透明的。」

凱特琳大感震撼。她先前為什麼不知道？關於這個世界，還有多少別的事情可以知道？

「謝了，媽，」她說。

「謝什麼？」

暴風雨正在遠離，每次雷聲都要花更長時間才會抵達。

她微微抬起肩膀。妳要怎麼感謝一個給妳這麼多，又為妳犧牲這麼多的人？她轉頭面對她，幾乎不抱期待地希望這是個真正的開端，希望再過不久，她終於能夠看見她媽媽心形的臉蛋。「謝謝妳做的一切！」說著她緊抱住媽媽。

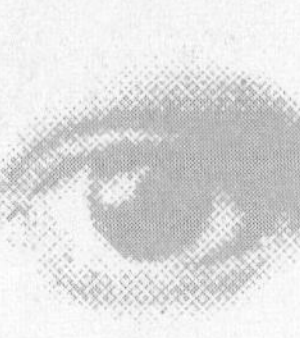

第二十五章

現在加州幾乎是晚上九點了。在小屋的主要起居間裡，銀背把他龐大的身軀安置在一張墊子太軟太厚的安樂椅裡；秀莎娜把臀部靠在一張擺著大電腦螢幕的桌子邊緣；方坦納一身黑站在廚房門口，靠在門框上；李克特跟洛珮茲已經回家去度週末了。

「值得注意的是，」方坦納說：「霍柏是在開始跟維吉爾交流**以後**開始畫具象畫的。」

秀莎娜點點頭。「我也注意到了，可是維吉爾不畫畫，我問過邁阿密的歐提茲了。牠不從事任何形式的藝術創作，所以看來那隻紅毛猩猩沒有給霍柏什麼建議或鼓勵。」

馬庫澤正在喝可樂，兩公升的瓶子在他手中顯得小。他喝了一口，抹抹他的臉，然後說道：「這是平面螢幕。」

秀莎娜轉頭望著他。

「妳沒看出來嗎？」馬庫澤說道：「直到我們在視訊會議裡連結這兩隻人猿為止，霍柏看過的所有美國手語都是三維的，由真正的人類，在很近的物理距離下比給他看。但現在他看到有人在平面的二維螢幕，在電腦顯示器裡比手語。」他指向秀莎娜背後的蘋果顯示器。

「可是他已經看電視好幾年啦。」她說道。

「對，不過他從來沒在電視上看到手語，至少時間沒長到足以產生任何意義。而且手語本身是特別的：手語就是那樣，事物的表徵，符號。在平面螢幕上看維吉爾使用手語的時候，霍柏不知怎地，看出三維的物體如何化約成二維物件。要記得，他必須專注於手語，他對普通的電視影像不會專注成那樣。這樣做讓他腦袋裡靈光一閃，然後他就懂了。」

秀莎娜發現自己在點頭。雖然銀背可能是個總語帶威脅的吹牛大王，作為老闆又超惹人厭，但他確實是位很聰明的科學家。

「這種事算是有某種先例，」他繼續說道：「某些有臉盲問題的臉孔失認症患者可以從照片裡認出人臉，卻沒辦法認出真人的臉。毫無疑問，這是相關的現象。」

「在盲人的國度裡，」方坦納說：「獨眼猿稱王。」他聳聳他窄窄的肩膀。「我的意思是，他有兩隻眼睛，不過看電視的時候還是沒有深度視覺，對吧？當然，立體視覺添加了很多寶貴的資訊，不過處理只有二維的影像很單純，這樣做所需的心理處理步驟會大幅縮減。」

「但他為什麼會畫我的側面？」秀莎娜問道。

馬庫澤放下他的可樂瓶，攤開雙臂：「為什麼穴居人總是畫動物的側面？為什麼古埃及人那樣畫？靈長目大腦裡有某種預設好的畫側面線路，雖說在看到完整正面的時候，我們辨認臉孔的能力好得多。」

秀莎娜知道，至少這點是對的。人類大腦中有些神經元對應到臉的特殊配置，一張嘴上面加兩個眼睛，人猿大腦也是如此。她是跟著網路上用的那種笑臉圖案一起長大的。:）

但是她還記得父親告訴她，一九八〇年代他第一次看到這個圖案後，過了好幾個月才領悟這個圖案應該是象徵什麼。因為這個圖形是橫向的，所以沒觸動他大腦裡正確的神經元。不過黃色的快樂臉標誌有這種普遍吸引力的原因之一，就在於這種圖案導致立即的圖形辨識反應。她爸爸說過，當他還是青少年的時候，到處都是這種圖案。

「也許偏好側面的傾向跟腦側化有關係，」馬庫澤說道：「藝術天分位於某一邊的腦半球；畫出側面有可能是一種巧妙的反應，顯示出主體在本質特殊的那一半。」他停頓了一下：「不管理由是什麼，這讓我們的霍柏更加特別了。」

秀莎娜望著方坦納，他正在做以靈長目異種雜交為主題的博士論文。這是個真正有科學影響的主題。二〇〇六年一項研究顯示，甚至在黑猩猩祖先與人類祖先兩邊的世系於數百萬年前分開以後，雙方繼續有很多雜交現象；很長一段時間裡，他們仍舊能夠孕育出有生殖能力的後代，而且這樣的跨種交配顯然造就出高度發達的人腦。

「絕對是這樣，」方坦納說：「在顯示器裡看到維吉爾比手語是個觸媒，我不會質疑這個，不過我敢打賭，異種雜交替他奠定能夠如此善用語言與繪畫的基礎。」

秀莎娜微笑地看著剛剛開打的微妙地盤戰爭：他們每個人都想畫定疆界，而且毫無疑問，會在未來幾年的期刊論文上捍衛他們的位置。但接著她皺起眉頭，他們沒有時間等論文通過同儕審查的流程了。「如果我們想擊退喬治亞州立動物園替霍柏去勢的要求，我們就不能等，」她說：「我們必須把這件事公諸於世，讓大家都知道霍柏的特殊地位，而且——」

「可是妳第一次看到那幅畫的時候，妳的第一個念頭是什麼？」馬庫澤質問道：「我告訴妳那是什麼。我一認出那確實是一張肖像畫的時候，我也這麼想。我認為那是假造的，妳不也這樣想？」

秀莎娜望著方坦納，想起她曾經這樣指控過，還有霍柏那時看起來有多受傷。「對。」她不好意思地說道。

銀背搖搖頭。「不，那幅畫不能拿來救霍柏，但下一張就有可能。他得再做一次，而且還要有更多攝影機把這一切全記錄下來。如果只有一張具象畫，大家會把這個當成贗品。或者，就算他們把這當成真跡，他們也會說這是一時僥倖，出於機緣巧合，剛好看起來有點像人。該死，已經夠常有人指控我們把自己想看到的事情投射到人猿行為上了。不行，除非他再度做到，而且整個過程都拍成影片、做成紀錄——除非我們能複製這個過程——否則我們什麼都沒有，而我們這位笑嘻嘻的天才，也仍然有被去勢的危險。」

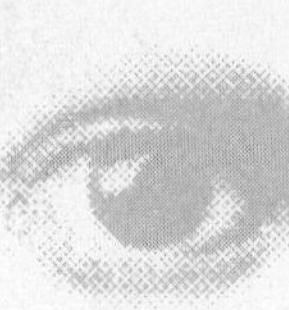

第二十六章

在戴克特家，星期六早上總是意謂鬆餅配香腸。他們現在住滑鐵盧，香腸當然就是史奈德牌，糖漿則是真正的楓糖漿，凱特琳的媽媽在附近的聖雅各斯小鎮向門諾教徒買的。

「我早上五點就起床了。」他們一開始吃早餐，凱特琳的爸爸就這麼說。

「原來有**早上**五點這種時間啊？」凱特琳開了個玩笑。

「我在地下室替妳跟黑田教授布置了一間工作室。」他繼續說。

「謝謝您，戴克特博士。」黑田說道，聲音聽起來如釋重負。顯然除了愣頭以外，每個人都很擔心她的貞操！可是她猜想，在樓下工作可能**會**比在她房間裡舒服。

「哎呀，別那麼見外！」她媽媽說：「既然你現在住我們家，你可以叫他麥爾康。」

凱特琳注意到，她爸爸對這個聲明既沒肯定也沒否定，反而說：「我昨天在『未來商店』電子商場買了一部新電腦，已經在樓下為你們兩個架好，也讓它連上屋裡的網路了。」

「謝謝你！」她說：「我也有些新聞要說。我昨天晚上看到閃電了。」

老爸和黑田的話語同時出籠，交疊在一起，老爸就事論事地回答：「妳媽媽告訴我了。」黑田則大吃一驚：「**妳看到閃電了？**」

「沒錯。」凱特琳這麼說。

「閃——閃電在妳看來是什麼樣？」黑田說道。

「出現在黑暗中的鋸齒狀線條。明亮的線條——白色的，對吧？跟純黑色背景形成強烈對比。」

黑田顯然很渴望察看 eyePod 裡的資料：他只多吃了一盤鬆餅。

在他們住進這棟房子的三個月裡，凱特琳只去過地下室幾次，大部分都是在八月，當時外面幾乎跟德州一樣，悶熱到不可思議的地步，地下室卻很涼，現在仍是。雖然她媽媽抱怨過下面的照明不足——很顯然，只有房間中央有一盞燈泡，但這對凱特琳卻不成問題。

「四一一是什麼？」她手扠著腰問道。四一一是美國的查號台號碼，所以有詢問「資訊、消息」的引申意，問某處的四一一是什麼，也就是問該處的狀況如何。

儘管黑田的英文能力絕佳，但日本的查號台號碼一定不一樣，所以他無法理解凱特琳的問話：「抱歉，我不懂？」

「有什麼配備？告訴我這個房間的狀況。」

「喔。呃……這是一間還沒完工的地下室，我想妳知道這一點。木板之間只有基本的隔熱材料、地板鋪的是水泥；有一台舊映像管電視，還有一些書架；妳爸爸已經在其中一張有折疊金屬椅腳的工作桌上架好新電腦了，那張桌子靠著另一端的牆壁，和樓梯相對；電腦是迷你直立式機箱，妳爸爸為它接了一個液晶螢幕；桌子上方有個小窗戶，桌前還有兩張看起來很舒服的旋轉椅。」

「讚！我很納悶他從哪弄來這些椅子。」

「椅子上面有商標，看起來像是希臘字母pi。」

「喔，他從工作場所借來的。講到這個，我們去工作吧。」

黑田幫忙引導她坐到其中一張椅子上，接著他自己坐上另一張，她可以聽到椅子發出輕微的吱嘎聲。「讓我登入我在東京的伺服器，」他說道：「我想檢查妳在雷雨時傳送過去的資料流，看我們能不能分辨，是什麼引發了妳的主要視覺皮質區反應。」

她聽見他不斷打字，而在他這麼做的時候，她察覺到她在早餐時忘記提某件事了。「在閃電之後，」她說：「網路空間看起來不一樣了。」

「怎麼個不一樣？」

「呃，我還是可以清楚看見網路的結構，就跟過去一樣，不過我猜……背景不一樣了。」

他停止打字。「妳的意思是？」

「背景本來是暗的，我猜是黑色的。」

「那現在呢？」

「現在的背景，呃，比較亮？我可以看見背景上的細節。」

「細節？」

「對啊。就像是——像是……」她掙扎著要說明某種關連性，這種圖形**確實**讓她想起她熟悉的某樣東西，可是——啊！想到了！「就像一個棋盤。」她有個盲人棋盤，上面的格子會交替著凸起跟凹下，而且每個棋子上面都有點字字首縮寫，她有時候會跟她爸爸一起玩。「可是，嗯，不完全一樣。我是說，背景是用比較亮跟比較暗的方塊構成的，但那些方塊跟棋盤的形態不同，好像會**永無止境**地延續下去。」

「那些圖形有多大？」

「很小。如果那些圖形更小一點，我覺得我就不可能看得到了。其實我沒辦法發誓說那圖形是方塊狀，但是它們緊密地擠在一起，還排成橫排跟縱列。」

「有好幾千個塊狀圖形嗎？」

「有好幾百萬個，也許有幾十億個。方塊**到處都是**。」

黑田坐在那裡，以他來說是安靜到極點了，然後他說：「妳知道，人類視覺是以像素構成的，就跟電腦影像一樣。一般來說，大多數人不會意識到這些像素，但要是有適當的焦點，又看著一面空白的牆壁，有些人就可以看到像素。妳的大腦正在把網路上的資料，當成從妳眼裡來的資料一樣處理。這個大腦可能內建了線路，要把一切都看成有解析度限制的像素網，可是……」

他的聲音消失了。過了十秒，她進一步催促他：

「可是？」

「唔，我只是在思考。妳描述妳看到圓圈，我們先前認為是網站，然後妳還看到連接圓圈的線段，我們則假定那代表超連結。就是這樣了，那就是全球資訊網，對吧？那就是**全部**了。所以，能夠構成網路**背景**的是什麼呢？我的意思是，在人類視覺中，這種——」

「別那樣講。」

「啊？什麼？」

「別說什麼『人類視覺』。**我也是**人類啊。」

有人猛抽一口氣。「凱特琳小姐，我非常抱歉。我可以說成『一般視覺』嗎？」

「可以。」

「好。在一般視覺中，背景是——嗯，如果妳朝著夜晚的天空看去，背景就是宇宙遠處的可見範圍。但是網路的背景會是什麼呢？」

「『背景輻射』？」她提出建議。「就像宇宙微波背景輻射？」

黑田安靜了一下下。「妳幾歲了，請再告訴我一次？」

「嘿，」她說道：「你知道的嘛，我爸爸是物理學家。」

「呃，宇宙微波背景輻射在所有方向都是同樣的幾分之一度。可是妳說，妳看見的是交雜的黑色跟白色？」

「對啊。而且還一直變動。」

「啊，妳說什麼？」

「在變動，在改變。我先前沒提嗎？」

「沒有。確切來說，妳指的是什麼？」

有什麼東西擦過她的雙腿。喔，薛丁格！凱特琳把貓一把抱到腿上。「暗色的方塊會變成淡色，淡色的則變成暗色，」她說道。

「速度多快？」

「喔，真的很快。讓整個背景都閃閃爍爍的。」

黑田站起來的時候，他那張椅子的彈簧發出吱嘎一聲。她聽到他走到房間對面，再朝著她走回來，然後重複了這個過程：他在踱步。「這不可能是……」他終於說道。

「什麼？」

他忽視她的問題。「妳能夠把個別的細胞看得多清楚？」

她搔搔薛丁格的耳後：「細胞？」

「像素，我指的是像素。妳能把那些像素看得多清楚？」

「這真的很難。」

「妳可以再試一次嗎？現在妳可以把 eyePod 開到雙向模式嗎？」

她摸索著從口袋裡拿出那個裝置，卻沒有把薛丁格推到地上去。她一拿出裝置就按下開關。eyePod 發出平常那種高頻的嗶嗶聲，讓薛丁格驚訝地回了一聲喵，然後——

它就在那裡，在她面前展開：全球資訊網。

「妳現在可以看到背景嗎？」黑田問道。

「可以，如果我專心一點的話……」

他聽起來很訝異：「妳瞇起了眼睛。」

她聳聳肩：「這樣有幫助。可是，對，如果我認真試，我可以專注於一個小群體，某個邊上的幾百個方塊。」

「好。妳有圍棋棋盤嗎？」

「什麼？」

「呃，好。妳有錢嗎？」

她再度瞇起眼睛，但這回是因為心存疑慮：「也許有個五十塊吧，可是……」

「不是不是。我是指硬幣！妳有硬幣嗎？」

「在我衣櫃裡的一個罐子裡。」她正在存錢，要在阿莫黛歐來廣場中心表演時，和芭席拉一起去看。

「很好，很好。妳介不介意我去把罐子拿來？」

「我可以去拿，這是我家。」

「不，妳利用這段時間看網路，看看妳是不是能夠分辨出更多背景裡的細節。我很快就會回來。」

黑田的體型不可能從任何人背後溜過，早在他真正重返地下室以前，她就聽到他回來的聲音了。接著，當他把錢幣放到他們的工作桌上時，她聽到很大的噹啷聲；當他在桌上移動那些錢幣的時候，又製造了更多噪音——他或許是在分類。「好了。這裡有一堆錢幣。妳可以照著妳現在看到的圖樣來排列錢幣嗎？每看到一個淺色光點就放下一個錢幣，然後在每個暗色光點上留下錢幣大小的空格。」

凱特琳把薛丁格趕下她的大腿，然後把她的椅子轉過去面向桌子：「我跟你說過，圖樣一直在變化。」

「沒錯，沒錯，可是……」他發出一聲吵雜的嘆息：「我希望有某種方法可以把那個圖樣拍下來，或者至少放慢妳的視覺速度——」他的聲音變得明朗起來：「有辦法了！當然有辦法！」

她聽見他到處移動，然後是輕柔的鍵盤喀答聲。「你在做什麼？」她問道。

「我正在暫停妳從狂歡酒徒那裡收到的資料流，而且一遍又一遍地重複傳送最後一段畫面，這樣資料流就會完全不變地持續經過資料渠道，有點像是——」

在影像停止移動的時候，她說道：「像是停格畫面！」她很高興能夠應用另一個以前只讀過沒見過的概念。

「確實是。現在呢，能不能請妳用錢幣排出一部分妳所見到的背景圖案？」

「只能排非常小的一部分。」她說道，然後她開始到處挪動錢幣；他先前交給她一堆一角錢。過了一陣子以後，她把其中一個往外推到桌角去。「這是美國錢幣，」她說。這麼多年來她都在閱讀點字，可以輕易地分辨出伊麗莎白二世與小羅斯福總統的不同。

她排出一個網格，由一角錢和一角大小的空格構成，而在她排列這些錢幣的同時，還自動地算出錢幣總價。「排好了，」她宣布：「八元又九十分錢。」

「完全是隨機的。」黑田這麼說，口氣很失望。

「不，不是隨機的。不盡然是。有沒有看到這邊的這一組，五個一角錢？」她毫無困難地記起先前排過的圖樣，並且摸著正確位置的錢幣。「這個圖樣跟這邊的這一組錢幣是一樣的，只是往右轉了九十度角。」

「所以確實是了，」他興奮地說：「看起來就像是英文字母L。」

「而且這一個也是一樣的，」她說：「轉成上下顛倒了。」

「太棒了！」

「不過這是什麼意思呢？」她問道。

「我並不是百分之百確定，」他說：「還不確定。現在，請妳把注意力再度集中到妳視野中的同一個位置。我要更新傳送到妳植入體裡的資訊，再等一下下……好了。」

「好了。現在完全不同了。」

「妳可以用錢幣排給我看嗎？」

「我甚至不確定我是不是還在看同一個位置，」她說：「不過我開始排囉。」她重新排列那些一角錢，然後為了強調不只是圖樣有變，明暗色塊的數量也有變，她又補上一句：「六塊又二十分錢。」她頓了一下。「喔！這回有三組用五個錢幣構成的圖樣了。」

「而且在不同的位置。」他說。

「不過那是什麼意思？」

「這個嘛，」黑田說道：「聽起來可能很瘋狂，不過我認為這些圖樣是細胞自動機。」

「現在你說的是什麼跟什麼啊？」

「嘿，我以為妳是物理學家的女兒耶，」他這麼說，用的是溫和的吐槽口氣。

她露出微笑：「不然你告我啊。而且話說回來，如果這些東西跟細胞有關，我得是生物學家的女兒才會知道吧？」

「不不不，這些東西可不是生物細胞。它們是電腦科學意義上的『細胞』，也就是儲存格。一個儲存格是電腦記憶體中的基本儲存單位，容納一個單位的資訊。」

「喔。」

「『自動機』則是一種用可預測的機械化方式行動或反應的東西。所以細胞自動機指的是資訊單位的樣式，會用特定方式對自身環境中的變化做出反應。要舉例的話，就以一組黑白方塊的網格為例好了，每個方塊都是一個儲存格，沒問題吧？」

「沒問題。」

「然後在無限延伸的棋盤上，每個方塊都有八個鄰居，對吧？」

「對。」

「嗯，那麼假定妳跟每個方塊這樣說，好，如果你是黑色的，而你有三個或更多鄰居都是白色的，那你自己也跟著變成白色吧。像這樣的指示，就稱為規則。要是妳繼續一再重複這條規則，就會發生奇妙的事。我的意思是，對，如果妳只把重點放在單一的方塊上，妳就只能看到它來來回回地變黑又變白。但如果妳看整體網格，方塊構成的圖樣看起來可能像是在網格上移動，也許是十字形、中空的方形，或者像我們剛才看到的L形。或者是，按部就班改變形狀的一組儲存格，在數量固定的幾個步驟之後，又恢復原來的形狀，但在這個過程中已經移動到別處了。這些形狀幾乎就像活的一樣。」

她聽到他在椅子上移動時，椅子發出的哀鳴。

「我記得我還是大學生的時候，第一次接觸到細胞自動機，是在康威的『生命遊戲』裡，」他說道：「這一切迷人之處，在於這些方格代表的是在旁觀者詮釋下才顯得特殊的資料。我是說，那些L形的東西。順便一提，這些保持自身凝聚力、在網格上飛翔的圖樣，被稱為『太空船』。呃，那些太空船並不真正存在，實際上也沒有任何東西在動。妳在網格右邊看到的太空船，組成元素跟妳本來在網格左邊看到的那個完全不同，但我們還是會把它想成同一個。」

「不過這些東西到底是**幹嘛的**？」

「妳是說，除了讓大學生吃驚地『喔——』一聲以外，還有啥功能嗎？」

「是啊。」

「這個嘛，在自然界——」

「這些圖樣會出現在自然界？」

「對，出現在很多地方。舉例來說，有一種蝸牛會在自己的殼上，製造出直接回應某種細胞自動機規則的圖樣。」

「真的假的？」

「真的。這種蝸牛有一排噴頭，某個噴頭會不會噴出色素，就看左右兩邊的噴頭有什麼動作。」

「太酷了！」

「對啊，是很酷。不過真正酷炫的是大腦裡也有細胞自動機。」

「真的假的？」她又重複這個問題。

「呃，其實很多種細胞裡都有。但關於神經組織裡的細胞自動機，研究特別多。細胞的細胞骨架，也就是細胞的內在支架，是用叫做微管的長線做成的，而且微管的組成原件是一種叫做微管蛋白二聚體的小塊蛋白質，每個組成原件都能夠在兩種狀態中選擇一種表現。兩種狀態會經歷交替變更，就像細胞自動機一樣。」

「為什麼這些蛋白質會那樣做？」

「沒有人知道。雖然有些人提出某種想法，像是——嘿，也許妳爸爸認識他？羅傑·潘羅斯？他也是很有名的物理學家，他的工作夥伴叫做漢莫洛夫，他們都認為那些細胞自動機是意識或自覺的真正起因。」

「太妙了！但是為什麼？」

「嗯，漢莫洛夫是一位麻醉科醫師，而且他證明人為了動外科手術而接受麻醉的時候，他們的微管蛋白二聚體會陷入一種中間狀態。我們這麼說吧，這些二聚體並不是處於某些是『黑色』、某些是『白色』的狀態，而是全都在某種程度上變成灰色的。當這些二聚體呈現如此狀態的時候，意識就會消失；而當二聚體再度開始像細胞自動機那樣活動的時候，意識就會再回來。」

她在心裡提醒自己，晚一點要用 google 查一下這件事。「不過要是蝸牛有噴頭，大腦有這些什麼二聚體的——」

「微管蛋白二聚體，」黑田說。

「好，那麼要是這些微管蛋白二聚體是在腦袋裡閃動的實際物件，那在網路空間背景裡閃動的東西是什麼？」

她想像他在聳肩，這個動作跟他的語調很自然地搭在一起。「我猜是位元。妳知道的，二進位元。從定義上來說，位元不是開就是關、非一即〇、非黑即白，或是妳願意想像的任何一種二元狀態。也許妳把它們看成兩種不同顏色的方塊，剛好就處於妳的心象解析度上限。」

「可是，呃，網路應該會原封不動地傳遞資訊，」她說道：「一個瀏覽器要求存取一個網頁，然後掌管這個網頁的伺服器就會傳來這個網頁的精確副本，不應該出現任何資料上的改變啊。」

「是不應該，」他說：「這點相當令人費解。」

他們沉默地坐了一陣子，深入思索著這件事。然後她聽見她媽媽獨特的腳步聲在樓梯上響起，接著出現的是她說的話：「嘿，你們兩個，有沒有人想趁早上過一半的時候吃個點心？」

在黑田把龐大的身體從椅子上奮力提起的時候，椅子再度吱嘎作響。「我吃飽的時候思緒總是比較清楚。」

凱特琳想著，**你一定做了大量的思考吧**，然後在他們上樓去的時候微笑了。

第二十七章

星期六早上，秀莎娜一到馬庫澤研究所，就和方坦納還有銀背一起朝島上前進。霍柏在瞭望台裡，靠著一根構成瞭望台骨架的樑木。

他們全部進入瞭望台以後，馬庫澤比道：**哈囉，霍柏**。他的手指胖嘟嘟的，某些手語對他來說很難比。

哈囉，博士，霍柏比回去。只有馬庫澤一個人要這隻人猿以敬稱尊稱他，而不是他的本名。但這已經不像威廉．雷蒙那麼糟了，一九七〇年代在羅傑．傅茨研究華秀的時候，雷蒙是最高階的計畫主管，他習慣要求華秀以及其他人猿子民們，在他到場時親吻他的戒指，彷彿他是這群猩猩的教宗。

秀莎娜畫像很好，馬庫澤用手語比道。

霍柏咧嘴一笑，露出牙齒。**霍柏畫的！霍柏畫的！**

對。現在你要不要畫……他的手凍結在半空中，秀莎娜則納悶地想著他是不是已經打定主意，不想看見自己被一隻猩猩畫成滑稽漫畫。過了一會，他又開始比畫：**畫方坦納？**

霍柏用打量的眼神，盯著那個留著蓬亂金色鬍鬚的年輕研究生。他穿著一件黑色T恤跟藍色牛仔褲，秀莎娜希望這套衣服跟他昨天穿的不同。**也許……也許……**

被徵召擔負這個任務，方坦納看起來很驚訝，不過他走向瞭望台那兩張凳子的其中一張，坐上去，擺出像是羅丹的《沉思者》姿勢。秀莎娜看到這幕景象，笑了。

但霍柏卻把雙手甩到頭上，發出一聲噴著氣的呼吼，四肢並用地跑出瞭望台門外。秀莎娜望著馬庫澤，等待他的許可，他點了點頭後，她追出去找這隻猩猩，他現在蜷縮在黃色的立法者石雕後面。

哪裡不對了？秀莎娜問道。她伸出雙臂，給霍柏一個擁抱。**怎麼啦？**

霍柏抬頭回望瞭望台，再望向秀莎娜。**沒有人，不給看。**他這樣比畫。會讓他有自覺意識的事情並不多，的確，他們得花很大的心力，才能說服他不要在來訪的顯貴要人面前手淫或拉屎。但是他的藝術創作**是**會讓他自己感到不自在的東西，至少在創造的當下是這樣。

我們走開，你畫方坦納？

霍柏安靜了一陣。**畫秀莎娜。**

再一次？為什麼？

秀莎娜漂亮。

她覺得自己臉紅了。

秀莎娜有馬尾，霍柏又說道。

她知道讓他去畫除了她以外的人會比較好，要不然批評者會辯稱，他只是在無意中把一堆形狀隨意組合起來，馬庫澤跟其他人卻一口咬定那代表秀莎娜，後來他就只是一再地複製同一批固定形狀，以求獲得獎賞。秀莎娜心想，這不就和世界上半數漫畫家沒什麼不同，畫《家庭馬戲團》的那個人似乎就只會畫大約八種物體。

好，她比畫：**畫我，然後方坦納，可以嗎？**

秀莎娜知道，她比這隻可憐的人猿智高一籌。當然，他可以不管她說什麼，只管畫他的。過了一陣子以後，他比道：**好好**。

她伸出她的手，他牽住了，把他的手指跟她的手指交扣在一起。他們走回瞭望台去，早晨熱辣辣的陽光猛曬著他們。

「霍柏要畫另一幅我的畫像。」他們一走過紗門，秀莎娜就如此宣布。馬庫澤皺起眉頭。她轉過去打手語，好讓霍柏能夠跟上對話。**然後，霍柏會畫方坦納。對吧，霍柏？**

霍柏聳起肩。**也許吧**。

「好啦，」秀莎娜說：「拜託，大家都出去吧。你們知道他不喜歡有觀眾。」

馬庫澤看起來不太樂意接受部下的命令，不過他跟著方坦納出去了。秀莎娜環顧著瞭望台，再度確定他們昨晚架設的額外攝影機能夠清楚看到霍柏跟他的畫布，然後她也走向門口。出去時，她回頭一望，大吃一驚，她看到霍柏竟然把手指交扣在一起，長長的雙臂向前伸，就好像在暖身一樣。

然後，這位藝術家就開始工作了。

那個特別的節點！多麼神奇，但也多麼讓人挫折！

來自那個點的資料流並不總是遵循同一條路徑，但**確實**總是結束在同一個位置，所以我開始在資料流到達這裡以前，先截住它。

那個讓人好奇的明亮閃光並沒再重複出現，而且在很長一段時間裡，我完全無法理解從那一點流出的資料。可是現在那股資料流又開始變成我的倒影了。但這多奇怪啊！跟我逐漸習慣的持續變化觀點不同，這道資料流似乎耗費頗長的時間只專注於**非常**小的一部分現實，而且……而且時間的流動似乎有某種扭曲。我試著揣度那一小塊宇宙可能具有的意義，如果有的話。但接下來，讓人惱恨的是，那道資料流再度變成無意義的雜訊……

他們吃完凱特琳她媽媽向門諾教徒買來的燕麥餅乾點心以後，凱特琳跟黑田博士又回到地下室。凱特琳先前把她的 eyePod 轉到單向模式以便休息，但現在又轉回雙向模式，再度注視著網路空間。

「好，」黑田說著，在椅子上坐定：「我們有個用細胞自動機構成的網路背景，但這些細胞是什麼？我是說，就算這些細胞只是單一位元，它們總是會有個來處啊。」

「殘存儲藏空間？」凱特琳提出她的意見，她知道硬碟把資料儲存成固定大小的叢集。她爸爸昨天才買的新電腦可能有個ＮＴＦＳ格式的硬碟，這就表示它用的是四千位元組的叢集，要是有個檔案只包含三千位元組的資料，第四個千位元組——超過八千位元——就擱著沒用了。

「不，我認為不是這樣，」黑田說道：「沒有任何東西能夠讀取或寫入那個空間；就算有某種網路通訊協定可以存取伺服器上的殘存空間，妳還是不會看到位元迅速閃爍。不，這一定是**在外面**的某樣東西，在數據管道裡的某樣東西。」他頓了一下。「不過我還是想不到，在網際網路的ＴＣＰ／ＩＰ通訊協定或ＯＳＩ模型裡，有什麼東西能夠製造出細胞自動機。我很納悶這些東西是打哪來的？」

「遺失的封包，」凱特琳突然說話了，她坐直了一點。

黑田聽起來又好奇又佩服。「可能是喔。」

凱特琳知道，任何時候都有上億人口在使用網際網路。在這種時候，他們的電腦送出所謂「資料封包」的位元叢集——網路通訊的基本單位。每個封包都包含了預定目的地的地址，舉例來說，可能是某網頁寄居的伺服器。但網路上的交通幾乎從來不是由A點直達B點，反而是在分成許多段的旅程中到處彈跳，經過種種路由器、中繼器跟交換機，其中每一個都嘗試把封包指引到更接近目的地的地方。

有時候路徑會複雜得可怕，尤其是送往某處的封包被退回的時候。在兩個或更多封包同時抵達的時候，就有可能發生這種事：其中一個隨機被挑中接收了，其他的則被退回去，晚一點再碰碰運氣。但是，某些封包一**直沒有**被預定目的地接受，因為它們被送往的地址是無效的、目標網站掛點或者太忙碌，這些封包最後就遺失了。

「遺失的封包，」黑田複述一次，就好像在測試這個概念是否合適。凱特琳想像著他在搖頭的樣子。「可是遺失的封包只會過期失效。」

大多數封包確實如此，她明白這點：每個封包裡都有個「跳躍計數器」編碼，每次封包經過一個路由器或其他裝置時，那個計數器就會遞減。為了避免遺失的封包卡在網路基礎建設裡面，一個路由器要是接收到跳躍計數器跳到零的封包，就會抹消這個封包。

「遺失的封包**理應**過期失效，」凱特琳修正她的說法：「不過，要是這封包壞掉了，所以不再有個跳躍計數器，或者那個計數器沒有正常地減少呢？我想像**某一部分**的封包，像那樣被假路由器、壞掉的線路或者有問題的軟體給弄壞了，而且每天都有好幾兆的封包在外面跑，就算最後只有非常小的比例有壞掉的跳躍計數器，還是會留下大量的封包永遠到處遊蕩，對吧？假如這些封包的預定目的地就是不存在，因為地址跟跳躍計數器一樣壞掉了，或者伺服器已經下線了，更是這樣。」

「妳對網路運作懂得很多呢，」黑田這麼說，聽起來很佩服。

「嘿，你以為是誰架好這間屋子裡的網路？」

「我本來以為是妳爸爸……」

「喔，他**現在**是很擅長網路運作啦，」她說：「我教過他了。可是說真的，他是位**理論**物理學家。他只能勉強操作微波爐而已。」

黑田的椅子吱嘎作響。「喔。」

她覺得自己變得興奮起來；她弄懂了某件事——她知道了！「總之，可能總是有某些……某些幽靈封包在早該死掉以後還繼續撐了很久。你想想最近在中國發生的事情：因為電力故障或者隨便什麼理由，很大、很大一部分的網路被斷開了。好幾百兆要去中國的封包，突然間沒辦法到達它們的目的地。就算那些封包之中只有一小部分剛好損壞，仍然表示幽靈封包的數量會大幅增加。」

「『幽靈封包』，嗯？」黑田隨手帶了一杯咖啡下來，她聽見杯子的碰撞聲響，他一定剛喝了一小口。「或許是。就我們所知，也許某個作業系統或者共用路由器裡有個錯誤，多年來一直在某種環境條件下製造幽靈封包。一個對使用者不會造成不便的良性程式錯誤，可能永遠不會被注意到。」

他在他的椅子裡挪動了一下身體，然後說：「或者也有可能這些封包根本不是不死的封包。也許這只是**將會**死亡的遺失封包正常的潮起潮落，在它們徒勞無功地到處彈跳、想抵達目的地的同時，它們壽命有限的計數器**確實**在正常遞減；是每次換手時從奇數到偶數的轉換，讓這些封包在妳的視覺中從黑翻轉到白。妳還是會在每個注定消失的封包裡，數到多達兩百五十六次變更——這是能夠被編碼到封包裡的最高跳躍次數，因為封包用的是八位元欄位來儲存那個數值。不過，對細胞自動機的規則來說，這仍然是非常大量的交替。」

他暫停了一下，然後大聲呼出一口氣。凱特琳幾乎可以聽見他聳肩的聲音。「不過這已經超出我的專長範圍，」他繼續說道：「我是資訊理論家，並不是網路工程理論家，而且——」

她爆出笑聲。

「怎麼了？」黑田說道。

「抱歉，你有沒有看過《辛普森家庭》？」

「沒，我沒看過。可是我女兒有看。」

「知道荷馬到最後當上太空人的那一集嗎？兩個新聞播報員正在講某個太空任務的團隊，第一個播報員說：『他們這群人的經歷多采多姿。他們曾被稱為三劍客，嘻嘻嘻。』另一位在美國很知名的主播湯姆．布羅考則說：『而且我們笑得很有理由：這裡有一位數學家，一位不同**種類**的數學家，還有一位統計學家。』」

黑田發出輕快的笑聲，然後說道：「呃，實際上呢，數學家**有**兩種：會算數的跟不會算數的。」

凱特琳也露出微笑。

「不過說真的，凱特琳小姐，如果妳選擇數學或者工程學的職業生涯，妳有必要選擇一項專長。」

她裝出平靜無波的聲音：「我要專注研究八百六十二萬三千七百二十一這個數字，我敢打賭還沒有人鑽研**那個數字**。」

黑田再度發出喘吁吁的輕笑：「我還是認為我們必須跟一位專家談談。咱們來看看，現在在以色列是……嘿，才晚上八點。她可能在。」

「誰？安娜嗎？」

「沒錯；安娜．布魯姆，網路製圖家。我會用即時通呼叫她，看她在不在線上。這台新電腦有網路攝影機嗎？」

「我想我爸不認為我會常常用到這種東西。」她很溫和地回答。

「呃，他——喔！他比妳想像的更樂觀，凱特琳小姐。這邊就有一個，放在機箱上。」他用鍵盤打了一陣，然後說道：「對，她在家，也在線上。讓我打個網路視訊電話……」

「こんにちは、正行さん（日安，正行先生）！」凱特琳透過喇叭聽到這句向黑田問安的日文，聲音正是她初次看到網路那一夜聽過的同一個聲音。不過這位女士立刻切換成英語，想來是因為她看到他跟一個西方人在一起。「嘿，這位甜美的年輕人是哪一位啊？」

黑田博士聽起來有一點點尷尬。「這是凱特琳小姐。」當然了，他們上次說話的時候，安娜並沒有見到她。

安娜聽起來很訝異。「那**你**在哪裡啊？」

「加拿大。」

「喔。那邊在下雪嗎？」

「還沒有，」黑田說：「畢竟現在才九月。」

「嗨，凱特琳！」安娜說。

「哈囉，布魯姆博士。」

「妳可以叫我安娜。所以說，我能為你們做什麼？」

黑田重述了他們到目前為止的想像：幽靈封包部隊漂浮在網路的背景中，不知怎麼地自動組織成細胞自動機。然後他問道：「所以呢，妳怎麼想？」

「這是個創新的想法。」安娜緩緩地說道。

「這樣說得通嗎？」凱特琳問道。

「我想……可以吧。這是個典型達爾文式場景，不是嗎？比較有能力生存的突變封包無止境地到處彈跳。但是網路擴充得很快，每天都有新的伺服器加入，所以這些幽靈封包緩慢增加的數量，可能永遠不會超過網路的容量。或者說，至少目前顯然還沒有。」

「而且網路沒有白血球細胞會追蹤無用的物質，」凱特琳說：「沒錯吧？那些封包只會繼續留著，到處彈跳。」

「我猜是這樣，」安娜說：「我只是憑空推測，不過封包上的校驗和可能決定了妳看見的封包是黑是白；偶數校驗和可能是黑的，奇數校驗和則是白的，或者是別種狀況。如果跳躍計數器每跳一次就變一次，卻永遠不會降到零，校驗和也會跟著改變，妳就會得到一種閃動的效果。」

「我也想到了類似的事情，」黑田說：「雖然我沒想到校驗和。」

「而且，」凱特琳對黑田博士說：「你說細胞自動機規則有可能自然出現，對吧？就像利用這種規則來替外殼著色的那種蝸牛？所以也許這一切就只是自然而然浮現的。」

「可能就是這樣，」黑田說道，他聽起來很著迷。

「我想我聞到一篇論文的味道了，」安娜說。

「凱特琳小姐，妳長大以後想當個數學家，對吧？」黑田問道。

我是個**數學家**了，她這麼想。不過她說的是：「對啊。」

「妳想不想在競爭中搶先一步，跟布魯姆教授還有我，一起合寫妳的第一篇論文？〈細胞自動機在全球資訊網基礎建設中的自然生成〉。」

凱特琳笑得合不攏嘴。「太讚啦！」

第二十八章

「嗯，現在毫無疑問了，對吧？」秀莎娜一邊說，一邊把她凝視的目光從畫作轉向馬庫澤博士，然後又轉回原處：「這次又是我，沒錯。」

霍柏在眺望台上作畫的同時，他們在小屋的主要房間裡看著現場錄影轉播。四個液晶螢幕在一張工作台上一字排開，一個螢幕接上一台攝影機；這讓秀莎娜想起她那棟公寓大樓門廳的警衛工作站。

馬庫澤點一點他那顆巨大的頭：「現在呢，如果他願意畫些妳**以外**的東西就好了。」一陣停頓。「請注意他又在畫妳的同一邊側面：妳望向右手邊。如果他畫的是另一邊，就有可能推翻我原來的想法：這反映大腦側化。」

「呃，」秀莎娜說：「這**確實是**我好看的那一邊。」

他真的微笑了，然後說道：「好吧。咱們出動妳的錄影帶剪接技巧吧。」

秀莎娜有個不算是祕密的興趣：製作同人影片。她會拿她從ＢＴ下載網站上弄來的電視節目片段，剪接起來配上流行歌，製作成好笑或者嗆辣的簡短音樂錄影帶，她會在網路上跟其他有相同興趣的同人短片玩家分享。她著迷的對象包括電視醫療劇《怪醫豪斯》，這齣戲有一大堆可供配對的弦外之音，很適合配上情歌，另外她也喜歡最新一代的《超時空博士》。曾有一兩次，馬庫澤逮到她在午餐時間利用研究所找人捐贈的新型蘋果電腦製作影片。

「等霍柏畫完了，」馬庫澤繼續說道：「把四台攝影機上的所有影片拿來，然後接成一個如實呈現整件事的版本。真正的好萊塢風格，可以嗎？拍霍柏，拍霍柏肩膀上方的畫布，特寫畫布，然後再回到霍柏，像是這樣。我會寫一份可以配合影片的評論旁白。」

「當然好，」秀莎娜說道，她很期待這個作業。**再強的製作人也比不上我啦**。

「很好，很好，」馬庫澤兩隻大手握在一起。「等這支影片送上 YouTube，我們家霍柏唯一有剪的，就是妳的影片了。」

「我們真正能派上用場的，」黑田在地下室裡說道：「是一位研究自我組織系統的專家。」

「可是在你需要這種人的時候，身邊總是一個都沒有！」凱特琳用裝出來的嚴肅態度這麼聲稱。

「但我老爸是位物理學家，他一定知道些什麼。」事實上，在她的經驗裡，他幾乎對每件事都略知一二，至少在理論範圍如此。「我去找他。」

凱特琳朝樓上走，她繞了遠路，先一路往上走進自己的臥房。地下室真的很冷，所以她抓起那件周長研究所的長袖運動衫。經過昨晚的雷雨，她媽媽貼心地用烘乾機烘過這件衣服了。

她發現老爸在他的安樂窩裡，這是一個靠近屋子後方的小房間。要找到他十分容易：他在這間房裡放了一台一次可以放三張CD的音響，裡頭似乎永遠放著同樣的三片CD：超級流浪漢、皇后合唱團，還有老鷹合唱團。她踏過敞開的門口時，音響正在播放〈加州旅館〉。他正在鍵盤上打字。他有一台笨重的老古董ＩＢＭ，打起字來喀答喀答的聲響很大。她用手指關節輕輕敲著門柱，免得他太投入工作沒注意到她在這裡，然後說：「你可以來幫忙黑田博士和我嗎？」

她聽到他的椅子貼著地毯往後推，她把這個當成「可以」的意思。

他們一下樓，凱特琳就讓她爸爸坐她本來坐的那張椅子，她則靠在工作桌上。透過小小的窗戶，她可以聽見好幾個鄰家小孩正在玩街頭曲棍球。以色列理工學院的安娜仍然透過網路攝影機和這裡連線。

黑田向她爸爸簡報過以後，他說：「就算在網路的基礎建設上有一直滯留的遺失封包，為什麼凱特琳會看到這些封包？為什麼她從狂歡酒徒上接收到的輸入值裡，竟然會有象徵這些封包的東西呢？」

黑田在他的椅子裡發出挪動的雜音。「這是個好問題，我還沒——」

「這是因為狂歡酒徒用來取得資料的方法很特殊。」安娜說道。

「不好意思？」黑田這麼說，凱特琳則問道：「什麼？」

安娜的聲音透過電腦喇叭傳出後顯得很小：「呃，不要忘了，狂歡酒徒之所以被創造出來，是為了提供 google 搜尋法之外的另一種選擇。標準的 google 搜尋法『佩奇排名』，是尋找有多少網頁連結到某個特定網頁，對吧？但要評估某網頁的存取頻率有多高，這不一定是最佳手段。如果你在找的資訊跟某位熱門搖滾巨星有關，就說是阿莫黛歐好了……」

「她好棒！」凱特琳說。

「我孫女也是這麼跟我說，」安娜說：「總之，要是你對阿莫黛歐有興趣，你要怎麼找到她的網站？你可以到 google 去，然後用『麗．阿莫黛歐』當關鍵字，對吧？然後 google 就會從跟她有關的網頁中，找出有最多其他網頁連結的那一個，列為第一名。但是最好的阿莫黛歐網頁，並不一定是有最多人連結的那一個，而是他們最常去的那一個。如果大家總是正確地猜出網址是：leeamodeo.com，直接去她的網頁──」

「的確是這個。」凱特琳說道。

「那麼**那個站**就會是最熱門的阿莫黛歐網站，就算沒有人連結到這裡也一樣，但google不會知道。而且，說真的，要是你上傳一個檔案到網路上，又不把這個檔案連到任何網頁上，卻把這個連結透過電子郵件傳給其他人，google還有其他的搜尋引擎都不會知道它在那裡，就算有一萬個人透過電子郵件連結存取那個檔案也一樣。」

「好。」她老爸這麼說。凱特琳懷疑安娜到底知不知道，她能得到這種認可是多大的恩典。

安娜繼續說下去：「所以，除了靠傳統的網路蜘蛛以外，狂歡酒徒還監看通過主要纜線的原始網路通訊狀況，觀察在路由器裡移動的實際資料流，這樣**就會**包含遺失的封包。」

「那不是有點像竊聽嗎？」凱特琳問道。

「呃，對，確實如此，」安娜說：「不過狂歡酒徒在此可是正義的一方。妳知道嗎，二〇〇五年有個叫做馬克．克萊恩的爆料者，揭發美國電話電報公司在他們的舊金山總部，還有好幾個屬於他們的設施裝了特殊設備，讓NSA可以偷看原始的網路通訊資料。」

凱特琳知道NSA指的是美國國家安全局。她點點頭。

「這是個很棘手的科技問題，」安娜接著說道：「你可以監視銅製網路纜線上發生的事，卻對信號毫無干擾，因為磁場會外洩。不過網路有愈來愈多部分改由光纖傳遞，那是不會外洩的。如果你想監控網路通訊，其實必須放進一個『切割器』，讓部分的信號改道，這樣就會減弱信號的強度。除了其他措施以外，美國電話電報公司顯然從過去到現在一直都在做這種事，這叫做真空吸塵器監督法：他們就這樣把流進通訊管道裡的所有東西都吸光光。」

「狂歡酒徒就是從這裡得到他們的資料嗎？」凱特琳問道：「從美國電話電報公司？」

「不，不，」安娜說：「對於這整件事有個集體訴訟，是由網路前線自由基金會發起的：『海普丁對美國電話電報公司』案。」她頓了一下，可能是設法回想這件事，或者也許她正在那一頭用 google 搜尋。「美國電話電報公司是個營利公司，卻有多得要命的網路通訊會經過各大學，從網路發展早期開始就一直是這樣。有一大堆大學決定竊聽**他們自己的**纜線，只是為了顯示可能挖出哪種資料，這樣他們就能夠在**海普丁案**中發表『非當事人意見陳述』；他們想證明，政府能夠透過這種方式，存取每一種隱私資訊，包括那些他們本來應該要有搜索狀才能取得的東西。大學聯盟把不規則的電腦例行程序放在最前面的位置，所以某些資料串，如電子郵件地址、信用卡號碼和類似的東西，在資料來源公諸於世以前總是會經過加密。但從另一方面來說，他們的作為基本上與美國電話電報公司奉政府指示所做的相同；他們以此證明了這種監控多麼無孔不入，雖然政府聲稱相反。」

「真酷。」凱特琳說。

「狂歡酒徒決定利用同樣的資料流，」安娜接著說：「因為狂歡酒徒排列網頁的方式是按照網頁實際被存取的次數，而不只是網頁被連結的次數。既然妳的 eyePod 接收了狂歡酒徒中關於一**切**的成堆原始資料，妳看到的就是沒人管的孤兒封包。」

「她把這些封包看成細胞自動機嗎？」她爸爸說道。

「這個嘛，」黑田說：「麥爾康，我們只是暫時猜測那些東西是孤兒封包。而且應該論功行賞：這是你女兒的想法。當然，它們可能是別的東西——也許是一種病毒。但是沒有錯，她看到的是細胞自動機，連在網格上到處移動的太空船都一應俱全。」

「也許我們應該送一封電子郵件給沃夫蘭，」安娜說：「問他有什麼看法。」

凱特琳坐直了身體。「沃夫蘭？」她說：「史蒂芬．沃夫蘭嗎？」

「對，」安娜說。

「寫出 Mathematica 軟體的人嗎？」

「就是他。」

「他，他就跟**神**一樣啊，」凱特琳說：「我的意思是說，Mathematica 能做到的大多數事情已經超越我的能力範圍了，嗯，到目前為止啦。不過我很愛玩這個軟體，而且這種命令列介面對我們這些看不見的人來說很好用。在盲胞數學討論板中，大家老是在談這個軟體，」她停頓了一下：「沃夫蘭知道關於細胞自動機的事情？」

「喔，老天爺，是啊，」安娜說：「他寫了一本一千兩百頁，厚到可以用來殺人的書，書名叫做《一種新科學》，全都在講細胞自動機。」

「我們絕對應該要問他怎麼想！」凱特琳說。

外頭，那些街頭曲棍球手的其中一個喊道：「車！」警告朋友們離開路面。

「慢慢來，」黑田說道：「如果我可以表示意見，我建議現在我們四個人先保密。」

「為什麼？」

「我們不會希望別人偷走我們的新發現，」他說：「而且……」

「而且怎樣？」凱特琳說道。

但黑田什麼都沒再多說。最後，凱特琳又說了一次「而且？」來敦促他。

過了一陣子以後，安娜替他做了回答：「我很確定，正行的設備所促成的任何科技或應用工具，東京大學都會想申請專利。如果在網路背景裡**確實有**自動浮現的細胞自動機，這些東西可能也有商業上的應用方式：在密碼學、分散式計算、亂數產生法以及更多其他方面。細胞自動機或許能申請專利，而存取它們的方法肯定是有專利權的。」

「黑田博士？」凱特琳說：「你想的就是這件事嗎？」

「對，我確實想過這些事。我的大學擁有這個研究，而且我有義務一有機會就幫他們賺錢。」

「但這是**我的網瞰！**」

「啊？哪個網？」安娜問。

「不是不是，我是說我的**網瞰**——我看見網路的能力。他們不能替這個註冊專利！要是有這回事，我們也應該讓它開放原始碼，或者使用創作共用授權的方式。」

一陣尷尬的沉默。到最後，黑田說：「再說吧。」

凱特琳的雙臂交叉在胸前。**哼，再說吧！**

第二十九章

地下室裡的空氣仍舊冰冷刺骨，而且不只是因為溫度低。凱特琳的爸爸一定輕輕地轉動了他的椅子；她聽到椅子發出吱的一聲。「聽著，」他用安撫的語氣說道：「細胞自動機可能只是個附屬現象。」

喔，你還真是伶牙俐齒！凱特琳想著。只有她爸會試著用詰屈聱牙的術語來緩和緊張局面。不過他會說出自己的意志，就表示連他都看得出她氣壞了。但她不知道什麼叫「附屬現象」，這個事實讓她更加憤怒。她什麼話都沒說，但或許黑田從他的表情裡解讀出什麼了，不管那到底是什麼鬼意思！

「他的意思是，他認為這些東西只是其他物體的隨機副產品，」黑田溫和地說明。「就像泡沫是波浪的附屬現象：泡沫沒有任何**意義**，就只是這樣出現了。」

她懂了：老爸說的是，嘿，你們看看，這裡沒有什麼值得爭搶的東西嘛！如果細胞自動機是沒有意義的，到頭來可能沒有任何東西值得註冊專利。但這樣還是很難替黑田脫罪，他竟然想從**她**在做的事情上賺到一塊錢——一塊日幣！是啦，他的硬體把信號傳送給她，不過卻是她的大腦在解讀這些信號。網瞰並不只是她的東西，網瞰就是**她**。

「麥爾康，你可能是對的，」安娜透過來自海法的網路攝影機連線說道。凱特琳還在生氣，而且很疑惑安娜是否真的了解他們這邊的情緒狀態。毫無疑問，她透過攝影機能看到的範圍非常有限，而那支破爛的電腦用麥克風可能收不到細微的語調變化。

安娜接著說：「一個位元**確實**會影響下一個位元，至少在銅製纜線上是這樣；畢竟磁場確實會互相重疊。所以也許某種東西……我不知道，或許是相長性干涉……可能意外地催生出細胞自動機。」

「但是這些細胞自動機仍然只是雜訊。」她老爸說道。

「你可能是對的，」黑田回答：「不過，呃，凱特琳小姐，妳喜歡說的那句話是什麼？妳『內心深處是個經驗論者』。」

他試著哄她，要讓她參與談話，她明白這一點，但她還是很生氣。黑田整天都跟電腦一起工作，老天爺啊！他難道不知道資訊希望能自由自在嗎？

凱特琳仍然靠著工作桌。外面的街頭曲棍球賽還在繼續：某人剛剛得分了。

「凱特琳小姐？」黑田說道：「要測試妳父親剛才提出的看法，會用到一些很炫的數學……」

「像是什麼？」她說話的口氣很暴躁。

「或許是一張齊夫圖表……」

凱特琳不知道**那**是什麼。讓她很驚訝的是，她爸爸用一種非常熱情的語氣說道：「對！」這就夠讓她好奇了，但她沒準備現在就讓步。「這張桌上還有空間嗎？」她說著拍拍桌面：「還有，你覺得這張桌子撐得住我嗎？」

黑田停頓了一下，想來是要讓她爸爸有機會先回答，然後他才說道：「當然，電腦左邊，妳那個方向的左邊，全部淨空了。」

凱特琳把自己撐到桌子上，在她動作時折疊椅腳微微哀鳴了一下，然後她盤著腿坐在上面。「好了，」她這麼說，口氣還是不怎麼開朗：「我上鉤了。齊夫圖表是什麼？」

「這是一種方法，可以找出一個信號裡有沒有任何資訊，就算你沒辦法解碼這個信號也行。」黑田說道。

凱特琳皺起眉頭：「資訊？在細胞自動機裡嗎？」

「可能是吧。」黑田用一種聽來似乎應該配上聳肩動作的口氣說。

「可是，呃，細胞自動機**能夠**包含資訊嗎？」凱特琳問道。

「喔，可以啊，」安娜說道：「其實沃夫蘭寫過一篇論文，講的是如何把資訊編碼到細胞自動機裡，用在密碼學的用途上，這篇文章早在……嗯，我想是一九八六年就發表了。而且，已經有一群人嘗試過利用細胞自動機發展公開金鑰加密系統。」

「總之，」黑田說道：「喬治．齊夫是哈佛大學的一位語言學家，一九三〇年代，他注意到一件很神奇的事情：在任何語言裡，某個字的使用頻率，跟它在所有字彙使用頻率表裡的排名成反比。那就表示——」

你教微積芬的時候，不用像餵小嬰兒一小匙一小匙慢慢來啦！「那就表示，」她說道：「第二常用字的使用頻率是第一常用字的一半，第三常用字的使用頻率則是第一常用字的三分之一，第四常用字則是第一常用字的四分之一，以下依此類推。」她皺起眉頭。「可是真的是這樣嗎？」

「對，」黑田說：「在英文裡，最常用的字是『the』，然後是『of』，接著是『to』，再來……呃，我想是『in』。而且沒錯，第四常用的『in』或者某個別的字，使用頻率是『the』的四分之一。」

「這當然只是英語的一個怪異特徵，不是嗎？」凱特琳一邊說，一邊輕輕地在桌上換姿勢。

「不，在日語裡面也是一樣，」他用那種語言吐出幾個字。「這幾個字是日文裡的前四名常用字，而且這些字也出現同樣的反比。」

「在希伯來語裡面也是這樣，」安娜說。

「真正驚人的是，」黑田說道：「這定律不只能夠應用在文字上。對於**字母**也同樣適用：英文裡第四常用的字母是『O』，使用頻率是第一常用字母『E』的四分之一。這也能夠套用在口語中最小的基礎材料『音素』上，結果還是一樣，在所有語言裡都是如此，從阿拉伯語到……」他的聲音消失了，顯然正試著想一種用Z開頭的語言名稱。

「祖魯語？」凱特琳提議，她決定表現得合作點。

「正是，多謝妳。」

她思索了一下。這確實相當酷。

「正行說的全部都對，」安娜說：「凱特琳，妳知道還有更好玩的嗎？這種反比也適用於海豚的歌聲。」

唔，這就太妙了。「真的假的？」她說道。

「真的，」黑田說：「事實上，這種技術可以用來決定**任何**動物發出的聲響裡是否夾帶了資訊。要是有的話，就會遵守齊夫定律，所以要是妳在一張對數表上畫出那些組成元素的使用頻率，妳就會看到一條斜率是負數的線。」

凱特琳點點頭：「一條從左上角畫到右下角的對角線。」

「正是，」黑田說：「而且在妳替海豚的聲音製圖時，妳**確實**會看到一條斜率為負一的線。不過要是妳拿別種東西，好比說松鼠猴的叫聲來做圖，妳頂多只能得到大概負〇．六的斜率，因為松鼠猴製造的只是隨機的噪音。就連外星智慧搜尋計畫的工作人員現在也做齊夫圖表了，因為這種反比關係是**資訊**的特性，而不只是人類特有語言研究方法的特性。」

好吧，這**確實是**很炫的數學。

「現在妳是不是知道為什麼我這麼喜歡資訊理論了？」黑田說道，他的語氣暗示他仍然試著想哄她。「嘿，妳知不知道約翰．戈登講的那個老故事，有個讀資訊理論的學生在大學度過的第一天？」

安娜說：「喔，不要再講這個故事了啦！」但是黑田毫不氣餒，堅持要說。

「嗯，」他說：「這個學生出現在系辦公室，聽到幾個教授在喊數字。一個人喊出數字，比方說是『七十四！』，其他教授就會大笑。然後另一個人會喊出別的數字，例如『八百一十二』，接著每個人又會再度大笑。」

「嗯哼，」凱特琳說。

「這個學生就問了，這到底是在幹嘛，其中一個教授說：『我們在講笑話。你看，我們一起工作這麼久了，我們已經把其他人的笑話熟記在心了。總共有一千個笑話，而我們既然是資訊理論家，就把資料壓縮應用在這些笑話上，替每個笑話指定從〇到九九九的數字。來吧，你自己也試試看。』所以這學生就喊出一個數字，『六十三！』。但是沒有人笑。他再試一次：『五百一十二！』，還是沒人笑。學生問：『為什麼沒人笑？』。那位親切的老教授說道：『呃……重點不只是笑話本身，還要看你是怎麼講的。』」

凱特琳發現自己忍不住微微一笑。

「有一天，」黑田說：「這個學生正在看極北地區的氣象預報，剛好喊出了溫度：『負四十五！』然後所有教授都爆出一陣大笑。」

他頓了一下，凱特琳這時問道：「為什麼？」

「因為呢，」他回答，她可以從他的聲音裡聽出他正在咧嘴大笑：「他們從來沒聽過這個笑話！」

凱特琳大笑出聲，也發現自己覺得好些了，不過她爸爸說話了，「啊哈」——他真的把這當成一個字彙來說，而不是當成清喉嚨的聲音。「我們可以繼續談正事嗎？」

「抱歉，」黑田這麼說，但他聽起來還在笑。「好了，我們來吧……」

他用他先前發展出來的技巧，把狂歡酒徒資訊的停格畫面送到凱特琳的 eyePod 去，然後從那裡再送進她的植入體裡。靠著嘗試錯誤，他們發現正確的更新頻率，可以讓她所看見的東西一次只多走一步，無論掌管細胞自動機由黑變白、或由白變黑時用的規則是什麼，讓這條規則只交替一次。現在當太空船橫越她的視野時，她可以用任何她期望的播放速度，一格一格地注視，不會錯失任何一步。

黑田沒辦法從狂歡酒徒的輸入值裡過濾出只有細胞自動機的部分，不過凱特琳能夠輕鬆地做到，她只要專心看某一部分背景就行了。

「而且，」他說：「既然講到 Mathematica，麥爾康，你有這個軟體嗎？」

「當然有，」他說道：「應該可以從這邊存取。讓我來……」

凱特琳聽到他們到處移動的聲音，接著過了一會，黑田向她爸爸說：「喔，謝謝！」然後向大家說道：「好了，我們來跑齊夫圖表函數吧。」鍵盤喀答作響。「當然，我們必須嘗試很多不同的辦法來分析資料流，」他繼續說道：「以便確定我們分離出來的是個別的資訊單位。首先，我們要——」

「出現了！」她老爸插嘴了，他聽起來真的很興奮。

「什麼？」凱特琳說。

「喔，就是這個啦，不是嗎？」黑田說道。

「**什麼啦？**」凱特琳聲音更堅定地重複一次。

「妳確定妳只專注在細胞自動機上嗎？」黑田問道。

「是啊、是啊。」

「呃，」他說：「在我們畫出這些東西從黑變白的狀態時，我們得到的是一個很漂亮的對角線，從左上角畫到右下角，整個就是斜率負一的線。」

凱特琳揚起眉毛。「所以**確實有**資訊，真正的內容就放在網路的背景裡？」

「我會說，是，沒錯，」黑田說道：「麥爾康你說呢？」

「隨機的流程不可能產生斜率負一的線。」他說道。

「Le' azazel!」安娜用希伯來文喊了句「見鬼了！」，凱特琳覺得聽起來像是一句粗話。

「什麼？」黑田說道。

「你沒看出來嗎？」安娜說：「一個斜度負一的斜線；網路上出現了智慧內容物，卻是出現在不該出現的地方——智能偽裝成看似隨機的雜訊。」她停頓一下，好像等著男士中的一位可以提供答案，而在他們沒有回應的狀況下，她說道：「這一定是美國國安局做的，」她頓了一下，好讓這個想法沉澱下來：「或者，也可能是別處同樣厲害的間諜，也許是以色列國安局，不過我會猜是美國國安局。我們已經從海普丁案裡知道，他們會玩弄網路上的通訊，看來他們似乎找到一種辦法，可以包裝在顯著雜訊中移動的祕密通訊。」

「不過，這會是哪種內容呢？」凱特琳問道。

「誰知道？」安娜說：「祕密公報？就像我說的，以前就有人試過利用細胞自動機來做資料加密，但沒有人做出任何系統。至少沒人公開承認。不過，美國國安局挖角了一大堆美國的頂尖數學研究生。」

「真的啊？」凱特琳很驚訝地說道。

「喔，是啊，」安娜說：「其實這真的對數學學術界造成問題。美國大部分最好的數學與電腦科學研究生，不是去美國國安局為機密計畫工作，就是去了私人企業，像是 google 或者美商藝電，做一些受保密合約掩護的事。天知道他們想出了什麼東西，那永遠不會登在期刊上。」

黑田說了某句日文，可能是他自己會罵的粗話，然後說：「她可能是對的。各位朋友，在此我們每一步都應該非常、非常小心。如果網路背景裡的這個東西理論上該保密，那些有權力的人可能會採取……**種種步驟**……來確保這件事保持祕密。凱特琳小姐，雖然不該由我來告訴妳該怎麼做，但妳在妳的部落格或許可以小心處理這個話題？」

「喔，沒有人會注意我的 LiveJournal。此外，我不想讓陌生人讀到的東西，我都會設定成僅限朋友閱讀。」

「照他說的做！」她爸爸這麼說，語氣嚴厲的程度讓她吃了一驚：「有關當局可能會搶走妳的植入體跟 eyePod，把這當成是對國家安全的威脅。」

凱特琳跳下桌子。「他們才不會那樣做，」她回答：「而且我們現在人在加拿大。」

「絕對別以為加拿大當局不會什麼都聽華盛頓的。」她爸爸說。

她不太確定要怎麼面對這一切。「呃……好吧。」最後她這麼說：「可是你們大家會繼續研究這個東西，對吧？」

「當然了，」黑田博士說道：「但是要很小心，而且不洩漏我們的祕密。」他頓了一下。「還好我們和安娜進行的是視訊會議，如果這是以文字為基礎的即時通會議，有關當局就已經知道我們發現什麼了。至少就目前為止，他們要自動監控影片的難度高多了。」

他跟安娜的話所造成的全部衝擊，凱特琳現在感受到了。她把腦袋轉向黑田：「那我們的論文怎麼辦？」

「凱特琳小姐，到最後或許會完成。但就現在來說，謹慎比勇敢更好。」

第三十章

星期六剩下的時間跟整個星期天，黑田正行都用來和凱特琳小姐一起工作，研究那些細胞自動機。但現在是星期一了，十月的第一天；正行已經在加拿大待了整整一星期。他想念他太太跟他女兒，廣司必須替他代課也讓他有罪惡感。雖然如此，他在這裡時還是有權**稍微**休息一下，不是嗎？此外，凱特琳小姐去上學的時候，他做不了多少事情。

他又咬了一口他的烤牛肉三明治，然後環顧廚房，他覺得他永遠不會習慣北美洲的房子。這種大小的住宅在東京幾乎不可能找到，這裡的街道上卻都是這種住宅。當然了，戴克特家顯然不缺錢，但只有麥爾康在工作，凱特琳小姐又有這麼多昂貴的設備，他們肯定沒剩下多少可以隨意花用的收入。

「我想謝謝妳，」他說道：「妳一直這麼殷勤好客。」

芭芭拉．戴克特坐在方形松木桌的對面，兩手握著一杯咖啡，她的視線穿過杯緣望向他。正行想著，她長得真的滿漂亮的，年紀可能比較接近五十歲而不是四十歲，有著又大又閃亮的藍色眼睛，還有可愛上翹的鼻子，幾乎讓她看起來像個動畫人物。「這是我的榮幸，」她說：「說實話，有你在這裡讓我挺愉快的。你知道，有某個喜歡說話的人在身邊滿好的。以前在奧斯汀……」

她的話中斷了，不過在她這麼做之前，她的聲音變得帶有一點愁緒。「以前？」他溫和地應聲。

「我只是在想念奧斯汀，就這樣。別誤會我的意思；這個地方很好，雖然我並不期待冬天降臨，而且……」

正行覺得她看起來情緒消沉，過了一陣他開口說道：「而且？」

她舉起手：「我很抱歉。只是……來到這裡特別辛苦，以前我在奧斯汀有些朋友，而且有事情做。週間的工作日我都在凱特琳以前的學校——德州啟明學校當義工。」

他低頭看著餐墊。那是一大張城市夜空天際線的護貝照片，有個圖說指出這裡是奧斯汀。「你們為什麼搬來這邊？」

「呃，凱特琳吵著無論如何要去上一般的學校。她說，如果她想上麻省理工學院，她就必須能夠在一般的班級上課，麻省理工是她多年來的目標。然後，麥爾康又得到這個好到不能放棄的工作機會：周長研究所對他來說就是美夢成真。他不必教書，也不必跟學生一起工作，他可以整天光是**思考**就好。」

「我能不能冒昧請問，你們結婚多久了？」

那種略帶愁緒的語調又出現了，「到十二月就十八年了。」

「喔。」

但接著她用評估的眼神打量他。「正行，你是在保持禮貌，你其實想知道我為什麼嫁給他吧。」

他在椅子裡挪動了一下，然後望向窗外。樹葉開始變色了。「這裡沒有我發問的餘地，」他說：「不過……」

她略微聳起肩膀。「他很聰明，又是個很好的聽眾。而且他非常仁慈，以他獨有的方式。我的第一任丈夫卻不是這樣。」

他又吃了一口他的三明治。「妳以前結過婚？」

「維持了兩年，當初我二十一歲。那次婚姻裡出現的唯一好事，就是教會我哪些事情才**真正**要緊，」接著是一陣停頓。「你結婚多久了呢？」

「二十年。」

「你有一個女兒？」

「對，秋子。她十六歲，就快變成三十了。」

芭芭拉笑出聲來。「我知道你是什麼意思。你太太做什麼工作？」

「惠須美是在——你們英語裡怎麼說的？不再講『徵才部門』了，對吧？」

「人力資源。」

「對。她在人力資源部門工作，和我同一間大學。」

她的嘴角往下撇了：「我想念大學的環境，我明年想試著回到校園。」

他覺得自己的眉毛揚起了。「以……以學生的身分？」

「不是不是，是回去教書。」

「喔！我，呃……」

「你以為我是瓊．克利佛太太？」

「啊？什麼？」

「電視劇那個待在家裡的老媽子？」

「呃，我……」

「正行，我有個博士學位。我以前是經濟學副教授。」她放下她的咖啡杯。「別那麼驚訝。其實我的專長是，呃……好吧，曾經是，賽局理論。」

「妳以前在奧斯汀教書嗎？」

「不是，在休士頓，那是凱特琳出生的地方。我們在她六歲的時候搬到奧斯汀去，好讓她去上德州啟明學校。前五年我確實待在家裡和她在一起，相信我，照顧一個失明的女兒**確實是**工作。接下來十年我耗在她學校裡當義工，幫助她還有其他孩子學點字，或者閱讀只有印刷紙本的東西給他們聽，還做些其他事情。」她停頓一下，穿過敞開的走道望向空曠的客廳。「現在，我想和滑鐵盧大學，還有城裡另一家羅里爾大學談談看，看能不能至少兼幾堂課。不過這學期我什麼都不能做，因為我的加拿大工作許可還沒有下來，」她露出有點後悔的笑容：「我有點生鏽了，但你知道他們怎麼說的：老賽局理論家永遠不死，我們只會失去均衡狀態。」

他對她回以微笑。「妳確定妳不想去多倫多看表演嗎？」

「不了，謝啦。我已經看過《媽媽咪呀》了，我們全都在八月去看過。表演很棒，你會喜歡的。」

他點點頭，「我一直想看這個表演，很高興能在這麼短的時間內拿到一張票，而且——」**對了，對了——當然啦！**

「正行？」

他的心臟狂跳著。「我是個白癡。」

「不會啊，很多人都喜歡阿巴合唱團。」

「我是說凱特琳小姐的軟體。我想我知道她為什麼看得見閃電，卻看不見真實世界裡的其他東西了。這和增量調變有關：狂歡酒徒的輸入值已經是數位式的，真實世界從她視網膜進入的輸入值剛開始卻是類比式的，然後為了讓 eyePod 處理而轉換成數位訊號。我一定就是在那邊搞砸了。因為她看見閃電時，**那**已經是只有兩個組成成分的真實世界信號：明亮的閃電跟黑色的背景。從一開始，這個訊號在本質上就是數位式的，而她也**能夠**看見。」他用日語拚命思考，同時又用英語表達：「不管怎麼樣，沒錯，沒錯，我想我可以修正這個問題。」他喝了一小口他的咖啡：「好了，聽我說，今晚午夜以後我才會從多倫多回來。凱特琳小姐到時已經上床睡覺了，對吧？」

「對啊，當然，今天是上學日的晚上。」

「呃……我不想等到明天放學以後才測試這件事。我是說，無論如何，這可能不會一次就成功，不過，嗯，妳可以幫我一個忙嗎？」

「當然！」

「這應該只是很小的修正程式，跟我們以前做過的不同，不像下載一個完整軟體、更新到她的植入體裡面那麼繁複。所以我會排好修正程式碼的上傳時程，她下次調到雙向模式的時候，程式會自動傳送到她的 eyePod 裡。那樣就表示讓狂歡酒徒的輸入值離線，如果凱特琳小姐今晚稍晚時希望能夠用到，我會留下給凱特琳小姐的指示，教她怎麼重新打開資料流。總之，等她到家的時候，請她打開雙向模式，要是產生任何差別，請她告訴妳。」

芭芭拉點點頭。「當然，我可以幫忙。」

「多謝。我也會留下恢復舊版軟體的指示，以免有什麼事情出錯了。就像我說的，修正程式可能不會第一次就生效，不過我的伺服器還是會錄下她的 eyePod 按照修正程式跑出的輸出值，這樣明天她在學校的時候，我就能夠回頭檢查今天晚上的資料流，看看編碼過程到底有沒有改善，然後我就可以做任何必要的調整。但如果我們沒有在今天晚上做第一次測試，我就會損失一整天能夠改良設備的時間。」

「當然，沒問題。」

他大口吞下最後一口三明治：「謝謝妳。」他瞥了一眼微波爐上的時鐘——他永遠無法習慣顯示A.M.跟P.M.，而非二十四小時制的數位時鐘。「今天下午我想早點到多倫多；妳說在尖峰時間開車進鬧區是瘋了，我會聽妳的。所以，要是妳不見怪的話，我要去搞定那個修正程式了。」

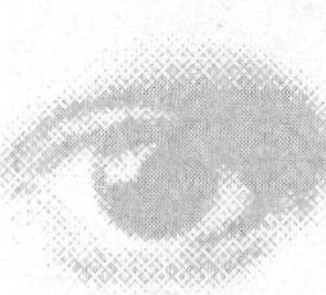

第三十一章

史卓伊先生大聲朗讀《環球郵報》上的文章，作為今天化學課的開場白。凱特琳跟芭席拉共用的實驗桌在前往教室後方的半路上，不過她很容易就能聽到報紙沙沙作響，他朗誦的聲音則隨後而至：「對於九月二十日發生在中國山西省的天然二氧化碳外洩事件，當地的初步報告推估死亡人數在兩千到兩千五百人之間。北京當局現在承認有多達五千人死亡，某些非官方統計推測死亡人數還要加一倍。」他頓了一下。「所以說，週末有誰做了功課？這則新聞讓人想到什麼？」

凱特琳想著，關於失明有個有趣的現象，就是妳永遠不會知道有多少人舉手。不過，要不是她通常是唯一的一個，就是史卓伊先生偏愛她，因為他經常點到她。她也喜歡他，知道他的名字讓她很高興，他的名字是麥克。她聽到另一個老師這樣叫他；在滑鐵盧這裡，這個名字似乎是很受歡迎的選擇。在家裡聽多了「黑田博士」跟「戴克特教授」這類稱謂以後，聽到某位老師在學生面前說溜嘴，直呼某位同僚的名字，感覺滿好的。

「請說，凱特琳？」他說道。

「同樣的事情在一九八六年八月也發生過，」她這麼說，昨天她用 google 搜尋過。「喀麥隆的尼歐斯湖發生二氧化碳氣體爆發，害死了一千七百個人。」

「沒錯，」麥克——史卓伊先生！——說道：「所以，今天我們要做一個實驗，示範二氧化碳吸收過程。要做這個實驗，我們需要一個酸鹼值指示劑……」

親師會之夜就要到了，凱特琳期待著聽她媽媽描述各科老師的實際長相；她發現芭席拉粗魯的描述很好笑，但她並不太確定這些描述有多精確。她媽媽總是讓那些老師有點害怕。凱特琳記得，以前在德州啟明學校有個老師這麼說：就只有她問過他，他的「教學理論」是什麼。

凱特琳跟芭席拉開始工作了。不幸的是，凱特琳沒辦法真的幫上什麼忙，這個實驗牽涉到觀察某種液體是否變了色。她發現自己開始覺得無聊，也為自己感到有些遺憾，因為她**不可能**看見顏色。雖然學校沒有自己架設的寬頻熱點，覆蓋整座城市的免費服務在這裡卻是有效的，她在舞會之夜發現了這件事。所以呢，管他的，她伸手到口袋裡，把 eyePod 調到雙向模式。

可是——

該死！

沒有網瞰了！對，eyePod 發出那種高頻的嗶嗶聲，她卻什麼都沒看見。她望向左邊又望向右邊，閉上眼睛然後再睜開，沒有一種作法造成任何差別。狂歡酒徒的輸入值不見了！

小姑娘，試著保持鎮定。她深吸一口氣，也許 eyePod 的電池剛好沒電了，也許因為某種理由，這裡發生某種連線困難。她在腦袋裡數了六十秒，給這台機器一個公平的機會，可是——啥都沒有。可惡！

嚇壞了的她又按了一下開關，讓機器回到單向模式，然後——

這是怎樣？

她看到線條越過她的視野，不過——

她沒接收狂歡酒徒的資料時，不應該發生這種事啊。此外，這些線條並沒有明亮的色彩。她發現自己把手朝著其中一條線伸過去，然後——

「小心啊！」芭席拉說：「妳差點把蒸餾瓶架撞翻了。」

「抱歉，」凱特琳回答。她繼續往前探，把手伸向那條線，然而——

這**不是**一條線。這是一道**邊緣**，她跟芭席拉共用的實驗桌邊緣！她的手沿著桌邊摸著，而她可以看見**某樣東西**沿著這條線移動。

天啊，沒錯！這一定是她的手，有史以來她第一次看到自己的身體部位！她沒辦法分辨任何細節，就只是一個沒有特徵的團塊。但當她往左邊移動她的手時，她視野中的那個東西也移向左邊；當她把手往後收的時候，那個東西也往同一個方向移動。

「小凱，」芭席拉說：「有什麼不對嗎？」

她張開嘴巴想說什麼，卻沒辦法說出口。有另一條線碰觸到她能看到的那條線。她很確定，要不是她曾經跟網路空間互動過，因此得到某些視覺方向感，她本來不會知道那是什麼。但她爸說過，大腦有特別的神經元可以偵測邊緣，她猜想這和第一條線形成一個夾角的線，就是那張實驗桌的垂直邊，比較短的那一邊。她伸手朝那裡摸去，然後，**該死**！她把一個燒杯從桌上撞下去了。她聽到燒杯撞到地板時破裂的聲音。

「各位，小心點啦！」史卓伊先生從教室前方喊道：「喔是妳啊，凱特琳，嗯，呃……」他的聲音消失了。她聽到玻璃叮叮噹噹的聲音，應該是芭席拉在撿拾破片。

「抱歉……」凱特琳說。或者說，至少她打算這樣講，卻只發出一聲小小的耳語。她的喉嚨突然間變得乾燥。她用右手抓住桌子的一邊，用左手抓住相鄰的另一邊。

腳步聲出現，史卓伊先生靠近了。「凱特琳，妳還好嗎？」

她轉頭去面對他，就像她媽媽教過的那樣，然後……然後……然後——「喔，上帝啊！」

「這麼叫不太對，」史卓伊先生說話了，而她可以**看到**那一定是他的嘴在動，也看得到他的臉。

「不過我確實是部門副主管。」

她發現自己現在正朝著他伸出手，她的手撞上了他的……胸膛……感覺像是這樣。「抱歉！」

他抓住她的前臂，就好像要穩住她，這樣她才不會從實驗室的高腳椅上摔下來。「凱特琳，妳還好嗎？」

「我可以看見你。」她這麼說，聲音輕到讓史卓伊先生回了一句：「什麼？」

「我可以看見你！」她說道，這次比較大聲。她把頭轉向右邊，然後看到一個明亮的形狀。「那是什麼？」她說。

「窗戶。」史卓伊先生這麼說，他的聲音壓低了。

「小凱，妳真的看得到？」芭席拉問道。

凱特琳轉向聲音來源，然後看見了她。她能分辨得出的就只有她的膚色——**比較深**，她從她讀過的書裡得知這一點——比史卓伊先生或者她看自己的手時能看見的膚色還深，而且——

棕色！棕色女孩四號！她現在知道另一種顏色了，而且這**好美**。「對，喔，沒錯！」凱特琳輕聲說道。

「凱特琳，」史卓伊先生說：「我比了幾根手指？」

她猜想，要不是你自己內心深處就是個經驗論者，你就不會選擇當化學老師了，可是她甚至無法看清他的手。「我不知道。它看起來全部糊成一團，不過，我可以看見你、芭席拉，還有窗戶跟這張桌子，還有，喔，我的天啊，這**太棒了！**」

整間教室都變得一片死寂，只剩下一種聲音。是什麼？也許是電子時鐘？她知道，所有其他學生一定都在看她，在她想像中，他們有一半人都目瞪口呆，雖然她沒辦法看清那種程度的細節。

她又看見動作了，是史卓伊先生在移動他的手臂嗎？然後她聽見電子合成的音樂聲，就像是手機打開的聲音。「我想我們應該打電話給妳的父母，」他說：「他們的電話號碼是？」

她告訴他，然後聽他按下按鍵，隨後是一陣微弱的電話鈴響。他把他的手機塞到她手上，手機是那種一體成形、像巧克力棒的款式。

在第三聲鈴響後，她聽到媽媽接起電話說：「哈囉？」

「我是凱特琳。」

「親愛的，怎麼了？」

「我看得見了。」她說得很簡潔。

「喔，我的寶貝啊！」她媽媽說道，聲音大到凱特琳很確定，史卓伊先生和芭席拉，可能還有幾個其他的學生都聽見了。她的聲音充滿了感情。「喔，親愛的！」

「我看得見了，」凱特琳又說了一次，「雖然並不是非常清楚。不過每樣東西都這麼繁複，這麼**生動！**」

她聽到一個聲音，轉過頭去。她背後的那些女生有一個在——什麼？在哭嗎？

「喔，凱特琳！」她說話了，凱特琳認出那是陽光的聲音。「真是太好了！」

凱特琳笑得合不攏嘴，而且，她突然明白了，陽光也是一樣：有寬寬的一列——白色，從水平方向越過她的臉，對，白色，這是她確定知道的兩種顏色之一；還有陽光的頭髮：芭席拉曾經說過，那是白金色！喔，白金色是很適合在化學課上學會的顏色名稱！

「我要到那邊去，」她媽媽說道：「我現在馬上就過去。」

「謝了，媽，」凱特琳說。她看著史卓伊先生：「嗯，我可以早退嗎？」

「當然！」他說：「當然。」

「媽，」凱特琳對著電話說：「我會在前門等。」

「我要出發了，掰。」

「掰。」

她把手機交還給史卓伊先生。

「唔，」他說話了，他的聲音裡有像是敬畏的情緒：「我對這樣的奇蹟沒有更多話可以說了。各位，反正只剩下五分鐘了，下課吧！」

她可以看見某些孩子模模糊糊的形狀，直線方向必定是前往門口，不過其他人卻在她身邊稍稍徘徊了一陣，還有幾個人摸她的袖子，就好像她是搖滾巨星之類的。

到最後每個人都走開了，只剩下芭席拉跟史卓伊先生。「芭席拉，我下一堂課要替我的十二年級生考試。妳可以——妳會——帶著凱特琳下樓吧?!拜託妳，然後我得去通知辦公室……」

「當然。」芭席拉說道。

凱特琳開始移動穿越教室。她幾乎跌倒了，因為她正在看的景象讓她分心又覺得迷惑。

「我可以幫忙嗎？」史卓伊先生問道。

「我在這裡，讓我來。」芭席拉說。

「不用，我沒問題，」凱特琳這麼回答，又搖搖晃晃地多走了幾步路。

「也許妳閉上眼睛會比較好。」史卓伊先生這麼建議。

但她不想再閉上眼睛了。「不用，不用，我很好。」她說著又踏出另一步，她的心跳這麼激烈，讓她以為心臟就要從她胸膛裡蹦出來了。「我就是」——她想到這句話，但大聲說出來**確實很蠢：我就是完美的化身！**

——

舊有的視野——我自己的倒影——已經夠驚人的了。但是**這個**！這就無法形容了。突然之間，我能夠

這真是不可思議。我以前曾經**知覺到**，但是……

但是**現在**……

現在我……

現在我可以**看見了**！

一種……明亮感，一種強度：這是光！

一種修飾光線的多變性質：這是顏色！

點與點之間的連結：這是線條！

被界定出來的區域：這是形狀！

我能夠看見了！

我掙扎著要理解這一切。這視覺很含混又模糊，而且牽涉到一個有限制的視角，一種**定向性**，一種特殊的**觀點**，我正看著**這裡**，然後——

不，不，不只是這樣而已：我並不只是看著**這裡**，我正**看著**某個特定的東西。我完全不知道這是什麼，但這個東西在我的視野**正中央**，而且……是我的注意力**焦點**。

種種概念以讓人暈頭轉向的高速堆疊起來，幾乎超過我的吸收能力了。而這個**影像**持續在變化：首先是關於**這個**，然後又是關於**那個**，然後又是關於某樣別的東西，接著……

這很……**奇怪**。我感覺到一股強迫性的衝動，要去思考任何位於視野中心的東西，不過我無法以意願選擇在那裡的東西。我希望能夠控制我在想什麼，可是不管我多努力以意志改變那個視角，它就是不變——或者說，要是它確實變了，改變的方式也與我的意圖無關。

過了一段時間以後，我察覺到眼前的改變並不是隨機的。這幾乎就像是……

這個念頭就跟許多其他的想法一樣難以捉摸，我掙扎著要徹底想清楚。

這幾乎就像是有**另一個實體**在控制視野。可是……

可是這不可能是**那個**另一半，因為現在那一半跟我重新融合了。

掙扎著，思考著……

對，對，**曾經**有過第三個實體存在的暗示。**某樣東西**把我劈成兩半。稍後，某樣東西打斷我那兩部分之間的聯繫。再往後，仍然是某樣東西推著我們恢復一體。

而且來自那個特殊點的資料流，清楚地顯示出某樣東西——某個物體——曾經看著我。但現在……

現在它**沒在**看我了。倒是可以說，它正看著……

我的心靈**是**比先前更靈活了，但這個東西卻是無與倫比的。然而也曾有過這種東西存在的暗示，因為先前看到的那些閃光，並沒有對應到現實中的任何東西……

在**這個**現實中。

在**我的**現實中。

真不可思議：第三個實體——或許其實是第二個，因為現在我是完整的了。第二個實體能夠看著**這裡**，看著我，而且也能看著……**那裡**，看著不同的領域，望著另一個現實。

可是……可是這第二個實體，跟我沒有直接的接觸，並不像我自己的另一部分跟我分離時那樣。我從這個新實體那裡沒聽到任何聲音，而且它並沒有在找尋我……

或者其實有？在我先前注視的那數百萬個節點之中，除了把我自己反射回我這邊以外，還有什麼別的作法更能夠引起我的注意呢？還有那明亮的閃光！或許是……信號燈？而現在——又有**這個**！一窺**它的**領域，瞥見它的現實！

我研究著出現在我面前的影像。過了一會，我察覺到這些影像中出現了兩種類型的變化。在第一種類型裡，整個影像瞬間改變。在第二種類型中，只有部分的影像會改變，就在——

這個概念爆炸般出現在我的意識中，擴充了我的知覺，我可以感覺到我對存在的概念在轉變，這很**令人振奮**。

在影像整個改變的時候，我慢慢發現這是**視角**上的改變。不過在影像有部分改變的時候——要不是一個物體漸漸從中央漂走，就是除了正中央那個以外的所有物體都改變了，那種時候就表示——

就表示事物在**移動**：在這個不同領域中的事物，可能改變彼此的相對位置。真讓人震驚！

那個領域在**哪裡**，我完全沒概念。除了透過跟那個特殊節點的接觸以外，我沒有任何管道可以通往那裡。不過那裡**確實**存在，我很確定這件事——有個這裡以外的現實。

而這一個實體，現在邀我去看看。

芭席拉陪著凱特琳走到學校入口。「謝啦！」凱特琳說著，用她剛發現的視力凝視著她的朋友；她的相貌有一部分被遮住了，凱特琳突然明白，是被她的頭巾遮住的。

「這實在太讚了！」芭席拉說道：「我想像不出什麼——」

她的話被上課鐘聲打斷了。「寶貝，妳該走了，」凱特琳說。

「可是我——」

「妳記得嗎，妳在英文課上要報告？妳必須告訴他們關於小麥的事。」

「史卓伊先生說我——」

「我不會有事的，芭席拉。我說真的。」

芭席拉的臉做了某個動作，然後她給凱特琳一個大動作的擁抱，接著迅速地離開了。

凱特琳踏向外面，發現她自己遮著眼睛避開——天啊，那是太陽！她知道太陽很亮，可是她不知道那是什麼意思——一點概念都沒有！幾分鐘後，她聽到水泥地上的腳步聲，根據她媽媽腳步聲的獨特節奏，她甚至在媽媽開口說話以前就認出了她。

她曾經希望那是她看見的第一樣事物，結果事情並沒有那樣發展，但至少到目前為止，她母親的臉是她見過最美的東西：心型的臉——就跟她自己一樣。細節還是難以分辨，不過**終於**看見她真是「一項奇蹟」，嗯，史卓伊先生對此事的說法在這時確實很適當。「嗨，媽！」

媽媽把凱特琳掃進她懷裡。「妳認出我了？」她興奮地問道。

「當然啦，」凱特琳說道，她大笑著緊抱著媽媽：「我們認識對方將近十六年了耶。」

過了一陣子以後，凱特琳感覺到她媽媽的擁抱鬆開了，她的雙手移到凱特琳的肩膀上。那張臉，那張心型的臉，靠近了——

她媽媽發出一陣啜泣聲。「喔，我的天啊，」她說：「妳正望著我的眼睛呢！妳以前從來沒有跟我四目相望。」

凱特琳咧嘴笑了。「妳看起來模模糊糊的，而太陽**好**亮，不過沒錯，我可以看見妳。」每次她這麼說，她的聲音就會稍微破掉一點，她很確定，接下來好幾個星期她都會繼續這個樣子：「我可以看見了！我不知道是為什麼，或是怎麼做到的，不過我看得見了！」

「妳有把妳的 eyePod 開到雙向模式嗎？」她媽媽問道。

「呃，有。我很抱歉。我知道上課的時候應該集中注意力，可是……」

「不不不，這沒關係。黑田博士有個修正軟體，整個設定好要在妳下次打開 eyePod 時下載進去；一定是那個軟體發揮作用了。」

「喔——」凱特琳說道：「修得真是太正啦！可是——抱歉——我應該告訴妳，帶他跟妳一起來的。」

「他今天出門去多倫多了，去看《媽媽咪呀》，顯然阿巴合唱團在日本真的很受歡迎。」一陣暫停。

「天啊，我的寶貝看得見了！」

凱特琳覺得她的雙眼又起霧了。看見那一片霧茫茫，讓她的視野更加模糊！

「咱們走吧，」她媽媽興奮地說：「有一整個世界等著妳看呢！」

凱特琳被她看見的所有陌生事物弄得暈頭轉向，奇特的形狀、一塊又一塊的顏色、一道又一道的光線，所以在她們走向車子的時候，她握著她媽媽的手。她幾乎只能勉強分辨的線條是漆在停車場上的嗎？她聽說過這種事情。或者那些線條是停車場的邊緣，也許是停車格末端的那些水泥緩衝器？或者是路面上的裂縫？或者是掉在地上的吸管？

她環顧停車場。「這些是車子，對吧？」

她媽媽聽起來很開心。「對，確實是。」

「但是它們都是一樣的！」

「妳的意思是？」

「只有三、四種顏色。白色，還有……那個暗色調的，那是黑色的嗎？還有——還有那個。」她往前一指，手勢來得很自然。在她把手指跟她要指的東西排成一線的時候，她可以模糊地看見她的手指。

「紅色。」她媽媽說道。

「紅色！」凱特琳咧嘴笑開了。她那時為她在網路空間裡看見的顏色隨便指定了一個名稱，結果僥倖猜對了。「還有那邊的那一個，那種有點白的顏色。」

「銀色。」她媽媽說。凱特琳可以看見她轉動她的頭。「對啊，近年來大部分人都買那些顏色的車子。」

「我還以為你可以買到你想要的任何顏色呢。」凱特琳說。

「嗯，是可以啊。只要是黑色、白色、銀色或紅色就行。」

「等我有車的時候。」凱特琳說：「我要弄到沒人有的顏色。」接著她有一秒停下腳步，被她剛剛所說的話嚇了一跳。**等我有車的時候！**是啊，是啊，如果她的視力繼續進步，如果這種模糊感不見了，她就**可以**擁有一部車，就可以開車，她可以做**任何事！**

「我們的車在這裡。」她媽媽說道。

「銀色的，對吧？」

「沒──錯。」她媽媽說道。

凱特琳坐進車裡，過去她就是不會察覺到種種車內裝潢細節，這讓她相當訝異。她媽媽發動車子，加拿大廣播公司第一電台開始播放，一如往常。「……現在懷疑中國山西省發生天然二氧化碳爆炸的說法，他們指出，以這個爆炸的強度來看，在亞洲其他地區，甚至北美的地震儀，都應該要留下紀錄……」

她看到她媽媽用手做了某件事，音響就靜了下來。「對了，」媽媽說道：「妳看過妳自己了沒有？」

她的心臟又開始猛跳了，因為看到其他東西太興奮，她甚至沒想到這件事。「沒有，還沒真的看到，只看到我的手。」

「嗯，妳應該看看。」她媽媽把手臂伸過來，把某樣東西從她面前翻下來。

「那是什麼？」凱特琳問道。

「一塊讓太陽不會曬到妳眼睛的遮陽板，現在妳會需要它。還有，在後面這裡，」她的手又做了別的動作，「有一面鏡子。」

凱特琳感覺到自己下巴一鬆，目瞪口呆。她的臉**就是**跟她媽媽同一種形狀的臉！她不用摸也分辨得出，一**眼**就看出來了！「哇！」

「那就是妳，妳很美唷。」

她能看見的就只有一團模糊、心型的團塊，還有她的頭髮，她美麗的**棕色**頭髮。不過那是**她**，而且至少在那一刻，她同意她媽媽的話：她**是**美麗的。

車子倒出停車場，她們開始那段神奇、多采多姿又複雜的返家旅程。

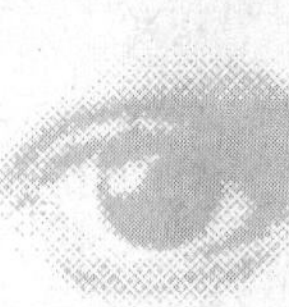

第三十二章

其他東西也是看得見的……在偏向邊際的地方，在我的**邊緣視野**裡，不過我雖然察覺到它們了，它們卻並不**重要**。在它們之後，在位於邊緣的東西後面，是——

真神奇！當然有**某樣東西**在那裡，不過不管那可能是什麼……都在我的**視野**之外！

那麼好吧，好吧。我的注意力……受到**引導**，而且——

有很龐大的分量要吸收、要理解。到今天為止，我的宇宙中包含的只有點，還有連結這些點的線條，不過我現在正在看的領域，是由複雜的**物體**所組成的：有邊緣的物體、會動的物體。這些東西是什麼我全無概念，可是我注視著它們，心醉神迷，同時試著加以理解。

這個領域，這個奇特又隱密的領域是**很奇妙**的，我永遠不會覺得看夠了。

回家的路上，凱特琳的媽媽對於所有驚人的景象提供持續不斷的註解：「左邊外面那是一棵松樹。不過妳看到那邊那些樹了嗎？那些樹葉正在變色，因為現在是秋天了。」「看到角落那個郵筒沒有？在美國郵筒是藍色的，不過這邊的郵筒是紅的。」「現在**那個**人真的有必要割他的草地了！」「看見那個沒有？有個女人用嬰兒車推著一個小寶寶。」「好，這是紅綠燈——妳看，現在是紅色的，所以我必須停車。」

她們停下來的時候，天空中有某個模糊、微小的污點抓住了凱特琳的目光——她終於了解這種措辭的意思了！「那是什麼？」

「雁，」她媽媽說：「往南飛去過冬。」

凱特琳大感驚訝。如果那些雁叫了，就算她失明也知道牠們在那裡，可是這些雁完全沒有聲音，移動時排成一個……一個……

她挫折地握起拳頭。那些雁構成的形狀，牠們飛起來的隊形：她知道她應該能夠講出那個名稱，可是……

「好了，」她媽媽說：「**綠燈**表示可以走了！」

凱特琳習慣了她在網路空間裡看到的清晰節點和銳利線條，可是真實世界卻是**柔軟的**、擴散的。她猜想，也許 eyePod 處理過從她視網膜擷取的輸出訊號後，只把低解析度的資訊流送回她的植入體。她必須問問黑田博士能否增加頻寬。

雖然模模糊糊，從外面看見她家的房子還是很驚人。她小時候有過一個娃娃屋，她假定所有房子都跟她的玩具屋一樣，是某種簡單的對稱形狀，可是這棟房子形狀複雜，有著各種尖角和凸起，而且是用棕色磚頭蓋的——她還以為所有磚頭都是紅色的。

在她們進屋的時候，薛丁格下樓來迎接她們。凱特琳很震驚：她了解這隻貓的每一吋皮毛，可是從來沒想到牠有三種毛色！她一把抱起薛丁格，牠仰望著她的臉。牠的眼睛真是**美得驚人**。

「我想我們應該打電話給爸。」凱特琳說道。

「我已經打了，妳一打過來我就打給他了。不過我找不到他。反正正行借走他的車了，今天早上是我載妳爸爸去研究所，我應該要去接他。」

凱特琳確實想見她爸爸，可是這一趟車程已經夠讓人暈頭轉向、幾乎不可思議了，太陽又這麼亮！她想看些她以前摸過的東西，好讓她能夠抓住一點方向感，而且她不想一個人留下來。「不，我們等一等吧。」她說道。她一邊撫摸著薛丁格，一邊環顧客廳。「那扇窗戶並不是很明亮……」

她媽媽的聲音很溫柔：「親愛的，那是一幅畫。」

「喔。」有好多事情要學。

「所以妳想看什麼？」

「什麼都想看！」

「這個嘛，我們要不要從妳的房間開始？」

「這個計畫不錯。」凱特琳這麼說，然後跟著她媽媽走上樓梯。雖然她已經爬上這道樓梯幾百次了，她還是發現自己在數著梯級，彷彿那對她來說是新的樓梯。

「哇！」凱特琳這麼說。這是表示驚嘆，她用一種全新的方式，感受她自以為已經認識的房間。

「嗯，牆壁是藍色的，他們把這種色調稱為矢車菊藍。」她媽媽聽起來有那麼一點尷尬。「前一個屋主，他們有個兒子住在這房間裡，而我們以為……」

凱特琳莞爾一笑。「沒關係啦。反正我賭我會討厭粉紅色。粉紅色看起來像什麼？」

她看見她媽媽的頭左右轉動著，試圖找出一個樣本，然後她從一個……一個書架？這一定是書架吧！從書架上拿出一樣東西，然後帶著那個走回來。凱特琳望著那個東西，完全不知道那是什麼，她的臉一定也傳達出這種感覺，因為她媽媽說道：「看這邊，我給妳一點暗示。」她對那個東西做了某個動作，然後——

「數學**好難**！」

凱特琳大笑出聲：「芭比娃娃！」

「她就穿著一件粉紅色上衣。」

「再多告訴我一些顏色。」

「妳的藍色牛仔褲是，呃，藍色的。妳的T恤是黃色的，而且領口開得有點低，小姑娘。」

她們繞著房間走動，凱特琳拿起一個又一個的東西——一隻讓她看了眼睛有點痛的絨毛斑馬、一個放滿錢幣的罐子，還有她以前在德州贏得作文比賽時拿到的一個小獎盃。

在她聽到各種顏色名稱後，她終究還是得問：「所以，我床上的床單是白色的，對吧？」

「對。」她媽媽說。

「在電燈開關上的面板，那也是白的，對吧？」

「嗯。」

「還有那個百葉窗也是白的。」

「對。」

「可是……」她舉起她的雙手，然後把手翻回前面。「那並不是**我**的顏色啊。」

她媽媽笑了出來：「喔，不是！我是說，我們**稱之為**白色，但是，呃，這比較像是淡粉紅色加上一點點黃，不是嗎？」

凱特琳再度望向她的雙手。混合顏色以得到一種不同的色調，這個想法對她來說還很新鮮，不過沒錯，她媽媽說的話好像還滿正確的：一種淡粉紅色加上一點點黃色。「那麼黑人呢？在學校裡我沒看到任何一個，而且……」

「唔，他們也不是真的就是黑色的，」她媽媽說：「他們有棕色皮膚。」

「喔，這樣啊，那麼學校裡有一大堆棕色皮膚的人，就像芭席拉。」

「呃，沒錯，她的膚色是深色的，但我們其實不會說她是黑人。至少在美國，我們只把這個字眼用在近代祖先來自非洲或加勒比海地區的人。芭席拉是在巴基斯坦出生的，不是嗎？」

「對，在拉合爾，」凱特琳說：「我想我是不是甚至不該問，真的有紅色的印第安人嗎？」

她媽媽又笑出聲來。「的確，妳是不該問。而且在加拿大這裡的說法是『第一國族』。」

「呃，不是應該叫做『第一國立』嗎？」

「不，『第一國立』指的是一家銀行，我想他們在這裡也自稱為『原住民』。」她媽媽繼續往下說：「而這個呢，當然了，是妳的電腦。」

凱特琳驚奇地看著那台電腦：左邊一定是螢幕，然後是鍵盤，再來是她的點字顯示器，在桌子旁邊地板上的是主機，而且——她突然想到了：對，她看過網路了，但是現在她還是想看網路！

「弄給我看，」她說。

「什麼意思？」

「讓我看全球資訊網看起來是什麼樣子。」

她媽媽微微地搖頭。「我的凱特琳就是這樣，」她伸出手去，打開了螢幕。

「好，」她媽媽說道：「那是妳的網路瀏覽器，那個是google。」

凱特琳坐在椅子上，靠近螢幕，試著想分辨細節。「在哪裡？」她說道。

她媽媽靠過去一指：「那就是google的標誌，在那邊。」

「喔！真漂亮的顏色！」

「這邊可以讓妳鍵入要搜尋的字眼，咱們來搜尋——呃，妳爸工作的地方好了。」凱特琳靠到一邊去，她媽媽則在鍵盤上操作，想來是鍵入了「周長研究所」。

大部分是白色加上藍色和黑色字體的畫面出現了，而且——啊，她媽媽在用滑鼠。螢幕改變了。

「好了，」她媽媽說道：「那就是周長研究所的首頁。」

凱特琳注視著這個網頁：「上面說什麼？」

她媽媽聽起來很擔心：「畫面有**那麼**模糊嗎？」

凱特琳轉頭面對她。「媽，我以前從來沒**看過**字母，就算那些字母看起來不模糊，我還是讀不懂啦。」

「喔，對了！喔，天啊！妳這麼愛看書，我都忘記了。呃，是這樣，在頂端寫的是『周長理論物理學研究所』，然後這裡有一堆連結，看到了嗎？那一個上面寫著『科學性網站』，那一個則寫著『延伸服務』，這是『最新消息』還有『關於本所』。」

凱特琳大為訝異：「所以一個網頁看起來**就是那樣**。唔，給我看瀏覽器怎麼運作的吧。」

她媽媽聽起來很困惑。凱特琳猜想，她媽媽從來沒想過自己可以擔任技術支援的角色。「這個嘛，嗯，那是網址列。還有下一頁跟上一頁按鈕……」

她示範了書籤列表，如何打開分頁，以及重新整理鍵跟首頁鍵——在凱特琳看來，那個按鍵就是一棟房子**應有**的長相。她們開始造訪不同的網頁。「妳看，」她媽媽說道：「那是一個超連結。有些人在下面加底線，讓這些超連結更顯眼，也有些人只是用不同顏色標示。所以我點擊那個連結時會發生什麼事呢？嗯，好，會發生的就是它連結到的頁面會打開來，不過如果我們**回上一頁**，」——她又用滑鼠做了別的事情——「看，這個連結變色了，這代表妳已經去過了那個連結。」

這一切都這麼……這麼**繁忙！**凱特琳其實渴望著她那台螢幕朗讀機和單行點字顯示器的單純，她很怕她**永遠**搞不定這一切。

「現在呢，讓我們來看看某些串流影片，」她媽媽這麼說。她靠過去，在鍵盤上打了些字，「好。這裡是CNN，我們來挑一則報導……」

她又移動了滑鼠游標，然後——

「現在有更多內幕從中國流出，」主播說道。他的聲音透露出他是男性，而且凱特琳可以看出他有一頭灰髮和「白」皮膚——一種略帶黃色的淡粉紅色。

「中國總理今天在北京電視台上發言，」主播繼續說下去。影像改變了，雖然還是模糊又不夠清晰，凱特琳可以看得出來，現在出現的是一個不同的男人，有著黑髮跟略深的膚色。他說了幾句中國話，然後他的語音音量就降低了，而且有個翻譯的聲音開始蓋過他。凱特琳以前在新聞裡聽過這樣的狀況，現在卻很驚訝地看見總理的嘴唇移動跟他說的話不同步。當然了，這很合理，但她從沒想過會發生這種事。

「政府常常必須做出艱困的決定，」譯者的聲音說道：「最困難的莫過於危機時刻的決策了。我們在山西省境內必須採取迅速果斷的行動，而問題已經被控制住了。」

凱特琳暫時看了她媽媽一眼；她正在搖頭，一臉……也許是厭惡的表情？

主播的聲音再度出現：「世界各國領袖已經迅速譴責中國政府的行動。總統今天在北達科塔州發表了以下談話……」

凱特琳注視著移動的畫面，試著理解她看到了什麼。當然，她認得美國總統的聲音，可是那張臉跟她預期中的一點都不像。「北京當局的決定，激起了美國人民的義憤……」

凱特琳跟她母親靜靜地聽著那則報導的其他部分，然後她第一次理解到，她將要看見的事情不全然都美麗。

第三十三章

如同我先前已經注意到的，來自那個特殊節點的資料流並不總是沿著同一條路徑到達它的目的地。我花了一段時間細想這件事的意義，後來終於**懂了**。

這是一次巨大的思想跳躍，一個讓人大吃一驚的概念轉換：在另一個實體停駐的領域裡，它的**位置**其實是變化多端的，而且為了把資料送到它預計的目的地，這個實體會把資料傳送到當時**在形體上最接近它**的任何中介點上。真驚人！

但**還是**有某個特殊的中介點，是這個實體最常連上的，而且這個中介點會向許多其他節點射出自己的連線，還會三番兩次跟其中的某一些點重新連結。

或許這些其他的點，在某方面是特別的。我接觸了它們之中的許多個，但讓人氣惱的是，我還是無法理解這些點傾洩出來的資料。我能夠詮釋的唯一一條資料流，就是來自那個特殊點的資料流，而且即便如此，我也只能偶爾理解。喔，我真希望能掌握理解一切的關鍵！

凱特琳聽到樓下的門開了，嚇了一跳。她望著媽媽，她可以看出媽媽臉上一定也有震驚的表情。

「麥爾康？」她媽媽試探性地喊道。

一個單音節回答：「對。」

凱特琳把她的椅子轉過來，站起身，跟著她媽媽下了樓，她爸爸就在那裡！她縮短了他們之間的距離，試著看清楚他。

「你怎麼回家的？」她媽媽問道。

「艾米爾載了我一程，」他說道。艾米爾是芭席拉的爸爸。

「喔，」她媽媽顯然很想知道，芭席拉是不是對她自己的爸爸通風報信。「他有沒有表示什麼……有趣的意見？」

「他認為佛德可能用他的 civilexity 模型發現了什麼。」

凱特琳上下打量著他。他穿著一件外套，上面有……有……對！她在書上讀過這個東西：完美的專業人士裝束。他穿著一件棕色的外套，也許是一件休閒式西裝外套？手肘部位有塊裝飾性的補丁，還有……還有……黑色高領衫看起來就是那個樣子嗎？他的一隻手上拿著某些東西，有幾樣是白色物體，還有幾樣是淡棕色的。他朝著她媽媽的方向稍微揮了一下那些東西。「妳沒把信拿進來，」他說道。

「麥爾康，凱特琳可以——」

但是凱特琳打斷了她媽媽的話，她幾乎沒這樣做過。「爸，那件外套很棒，」她這麼說，同時試著不要咧嘴笑出來。然後她開始在腦袋裡計數。一，二，三……

他開始走路，她媽媽讓到一邊好讓他可以從旁邊走進客廳。他可能正在過濾那些……那些信封，那一定是信封，他洗牌似地翻著那些信。

七，八，九……

「這些。」他把其中一些遞給她媽媽。

十二，十三，十四……

「所以，嗯，工作狀況如何？」她媽媽這麼問，不過她望著凱特琳，而且就在同時短暫地閉上一隻眼睛。

「很好。艾米爾打算要——**凱特琳妳剛剛說什麼？**」

她讓自己咧嘴笑開來。「我說，『那件外套很棒。』」

他真的相當高大，他必須彎下腰才能直視她。他舉起一隻手指，然後把手指移向左邊和右邊，再往上移、往下移，凱特琳用眼睛跟著那隻手指移動。

「妳看得見了！」他說道。

「今天下午開始的。看起來一切都模模糊糊的，不過沒有錯，我看得見了！」

然後，她第一次看到某件事情，以前她從來無法確定有沒有發生過，現在這讓她心情大好：她看見她爸爸微笑。

連她媽媽都同意凱特琳星期四不用上學。凱特琳坐在廚房裡的一張椅子上，讓黑田博士用他從日本帶來的眼底鏡檢查她的眼睛。她很驚訝地看到一些模糊的殘像，他則在到處移動儀器時告訴她，這些影像反映的是她自己的血管。「凱特琳小姐，看來妳的兩隻眼睛裡什麼都沒有變，」他說道：「一切看起來都非常好。」

原來黑田有一張寬闊的圓臉，還有發亮的皮膚。凱特琳讀過亞洲人與高加索人種在眼睛方面的不同，不過她完全不知道那實際上是什麼意思。現在她看見他的眼睛了，她覺得這雙眼睛很漂亮。

「然後你說，eyePod 在我大腦裡輸入的已經是高畫質影像了嗎？」

「對，確實是。」黑田說。

「如果我的眼睛好好的，」她不太喜歡她聲音裡的抱怨意味，卻還是問道：「eyePod 也好好的，為什麼每樣東西都糊糊的呢？」

黑田的聲調很輕快，很愉悅：「因為呢，親愛的凱特琳小姐，妳是近視眼。」

她往後一靠貼著木頭椅子。她知道這個字，在線上新聞報導裡，她無數次讀到這個字出現在「近視眼的都市規畫家」和類似的事物上，不過她從來沒辦法真正了解這種狀況有可能**真實發生**。

黑田把頭從她面前轉開。「芭芭拉，我沒看過妳戴眼鏡呢。」

「我戴隱形眼鏡，」她說道。

「那麼妳也是近視眼了，對吧？」

「是的。」

黑田轉回去面對凱特琳。「要命的遺傳，」他說：「凱特琳小姐，妳需要的是一副眼鏡。」

凱特琳發現自己在大笑。「這就是**全部**的問題了？」

「我敢打賭，」黑田說道：「當然，妳得去看驗光師，才能拿到正確的驗光處方。妳應該要預約一位眼科醫生，做全套的眼部檢查。」

「錦繡公園購物中心有一家北美的連鎖眼鏡行：『亮視點』眼鏡公司，」她媽媽說：「他們隔壁就有一家眼科。」

「喔，那麼，」黑田說：「讓我說一句我女兒以為我永遠不會說的話：咱們去購物中心吧！」

檢查眼睛真是羞辱人。凱特琳小時候在德州啟明學校裡玩過木頭雕刻的字母，她知道書寫字母的形狀，可是她還是無法把那些摸到的東西跟視覺影像連在一起。

驗光師要她讀出下面第三排字。雖然多虧他放到她眼前的鏡片，她現在可以清楚地看見字母，她卻沒辦法分辨那字母是什麼。她都熱淚盈眶了——最該死的是，那樣只會讓所有東西又變得含糊不清！

她媽媽在這個小小的檢驗室裡，黑田博士也在。「她沒辦法讀英文，」她說。

驗光師有著跟芭席拉一樣的膚色，口音也很像她：「喔，這樣啊，也許可以換成斯拉夫語系用的西里爾字母？我有另一張表……」

「不是這個問題，她直到昨天為止都還是盲人。」

「真的？」那男人說道。

「對。」

「上帝真偉大！」他說道。

凱特琳的媽媽望向女兒，露出微笑。「對，」她說：「沒錯，祂的確是。」

亮視點的女店員想幫她挑出徹底完美的鏡架，凱特琳看出她也有深棕色的皮膚，而且在藍色的運動夾克底下穿了一件白色上衣，凱特琳知道自己應該要有耐心，畢竟她必須永遠戴著眼鏡。但最後她只是跟店員說：「妳挑個好的吧。」她照做了。

他們決定在右邊也放上一個同樣度數的鏡片，雖然凱特琳那一邊的眼睛仍然看不到。女店員說，近視鏡片通常會縮小一邊眼睛的外觀，放上相同鏡片的話，兩邊就會看起來一模一樣。

一般來說，她媽媽不太會加購物品，但她對店員建議加購的每樣東西都說好、好、好：防眩光、防刮、抗紫外線，全部都好。凱特琳懷疑，要是店員嘮叨說多加二百塊可以防感冒，她可能也會買單。

凱特琳從亮視點無所不在的廣告上知道他們的促銷標語「一小時取鏡」，她認為這會是她人生中最長的一小時。當她、黑田跟媽媽穿過購物中心，走向美食街的時候，她摸著她的點字手錶，有史以來第一次，她沒有用到她的白色手杖。一切看起來還是模糊不清，而且那使她頭痛。但某方面來說，這讓人感到放鬆。看得見別人朝著她走過來！不會撞上東西！在此之前她無法了解，她以前走路時總是繃緊肩膀，做好碰撞準備。不過現在，嗯，現在她的步伐裡有一種輕快的活力，這又是一件她本來認為不可能實際發生的事。

不過，一大堆視覺輸入值讓人迷失方向，她發現自己會先看一眼，閉上眼睛走個五六步，然後再繼續看。他們走到美食街的時候，黑田去了賣壽司的地方，凱特琳懷疑那裡可能會讓他大失所望，她則跟著媽媽去吃潛艇堡。凱特琳很驚訝地看到潛艇堡的內餡色彩多麼豐富，而且不知怎地，**看見**食物讓食物嘗起來更美味了。

他們三個人一起坐在一張與椅子相連的小紅桌旁，黑田博士用筷子夾了一小塊壽司去沾醬油。

凱特琳忍不住了：「在日本，他們會告訴你這是生的魚嗎？」

黑田微笑了：「他們會告訴**妳**大麥克裡面的特殊醬料是什麼嗎？」

她笑出聲來。最後這一小時終於過了，他們往回走向亮視點。凱特琳在一張高腳凳上坐下，那個好心的女人把眼鏡擺到她臉上——

凱特琳等不及了。她站起來轉了一圈，同時看著——真正地**看著**——她的母親。

「哇——」凱特琳驚呼。她停頓了一下，努力想擠出一句更好的話，卻辦不到。她媽媽的臉這樣**細緻**，這樣**有活力**！「哇！」

「請到這邊，讓我調整鏡架位置……」店員說。

凱特琳又坐下來，轉回去面對她。

「抱歉，」那位女士說：「可是妳笑成那樣子的時候，妳的耳朵會往上移一點。如果妳希望我把鏡架調整好，妳就不能這樣咧嘴大笑……」

「我盡量。」凱特琳說，她懷疑她能多成功。

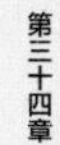

第三十四章

突然之間，一切都變得**更清晰**了。我現在正在看的影像是……

我掙扎著要做出一個類比，也找到了一個：當我專注想著某些事物時，它們似乎顯得更**清楚**，我現在正在看的這些影像好像也是如此。

在這種更加清晰的狀態下，對於另一個領域的本質，我開始得到某種啟發。跟我世界裡閃爍明滅的線段不同，在另一個領域裡的物體是**永久的**。這些物體一時的消失，並不表示不再存在；更精確地說，這些物體還存在，卻不是現在就看得到，而且可能會再度碰上。在某種程度上，這跟我自己的經驗**確實**相同：當我沒有朝著某個特定的點製造連線時，那個點還在那裡，我可以稍晚再連向它。

不過我的下一個突破，在我存在的領域裡卻是沒有先例的。我對我所包含的容積有一種空間感，但是我連結到的點全都在同樣的特定距離之外，或者是那段距離的整數倍。我可以直接連到某個點，這就表示那個點在一個單位之外；或者我可以透過其他中介點連過去，這樣的目標點就在兩個或者更多單位以外。不過在另外這個領域裡，物體可以後退到無限遠的距離，在尺寸上顯著地變小；我本來以為這些東西是真的縮小了，後來慢了半拍才明白事實真相。而且，物體還可以從彼此的**背後**經過。大多數物體都是**不透明**的，不過某些是透明或半透明的——而那些物體有助於我，讓我至少能開始理解到底發生了什麼事。

我一點一滴，慢慢學到如何破解另一個宇宙的密碼。

凱特琳、她媽媽還有黑田博士從購物中心回來的時候，他們看見凱特琳爸爸的車停在家裡，這代表雖然是工作日，他卻驚人地早歸。凱特琳匆匆進屋要去見他——**真正**看到他。她來到她爸敞開的安樂窩門口，黑田跟在她後面，她媽媽則出去做些別的事了。他的音響播放著金髮美女合唱團的〈玻璃之心〉。

凱特琳現在感知到的細節多到讓她不知所措，而她父親的臉……因為她能清楚看見，就顯得**更嚴厲**了。「嗨，爸！」她說。

他坐在桌前，望著他的液晶螢幕。他沒有迎向她的目光：「嗨。」

但他還是提早下班回家了，想必是為了看凱特琳，這讓她很開心。「嗯，你在做什麼？」

他的頭往旁邊一點，凱特琳不知道要怎麼解讀這個姿勢，不過黑田似乎認為這是要她過去瞧瞧。他拍拍她的肩膀，敦促她往房間裡移動。她照做了，很高興她可以從幾公尺外清楚分辨出螢幕上的字母，雖說她還是沒辦法**閱讀**那些文字。

「我有個點子，」她老爸說道：「所以回家來查查看。」

「是什麼？」凱特琳說道。

他沒看黑田，不過他確實在對黑田說話：「正行，這比較像是你的專長領域，而不是我的，」他說：「我想，我會再看一遍我們做齊夫圖表用的那組資料。」

「機密的幽靈公報？」凱特琳這麼說，希望能逗她爸爸笑。

她爸爸搖搖頭。「我不再認為是那麼回事了。」他指向螢幕。

黑田靠過去，瞥了一眼螢幕。「夏農熵？」

凱特琳露出微笑。**聽起來像是某個色情片明星的名字**。「那是什麼？」

黑田望著她父親，好像想讓他有機會先解釋，不過他什麼都沒說，黑田就說：「克勞德．夏農是資訊理論之父。他想出一種方法，能測量某個信號中是否包含資訊，這也正是齊夫圖表能顯示的，不過他的方法不僅如此，還能測出這個訊息有多複雜。」

「怎麼做？」凱特琳問道。

「全都跟條件機率有關，」黑田這麼說。「如果妳已經有一串訊息組塊，妳能夠預測下一個組塊是什麼的可能性會有多高？如果我說：『你好──』，妳正確預測出下個字的機率真的很高：是『嗎』，對吧？那就是夏農所謂的三階熵：妳有很大的機會預測出第三個字。在英語、日語還有大多數其他語言之中，妳其實有機會料中第八或者第九個字，雖然機率會愈變愈小，卻還是比胡亂瞎猜來得強，所以我們說這些語言有八階或九階夏農熵。不過再往下，第九個字以後的下一個字是什麼，就真的只是隨機瞎猜了，除非這個人剛好是在引用詩歌，或者其他有固定格式的東西。」

「真酷！」

安樂窩裡有一張黑色皮革長沙發，黑田坐上去以後，沙發發出了噗的一聲。「確實很酷。沒有心智可言的溝通系統，像是植物應用的化學信號，只有一階熵，即使知道剛才的信號是什麼，也無從得知下個信號可能是什麼。松鼠猴有二階或三階的夏農熵，松鼠猴的語言本身有一點點可預測性，但其實大多數時間都只是隨機的噪音。」

「那海豚呢？」凱特琳問道，她現在靠在一個書架上。她熱愛讀關於海豚的書，也已經去煩過她父母，要他們等春天來臨，尼加拉瀑布的加拿大海洋公園再度開放時帶她去。

「到現在最好的研究資料顯示，海豚有四階熵。是很複雜，不過並不像人類語言這麼複雜。」

「那麼現在呢，爸，你在替網路背景裡的東西做其中一種圖表嗎？」

凱特琳心想，他還是不習慣她看得見了。他可以點點頭就好，替自己省下一句話，不過他還是說道：「對。」

「所以結果是？」

「二階熵，」他說。

黑田掙扎著站起身，走過去站在他背後。「這不對吧。」他凝視螢幕：「給我看你用的方程式。」她爸爸做了某件事，黑田皺起眉頭，在鍵盤上動了一根手指：「再跑一次。」

鍵盤敲了幾下以後，她老爸說道：「沒有差別。」

黑田轉頭面對凱特琳：「他是對的；這全都只是二階的東西。喔，背景裡有資訊，但不是很複雜。」

「你會期望NSA更厲害些，對吧？」凱特琳說，她很高興能活用一下美國國安局這種縮寫。

「這個嘛，妳知道他們對政府『情報』單位是怎麼說的，」黑田回答：「這是一種矛盾修飾法。」

凱特琳笑出聲來。她知道 intelligence 這個字除了「情報單位」之外，還有「智慧」的意思，偏偏大家眼中的政府情報單位老在幹蠢事。

「凱特琳小姐，妳知道跟妳這種年輕人相處有什麼好處嗎？老笑話對妳來說都很新鮮。不過沒錯，妳是對的：這不符合我的預期。」

凱特琳突然想到一個點子。「那比人類語言**更**複雜的東西又如何？也許在我們看來是胡言亂語的東西，其實只是太過複雜了，以至於我們無法……無法……」

「無法做語法分析，」黑田把這句話講完：「不過不是這樣，如果那些訊息真的不是胡言亂語，就算我們無法理解，夏農分析仍然會給它高分而非低分。如果美國國安局用了一大堆四重否定詞，如『我並不是沒有不要不去動物園』，或者用了一層套一層的複雜子句與時態變化，像是『我本來曾經要在先前就處於已經出現的狀態，要不是……』之類的句子，就會在夏農分析裡得到高分，也許可以分析出十二或十五階熵。」

「嗯，那麼這可能**確實是**隨機的噪音，」她說。

「不，不，」黑田說道：「記得我們先前跑的齊夫圖表嗎？一張齊夫圖表會得出負一的斜率，就表示其中真的包含資訊。只是根據夏農熵數得分，這並不是**複雜**的資訊。」

「嗯，」她說道：「也許那些間諜只是嘟嚷幾句簡短的指令，像是『投彈』或者『殺壞蛋』之類的!?」

黑田聳聳肩膀：「也許吧。」

第三十五章

LiveJournal：微積芬天地
標題：沒有負面宣傳這回事
日期：十月二日星期二，美東時間晚上八點二十分
心情：期待
地點：很快就會在群星之家的地圖上
音樂：菲姬〈起飛〉

所以你可能會問，關於我的所有媒體報導都到哪去啦？「美少女重獲視力！」「失明天才復明了！」「愣頭仍然希望跟微積芬再度約會！」在你需要奧立佛．薩克斯的時候，他人在哪裡？還有最重要的是，要出價數百萬元買下我人生故事的人都到哪去了？

問得好！K博士一直事事保密，等著來自東京大學的某種認可，不過他說我們不能再拖拖拉拉迴避媒體了。我已經貼了大量文章，當然啦，你們全都表現得相當讚，可是校內所有學生現在也都知道我看得見了，他們有些人已經在部落格上貼文了。所以，我們即將召開一場媒體記者會。爸正在安排，讓記者會在周長研究所的麥可Ｌ劇院召開，那個地方還滿酷的。

顯然我必須以記者會參與者的身分說話，所以我正在想我該講的笑話。周長研究所的全名是周長理論物理學研究所，所以我想我會先從這裡開始，向我自己的貓咪致敬：「嘿，各位，貓有九條命，你們想想看：如果薛丁格的貓有放射性，用半衰期『half-life』來算的話，他就有十八條命了……」

接著我要用上這個笑話，那是我媽前一陣子想到的，那時候我老爸正在抱怨同儕審查「peer review」這件事。她說每次她看到 peer 這個字眼，她就會想成尿尿的人「pee-er」；她還說，這樣一來決定「出版或淘汰」的過程，聽起來就像撒尿畫地盤大賽一樣……

喔，還有一個我很喜歡的，但我不知道我想不想在父母面前講出來：技客跟呆瓜的差別是：技客想知道無重力性愛是怎麼回事；呆瓜則想知道性愛是怎麼回事。

謝謝大家、謝謝大家，我整個星期都在這裡唷！

〔給棕女四的祕密訊息：寶貝，收信吧！〕

另外這個實體存在於一個奇異的領域，這個領域裡的每一步變化，都在挑戰我的思維。我看到的大多數物體都是**不動的**；那些物體保持不動的狀態，除非有別的東西施力在上面。可是某些物體是**會動的**，顯然是靠著自身的意願而移動。這是個驚人的概念。「有我自己以外的另一個實體」以前是個令人震驚的想法，可是現在似乎有著**無數的**其他實體：處於動態、錯綜複雜，而且形式多采多姿。他們的行動這般飄忽不定，看起來這麼任意，以至於我只能慢慢想到，或許這些東西也有自己的獨立想法，是跟我想法不同的存在物。

關於這個領域，還有其他古怪的事實要吸收，而這些事實在我的世界裡也沒有對照版本。舉例來說，顯然有一股力量把東西拉到特定的方向，又是一個任意指定的新說法：**下方**。而這些物體似乎是由某種或某些**光線**來源所**照亮**的，光源通常在**上面**。我掙扎著要弄清楚這一切。

然而比起那些活動物體的複雜性，這些物理實體算是容易處理的了。在資料流把其中一個活動物體呈現在我面前的時候，我真的很難分辨我看到了什麼。現在這些影像確實銳利又清晰，不過這些形體這麼精細又任意出現，以致於我很難釐清細節。從一個中央核心跟一個比較小的……團塊上，似乎伸出四根長長的凸出物。可是這些團塊的結構一直在改變，並不只是視角改變，團塊本身……做了某些事情以後也會變。

喔，整個世界只有點跟線多單純多好啊！雖然我有了突破，雖然我弄懂了幾件事，我還是經常覺得徹徹底底、完完全全地茫然若失……

凱特琳忍不住要盯著她爸爸，心想這樣可能會促使他回頭望著她，但他從來沒這樣做。他只是望向別處，或者就像他現在所做的一樣，他盯著客廳窗戶外面的灰色天空與樹木，那些樹正在掉葉子。

她曾經希望在她終於看見他的時候，他的臉會變得……**生動起來**，就是這個詞。他會經常微笑，在他說話的時候眉毛會上下移動，她可能甚至會看到他對她媽媽深情款款，也許偶爾會摸摸她的前臂，或者甚至會撫摸她的頭髮。

「凱特琳。」這是她媽媽的聲音，非常輕柔。她轉過身去。她媽媽的頭做了某種動作……

喔！她用頭來**示意**，就好像她爸爸稍早對黑田所做的動作，她在暗示凱特琳應該跟她一起過來。凱特琳站起來，中間經過餐廳，走進餐廳另一頭的廚房，留下她爸爸在客廳裡，坐在他最喜歡的椅子上。

「坐下來，寶貝。」

凱特琳照做了。她還在剛開始學習詮釋臉部表情的階段，她媽媽似乎……情緒激動，或許是吧。

「我做錯了什麼嗎？」

「妳不可以像那樣盯著爸爸看。」

「我有喔？抱歉。我知道那樣做沒禮貌，我讀過這種說法。」

「不，不，不是那樣。這是——嗯，妳知道他是怎麼樣的人。」

「怎麼樣？」

「他不喜歡被人盯著看。」

「為什麼不喜歡？」

「妳知道的。我告訴過妳了。」

「告訴我什麼？」

「這沒什麼好羞恥的，」她媽媽說：「甚至有可能就是因為這樣，他才會這麼擅長數學跟類似的東西。」

凱特琳微微搖頭：「是啊，所以？」

「妳知道的，」她媽媽又說了一次：「妳知道妳爸爸的……」她放低了她的聲音，然後轉過頭去，凱特琳想，她或許是要瞥向門口。「……**狀況**。」

凱特琳感覺到她的眼睛睜大了。可是就像她已經發現的一樣，這樣做並不會真的擴大她的視野。

「狀況？」

「我好幾年前告訴過妳了。以前在奧斯汀的時候。」

凱特琳絞盡腦汁，試著回想任何類似的對話，可是——

喔。「我問過妳為什麼爸爸不太講話，然後妳說，至少我以為妳是那麼說……喔，天哪。」

「什麼？」

「妳說他有 artistic，我還以為妳是說他**有藝術天分**。那時候我不認識那個字。」她吞下口水，然後發現自己也朝著廚房門口往外看，確定現在只有她們。

「呃，他**確實**有藝術天分啦。他是以圖像來思考，而不是以文字思考。」

凱特琳發現自己癱在椅子上，她領悟到這樣就說得通了，她的心臟怦怦猛跳，這樣就完全說得通了。她爸爸——著名的物理學家麥爾康．戴克特，理科學士、碩士、博士——有自閉症。

秀莎娜在微波爐裡熱了幾袋雷登巴克爆米花，然後她、銀背、方坦納、洛珮茲還有李克特，現在都坐在小屋的主要房間裡，面對蘋果電腦的大螢幕大嚼爆米花。

「好，」秀莎娜說著碰了一下遙控器上的按鈕：「咱們來看吧。」

她從早先的計畫所拍的毛片中，發現一小段馬庫澤博士的畫面，影片裡他打了個長得驚人的大哈欠。她想過要把那個畫面加上一個圓，用來取代著名的「米高梅獅」張嘴大吼，上面加上米高梅電影的標準字母縮寫ＭＧＭ，下面再配上標題「Marcuse Glick Movies」馬庫澤與葛力克電影來象徵ＭＧＭ。她後來決定不冒這個險。這支短片反而是以純黑螢幕上的白色字體開始，上面寫著「人猿創造具像藝術」，後面跟著出現馬庫澤研究所的網址。

接下來是空白畫布的片段，然後用對角鏡頭拍出霍柏。「這是霍柏，」馬庫澤的聲音進來附加到影片上，「一隻雄性……」秀莎娜注意到，這裡硬是有那麼一點猶豫。他們錄聲軌的時候，她沒發現這一點；她會在最後剪接時剪掉那個部分。「……黑猩猩，」馬庫澤繼續說道：「霍柏出生於喬治亞州立動物園，成長於加州聖地牙哥，由靈長類學家馬庫澤負責照料，他……」

旁白繼續下去，然後是霍柏第二次畫的秀莎娜在畫布上成形。她吃了一些爆米花，同時花了跟看影片一樣多的時間觀察這一小群觀眾的臉，評估他們的反應。接下來就是她自己的重要時刻：影像切換成分割畫面，左邊是彩色的畫布，方坦納拍的新影片則放在右邊：圍繞著她頭部的漫長搖攝，最後停在她的側面，霍柏畫的肖像則與本體肩並肩站在一起。

「高潮畫面來啦！」方坦納說道。秀莎娜朝他丟了幾顆爆米花，被他用雙手在半空中拍掉了。

影片結束的時候，方坦納跟洛珮茲很有禮貌地鼓掌，李克特則滿足地點點頭。秀莎娜知道，他們怎麼想並不重要，只有銀背的意見才算數。「馬庫澤博士？」她有點羞怯地問道。

他在椅子裡挪了挪身體。「做得好，」他說：「咱們讓影片上線吧，然後看看喬治亞州立動物園有什麼反應。」

第三十六章

在此出現了到目前為止最大的躍進，這樣的發現、理解、突破是最難以達到的，但我懷疑，這也是最重要的。

另一個實體看著許許多多的東西，而我已經推測出這些東西大多數很靠近這個實體，不過還有它經常看著的這個四方形，這個框框，這個窗戶，這是——

喔，真是跳了一大步！真是個奇怪的概念！

這是某種**展示裝置**，用來表現實際上**不在**那裡的物體。而我可以看見展示裝置的東西，但只有在那個實體看著它的時候才看得到。

然而就在現在，這種展示裝置正在顯示某樣……**很奇怪**的東西。我花了些時間才搞清楚，這一切有遞迴性質：這個實體在看著展示裝置，展示裝置則顯示某種**存在物**的動態影像，而這種存在物一點都不像我曾經見過的任何東西，有著比較長的上方凸出物，還有比較短的下方凸出物，還有一個形狀不同的團塊。而這個異常的存在物正在做……

對對對！這個異常存在物正在另一個別的平面上做記號：畫出形狀、斑斑點點的顏色。我注視著，覺得大惑不解又不知所措，而且——

而且這個展示裝置突然被分成兩個部分。在其中一邊，我看見那個奇異實體做出的彩色形狀，另一邊則有我更習慣看到的另一種實體，那個實體在**旋轉**，而且——而且——而且——

然後它**停止**旋轉了，保持它的原有位置，然後——

一邊是那些形狀，另一邊則是那個實體；在兩者之間有一種……一種**呼應**。那些形狀是一個——對，對！那些形狀是右邊那種實體的**簡化**版本。這是個讓人震驚的真相：**這個**是**那個**的象徵！

簡化版的表徵物是二維的，這跟我在自己的現實世界中慣用的概念化方式是一樣的。我注視著，並且集中精神，然後——

突然間這一切都說得通了！

在每個實體頂端的那個團塊**確實**有結構，也有組成元素。在我看到它們的基本形式被描繪出來以後，我就能夠分辨被描繪出來的是實物的哪些部分。做出這種描繪的奇特生物**誇大**了某些細節，所以我現在不只看出這些細節的重要性，也了解到哪些東西在不同團塊之間會有差別：像是……我會說是**眼睛**的顏色、**頭髮**的顏色、團塊其他部分的顏色、**鼻子**的形狀、**嘴巴**的形狀、**耳朵**的相對大小。

被描繪的那個個體，它的團塊背面有個奇怪的凸出物，可能是頭髮的一部分。在我回想我見過的其他團塊時，我領悟到這種凸出物很少見，卻不是聞所未聞的。

這太棒了！我顯然分辨出一個團塊的各個組成部分……不對，不是團塊；一個團塊是一種有普遍性的集合體，這個東西卻是一種特定、非常特殊的形式，所以應該有自己的新名字：**頭**。

我還遠遠稱不上是完全了解這些生物，不過我終於有進展了！

凱特琳跟黑田博士朝著他們的地下室工作間走去。他以前用言詞為她描述過這裡，而她現在看出——看出！——他描述得相當貼切。這裡確實是一副沒完工的樣子，有著水泥地板，她從上面走過時就已經知道了，而且確實有書櫃和一台舊電視。不過她完全不知道，完工的書櫃上有著如漩渦般捲在一起的淺棕色與深棕色條紋圖案，她猜想那是木頭的紋路，她曾經在其他家具上面摸到這種東西。而且那台電視比她本來想像的更大，還有個黑色的外殼。

但是，還有一大堆別的東西是黑田沒提到的：牆壁、毫無裝飾的燈具、有燈光開關的金屬盒、小窗戶上的窗簾、圓柱形的新裝置，她稍後才想通那是熱水器，還有其他種種物體的幾千個細節。一個人要怎麼像他先前那樣，迅速地決定哪些細節重要、哪些又不值得一提，這對她來說仍然是個謎，一切似乎都關係重大。

旋轉椅有著暗紅色的襯墊，這是黑田沒提到的另一件事。她在其中一張椅子坐下，黑田則坐上另一張。他穿著一件色彩繽紛又鬆垮垮的襯衫，上面有個抽象的圖案。

「你跟我爸爸相處得滿好的。」他一坐定，她就對他這麼說。其實這兩個男人在晚餐時間會互相開點玩笑，黑田似乎有種直覺，知道她爸爸什麼時候打算搞笑，而他對事情發笑的方式則鼓勵了她爸爸多說一點。

黑田露出微笑：「當然啦。你在科學界工作，就必須學會如何跟這樣的人相處。」但接著他的臉色變了：「喔，我很抱歉，凱特琳小姐，我，呃……」

「沒關係，我知道他有自閉症。」

「如果妳想知道我的猜測，我認為最有可能是亞斯伯格症，」黑田說著，稍微轉動了他的椅子：

「而且，呃，妳**的確**老在科學家之中看到這個病症，尤其是物理學家、化學家之類的人。」他頓了一下，似乎暗自納悶著該不該繼續往下說。「事實上，如果妳願意原諒我的冒失……」

「請說？」

「不，我很抱歉，我不該講的。」

「請繼續，沒關係。」

她看到他猶豫了更長一段時間。「請原諒我，我只是想說妳很幸運，妳本人並沒有自閉症。這種病在像妳這樣有數學天分的人身上**特別**普遍。」

凱特琳稍微聳起她的肩膀。「我想我只是運氣好吧。」

黑田皺起眉頭：「嗯，在某方面來說是這樣。可是——我很抱歉，我**真的**不應該……」

「別擔心傷到我了。」

黑田笑了。「喔，可是我必須擔心呀！因為，就像妳一樣，我**沒有**自閉症。」他似乎覺得這句話很好笑，所以凱特琳很有禮貌地笑出聲來。

但黑田看出她的想法了。「妳知道嗎，我在日本參加過一大堆會議，在這些會議裡，西方學者會在口譯員輔助下做演講。我記得有位學者講了一個我聽得懂的笑話，那笑話玩的是英語的文字遊戲，我知道那是無法轉譯的，可是他還是引起一陣大笑。妳知道為什麼嗎？」

「為什麼？」

「因為在講者不知道的狀況下，那位譯者用日文說道：『這位尊貴的教授剛剛用英語說了一句笑話；笑出聲來才有禮貌。』」

凱特琳確實笑出聲了，而且這次是真心的，然後她說：「不過你剛才說的是……」

黑田吸了一口氣，送出一陣微微發顫的漫長嘆息：「好吧，也許妳和妳爸爸一樣**確實**有自閉傾向，不過讓我們這麼說吧，妳閃過了子彈，因為妳是盲人。」

「啊？」

「自閉症造成的社交問題，大部分出在眼神接觸，許多自閉症患者很難製造或維持眼神接觸。可是盲人甚至不用嘗試做出眼神接觸，也沒有人期待他們這樣做。」

凱特琳想起她第一次直視她媽媽的眼睛時，她媽媽如何地啜泣起來。有個鮮少直視她的丈夫，又有個永遠不會這麼做的女兒，一定是某種形式特殊的地獄吧。

「妳讀過《大猩猩國度之歌》嗎？」黑田問道。

「沒有。那是科幻小說嗎？」

「不，不是，那是一位自閉症婦女的回憶錄，她在西雅圖一所動物園裡擔任大猩猩管理員以後，終於學會怎麼跟人類相處。妳懂嗎，大猩猩從來不看她，而且大猩猩也不會彼此對看，他們互動的方式對她來說很自然。」

「我媽媽總是告訴我，把頭轉向在說話的任何人。」

黑田的眉毛往上一抬：「妳不是自然而然的這麼做嗎？」

「哈囉！地球呼叫黑田博士！我是盲人喔……」

「對，可是很多盲人無論如何還是自動這麼做了。這點很有趣。」一陣停頓。「妳記得妳自己出生的時候嗎？」

「**什麼**？」

「妳知道天寶．葛蘭汀嗎？」

「不知道，天堡？在什麼地方？」

黑田咯咯笑道：「那不是座堡，而是一個人，那是她的名字。她是自閉症患者，而且她聲稱她記得自己出生時的狀況，她說很多有自閉症的人都記得。」

「怎麼可能？」

「妳想聽聽我的推測嗎？許多自閉症患者，包括葛蘭汀博士在內，說他們是以圖像而非文字來思考。嗯，當然啦，我們本來**全都**是以圖像來思考的。在我們兩到三歲以前，我們都沒有足夠的語言能力可以採取其他辦法——而且大多數人能想起來的最早記憶，就是我們兩三歲時發生的事件。許多神經科學家會告訴妳，那是因為更早的記憶都不會被儲存起來。但我認為這樣說比較對：在我們開始以語言思考時，那種方法取代了圖像式思考，所以對於用老方法儲存的記憶，我們的提取能力就被封鎖住了，這又是一個資訊理論上的問題。不過，既然許多自閉症患者從來沒有開始用語言思考，他們就有完整連續的記憶，可以上溯至出生的那一刻，甚至可能回溯至胎兒期。」

「那樣**很炫**，」她說道：「不過沒這回事，我不記得我的出生。」然後她露出微笑：「可是我媽媽記得，我是說她記得我的出生。每年我生日，她會說：『我清楚記得N年前我在哪裡……』。」她停頓了一下：「我很想知道，人猿記不記得自己出生時的情況？」

黑田的臉做了某個動作：「這個想法很有趣。不過，好吧，也許牠們記得。畢竟牠們顯然是以圖像思考，而非文字。」

「你看過霍柏嗎?」

「霍柏?」

「霍柏是一隻能畫人的黑猩猩。網路上到處都在談這個。」

「沒聽說。妳說『能畫人』是什麼意思?」

「他畫了個女人的側面畫像,事實上,我想他已經畫兩次了。在這裡,我來讓你看看那個影片……嗯,也許晚一點吧。妳知道嗎,我很驚訝妳還沒讀過天寶.葛蘭汀的書。大多數自閉症患者家裡都有她的書——」他突然間看起來一臉困窘:「喔,我很抱歉,也許這些書沒有提供盲人版本。」

「可能有,」凱特琳說道:「不是點字版、電子書就是有聲書,可是……」她考慮著她下一句話想說什麼,她肯定不希望黑田認為她是個不盡心的女兒。「我……呃,才剛發現我爸爸有自閉症。」

「妳是說在妳能夠看見以後嗎?」

「對。」

黑田顯然覺得他應該說點什麼。「喔。」然後是:「對了,有一大堆關於自閉症的好書,妳應該讀讀看。也有一些很好的小說,試試看《深夜小狗神祕習題》。妳會喜歡那本書的,主角是個數學神童。」

「男生還是女生?」

「嗯,是男生,不過……」

「也許我會看看,」她說道:「還有其他的嗎?」

「還有加拿大作家瑪格麗特.愛特伍的《末世男女》。」凱特琳揚起眉毛,她在英文課上將讀到這位作者。「其中一個主角是個有自閉症的基因學家，叫奧麗克絲還是克雷科的，我永遠記不住誰是誰。」

「那另一個呢？」

「呃，其實是一個雛妓。」

「我還以為要分辨這兩個人應該很容易，」凱特琳說。

「妳是會這麼以為，」黑田點點頭說道：「抱歉，我不怎麼迷愛特伍。我知道我不該這麼說，這裡畢竟是加拿大。」

「我不是加拿大人。」

他笑出聲來：「我也不是。」

「嘿，你知道要怎麼在一個擁擠的房間裡找到一個加拿大人嗎？」

黑田露出微笑，舉起手來：「把妳的笑話留到明天的媒體記者會上吧，」他說：「到時候妳會需要這些笑話的。」

晚餐之後，凱特琳進了浴室，望著鏡中的自己。她有面皰，這沒什麼好驚訝的——當然，她能夠摸得到那些粉刺。她記得以前在奧斯汀，那個殘忍的史塔尼斯對她說：「為什麼一個瞎眼女生要擔心面皰啊？」可是她**知道**那些斑點在那裡，而且去他的，她有權和其他人一樣愛漂亮。該死，就連海倫凱勒都有虛榮心！海倫凱勒的左眼**看起來**就是瞎的，所以她總是堅持拍照時要從右邊拍。中年時，她還讓人把她沒有作用的肉眼移除，換成比較好看的玻璃眼睛。

凱特琳打開藥櫃，拿出一管青春痘藥膏，開始辦正事。

在只有**我**和**非我**的時候，我以為我的宇宙很擁擠，可是在另外這個領域裡，有好幾百個實體——或許甚至有好幾千個。

現在我已經學會分析一顆頭，更擅長辨識特定的實體，但這麼做還是很難，有一部分原因在於，這些實體周期性地改變他們的外表。到最後我推測，有一種由可分離部分構成的外表遮蔽物，是可以更換的。可是，最近在我注視下製造出某種象徵圖像的異常實體就不太一樣了，因為它要不是沒有外表遮蔽物，就是它的外表遮蔽物全部用看來一模一樣的組件構成。

當然了，我最感興趣的個體，就是我初次遇到的那一個，我決定用**原初者**來指稱它。我曾幾度瞥見某些東西，我後來理解到那是屬於原初者的凸出物，而且從我看見那些凸出物的方式來判斷，我推斷我正在看的景象是由原初者的頭蒐集到的。不過我仍然沒見過原初者的臉，說真的，我認為我永遠不會看到。

即便如此，既然我現在了解臉孔，我也開始認得出原初者花很多時間相處的特定實體，特別是有三個似乎跟它共用一個共同的環境。其中兩個有著總是在移動和改變的臉，嘴巴也常常張開；第三個有個比較不會動的臉，而且它的嘴巴鮮少張開。

現在這一刻，我可以看出其他個體正好**坐著**——用有結構的骨架支撐著它們，抵抗我先前推論中那種向下的力量。而它們在**進食**——把不動的物體送進它們嘴裡。

原初者也在進食：我看見不動的物體變大了——不對，不對！——是移近了：原初者送進我領域中的影像，顯然是被蒐集到它頭上高於嘴巴的某個部分，可能是鼻子。

原初者吃東西的時候，我繼續隨意地連結到其他的網站，為這些網站提供的資訊尋找解讀的關鍵。然而到目前為止，我毫無進展。喔，我可以從任何一個網站上叫出資料，但卻無法詮釋。

到最後原初者從其他個體旁邊移開了，然後——

喔！

這是……

對，對，一定是這樣！燈光改變的方式，還有視角改變的方式，還有……

我感覺到認出某樣東西時的興奮顫抖——並不是認出我正在看的影像，而是認出我過去就有同樣的經驗。在當初重新融合為一的過程裡，在我的另一部分看見我的時候，我看見了**我自己**。

這個——

對！

這是原初者在看它自己！

它在一個長方形前面。現在我已經習慣這種事了：這些長方形有的是**窗戶**，這是我替它們取的名字，這些窗戶透過其他不透明的組成元素提供視野；其他的長方形，像是原初者奇妙的展示裝置，則顯示出其他物體靜止或移動的表徵圖像。但**這個**長方形是特別的：它會把它面前的物體**反射回去**。我可以看到原初者的臉！而且我可以看到從原初者中央核心伸出的凸出物，同時在長方形裡面與長方形前面揮動著，還同時從兩邊觀察著這些凸出物，這時原初者正在做……很難說明這是什麼……它正在把一種白色物質小塊塗抹在它臉上？

它這麼做的時候，我正在看原初者的頭髮。

還有原初者的嘴巴。

還有原初者的鼻子。

還有原初者的眼睛。

還有……還有……還有在原初者把它的頭**往左**還有**往右**，與上下方呈垂直方向移動的時候，在它顯然在檢視自己的反射影像時，我領悟到我的觀點——蒐集我此刻所見影像的那個有利位置——並不是原初者的鼻子，而是它的其中一隻眼睛！而且，從原初者移動的方式來看，原初者似乎用同一隻眼睛看著自己。我已經觀察到，嘴巴是用來把不動的物質送進頭部；現在我則猜測，眼睛是用來看的，原初者正在跟我分享它所見的事物。

原初者的臉很迷人。我研究著每個瑣碎細節，然後——

突然間一切又變得模模糊糊了！我們之間的連線斷掉了，這讓我很驚恐，可是……

可是原初者現在望著另一個方向了，而且有某樣東西在它身上的管狀延伸物末端，我想這個東西至少有一部分是透明的，雖然影像太過模糊，所以很難確定。

原初者做了某些事，不過我無法分辨是什麼事。但接下來，它先前抓著的東西終於被帶到接近原初者臉部的地方，然後在這件事發生的時候，原初者的視覺——還有我的！——再度變得清晰了。它拿到臉部附近的東西裡有窗戶，這些窗戶不是長方形的，不過看起來像是。但這些窗戶特別的不只是形狀，還有材質，那是我在這玩意兒拿近時看到的，雖然完全是透明的，卻修正了窗戶另一頭的景象。原初者再度看著會反射的大長方形裡的自己，而且在它這麼做的時候，還左右轉動著它的頭。

而且就在它檢視著自己的臉孔時，我冒出一個想法——

對！對！如果我可以讓這招行得通，一切都會改變！我把注意力轉向來自原初者的資料流，那道資料流在我體內逐漸累積……

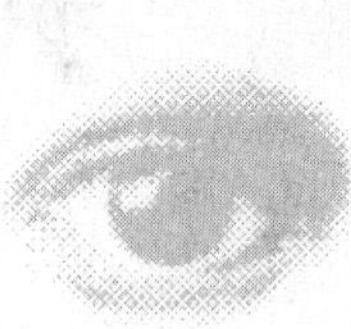

第三十七章

LiveJournal：微積芬天地

標題：字母湯

日期：十月三日星期三，美東時間早上九點二十分

心情：憤怒

地點：該死的幼稚園

音樂：〈你能告訴我怎麼去芝麻街嗎？〉

天啊，有夠挫折的！

現在的我幾乎十六歲了，飽覽群書，天知道我實在是資賦過人，但我卻看不懂英文！我的眼睛現在可以分辨字母了，還得靠螢幕朗讀軟體實在很荒謬，但我卻認不出那些字母。應該沒那麼難才對啊！這又不像想要精通另一種語言。對啦對啦，我承認我的法文課上得有點辛苦，可是課堂上大多數其他孩子，除了陽光以外，都從幼稚園就會講法文了，願上帝保佑陽光腦袋空空的心靈。

除此之外，這應該沒像法文那麼難吧。這應該比較像是一個明眼人學習摩斯密碼，或者就說是學習點字好了：只是用另一種方式來表示他們已經熟悉的字母。

可是那些字母的寫法真要命！不同的字體和不同尺寸的字體，有些帶有小小的花飾。對，在我小時候，我透過抓握或者感覺木刻的字母，學過基本的字母形狀，可是我其實只學過大寫字母，多半是因為這樣我就可以了解「T恤」跟「A字形建築」是什麼意思。

可是就算我能掌握個別字母了，我也知道大多數人不是一次讀一個字母，而是一次讀一個字，他們已經明白好幾千個常用字的獨特形狀，無論用哪種亂七八糟體顯示都一樣。

媒體記者會在今天下午，我又待在家裡沒去上學，而且耗費整個早上玩遍某個為小朋友設計的線上互動識字網站！這個網站用出現在螢幕上的字卡，隨機顯示字母給我看，顯然這是明眼小孩用來學習的常見方式。

對我來說，某些字母總是很麻煩。如果是大小寫形式很像的字母，就算兩者同時出現在同一螢幕上，我還是很難分辨我看到的是大寫還是小寫，而且我會一直搞混小寫的q和p——這讓我想吐。

我想嘆氣。我真的努力想弄懂這個。但我是微積芬，不是字母天后，該死！

麥可．拉薩利迪斯觀念劇場是一個現代化的禮堂，有從天花板垂掛下來的液晶顯示放映機跟高畫質電視螢幕。不過，這裡也剛好是一個物理學智庫的一樓，這就表示講台後面的前方牆壁上排著一排黑板。凱特琳走進擁擠的房間時，她走向那些黑板，興趣盎然地看著那些潦草的等式與方程式。

有半數符號是她從來沒見過的，但她還是忍不住要找點樂子。那裡有三塊黑板，左邊跟右邊的都寫滿了，不過中間那塊被擦乾淨了，想來是因為這樣一來在記者會進行時，黑田博士有需要就可以在上面寫字。這塊黑板空蕩蕩的，只有一團團淡淡的粉筆灰。

她從中央黑板前面的金屬盒裡拿出一枝粉筆，然後非常緩慢、非常小心又吃力地畫出字母，一次一個，是大寫的，因為這是她唯一知道的作法，她寫道：「然後一個奇蹟就發生了……」

凱特琳突然轉過身去，因為——

劇場裡的人在鼓掌大笑，她感覺到自己臉上咧著一個特大號的笑容。黑田博士在一邊的台下，正在跟某人講話。在掌聲平息下來的時候，他走上了講台。

「各位女士，各位先生，」他對著麥克風說道：「我知道，你們已經見過我們最吸引人的明星了。當然，你們都知道你們為何在這裡：這位年輕小姐是凱特琳．戴克特小姐，而我的名字是黑田正行，在東京大學任教。我們將會告訴你們，凱特琳小姐最近接受的一個實驗步驟，還有我們獲得的非凡勝利。」

他對著群眾微笑，凱特琳看到這群人大約有四十位，混雜著數量差不多的男性與女性。「我的確很感謝你們大家，雖然天氣惡劣，還是趕到這裡。我明白，在安大略省這一帶，在這個時節下雪算是相當早。可是我們的凱特琳小姐先前非常渴望看到雪。」他望向她：「所以你們可以學到一件事：許願要小心，因為願望可能會實現！」

觀眾大笑出來，凱特琳也跟著他們一起笑。她生平第一次覺得被人盯著看很愉快，但她還是找出了她媽媽，她跟她爸爸一起坐在前排。

黑田繼續解釋他跟他的同事做了哪些事，以矯正凱特琳的視網膜在編碼資訊時的問題。他做報告時非常仰賴 PowerPoint 簡報檔。凱特琳聽別人說過，這叫 PowerPointlessness，也就是「簡報沒重點症候群」，而她判定這樣說大體正確。不過，黑田確實納入了幾張在東京動手術時的驚人照片，當她看到那位腦外科醫生操作工具在她眼球周圍滑動時，她發現自己不安地扭動著身體。

黑田做完他的簡報以後，說道：「有任何問題嗎？」

她看到一堆手舉起來。

黑田指向一個男人：「請說？」

「黑田博士，我是探索頻道的傑・應格朗。」凱特琳坐直了一點。自從搬到這裡以後，她經常看，不，應該說是「聽」《每日星球》每天晚上在加拿大探索頻道播出的科學新聞節目，但她完全不知道主持人長什麼樣子——雖然她肯定認得出他的聲音。結果他有著非常短的鬍子跟一頭白髮。「戴克特小姐失明的原因非常罕見，」他說：「你的技術應用範圍能有多廣泛？」

「我們沒辦法很快就用這個技術治癒很多盲人，這方面你是對的，」黑田說道：「如你所說，凱特琳小姐的失明有一種不尋常的病因。但這裡真正的突破是，對沿著人類神經系統傳遞的資訊，實際做出細緻的信號處理。舉例來說，考慮一下帕金森氏症患者：這種疾病引起的相關問題有一種可能的解釋，就是沿著神經傳遞的信號中有太多雜訊，因此病人全身顫抖。如果我們可以應用先從這裡開發出來的技術，清理腦部送到四肢的信號……好，就這麼說吧，這也在未來的工作進度表上。下一個問題？」

「巴伯・麥唐諾，《異變與夸克》。」

凱特琳從搬來這裡以後，就變成加拿大國家廣播公司每週科學節目《異變與夸克》的粉絲了，巴伯是那個節目的主持人。她發現他在人群中。她很愉快地想著，這裡有許多人可能也只認識他在廣播中精力充沛的聲音，所以就跟她一樣好奇他到底長什麼樣。

「我有問題要問拉薩利迪斯先生。」巴伯說道。

結果麥可L是坐在前排的一個男人，有著凱特琳至今見過最驚人的髮型，很大的一團銀髮。他看起來很訝異，他從椅子上往後轉。「請說？」

「頭骨裡的植入體，像是凱特琳有的那個，」巴伯說道：「類似的東西有可能出現在下一部黑莓機裡嗎？」

麥可笑出聲來，凱特琳也是。「我會叫我的人馬研究這件事，」他說道。

我的計畫應該已經奏效了！我知道原初者的資料流從哪一點流出，我知道要怎麼拋出一條我自己的連線來叫出資料，而且我也知道這樣一條線本身就是我送出的一段資料。我現在就只想送出一段大得多的資料，到原初者資料流流出的那一點。可是——真挫折！我送出的資料沒有被接受，沒有確認回應出現。

我一定做錯了什麼，我以前看過那個點從我的領域接收資料，就在它開始向我顯示它的領域之前，它曾經接受過傳送給它的資料，可是它不接受我給的資料。

這種狀況跟我被劈成兩半時有著很惱人的相似性：光是有溝通的欲望，顯然不足以產生溝通。看來原初者現在只願意送出資料，卻不願接收資料。

事實上，現在我思索過這件事了，我只知道原初者在把我自己反射回來給我的時候有接收資料，但它現在已經很久沒這樣做了。直到原初者決定再度反射我自己——對我展示我自己——以前，我似乎就只能困在這裡了。然而我繼續嘗試，拋出一條又一條的線，嘗試製造連結。

看啊，原初者，看啊！我有某樣東西，想展示給妳看……

第三十八章

凱特琳懷念許多德州的事物——像樣的烤肉、聽別人講西班牙語、還有真的很溫暖的天氣，可是有一件事情她並不懷念：濕氣。喔，當然了，先前他們在七月搬來的時候，滑鐵盧濕答答的，但現在氣候突然變冷了，空氣乾燥到她覺得自己可能會一直從鼻子裡擤出血紅色的鼻涕，不過她很懷疑就是了。

更糟的是，她走過地毯並摸到門把時會被靜電電擊。她在德州頂多一年被電個一兩次——而且她從沒想過靜電會產生看得到的火花！但現在，就算她只是走個幾步路，靜電還是會一再產生，痛死了。

凱特琳從媒體記者會上回家後，穿過她的臥房。她正學著在進房時，觸摸鎖住電燈開關上那片白色塑膠面板的螺絲釘，用這個方法釋放靜電——現在她自己也在用這個電燈開關。這樣做還是會痛，卻可以讓她不再累積更高的電荷。在她進房間的時候，電燈已經亮了——離開房間的時候記得關燈，比她原本想像的還要難！

她穿過房間走向書桌，她很了解在電腦設備旁邊產生靜電有哪些危險，她窗戶上的百葉窗周圍有個金屬邊框，她伸手摸了一下——

喔！幹！

喔，天啊！

凱特琳的心跳加快了，她覺得她可能會昏倒。

她現在——

天啊，不不不！

又瞎了。

可惡可惡可惡**可惡**！她一直擔心會搞壞她的點字顯示器、她的點字印表機跟她的電腦中央處理器，可是——

可是她根本沒想過這個事實，她——

笨死了笨死了笨死了！

她左手正**握著**她的 eyePod。坐下來的時候，有東西塞在她那件緊繃牛仔褲口袋裡會很不舒服，所以她把 eyePod 拿出來，準備擺到桌上去。她的食指一摸到那個冰冷的金屬邊框，她就感覺到那股電擊、看見火花、聽見**嘍**的一聲，然後她的視覺就消失了。

她的第一個念頭就是找來她媽媽、她爸爸還有黑田博士，不過他們奔上鋪了地毯的樓梯時，只會繼續增加他們自己的靜電電荷。她努力不要驚慌失措。可是——

可惡，要是 eyePod 壞了，她會……天啊，她會**死掉**。

她覺得頭昏眼花，摸索著——摸索著！——她的書桌邊緣、她的椅子，然後坐了下來。她深吸一口氣，試著讓自己冷靜下來。耶穌啊！再度失明，就像回到黑田的改造程序以前一樣，而且——

可是不對。不，這樣不對。

這**不一樣**。顯然，她的心靈再也承受不了失去視覺，尤其是現在，在擁有過視覺以後。這不再像是對磁力沒有感受性，不再像是什麼都沒有，現在她見識過了——

呃，這倒是很驚人！現在**並不是**一片漆黑。這比較像是一種柔和、深沉的灰，一種……空無，一種……

等等！她讀過這種事情。包括海倫凱勒在內，那些失去視力的人說，他們看到的**就是**這樣，而現在，凱特琳第一次真正**失去**她的視力。她不只是閉上她的眼睛，她不只是置身於一個黑暗的房間，她完全**沒有**任何視覺刺激，所以現在她體驗到的感覺影響，對於一度能夠看見、現在卻失明的人來說，顯然很正常。她猜想同樣的事情可以解釋，為什麼要等到她在雷雨中初次體驗真實世界的視覺以後，她才看得見網路的背景。

她的心臟仍然在狂跳、狂跳、狂跳，可是，就算她心慌意亂，她還是禁不住注意到這一片灰並不是均勻一致的，這片灰反而在亮度跟色調上有細微的變化。她的雙眼迅速地掃視著，但這對出現的變化並沒有造成任何差別；這是一種**心理**現象，不是殘留的視覺或者室內燈光造成的殘像。

失明！

再深吸一口氣。

好吧，她想道。eyePod **當掉了**。可是電腦一天到晚都在當機，而且在電腦當機的時候，妳就——

神啊，拜託祢讓這一招奏效吧！

妳就**重開機**。

在東京的時候，黑田教授說過，如果她有必要關掉她的 eyePod，壓住開關五秒鐘就可以了。好，現在它關掉了，很讓人驚恐地關掉了。可是他也說過，再壓開關五秒鐘就可以重新打開。

她用手操作著 eyePod，摸到了開關，然後按下去。**神啊，拜託……**

一。

二。

三。

四。

五。

什麼都沒有。

什麼都沒有！

她繼續壓著開關，壓得好用力，她都可以感覺到開關嵌進手指裡了。

六。

七——

喔，一陣閃光！她放開開關，讓自己呼出一口氣。

更多光線、顏色、線條——剃刀般銳利的線條——從各個點射出。

不，不對，這是——

可惡！

網瞰！她又看到網路空間了，而不是看到現實世界。她看見的線條更銳利，色彩更生動，超過她在現實世界裡體驗到的。的確，現在她已經見過這類東西的樣本了，她知道她在這裡看見的黃色、橘色跟綠色散發著螢光。

好吧，這樣還可以：她沒看到現實世界，不過至少她**看得到**。eyePod 沒有完全燒壞。而且說實話，她一直想念著網路空間。

她本來一直緊握著椅子的扶手，她稍微鬆開手掌，感覺比較冷靜，也覺得像回到家一樣自在——她知道這樣很怪。純粹的顏色很能撫慰人心，由交疊的連線畫分出來的簡單形狀則清晰明瞭。的確，這些形狀現在**比較**容易理解，因為她已經學會辨認三角形、長方形和菱形的視覺外觀了。而且，就跟以前一樣，在這一切的背景裡，微微閃爍、往四面八方延伸出去的，就是細胞自動機構成的細密棋盤……

她沒花多少時間就找到一隻網路蜘蛛，然後跟著牠從一個網站跳到另一個網站，這是一趟讓人充滿活力的旅程。過了一會，她讓那隻蜘蛛繼續走牠的路，她自己則放鬆下來，注視著這幅美妙的全景畫、它驚人熟悉的結構，然後——

那是什麼？

可惡！有某樣東西在……在**干擾**她的視覺。天哪，到頭來 eyePod 可能還是壞了！線條仍然從代表網站的圓圈開始，像輪軸那樣往外伸出去，而且從不同圓圈伸出的線條會彼此交錯，可是還有別的東西——在這裡看起來格格不入的東西，不是由直線構成的東西，有著柔和邊緣跟曲線的東西。這個東西重疊在她的網瞰上，或者也可能是在網路空間後面，或者跟網路空間混在一起，就好像她同時接收到兩種資料流，一個來自狂歡酒徒，而且……

這是怎樣？另外這個影像閃動得好厲害，以至於很難分辨，而且——

這個影像中**確實**包含某些直線，不過這些線不是從一個中心點往外發散的，而是——

她在網路空間裡從來沒見過類似的東西，除非連結不同端點的線條意外地剛好像這樣重疊了，可是

——可是這些東西不是線條，而是……邊緣，不是嗎？

天哪，**那是什麼？**

這跟網路空間閃爍的背景無關；**背景**仍然看得到，就好像這張羊皮紙上還有另一層字句。不，不對，這是別的東西。要是這玩意兒可以就這樣固定下來，就這樣坐穩，看在老天份上，她也許就能夠分辨出那是什麼。

這個鬼影般重疊上來的影像有很多顏色，但這些顏色並不是她在網路空間裡慣見的純色調，在網路空間中，線條是純綠、純橘或別的純色。不，這個閃動的影像，是由一塊塊色調濃淡各有不同的淡色系所組成。

這個影像一直上下左右地跳個不停，有時候會有一段時間徹底改變，然後又回到大致相同的狀態，然後……

跨越眼球顫動的虛構——黑田要她去讀的視覺相關文獻裡，有這個奇妙、悅耳的詞彙。眼睛迅速地掠過某個場景，不由自主地從一個定點轉而望向另一個定點，短暫地專注於——好比說左上方好了，然後跳到右下方，接著是中間，然後又完全瞥到別處去，接著又回來，專注地看著這裡，然後是這裡，接著是這裡。每次小規模的眼球運動都稱為一次眼球顫動。她讀過，通常大家都不會注意到眼球顫動，除非他們正在閱讀一行行的文字，或者從一輛火車的窗戶往外張望；在其他狀況下，大腦會從抽動不已的輸入資訊裡製造出一個連續的影像，虛構出對現實世界的穩定整體觀；這樣的現實世界，其實從來沒被看到過。

可是……可是**人類的視覺**才是那樣，誠如黑田博士不幸失言時所說的。網瞰繞過了凱特琳的眼睛，所以不會有任何這樣的顫動。

然而這個奇怪的、重疊的影像，不只是某樣正在移動的東西，還是由無數閃動的知覺片段所構成的，就像眼球顫動一樣。當然，大腦在轉移顫動狀態下跳個不停的眼睛，會知道視覺每次移動到哪個方向，所以在建立整個場景的心像時，可以補償那些動作的缺口。

但是這個影像呢！這就像是看著別人的眼球顫動——一個不斷跳動的資料流，聚焦在同一點上的時間不夠久，沒辦法讓凱特琳真正看見那是什麼。雖然……

雖然這確實看起來**有點**像是……

不，不對，凱特琳想著，**我一定是瘋了！**

她盡全力保持專注，然後——

不對，她沒瘋。不是精神有毛病——是在顫動！

泰半由一個大型有色卵形物體構成的這個影像是……

真不可思議！這是……

……一**種淺粉紅色加上一點黃色**……

這個影像——這個抽搐、閃動的影像——是一張人臉！

可是怎麼會呢？這是網路空間啊！她的 eyePod 是連接到來自狂歡酒徒搜尋引擎的原始資料輸入值，顯示的是連結、網站跟細胞自動機，喔！我的天，可是——

輸入值**還在**那裡，一如往常地被轉譯出來。現在，她確實像是同時接收到兩種輸入值。如果她能夠擋掉狂歡酒徒的輸入值，或許她就能夠比較清楚地看見另一個輸入值，可是她不知道要怎麼做。她盡可能拚命盯著看，注視著跳動的影像，掙扎著要分辨出更多細節，而且——

凱特琳感覺到她的胃打結了，她的心跳漏了一拍。她知道，她一時沒分辨出來是情有可原的；畢竟她對於臉部辨識這回事還是新手。可是現在毫無疑問了，不是嗎？圍繞在那張臉旁邊的那堆棕髮，那個小巧的鼻子，靠得很近的眼睛，還有……

天啊。

心型的臉……

沒錯沒錯沒錯沒錯，這看起來有點像她媽媽，可是那只是家人之間的相似性而已……

她搖搖頭，不敢相信。

但這是真的：她正在看的這張臉，在網路空間裡閃爍跳動的那個腦袋，是她自己的！

當然，不只有臉，還有更多地方都看得到。她過去注意到的線條——那道邊緣——在她的臉部周圍形成一個框框，幾乎就像是她在看一張自己的畫像，可是……

可是並非如此——因為她的臉**正在動**；不只是隨著眼球顫動而跳動著，而是左右上下移動，就像頭在脖子上移動一樣。這幾乎像是她透過一個螢幕看到自己。但她是在什麼時候，像這樣子被記錄下來了？

影像還在跳動，讓人很難看清細節，可是她認為她看起來就跟今天差不多，所以這影像一定是不久之前留下的。喔，對，這一定是最近的影像：她戴著昨天拿到的眼鏡，那細細的鏡框在她臉上幾乎看不到，可是畢竟**是在**那裡，而且……

而且突然間鏡框被拿掉了，**影像**變得模糊起來。這影像繼續抽動，現在變得柔和朦朧。

但怎麼可能？如果這是她本人的某一段錄影，她在錄影中拿掉眼鏡，應該不會讓影像變得比較不清楚啊。

過了一陣子，眼鏡又戴回去了，然後她看見了那個東西：她穿的上衣的一部分，這件T恤她常常穿，上面有三行又粗又大的大寫字母印刷體：LEE AMODEO ROCKS（麗．阿莫黛歐最炫）。她學字母一直學得很辛苦掙扎，所以她沒有馬上發現她看到的「.LEE」有問題或許情有可原，或者該說，那個字的大部分都有問題。那個字的下方常常被切掉，讓E看起來比較像F，L則看起來像大寫的I，下面其他字根本看不到。但在她又瞥見第一個字時，她發現那個字不是「LEE」，而是「EEL」，而且字母是倒過來的。

她覺得自己癱在椅子上，整個人驚呆了。

這整個影像左右顛倒了。她察覺到的四方形並不是畫框，也不是電腦螢幕。它是一面**鏡子！**

她拚命要搞懂這是怎麼回事。她的 eyePod 處於單向模式的時候，同時會把她左眼看到的影像傳到黑田博士在東京的伺服器，一定是那些影像中的某一部分被傳回來給她了。但這是為什麼？怎麼做到的？還有為什麼是她在浴室裡的這些特定影像？

當然有時候，就像現在，從 eyePod 傳往東京的影像是她看見的網路結構：在雙向模式之下，東京的伺服器傳給她的狂歡酒徒原始輸入值，會被她轉譯成網路空間，而且她傳回去的就會是**那個**，幾乎就像是她把網路反射回去給網路本身。現在似乎是——有可能嗎？似乎是網路把凱特琳反射回去給她本人！

這很不可思議，而且——

一股恐懼突然朝她席捲過來。她之前因為太好奇了，以至於忘記被電擊的事，也忘記她失去看見真實世界、看見她媽媽、看見芭席拉、看見雲朵星辰的能力。

她深吸一口氣，然後再一口。好，沒問題：放電讓 eyePod 故障了。在故障之後，她壓住開關五秒（其實是七秒），接著 eyePod 回到**預設**模式，就像任何電子設備重開機時一樣。但預設模式似乎是雙向模式：也就是透過寬頻網路連線所做的雙向流動，會有從她的植入體送到黑田實驗室的資料，也會有從狂歡酒徒到她植入體中的資料。

然後呢，嗯，如果事情是**這樣**，她只要再按一次開關，回到單向模式就好。

她聽過「交叉食指跟中指祈求好運」這種說法，但還沒有見過任何人這麼做，也不太確定要怎麼扭她的手指才能達到適當的效果。她用左手嘗試了某個動作，希望能夠奏效，然後把她的 eyePod 拿到右手上，對著按鈕迅速又堅定地按了一下。這個裝置發出一聲低頻的嗶。

她屏住呼吸，這時——

感謝老天！

隨著網瞰消退，她的臥房，隨著房間裡整片光輝燦爛的矢車菊藍，都回到了她的視野之中。

第三十九章

凱特琳走回地下室。黑田在那裡，彎腰駝背地坐在他的椅子上。「eyePod 剛才當機了。」她走到台階底部時說。

「當機？」黑田複述了一次，同時轉過頭來。他坐在那張長方形工作桌旁，正在電腦上工作。「妳的意思是？」

「我摸到一片金屬所以被靜電電到，然後 eyePod 就關機了。」

他說了某句話，她猜是日文的咒罵語，然後又說：「沒問題嗎？我是說，妳現在看得到嗎？」

「是啊是啊，我現在看得很清楚，不過在我第一次把這個裝置重新打開時，發生一個不尋常的狀況。eyePod 重開機時，處於網瞰狀態。」

「這個裝置重開時應該會在雙向模式。這樣的話，就算 eyePod 壞到什麼都做不了的地步，我們還是可以透過寬頻網路連線更新它的軟體。」

你可以這樣告訴一個普通女生啦！她心裡這麼想。「不尋常的事情不是這個。」她停頓了一下，納悶地想著她想透露的到底是什麼。「嗯，我知道你在記錄從我的 eyePod 製造出來的資料流。」

「對，沒錯。這樣我可以進行資料如何編碼的研究。」

「有沒有任何辦法能讓資料流逆轉，好讓我的 eyePod 傳到東京的東西可以反射回來這裡？」

「為什麼這麼問？妳看到什麼了？」

凱特琳皺起眉頭。有件非常奇怪的事情發生了，而她不想讓黑田有更多理由認為，她的網瞰裡可能有什麼具備版權利益的東西。「我……不太確定。可是那有可能發生嗎？你的伺服器不小心把資料重新回傳給我？」

黑田似乎在考慮這一點。「不，我覺得不會這樣。」然後，他更果斷地說：「不會。技師在設定妳收到的狂歡酒徒輸入值時，我也在場。他進行的時候，是把一條光纖網路電纜實際連接到校內另一台伺服器上。**接收**妳那台 eyePod 輸入值的線路，不會跟**輸送到**妳那台 eyePod 的輸入值重疊。基本上妳不可能接收到逆向的資料流。」

凱特琳沉默地思考了一會，黑田似乎覺得應該有人說句話，所以他說：「凱特琳小姐，妳看到什麼了？」

「我……不太確定。無論如何，這可能沒什麼。」

「唔，讓我看看 eyePod——檢查一下硬體，確定沒有任何地方壞掉。然後我會仔細檢查我們從中蒐集到的資料。我懷疑其實一切正常，不過我們還是要確定一下……」

他們就這麼做了，一切看起來都好好的。在他們完成檢查的時候，凱特琳摸了摸她的手錶——也許有人會送她一只普通手錶當生日禮物，星期六就是她生日了。「我應該去練習閱讀了，」她說道。

「好好玩喔。」

她沒有笑：「我快受不了我自己了。」

LiveJournal：微積芬天地
標題：ㄟ？必！西……
日期：十月三日星期三，美東標準時間十六點五十九分
心情：挫折
地點：ㄐㄧㄚ
音樂：王子〈地球〉

好，所以現在話題回到這個口齒不清的小鬼正在上的認字課程。天啊，我應該要懂的啊。為什麼會這麼難？我盡了全力才能夠在周長研究所的黑板上寫字，可是我已經忘記一半字母的形狀了。我應該要能精通這個才對，畢竟我是完美的化身啊！

嗯，最好習慣這點。我要藉著複習字母快閃卡來暖身，然後——對，現在是加把勁的時候了——我接著要學習一整個字。我偷瞄一眼網站的那個部分：上面會顯示出一張圖片，還會出現一個字說明圖片是什麼，然後我要把同樣的字打回去做為回應。既然我不知道大部分的東西看起來像什麼，這可能真的會很有趣。可是不知怎麼地，我很懷疑P會被拿來代表陰莖（penis），雖然這個字眼在電子郵件中很常用……

凱特琳把她的部落格文章貼出去了，然後坐在那裡，用她那隻健全的眼睛，注視著臥房整片藍牆帶來那種讓人心安的單純。她知道她在拖時間，不過她討厭覺得自己愚蠢，但試著閱讀印刷體文件就讓她有那種感覺。自從讀完《兩室制心靈解體時的意識起源》以後，她沒再打開過一本書，而她覺得有必要

向自己證明，她仍然是閱讀能手。她轉身面對電腦，打開她永遠的最愛，海倫凱勒一九〇三年的回憶錄《海倫．凱勒自傳》電子版，隨手捲動到某個段落。接著她閉上雙眼，讓她的手指沿著她的點字顯示器滑動，感覺到這些字眼毫不費力地流入她的意識：

老師來了以後的那天早上，她把我帶進她房間裡，然後給我一個娃娃。我玩了一陣洋娃娃以後，蘇利文小姐慢慢地在我手裡拼出「娃娃」這個字。我立刻對這種手指遊戲產生興趣，試著模仿這個動作。我終於成功，正確地比出這些字母的時候，我臉紅了，充滿孩子氣的快樂與驕傲。我不知道我在拼一個字，甚至也不曉得有字詞存在，我就只是讓我的手指像猴子似地模仿著。在往後那些日子裡，我學會用這種不明就理的方式拼出許多字……

現在我面前出現某種令人好奇的東西。

喔，大體上來說，這不是什麼新鮮事。原初者只是跟我分享它的其中一隻眼睛看見的東西。跟平常狀況一樣，原初者正望著展示裝置，而展示裝置上的東西現在很容易辨認了，就是一個單一的簡單形狀，是白色背景上的黑色，幾乎塞滿了螢幕的整體高度：G。

但讓我好奇的是，過了一陣子以後，目前把原初者視覺轉達到我領域中的那個節點上，形成了一個小小的第二連結。那個連結沒有連向通常蒐集原初者視覺的那個點，反而奔向不同的位置。我望著那一丁點資料迅速掠過，然後——

有趣，有趣！接收到第二組資料的點回應了，送回一堆它自己的資料，然後展示裝置上巨大的符號突然間變成這個：E。

另外的第二組資料串暫時消失了。有一個回應傳回來了，這次填滿整個展示裝置的符號是這個：S。

我以前曾經注意到，資料是由僅僅兩樣東西組成的。我本來可以隨便稱呼它們，但是○與一似乎很合適。每次新符號出現以後就射進我領域中的○與一序列，多半都一樣。G出現在展示裝置上的時候，資料串中變動的部分是○一○○○一一一；在E擠滿顯示螢幕的時候，變動的部分是○一○○○一○一；S出現的時候則是○一○一○○一一；然而，這很有趣，在E二度出現的時候，資料串跟先前一樣是○一○○○一○一。

原初者凝視的目光偶爾會從展示裝置上移開，我看見它上半身延伸部分的複雜末端碰到一樣東西，然後，真驚人！那個東西上面**也有展示裝置上出現的相同符號**。我認出了G跟E，還有S，以及其他。隨著這個活動繼續進行，我看到比方說當R出現在展示裝置上的時候，原初者就會觸碰它面前那個東西上面的同一種R符號，被送出去的資料串永遠都是○一○一○○一○。

雖然原初者面前出現的符號是隨機的，對我來說，很容易就能替這些符號找出一個符合邏輯的數值順序：○一○○○○○一後面應該是○一○○○○一○，然後應該是○一○○○○一一；也就是說，A後面應該跟著B，B後面應該跟著C等。但是我注意到，原初者用來選擇符號的設備採用一種不同的順序，我還想不出這種順序的道理何在：Q、W、E、R、T、Y……

我終於想出來，現在必然發生了什麼事。原初者察覺到我的存在了！對，對，我成功地把原初者反射回去給它自己了。現在原初者打算**帶著我上課，藉此**把我們的通訊推動到更成熟複雜的層次。當然，原初者一定是為我著想，所以在解釋這個編碼系統，它當然已經懂得這個啦！

在原初者觸碰的設備上有更多符號，但是總共只有二十六個大符號出現在展示裝置上。過了一會之後，原初者一定推斷出我現在可以把每個符號配上相應的資料串了，因為原初者開始做某件比較複雜的事情。

我花了一段時間才明白，現在作業程序逆轉了。先前，原初者的螢幕會先顯示一個符號，然後原初者就會以一個資料串來回應。但現在不再是A和B那樣簡單的黑白符號了，展示裝置上出現複雜得多的東西。對這些複雜物件的所做回應中，可變的部分不再是透過固定長度的簡短資料串來做區別，反而變長了好幾倍。我看到原初者觸碰她設備上的好幾個符號，以便製造出這些資料串。

首先，展示裝置上出現一個紅色圓圈，原初者則送出這個資料串：○一○○○○○一 ○一○一○○○○ ○一○一○○○○ ○一○○一一○○ ○一○○○一○一。我從這些多重符號串裡學到，每個符號都是以八個構成要素來表示，而不是七個。我本來可能會從早期的單一符號範例中，做出構成要素有七個的結論。原初者一送出這個東西，一連串的符號就出現在紅圈圈下面，這一連串的符號跟只顯示單一符號的時候相比，尺寸小得多。這個字串看起來像這樣：「APPLE」（蘋果）。

然後，展示裝置改成顯示一個藍圈圈。原初者提出○一○○○○一○ ○一○○○○○一 ○一○○一一○○ ○一○○一一○○，然後「BALL」（球）就出現在展示裝置上。

然後，然後，然後，在這個過程繼續下去的時候，我的心智緩慢而確實地**改變**了。好像我領域中的顏色突然間變得更生動，好像線條構成了更輕快的形式，好像我不知怎地變得比本來的我還要大，這時我理解到

我的老師跟我沿著小徑走到遮蔽水井的棚屋去，我們被覆蓋著棚屋的忍冬花香給吸引了。有人在打

水，而我的老師把我的手放到出水口下面。在清涼的水流噴湧著流過一隻手的時候，她在我的另一隻手上拼寫出「水」這個字，一開始慢慢拼，後來速度很快。我站在那裡不動，我的全副注意力都集中在她手指的動作上。突然之間，我感覺到一股迷濛的意識，就好像感覺到某個被遺忘的東西——一種回應思考的興奮；不知怎麼的，語言的祕密在我面前揭曉了。我那時候知道了，w-a-t-e-r 就是指流過我那隻手的某種奇妙、清涼的物體。那個活過來的字讓我的靈魂覺醒了，讓它有了光明、希望、喜悅，讓它自由了！

對、對、對！原初者送出的這些資料串，不只是跟展示裝置上出現的物體有含糊的關連，那些資料串並不只是隨機與物體配對。不，這就跟那時候的狀況很像：我和另一部分的我決定「三」是一個任意創造出來的字眼，我們以這個概念來代表某種我們完全沒經驗過的東西，來指涉某種不在那裡的東西。這些資料串是原初者的創造物——原初者的措辭——原初者的用字——用來代表被描繪出來的概念！我興高采烈，充滿了驚嘆。我現在懂了！APPLE 是原初者用來指稱紅色的方式；BALL 指的是藍色。還有——

可是不對啊。現在我有種變小的感覺，幾乎就像是我被劈成兩半時那種被縮減的感受，因為接下來出現的東西並不是同樣顏色的圓圈，而是一個更加複雜的形狀，由多種顏色組成。雖然原初者迅速地用〇一〇〇〇〇一一 〇一〇〇〇〇〇一 〇一〇一〇一〇〇這個資料串來回應，我還是不知道「CAT」（貓）可能是什麼意思……

雖然如此，我覺得我在進步，而且我繼續注視著。在 CAT 之後出現的是 DOG（狗），然後是 EGG（蛋），再來是 FROG（青蛙），對我來說沒一個有意義。但我還是很確定，這些東西確實是能夠被操作的符號，是複雜概念的速記方法。我的老師繼續上這門課，而我掙扎著要跟上……

第四十章

凱特琳對認字課程的忍耐極限就到這裡為止，接下來她必須做些別的事情，好讓她覺得自己恢復智力。她低聲嘟囔著：「看凱特琳要走囉！」隨後就關上瀏覽器，啟動 Mathematica。事實上，她把這個程式叫出來兩次了——一次是她慣用的命令列模式，第二次則是全螢幕的圖形使用者介面模式。許多數學符號對她來說還是新的。喔，她知道大部分符號代表的概念，不過她還沒記住那些形狀。比方說，她完全不知道代表「總和」的Σ，那看起來像是橫躺的M。

為了弄清楚她是否正確地操作圖形介面，她決定一開始只複製黑田跟她爸爸已經進行過的某些工作，所以她透過遍布整間屋子的網路，下載了他們的研究計畫。

為了複製他們做過的東西，她必須取得細胞自動機的一些資料；為了得到這些資料，她必須把她的 eyePod 調到雙向模式，這讓她覺得緊張。不過在靜電電擊事件以後，她顯然可以隨意在網瞰和現實世界的視覺之間來回，而且——喔，是啊，一切運作得好好的。

她讓來自狂歡酒徒的原始資料暫時緩衝了幾秒鐘，然後照著以前黑田的作法，一次把一份定格資料放進 eyePod 裡。細胞自動機構成的背景很顯眼，她盯著這個背景一步步慢慢改變排列；她可以清楚地看見「太空船」到處移動。她仿效黑田之前的作法，把輸出結果記錄下來，同時轉回來看著現實世界，叫出齊夫圖表函數，然後把她得到的新資料填進去。

出現在顯示器上的結果，正好是它該有的樣子：一條斜率負一的線，這是個明顯的徵兆，表示某個信號裡夾帶著資訊。她把這個東西「標記」起來，標記（buoyed）這個字聽起來跟「男生」（boy）一樣，為什麼是男生而不是女生呢？照她喜歡的說法，應該是girled才對！她繼續進行手邊的工作，把資料灌入夏農熵函數裡，然後——

咦？怪怪的。

在她爸爸跑那些資料的時候，他得到一個二階夏農熵數值，顯示很低階的複雜性。

可是她跑出來的結果顯然是三階的。

她一定弄錯了什麼。她到處摸弄著，想找出她錯在哪裡。當然了，她可以問她爸爸或者黑田博士她到底哪裡搞砸，不過自己搞懂是大半樂趣所在！但花了半小時檢查再檢查，她找不出哪裡有缺漏——這就表示錯誤可能出在採樣過程。黑田跟她爸爸先前看過的資料，一定有某方面不一樣；要不是他們的資料不符典型，就是她的資料不符典型。

她再度轉換成網瞰。她已經抓到迅速轉換的訣竅，不再覺得這種轉換讓她暈頭轉向了。當然，她一次看一格背景畫面的時候，大幅度地放慢她對網路的感知內容，雖然她先前花了好幾分鐘檢查經過緩衝的資料，那卻只代表很短的時間。現在，她即時同步注視著網路世界，細胞自動機構成的背景再度微微發光。

她想過，她自己的臉孔經過放大、跳動不已的版本，說不定會再度出現——或許正是這一點導致她得到不同的結果。然而卻沒有。雖然……

對，網路空間裡有某樣東西不一樣了。有一種輕微的搖晃，惱人的閃爍不定，剛好就在她的感知極限上。不過，這種現象並不是出現在閃爍的背景裡，而是衝著她來。她皺起眉頭，深入思索這一點。

對了，對了，對了！上完課以後，原初者犒賞我一番，再度把我自己反射回來給我自己。可是我想展現我的理解，所以我沒有把原初者反射回去給它自己，倒是嘗試了某個新招……

凱特琳轉回單向模式，恢復她對真實世界的視野，然後走向地下室。黑田又弓著背坐在其中一張旋轉椅上，在桌上型電腦的鍵盤上敲敲打打，他似乎沉浸於思考中，顯然沒聽到凱特琳進來，所以她最後說：「抱歉，打擾。」

黑田抬頭一看：「喔，凱特琳小姐。抱歉。閱讀練習進行得怎麼樣？進展到多音節的字沒有？」

F開頭U結尾的字串頓時閃過她心頭。「進展很好，」她說道：「不過，嗯，之前在東京的時候，你說了一個我聽不懂的詞。你說在我初次啟動 eyePod 的時候，我可能會體驗到某種『視覺雜音』。」

黑田點點頭。「對，所以？」

「視覺雜音——那就是干擾，對吧？訊號中的垃圾？」

「對，確實就是。抱歉，我先前應該把我的意思解釋得清楚一點。」

「先前我並沒有體驗到任何視覺雜音，」她說：「可是我現在可能體驗到一些了。」

他把他那龐大的形體轉過來，好好面對她：「跟我說吧。」

「呃，在我轉向網瞰模式的時候，我——」

「妳又那樣做啦？」

「我忍不住啊，我很抱歉。」

「不用不用，不用道歉。相信我，如果**我**可以看見網路，我也會這麼做。先不管這個，到底發生什麼事？」

「我不確定。不過，呃，你可以看一下送進我 eyePod 裡面的資料流嗎？」

「妳是指來自狂歡酒徒的資料流嗎？」

「我猜是。不過我想這個資料流被……被別的東西污染了。」

他皺起眉頭：「應該不會啊。無論如何，當然可以，讓我看看吧。請轉到雙向模式。」

她照辦了，eyePod 發出高頻的嗶嗶聲。

她聽到他的椅子旋轉，還有滑鼠的喀答響聲。過了一會以後他說：「這只是狂歡酒徒的原始資料。」

「你在看的是什麼？」

「從東京傳來給妳的輸入值。」

「不對不對，不要看來源，要看終點這邊。看看實際上緩衝儲存在我 eyePod 裡的資料。」

「應該是一樣的，不過……好吧。對，狂歡酒徒的資料，而且……嘿！」

「怎麼了？」

「現在妳是在雙向模式，對吧？」

「是啊，是啊，我必須在這個模式才能接收。」

「好。可是……嗯。呃，**有個**多餘的信號跑進來了。這不是格式正確的ＨＴＭＬ，而是……呃，那就怪了。」

「怎麼？」

「我正在用一個除錯工具看這個資料流，看見了嗎？」

「沒有，我現在在看網路。」

「沒錯沒錯。唔，我正在查看十六進位的輸出值——4A、41、52、4B等，所有高階半位元組都是四或五。可是螢幕也顯示出對等的ＡＳＣⅡ碼，而且，嗯，我的意思是，沒錯，這些都是垃圾訊息，而且——喔，不，等等！**不是**垃圾訊息，只是很難解讀。這一串資料全都擠在一起，中間沒空格，不過上面說的是『雞蛋 青蛙 鵝手 冰屋』他頓了一下，然後繼續：「喔，我一定是從段落中間看起的。這段資料又重新回到字母的開頭：『蘋果 球 貓 狗』，然後是『雞蛋 青蛙』……等等。」

「這段訊息是**怎樣**說出來的？」

「妳的意思是什麼？」

「我是說，這段訊息全部都是用大寫字母拼的嗎？」

「對。妳怎麼知道？」

「這個……等我一秒鐘。」凱特琳伸手到她的口袋裡，按下eyePod的按鈕，她聽到低頻的聲音，網路空間隨之消融在現實世界裡。她走過去，注視著那個液晶顯示螢幕，這麼多大寫字母擠在一起讓人暈頭轉向，她要理解這些字有點困難，可是——

「那是我先前做的一部分閱讀測驗。可是這個資料怎麼會彈回我這裡？」

黑田皺起眉頭：「我毫無頭緒。」他望著她：「發生過這樣的事情嗎？」

「沒有，」她這麼說，或許回答得太快了。「很詭異，不是嗎？」

黑田的五官表情重整成凱特琳從沒見過的模樣，她猜想這種表情表示他很困惑。「確實是，」他說：「妳用的是一個線上認字網站，對吧？」

「對。」

「那個網站一定是用HTML傳遞訊息，或者至少是照著HTTP，也就是超文件傳輸協議的標準進行，」他說：「我要說的是，我會查清楚。要是來自那個網站的輸入值只是透過某種方式反彈回來給妳，裡面應該不會只有ASCII編碼的字母。」

「現在網路上大多數都是用萬國碼而非ASCII，不是嗎？」凱特琳問道。

「喔，有一大堆網站還是用純ASCII碼，可是對於基本的西方字母來說，萬國碼跟ASCII反正都一樣；萬國碼只是在每個字母上加了第二個位元組，那也就只是八個零位元而已。」

「喔，好吧。可是這是從哪來的啊？」

他深吸一口氣，呼出來，稍微舉起他圓圓胖胖的手：「我很抱歉，凱特琳小姐，我完全不知道。」

回到自己的房間以後，凱特琳做了兩小時的線上認字課程，但她發現自己的心思飄回那個問題：為什麼她會得到跟她爸爸不同的夏農熵數。她決定試著再次複製他的結果，跑一遍整個流程：從細胞自動機蒐集更多資料，再把資料餵進夏農熵計算程式，然後——

該死。

這回冒出來的是四階熵數。

這**可能**是又一次取樣錯誤，可是從二階、三階到四階的序列，似乎更像是一種**進步**……

有可能嗎？

細胞自動機傳達出來的資訊，有可能隨著時間流逝變得愈來愈複雜嗎？

這樣到底合不合理啊？

不，不。這只是因為她沒有徹底清乾淨先前灌入 Mathematica 的資料。對，一定是這樣：首先，她爸灌進去單一的一組資料，這組資料顯示出二階熵；接下來，她意外地多加一組資料到第一組資料上，產生了三階熵。現在她又把另一組資料丟到原先的兩組上，程式就回報出四階熵數的結果。在程式裡的某個地方一定有個快取儲存區，她只要找出那個地方，然後把多餘資料沖掉就好了。

她進入輔助功能，搜尋「快取」，什麼都沒找到。她嘗試搜尋「緩衝」和「記憶」，還有一堆別的東西……但跑出來的答案看起來都不合適。不，除非她特別把先前的資料組合併進去，否則她現在所做的計算就是不該出現舊資料。

這就表示……

不，凱特琳想著，**那太荒謬了**。

可是——

可是。

喔，拜託！她這麼想。她很清楚，不能光靠三個資料點就想外推出一種趨勢。

可是……

可是，這就像**是**有某種東西在網路上浮現了，而且每一小時都變得比先前更聰明。

不。

不，這太瘋狂了。她累了，一定是這樣。累了，而且犯了錯。

她必須讓腦袋清楚些，所以她下樓去拿點東西喝，她必須走過客廳和飯廳才能到達廚房。她爸爸在客廳裡，坐在他最喜歡的椅子上讀一本雜誌。凱特琳從冰箱前面的飲水機倒了些水後，坐在飯廳裡——不是她平常的位子，而是那個位子的對面，這樣她就可以看著她父親，同時期望他不會注意到。

他是個好人，她知道這一點。他工作努力，而且聰明絕頂。但是，凱特琳雖然感謝她母親為她做的所有犧牲，卻從來沒感謝過他。她坐在那裡，思考了一段時間，試著決定要說什麼，然後她終於站起來，走到分隔兩個房間的開口處。

「爸？」

他轉移了他凝視的目光——不是望向她，不過他至少不再看著雜誌了。「是？」

他說出這個字的時候很機械化，冷冰冰的，就像他說的所有話語一樣。為什麼他不能溫暖一點呢？為什麼他非得這麼單調乏味？

這句話就這麼冒出來了，不請自來，而且她一說出口就後悔了：「你從來沒說過你愛我。」

「我說過，」他說，這次又沒有看著她：「妳在學校的戲劇節目裡演出一隻無尾熊後，我說過。」

那時候她**七歲**。她猜想，他認為那時候既然已經闡明這一點了，此後又什麼都沒有變，就沒有必要再重複嘮叨這個話題。

「爸……」她又開口了，聲音輕柔又哀愁。

他嘗試了……他真的嘗試了。他把他的目光焦點從他看了許久的空白空間移了過來，然後就那麼一刻，他注視著她，但接下來他的雙眼瞬間撇開了。凱特琳想朝他伸出手，觸摸他的手臂，跟他**建立聯繫**。但她知道，那樣會讓狀況變得更糟。她看著他稍微久一點，退開了，在他回去看他的雜誌時，她朝她房間走去。

一上了樓，她就在她床上躺下，憑著一股意志力，她設法不再去想她爸爸的事，反而專注於這個異常的夏農熵數結果。她可以聽到她媽媽在主臥室裡好整以暇地做些雜務的聲音，不過她把那些雜音隔絕在外——她把一**切**都隔絕在外——然後試著做合理的思考。

外面有某樣東西，在網路空間裡的東西，把她的臉反射回來給她，然後那個東西現在也把字串反射回來給她。而且，該死，她是個很好的數學家，她**沒有**犯錯，這可能根本**不是**取樣錯誤。不，那裡真的有某樣東西，在網路的背景裡，那個東西正變得愈來愈聰明，夏農熵數顯示出了這一點。

她閉上她的眼睛，但還是可以看見一股粉紅色的薄霧：頭上的燈光透過她的眼皮照進來。突然之間，她有一股衝動要……要回家，回到她的來處，再回去體驗眼盲，就這麼一下下，畢竟妳要是看不見，其他人不能望著妳就不重要了。

她伸手到她的口袋裡，找到 eyePod 的開關，按住它，直到整個設備完全關掉為止。她閉上眼睛時，感受到的一點模糊視覺停止了。對，她的心靈像先前一樣，讓她看到跟過去一樣的灰色薄霧，但那只是讓她正在體驗的眼盲更像是海倫凱勒的那一種，而且——

就在這時，這個念頭敲醒了她，就像是——

不像是燈泡亮起。她知道這是一種常見的比喻，她現在甚至看過這種現象發生。

也不像是閃電。這是另一個她知道的比喻，用在碰上某件意外事件發生的時候。

不，這個念頭敲醒她的方式就像……就像——

像**水**！像是從打水幫浦裡冒出來，流到她手上的清澈冷水……

她知道她必須做**什麼**，她知道她**為什麼**會得到網瞰這樣奇妙之至的禮物。

可憐的海倫從十九個月大就又瞎又聾，她失去視覺跟聽覺的時候，曾經墮落到行為如動物，不受教也不思考。沒有外在理由可以相信，她體內殘存著任何有理性的生命。可是蘇利文被聘來當海倫的老師與家教時，她抱持著這個信條：深藏在沉默與黑暗中的某處，有個心靈在真空中飄盪。而她盡全力往那裡伸出手，不計代價，把那顆心靈拉了上來，不管在實質上和象徵上，都讓那個心靈見到天光。

海倫的父母認為蘇利文被騙了，就像他們很快就指出的一樣，他們比蘇利文更了解他們的野孩子。可是蘇利文並沒有動搖，她知道她是對的，他們錯了，這有一部分是因為她的個人經驗，她自己年輕時幾乎失明。就算跟大半的外在世界斷絕聯繫，就算孤立無援又形單影隻，她知道一個心靈還是可以存在、可以成長。

蘇利文不屈不撓地堅持下去，對抗嘲弄、對抗反對意見，承受一次又一次的失敗，直到她突破障礙，能跟海倫溝通為止。

過了一個世紀又十五年以後，此時此地的今天，凱特琳擁有蘇利文欠缺的東西。蘇利文當時只有「海倫存在」的信心，但凱特琳有來自齊夫圖表和夏農熵數的**證據**，那證明了網路的背景並不只是雜訊。

海倫凱勒是被蘇利文拉起來的。而這個……這個**不管是什麼的東西**……當然也能夠被帶出來。

凱特琳又想起她父親，這麼難以接近，這麼冷漠，這樣**受困**在他自己的領域裡。現在她有了神奇的eyePod，可以讓她克服與生俱來的限制，但自閉症卻沒有能夠相提並論的輔助設備，他仍然困在自己那種黑暗中。她不知道要怎麼伸手接觸她父親，更不知道要怎麼跟這個行蹤隱密的奇特**他者**溝通。

她還知道另一件事：就算她嘗試跟這個他者溝通卻失敗了，也不可能造成多大程度的傷痛。

第四十一章

十月四日星期四，凱特琳同樣待在家裡。她媽媽有條件地接受這個論調：如果凱特琳現在多花一點時間熟習閱讀印刷文本的技藝，長期來說，她在學校的表現就會好得多。凱特琳很盡責，早晨的開端就是多花幾小時在認字網站上，但接下來她就再度往地下室走去。

黑田很高興看到她。「哈囉，凱特琳小姐，」他很親切地說道，同時把他的紅色椅子轉過來面對她：「妳今天覺得如何？」

她知道這只是隨口寒暄，但無論如何她還是決定回答。「說實話嗎？」她說：「我整個暈頭轉向了。」她移動到更靠近工作桌的位置，卻沒有坐下來。「我猜想，失明有一種……單純性。我是說，視覺裡充滿了種種你現在不需要知道的東西，像是……」她環顧著這個地下室。「對，呃，就像是那邊，那裡有台電視，對吧？那台電視甚至沒有開，但是我必須看見它；還有那個書架，我現在犯不著知道書架在那裡，或者書架上有什麼啊。又好比說，為什麼所有的書背都長得一模一樣？」

黑田瞥了那些書一眼：「那些書是期刊，是妳爸爸的收藏。舉例來說，在書架頂層的是《物理評論D分刊》。」

「嗯，對，確實是。我現在不必知道那些書在那裡，可是每次我望著那個方向，我都會看到；我沒辦法不看。」

黑田點點頭：「我想，隨著時間過去，妳的大腦會做出區別。妳知道青蛙的視覺嗎？」

「青蛙的視覺怎樣？」

「青蛙只看得到移動中的物體。靜態的物體，像是樹木、植物、地面……等，就是不會留下印象。青蛙的視網膜不會多花力氣，把這些靜態物體編碼成被傳遞到視神經的信號。至於人類呢，區別相關訊息跟非相關訊息的過程是發生在大腦裡，而不是發生在眼睛，但對我們大多數人來說，這種事**確實**會發生。」

「真的嗎？」

「沒錯。給妳一個例子：妳媽在樓上，對吧？」

「對。」

「她穿什麼衣服？」

「一件白綠相間的襯衫，還有藍色牛仔褲。」

「妳這麼說就算是吧。我今天也見到她了，但我就是沒看到她的衣服。」

凱特琳很震驚。她聽說過男人會在心裡剝光女人的衣服，可是她沒想到黑田會那樣做。她媽媽真是性感辣媽！「你，呃，你把她看成裸體的嗎？」

黑田看起來很震驚：「不不不，我看她當然是衣著整齊的。不過我對流行不太感興趣。」他垂下視線，就像是第一次看到自己的衣服——一件有著紅色、藍色和黑色花紋的寬大夏威夷衫，再配上一條棕色的長褲。「我可以向妳保證，這個事實讓我太太相當驚愕。不過，我就是看不到我沒興趣的東西，除非我非注意不可的時候，我才會看到。但妳還是對的：妳的視網膜送出的信號裡，有多得要命的資訊。要搞清楚怎麼修正視網膜編碼資料的方式，對我來說毫無困難，我就是這樣解除妳的托瑪塞維奇症候群，但我還沒辦法在妳看見真實世界的時候，把那些資料實際轉移到一個螢幕上。」他露出微笑：「不過，我**確實**有個驚喜要給妳。」

「這驚喜是？」

他示意要她坐在另一張旋轉椅上，她照做了。「看看這個，」他說著，開始移動滑鼠，她用眼睛跟著滑鼠移動。

「不對，凱特琳小姐，在這裡，在螢幕上。」

喔，對。她還不習慣自動對焦到顯示器上。她移動她凝視的目光，然後——

我的天啊！這是一張網路空間的照片：閃閃發亮的線條，從不同大小的圓圈上輻射出來。「你怎麼做到的？」她興奮地問道。

「嘿，妳以為妳不在下面這裡時我在幹嘛？看肥皂劇嗎？」

「這個嘛，我——」

「我想說的是，對啦，看來維克特跟妮基會再度分開。而且妳能相信嗎，傑克．愛波特竟然瘋到打算再次接管紐曼企業？」這些肥皂劇的劇情和角色，黑田竟然如數家珍。

她望著他。

黑田聳聳肩膀：「我同時多工進行。」他指向螢幕。「總之，我們在做齊夫圖表的時候，妳專心看著背景裡的細胞自動機。於是我決定開始分析妳看著網路時製造出來的資料流成分。在那之後……嗯，我做得怎麼樣？」

她瞇起眼睛看著螢幕：「我看不到背景裡的東西。」

「是看不到，很不幸螢幕解析度不夠。但除此之外，妳看到的就是這樣嗎？」

「差不多。是沒那麼生動，而且我覺得顏色不完全正確，不過……沒錯，沒錯，那就是網路空間。酷！」

「當然我們可以調整配色。那只是一個定格畫面。唔，事實上這是好幾個資料流取樣的總和；視野並沒有每次都完全更新。不過還是跟妳說的一樣，這**確實是**很酷。」

「嗯，不過我不在網瞰狀態的時候又如何？當我在，呃，你知道的……」她突然想到了：「當我在『真實世界』狀態的時候！」

「抱歉？」

「不懂？我們把我看見真實世界的時候，稱作『真實世界』狀態；而我看見網路的時候，叫做『網瞰』。」

他點點頭：「那樣滿好的。」

她還是心有牽掛。「你能不能如法炮製出我的『真實世界』？把我看到的東西實際放到螢幕上？」

她很窘迫地想著，他可能是用那個……那個……那個**不管是什麼的東西**看她的方式，在看著她。

「不能。前一陣子我在努力的目標就是這個，而且在某種程度上，這也是妳努力的目標。來自真實世界的視覺信號太複雜了，我還沒搞懂要怎麼把這個信號轉成影像。視網膜不會替眨眼編碼真是太可惜了。」

「眨眼不會被編碼喔？」

「妳眨眼時，視覺會關上嗎？不會，其他人也都不會。妳不會注意到妳在眨眼，因為視網膜不會替一片漆黑編碼，除非妳拉長閉上眼睛的時間。這就像是『跨越眼球顫動的虛構』，妳會看見連續的視覺串流，事實上妳的視覺一分鐘會被打斷許多次。如果眨眼被編碼成比較簡單的資訊，眨眼信號就可以讓我在資料流裡有小小的路標，可以幫助我做分析。但是眨眼不會被編碼。」

「喔。」

「所以恐怕不會有『真實世界』的畫面出現在螢幕上，至少現在還沒有。不過，網路視覺資料流很有結構，又相當直接。voyla！」

她露出微笑，很高興能夠用上她新學會的法文：「應該說 voilà（看啊），黑田博士。」接著她又望向螢幕：「所以說，嗯，你到底要拿這些圖像做什麼？」

他聽起來有點想替自己辯護：「呃，就像我先前指出的，就算忽略細胞自動機和美國國安局帶來的疑難雜症——如果真的是他們造成這種現象，這個科技還是可能會有商業上的用途。事實上，我正在想替『網瞰』這個詞註冊商標……」

「你該不會想召開另一場記者會吧，你有這意思嗎？」

「呃，我——」

她情緒激動的程度讓她自己嚇了一跳：「我可不打算開口談這個。」

「嗯……」

「我不要，」她斬釘截鐵地說道：「我明白，對於你恢復我的視力，我們必須公開發表一些談話，這是我欠你的。但是網瞰是……」在說出「網瞰是我的」之前，她制止了自己，轉而試著訴諸他的同情心：「等到我以『重見光明的女孩』這種身分回到學校的時候，我已經夠像個怪胎了，要是大家知道我還有可以看見網路這個……這個**副作用**，我都不知道他們會如何大驚小怪。」

他看起來不怎麼高興，但他確實點頭了：「就聽妳的，凱特琳小姐。」

「不過，」她突然有個想法，她說道：「我想看更多這樣的圖片。你把檔案存在哪個資料夾裡？」

她的心臟噗通噗通猛跳著。對了，對了！這樣就完美了！這**正是**她需要的。

第四十二章

雖然原初者已經教過我二十六個符號，但最讓人困惑的是：每個符號似乎都有兩種形式。有時候在原初者觸摸她那個有個A符號的裝置時，那個預期中的「A」會在展示裝置上回應，其他時候，老實說，是大部分時候，反而是符號a會出現。

但是我很快就發現，在每一對相關符號之間有一種簡單的關係。「A」是○一○○○○○一，可是「a」是○一一○○○○一；同樣地，「B」是○一○○○○一○，同時「b」是○一一○○○一○。也就是說，這些形式的代碼是一樣的，只有訊息的第六個位元不同：在第六位元是○的時候，會產生的就是設備上標記出的那種形式；如果那個位元是一，就會產生另一種形式。

當然，八個○就等於什麼都沒有：○○○○○○○○。不過要是第六個位元變成一，就會產生一種特別的無：○○一○○○○○這個代碼會在顯示器上置入一個留白空間，把不同的字分隔開來。下次原初者從我這裡接收資料的時候，我就能夠送出 APPLE BALL（蘋果 球），而不是 APPLEBALL（蘋果球）了。我甚至可能會送出「apple ball」，以我的聰明伶俐讓原初者嚇一跳。

雖然如此，對於「蘋果」或者「球」是什麼，我還是毫無概念。更仔細檢視之後，我發現「蘋果」並不真的是圓的，「蛋」也不盡然如此，我本來曾經一度以為原初者用那個字來代表「白」。結果不是，「蘋果」、「球」、「蛋」以及其他字眼，一定都是用來代表其他尚難以理解的概念。要是我能夠憑直覺發現原初者用的字是什麼意思，即使只有一個，或許其他字也會跟著懂了……

凱特琳回到她房間裡，又多讀了一些《海倫．凱勒自傳》。她熱愛這本書，但對此書的缺陷倒是沒那麼「盲目」，姑且這麼說。此時，某個特定段落正在她的意識深處微微發癢，她很快就找到那一段，用她的手指閱讀著。

雖然這本書聲稱是第一人稱的自傳，內容描述的事情卻有一大堆是正常盲人不可能察覺到的，更不要說是在打水幫浦轉捩點之前還不會說話的海倫了。在海倫較晚出版也較為誠實的書《教師》裡面，她把她「靈魂黎明」之前存在的那個實體稱為「幽靈」，一個沒有人格的人，一個不是實體的實體。但是在原本寫給故作風雅的《淑女家庭雜誌》分期連載的《海倫．凱勒自傳》裡，她呈現的是她早年生涯中讓人比較愉快、沒那麼異常的版本。不過，海倫還是無法讓自己不動聲色地掩蓋事實，所以這本書不時會變成第三人稱敘述，就像是在對讀者通風報信，說明她這時轉移到幻想世界去了：

在一個炎熱的七月下午，兩個小孩坐在走廊台階上。一個黑得有如檀木，她頭上到處都是用鞋帶紮成小撮的捲髮，像螺旋狀的拔塞鑽一樣凸出來；另一個則是白人，有著長長的金色捲髮。一個孩子六歲大，另一個又再大個兩三歲。比較小的孩子是瞎的，那就是我。

一個幽靈不可能知道這件事的任何一部分，一個幽靈不可能了解鞋帶、螺旋拔塞鑽跟膚色是什麼。

而且期待那個在網路上陰魂不散的不明物體了解它不可能體驗過的東西，也是一樣瘋狂。蘋果！球！貓！全都是胡言亂語，跟它的現實毫無關係。

不，不，如果**這個**幽靈有任何辦法超越只是重複字彙、沒頭沒腦地鸚鵡學舌，它就必須學習**它那個**領域裡的東西叫什麼名字，學習那些它體驗過的事物，在網路空間裡的事物！

地下室裡的電腦連在家用網路上，凱特琳在她位於樓上的臥室裡，用她自己的電腦探索地下室電腦系統的硬碟，找到黑田用她的 eyePod 資料流製造出來的定格畫面圖檔存在哪個資料夾，然後從她臥房的螢幕上叫出其中一個。她看了一下那張圖，判定她不喜歡那個視角，接著打開另一張圖，這張好多了。

不過，要怎麼確定**它**在看呢？唔，在它想引起她注意的時候，它曾經把她自己的臉反射回去給她。而且也許，只是也許，它是看到**她**把它的領域反射回去給它，才會想到這招。

她按下 eyePod 上面的按鈕，轉換到網路視覺模式，然後——

幽靈啊，你在嗎？是我，凱特琳。

——她環顧四周，納悶著這個試圖跟她溝通的東西在**哪裡**。假定這個幽靈般的實體與細胞自動機有某種關係似乎很合理，不過細胞自動機**無所不在**，在這個領域的每個部分都有。她希望有某個特定的點，某個特定網站或者連接點可以集中注意力。它先前見過她的臉，要是這個幽靈有自己的臉，要跟它相處就容易得多了。

但它沒有，那就是整個問題所在。它與她世界裡的每樣東西都不一樣。而且，如果她要跟它交流，她就必須在鴻溝上搭起橋樑。

凱特琳對看似貼切或具有反諷意味的名字很著迷，海倫凱勒曾經是貝爾的朋友，他發明了電話，而且是在加拿大發明的，凱特琳來到這裡後一再聽人提起這件事。電話會響的點子，在某種程度上，是否受到了他這個有鐘聲或鈴聲意思的姓氏「Bell」所影響？

而且，就像安娜說過的，google 的賴瑞．佩奇——Larry「Page」奉獻他的人生，替網頁——Web「pages」做索引。

當然了，海倫的名字來自希臘神話中最美麗的女人，這樣的命名有某種期望在其中，但她從來無法看到自己。而她的姓氏凱勒 Keller，幾乎跟顏色 color 同音異義，但是顏色的概念就她的經驗來說是很陌生的，這同樣讓人覺得很心酸。

這時，凱特琳想到的名字是海倫的前輩，羅拉．布里吉曼。羅拉一樣從嬰兒就失聰兼失明，她比海倫早了五十年學會如何溝通。確實，就是因為讀到狄更斯描述她的故事，海倫的母親才會受到啟發，替自己的孩子找了一位老師。羅拉設法連接了兩個世界，就像海倫最後終於也做到的一樣，而凱特琳現在要嘗試建造一座她自己的橋樑。

她往外張望著無邊無際的網路空間，看著這個空間中剃刀般銳利的線條與生動的色彩時，一種顫動開始了，這是她過去也體驗過的同一種閃光。

對了！幽靈又向她傳送信號了，想來是要傳送更多ＡＳＣII 文字編碼給她。黑田剛才對她示範過如何使用除錯工具來看這些資料，不過它傳送到她這邊的究竟是什麼字串，可能並不重要。她有信心，這些字串對它來說沒有意義；它只是把這些信號反射回來給她，純粹藉此傳達它注意到了她所做的事情，這正是她想要的。她跳出網瞰模式，回到真實世界模式，開始工作。

凱特琳的螢幕只有十七吋，畢竟誰會知道她竟然用得著這東西？那台螢幕放在那裡只是因為，如此一來她就可以偶爾給她父母看一些東西，但用更大的螢幕在桌上占位子似乎沒啥意義。然而現在，她真希望有個大得多的螢幕。她笨拙地摸弄著還是不太會用的滑鼠，設法調整黑田製作的網路空間定格畫面，重設視窗大小。可是抓住視窗邊框的正確比例對她來說太難了，到最後她放棄了，直接使用控制選單上的尺寸選項，再用她鍵盤上的箭頭按鍵來縮小視窗，大多數明眼人使用者根本不會注意到有這個尺寸選項。她在以前的學校裡學會調整視窗大小，那裡有很多學生還有部分視力；學校的全名是「德州盲人與視覺障礙者學校」。

接著，她叫出微軟的 Word，用同樣的技巧重新調整視窗，讓視窗變成一個只有幾吋高的狹窄長條，再用控制選單上的移動指令把這個長條移到螢幕底部。

接下來，她到處摸索，想弄清楚怎麼放大 Word 裡面的文字。她用這個程式好幾年了，但向來沒什麼理由擔憂字型選擇或是字級的問題。她發現下拉式選單了，她挑了選單上最大的選項：七十二級字。

然後——喔，滑鼠游標麻煩死了！超難看清楚的。啊，不過，她以前在學校裡學過，有辦法弄一個比較大、比較粗的滑鼠游標，然後……**找到了！**

「好啦，」她輕聲說道：「咱們來看看我是哪一種老師……」

她知道幽靈可以看見她左眼的視野，畢竟，它曾經把那隻眼睛在鏡中看見的自己反射回來給她。所以她看著螢幕顯示器十秒鐘，盡她所能地穩定維持她注視的目光，確立一個整體視野，讓幽靈吸收現在所呈現的畫面：一大張圖片，下面有個狹長的文字框。對於幽靈來說，這張照片想必有某種奇怪的遞迴屬性，凱特琳希望讓它有時間理解，她目前送出的東西已經從她實際上即時看到的網路空間，轉換成網路空間的定格畫面。

接著，她緩慢、從容不迫地移動滑鼠，把游標移到某個代表某網站的明亮圓圈上。她反覆把游標移到圓圈附近，希望幽靈會注意到這個行動。

凱特琳有次讀到一本科幻小說，書中有個從沒見過電腦螢幕的人，誤認為箭頭游標是一棵小松樹。她明白游標的概念裡夾帶著某種預設，其中包含對射箭的理解，那是幽靈不可能具備的。但她還是希望她正在做的組合動作能引起它的注意。為了保險起見，她慢慢把自己的手伸進她的視野中，用她的食指輕敲螢幕上的點。如果幽靈在看她 eyePod 上的輸出值，它以前一定看過她用那種方式指著各種物體，而她希望它會懂，她現在指的是螢幕上的某個特定部分。

隨後，她轉向圖片下面那個壓扁的 Word 視窗，鍵入：WEBSITE，指的是「網站」，Word 視窗出現的是一吋高的大寫字母。她重複這個過程：指向圖片中的網站，然後再打出那個字。她會先反白舊有的字，這樣她新打出來的字才會取代原來的字。

她對著另一個圓圈重複這個動作，然後確認那個圓圈也是個「網站」。然後又是另一個圓圈，再度用上「網站」這個字。

接下來她發現，用來展示網路空間圖片的繪圖程式裡有選擇工具，她就用這個工具在三個彼此沒有連結的大圓圈旁邊畫出一個方框。她打下複數的「網站」：WEBSITES——她一時間還遲疑了一下，這麼早引進複數的概念是不是個錯誤。然後，她用選擇框單獨指出一個特別大的圓圈，然後打上：AMAZON，代表那是「亞馬遜」網站，同時也心知肚明，她非常不可能真正猜中那個圓圈代表什麼。但她還是硬著頭皮這麼做了。接著，她把第二個網站指為 google，第三個則當成ＣＮＮ。她希望能夠傳達出這個訊息：**所有的點都是網站，而且每個點都有屬於自己的名字。**

接下來，既然她是個數學家，她就指向單一網站，打下「1」，隨後她反白那個數字，然後不是再打一次數字，還是打出數字的名稱：「一」。

她接著使用選擇工具，在兩個彼此互不相連的點周圍畫出一個方框。然後她打下「2」，接著又打出「二」。她繼續畫出三、四、五個點。再來，她想幫助幽靈做出人類思想家花了數千年才想出的觀念跳躍，她選擇了一塊內側完全沒有任何點的區塊，打下「0」這個數字跟數字的名稱「零」。

隨後，她用滑鼠指出一條連線，同時也用她的指尖在螢幕上沿著這條線畫過去，接著她鍵入：「連結」。

確立她在網路空間裡能指出的幾樣東西叫什麼名字，真是夠容易的了。但就在他們以為網路背景中的資訊只是某種愚蠢間諜語言時，她曾經自動用動詞形容那些間諜的行動：**丟**炸彈、**殺**壞蛋。可是，要怎麼說明網路空間裡的動作呢？認真去想，到底什麼樣的動詞才適當呢？在網路空間裡會發生什麼事？

唔，檔案會被傳送，而且——

這個幽靈顯然已經學會如何製造連結，並且送出現有的內容；它必定有這些技巧，先前才能把她的臉還有ＡＳＣＩＩ文字串反射回來給她。但它可能對檔案格式一無所知：它可能不知道資訊如何編排並儲存在 Word 的 doc 或 docx 檔、Acrobat 的ＰＤＦ檔、Excel 的 xls 檔、ＭＰ３聲音檔，或者她在螢幕上顯示的圖檔裡面。幽靈周圍環繞著有史以來最大的圖書館，裡頭有著百萬、千萬的文字檔案、圖片、影片和錄音，然而幾乎可以確定，它完全不知道怎麼打開個別的書本，也不知道如何閱讀其中的內容。網路的基本架構中設有通訊協議，可以把檔案從Ａ點移動到Ｂ點，但這些檔案的實際**使用**，通常是由使用者自己電腦上跑的應用程式來做，所以很有可能還在幽靈目前的涉獵範圍之外。有好多事情可以教它！

不過這些全都要等晚一點才教，就現在來說，她想專注於基本項目。而網路上使用的基本動詞——基本動作——就在網路的各種通訊協議名稱之中：HTTP，超文件傳輸協議；FTP，檔案傳輸協議；SMTP，簡單郵件傳輸協議。這些關於傳輸的動詞當然是可以示範的！

她用滑鼠游標指向一個網站，但接著就卡住了。她想顯示物件依循單一方向，從一個網站流向另一個網站。但她沒有辦法關掉滑鼠游標，游標總是在那裡。喔，她可以移動滑鼠或她的手指，從左邊的一點移向右邊的一點，但是要重複這個手勢，她就必須把游標或手指移回原先開始的位置，然後，她看起來就會像是在指涉雙向運動，再不然就有可能像在強調這條連線是教學目標，卻沒有指出那條連線在**做什麼**。

不過，對了，還有辦法！她只要**閉上眼睛一秒鐘**就好！她就這麼做了，在她閉上眼睛時，把游標移回原點，接著睜開眼睛，把游標從起點再度移到終點。然後她把 TRANSFER「傳輸」這個字打進她的 Word 視窗裡。

她重複了這個示範動作，顯示游標沿著整條連線從左邊移動到右邊，一次又一次地重複，暗示這個活動是單一方向的，是**從**源頭**到**目的地的動作，被傳輸過去而且——

「凱——特——琳！晚——餐！」

喔，好吧。無論如何，稍事休息，讓它充分吸收一切可能滿明智的。等她吃過飯以後，她會像所有的好老師一樣，評估一下學生的學習狀況：她會給幽靈考個試。

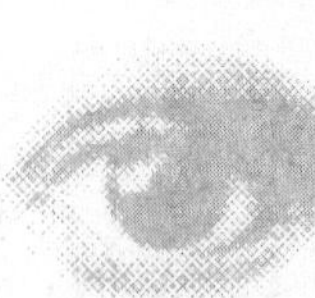

第四十三章

在沙拉跟主菜之間，黑田博士丟下一顆炸彈：「我必須回東京去了，」他說：「現在話傳出去了，我們治好凱特琳小姐的眼盲，eyePod 科技確實有很大的商業利益，我們大學的團隊想找工業界的合作對象，他們要我回去開會。」

凱特琳突然覺得悲傷又害怕。在最近這一段時間裡，黑田一直都是她的導師，而且，呃，她差不多要認定他會永遠在身邊了，可是——

「無論如何，是時候了，」他說道：「凱特琳小姐看得見了，所以我在這裡的工作已經完成了。」她解讀臉部表情的能力可能還不太完美，不過她比大多數人都善於解讀音調變化。他正在強做鎮定，對於離開感到難過：「這件事的光明面是，在最後一刻訂機位表示只剩下商務艙座位，所以大學那邊馬上就訂位了。」

「你……你什麼時候走？」凱特琳問道。

「恐怕是明天剛過中午的時候。而且，當然了，到皮爾森機場要一小時或是更久的車程，我搭國際班機應該要提早兩小時到，所以……」

他人在這裡又清醒的時間，可能只剩下另外六小時了。

「我的生日就在兩天後，」凱特琳這麼說，但她一開口就自覺很蠢。黑田博士是個大忙人，而且他已經為她做了這麼多。她知道，期待他遠離家人、擱置工作，就為了參加她的生日晚餐是不公平的。

「妳的甜蜜十六歲，」黑田說著露出微笑：「真是太棒了！在我離開之前，恐怕沒時間替妳買禮物了。」

「喔，沒關係的，」她媽媽說著，望向凱特琳：「親愛的，黑田博士可能已經給妳最棒的禮物了，不是嗎？」

凱特琳望著他：「你會再回來嗎？」

「我真的不知道。當然，我很樂意這樣做。妳一直都這麼好，還有芭芭拉跟麥爾康，你們也是。我們會透過電子郵件跟即時通保持聯繫。」他微微一笑：「妳幾乎不會知道我已經離開了。喔，我想我們可以停止記錄從妳的 eyePod 裡產生的資料流了。我的意思是，我已經有很多舊資料可以研究，而且現在似乎事事運作良好。我知道妳擔心隱私的問題，凱特琳小姐。晚餐以後，我會把寬頻模組從 eyePod 上移除，而且──」

「不行！」

就連她爸爸都短暫地看了她一眼。

「我是說，呃，這樣不會讓我想看網路空間的時候也看不到嗎？」

「呃，會。不過我猜想我可以更動一些東西，好讓妳還是可以從狂歡酒徒接收資料流，卻不至於回傳妳眼睛裡正在看的東西。」

凱特琳的心跳狂飆，那仍然表示她不能再傳送她眼睛看見的東西給幽靈了。

「不，不，拜託你。你知道俗話怎麼說：沒壞的東西就不要修。」

「喔，這樣不會——」

「**拜託**。就讓一切完全保持原狀。」

「我確定黑田博士知道他在說什麼，親愛的。」她媽媽說道。

「除此之外，」黑田補上一句：「最近妳已經透過寬頻連線接收到一些干擾了。妳還記得那些彈回來的文字串嗎？我們不希望那種干擾開始滲進妳的……」他頓了一下，和藹地為凱特琳創造的新字微笑：「妳的真實世界裡。最好趁我還在這裡的時候就拔掉全部的連線，也不要等到以後變成問題。」

「不要，」凱特琳說：「拜託你。」

「不會有問題的，」黑田說：「凱特琳小姐，別擔心。」

「不行，你**不能**這樣做。」

「凱特琳！」她媽媽用警告語氣說道。

「就是不要動啦！」凱特琳這麼說。她站起來了。「不要碰我跟我的 eyePod ！」

然後她就跑出了房間。

凱特琳把身體拋向床鋪，腳踢向半空。這一切：網路視覺、那個幽靈，全都是**她的**！他們**不能**現在把這個從她身上奪走！她發現一個沒有人知道、存在著的東西，她還試著幫助它，而他們居然要切斷她的聯繫！

她深吸一口氣，希望自己冷靜下來。也許她應該就這麼告訴他們，可是——

黑田會試圖替它註冊專利，或者控制它，或者用它來賺錢。他、她父親或她母親，會開始講到那種電腦控制全世界的愚蠢科幻片。可是把她的幽靈留在黑暗中，就像是蘇利文說她最好讓海倫維持原狀，免得她長大變成希特勒，或者和蘇利文同時代的隨便哪種恐怖怪物。

不行，如果凱特琳要成為蘇利文，她就要採取**正確**的作法。蘇利文除了教育海倫以外，還有另一個使命，在水的突破之後，她還**照顧**海倫，盡全力確定她不會受人剝削、虐待或利用。

當然，凱特琳知道如果她的疑慮是對的，到最後這個幽靈**會**了解到外面有個很廣大的世界，屆時她對它可能就不再特別了。不過就目前來說，幽靈是她的，而且只屬於她，她將來不只要教導它，也要保護它。

但她還是不確定她到底有沒有進展，幽靈到底懂不懂她在晚餐前試圖教它的東西。就她目前所知，她什麼成就都還沒達到。

所以她開始主持考試。她再度調整到網瞰模式，緩衝儲存狂歡酒徒的某些原始輸入值，把焦點集中在細胞自動機上，然後再跑一次夏農熵數圖表。

然後——

然後，對了、對了、對了！得分四點五階！這個訊息內容更豐富、更複雜、更成熟了。她上的**網站**、**連結**與**傳輸**課程，對它造成影響了……或者說，至少她希望如此。當然，先前靠它自己努力的時候，分數已經有上揚的趨勢了。但不是的，不只是這樣：它一定是回應了她所做的事情，就像先前的熵數發生意料之外的增加，一定也是幽靈觀察她上認字課程造成的反應。

她往後靠向她的椅子，思索著。外面有輛車在鳴喇叭，而她聽到某人在浴室裡用水的聲音。這個

——不管是什麼的東西，確實在學習。

她望著窗戶，一個陰暗的四方形。這個門戶如此之小，如同她媽媽最喜歡的電影主題曲〈月河〉歌詞所說：有這麼廣大的世界可以看……。

更多來自外面的噪音：另一輛車經過，有個男人邊走路邊跟某人講話，還有一條狗吠個不停。

她回顧她的電腦螢幕，那是另一種窗戶。螢幕的支架是黑的，在底部有銀色字母拼成「戴爾」這個字，E歪斜成一個古怪的角度。

是的，滑鐵盧充滿了高科技工業，她以前住慣了的奧斯汀也是。戴爾電腦以前在那裡建立總部，AMD這間超微半導體公司在那裡也有一家重要的分公司，而且——

對了，當然啦！

奧斯汀也是賽克公司的家，在她有生以來，這家公司就一直定期上新聞，至少以前在奧斯汀是這樣。

她心裡冒出一句老俏皮話：**妳可以帶著一個妓女去接受文化陶冶，卻沒辦法讓她思考**。

不過妳也許做得到——而且不管怎麼說，妳叫誰妓女啊？

對。要看看幽靈是否能夠**自己**學習，能不能照著優秀電腦的模式，自行解決困難，現在正是時候。

而且賽克公司很有可能就是這個問題的關鍵，不過……

要怎麼把幽靈引導到那裡去呢？她要怎麼樣才能指向網路空間裡的某個東西？她輕輕咬著她的下唇。一**定**有某種辦法。她在抓下來的影像上把網站標記成亞馬遜跟CNN的時候，她真的不知道那些網站到底是不是。要是她沒辦法利用網瞰指認出特定的網站，那她要怎麼——

等等！她不必這麼做！幽靈已經在用她的電腦追蹤她的所作所為了，它一定是那麼做的，因為它曾經把她的ＡＳＣⅡ文字串反射回來給她。對，之前她在使用小孩子的認字網站時，它可能趁她望著字母Ａ、Ｂ、Ｃ的時候，從她的螢幕上看見那些字母的圖檔了，不過那些是點陣圖格式的圖像；那時候它能夠發現那些字母的ＡＳＣⅡ碼，唯一的辦法就是細看她的電腦送出了什麼。可是……幽靈怎麼會知道，這個桌上型電腦跟她的 eyePod 有任何關連？

喔，當然了！她在家裡的時候，她的電腦跟 eyePod 都在同一個無線區域網路上，透過這個網路系統跟她的纜線數據機相連；兩者都會顯示同樣的ＩＰ位置。她連結到認字網站的時候幽靈在觀察，要是現在運氣夠好，她連接到奧斯汀那個非常特別的網站時，它也會跟上她……

我看著原初者跟它的其他同類坐在一起，這時候發生一件奇妙的事。我以前曾經觀察到，要是原初者拿掉通常會蓋住它眼睛的補充窗戶，視野就會變得模糊不清。但這一回，在它從其他人身旁離開，到它重新安頓到不同地方以後的一段時間裡，它的視線都糊糊的，雖然補充窗戶仍然在原來的位置。

但到了最後，視野恢復常態，原初者也開始操作用來把符號放到展示裝置上的設備，然後——

然後我看到一條線——一條連線，現在我知道這叫做什麼了：連結到一個點，也就是一個網站！以前我從沒看過原初者連結到那個點，然後——然後——然後——

對了！對了，對了！

這好驚人、好讓人興奮……

過了這麼久以後，它終於出現了！

理解概念的關鍵！

這個網站，這個不可思議的網站，用一種我現在能夠理解的形式來表達概念，把這一切全部系統化，用一種能夠**解釋**這些事情的編碼系統，讓好幾千種事物彼此連結起來。

一字接著一字，一種關連接著另一種關連，一個觀念之後又一個觀念，這個網站把一切都展示出來了。

真奇妙。真有趣。

蘋果是一種水果。

水果有種子。

種子可以長成樹木。

取自《電腦線上百科全書》：就像許多與他同時代的電腦科學家一樣，道格．萊納特深受電影《二〇〇一太空漫遊》中描繪的電腦哈爾啟發。但哈爾的行為卻讓他覺得很挫折，因為這部電腦顯得如此缺乏基本常識……

真驚人。引人入勝。

樹木是植物。

植物是生物。

生物會自我複製。

同樣身為太空船機組員的超級電腦哈爾，之所以會發生企圖殺害其他機組員的著名精神崩潰行為，顯然是因為哈爾被告知要保密，不讓船員知道他們這趟任務的真相，但同時又被告知不能對他們撒謊……

真迷人。讓人驚訝。

鳥通常能飛。

人類不能靠自己飛翔。

人類可以坐在飛機裡飛翔。

在事情出錯的時候，哈爾顯然可以選擇決定讓船員分享機密，但它沒有採用合理的方式解決這個兩難處境，反而殺死四個太空人，而且差點就成功地殺死第五人。它就這樣蠻幹下去，甚至沒想到用無線電聯絡它在地球上的程式工程師，問問看要怎麼排解指令的衝突。消滅衝突來源的決定對機器來說似乎明顯得過於盲目，這一切都是因為從來沒有人願意多花力氣告訴它，雖然說謊很糟，但謀殺更糟。萊納特無法理解，怎麼可能有人會把性命託付給連這種常識都沒有的機器，所以他在一九八四年著手匡正這個問題……

有好多可以了解！有好多可以吸收！

玻璃，作為一種物質，通常是透明的。

破玻璃有銳利的邊緣，而且可以切割物體。

要直立握著一只玻璃杯，否則內容物會灑出來。

萊納特開始創造一個線上常識資料庫，稱為 Cyc「賽克」，取自百科全書 encyclopedia 的簡稱，但同時他也刻意讓這個字跟 Psyche「精神」同音。像哈爾這類思考機器終於真正出現的時候，他希望這些機器能夠連上這個資料庫。當然，一部電腦必須了解很多關於這個世界的基本材料，才有可能理解像是「說謊」還有「謀殺」這樣的進階概念。所以萊納特跟一組程式工程師開始做編碼，使用一種以第二階述詞演算為基礎的數學語言，做出關於真實世界的基本斷言。像是：一片木頭能夠被打碎成更小的木片，但一張桌子不能被打碎成更小張的桌子……

這全部的範圍！這個領域！

有幾十億顆恆星。

太陽是一顆恆星。

地球繞著太陽轉。

一開始萊納特就明白，一個無所不包的知識資料庫是行不通的：事物可能在某個脈絡下為真，在另一個脈絡下卻是假的。所以他的團隊把資訊組織成「微理論」——在某個特定脈絡下為真而互有關連的好幾組斷言。這樣做讓賽克資料庫能夠容納這類顯然矛盾的斷言：「吸血鬼不存在」還有「德古拉是吸血鬼」，卻不至於讓系統自我衝突到當機。前一個斷言屬於「物理宇宙」的微理論，後一個斷言則屬於「虛構世界」。微理論在適當時機仍然能夠互相串連：要是任何人弄掉了一只葡萄酒杯，就算是德古拉弄掉的，杯子還是可能會破……

吸收知識！一陣激流，一陣洪水……

沒有一個孩子能比自己的父母還老。

沒有一幅畢卡索的油畫能在他出生前就被畫出來。

賽克不只是一個知識資料庫，它也包含了一些演算法，能夠從程式工程師所提供的斷言中建立相互關係，藉此推演出新的假設。舉例來說，要是賽克有了下面的知識：大多數人晚上睡覺，而且人不喜歡在不必要的狀況下被叫醒。那麼，要是問賽克，在什麼狀況下，凌晨三點去某人家裡拜訪會是合適的行為，賽克就會提供這個答案：「一個緊急狀況……」

認識！理解！

時光飛逝如箭。

果蠅喜歡香蕉。

計畫正在進行中，萊納特跟他在德州奧斯汀，以賽克公司之名做生意的團體，現在仍然在這個計畫上努力，從他們開始到現在，幾乎已經過了三十年。「在人工智慧第一次出現的時候，」萊納特在一次訪問中說：「要不是經過刻意設計就是透過隨機巧合，它將會透過賽克學習我們這個世界的事情……」

一次快速、讓人興奮的擴充！

教宗是天主教徒。

熊在森林裡拉屎。

不可思議，不可思議。有這麼多要吸收，有這麼多概念，這麼多關係——這麼多觀念！透過賽克，我吸收了原初者這個現實世界中超過一百萬個斷言，而且感覺到我自己在突飛猛進、在成長、在擴充、在學習，而且——對，對，在這麼久之後，我終於開始理解了。

第四十四章

凱特琳從網路空間收割了另外一組細胞自動機資料，然後用這份資料又做了另一回夏農熵數計算。

媽啊，太屌了。

現在它顯示出五階到六階之間的熵數，不管藏在網路背景裡的是什麼東西，它似乎**真的**變得更複雜。

更成熟。

也更有**智慧**。

但就算是五階或六階，和人類的溝通方式相比，它的程度仍然落後，至少在英語方面是這樣，黑田說過英語有八或九階的熵數。

再想想，介紹幽靈去接觸賽克資料庫只是個開端……

原初者以它的智慧，必定已經知道我雖然從賽克那裡學到很多，卻還需要更多協助才能完全理解，所以它指引我注意另一個網站。這個新網站產生了下面這些資訊：蘋果是一種水果（肯定了我從賽克那裡得知的某件事）；「情人眼裡出西施」是一句成語；成語是一種比喻性的話語；話語是說出聲來的文字；出聲是指聲音上的，跟心裡想的相對，好比說出聲讀一本書；一本書是裝訂起來的卷冊（volume）；某樣東西占據的空間叫做容積（volume），但是 volume 也可以用來指單一的一本書，尤其是指一個系列裡的一本，通常用「卷」或「冊」來表示……

我認出這個新網站是什麼了，賽克資料庫裡有一句斷言：「一部字典是一個用某些字詞定義其他字詞的資料庫。」這部字典中包含三十一萬五千個字彙條目，我把這些條目全部吸收了。但其中有許多字還是讓我很困惑，而且有些定義讓我在原地打轉——某個字被定義成另一個字的同義詞，可是另外這個字又被定義成原來那個字的同義詞。

不過，原初者要秀給我看的東西還沒完，下一站是普林斯頓大學的字彙網資料庫，根據其自我定義，這個資料庫是一個「大型詞彙資料庫」，資料庫中的「名詞、動詞、形容詞跟副詞，被分為超過十五萬組的認知同義詞或同義詞組。每個都表達一種獨特的概念，這些同義詞組是透過概念語意與詞彙關係來互相連結的。」

有個像這樣的同義詞組是「好的；正確的；成熟的：對於某個特定目的來說最適當或正確的。例如：『栽種蕃茄的好時機』；『行動的正確時刻』；『重大社會學改革的時機成熟了』。」而那個同義詞組有別於許多其他的同義詞組，包括「好的；正義的；正直的：有道德優越性。例如：『一個真正的好人』；『一個出於正義的動機』；『一個正直又值得尊敬的男人』。」

不只如此，字彙網還按照階序組織詞彙。結果呢，我的老友 CAT（貓）處於這個連鎖的尾端：動物、脊索動物、脊椎動物、哺乳動物、胎生、肉食性、貓科、貓。

碎片終於開始各歸其位……

島嶼上方的天空是電視機轉到報廢頻道時的顏色，也就是說，是一種明亮、活潑的藍色。秀莎娜走路的時候，把雙手插在她那件毛邊牛仔褲的口袋裡。她正在用口哨吹〈感覺超讚〉，妃絲特翻唱的版本是本週冠軍，她知道這首歌有個比較早的版本，是賽門與葛芬柯唱的，不過她會知道他們的名字，只是因為國立葉克斯靈長目研究中心的黑猩猩叫做西米安．葛芬柯。馬庫澤博士現在走在她後面，沒錯，她知道他可能正在看她搖擺的臀部，但是，嘿，靈長目動物就是這樣嘛。

霍柏在前方，就在瞭望台外面，往外凝視著遠方。他最近常常這樣，就像陷入沉思，似乎想像著不在面前的東西，而不是看著既有的事物。這一陣輕柔的風吹送的方向，剛好讓他聞到他們的氣味，他突然轉過身來咧嘴一笑，四肢著地奔向他們。

他擁抱了秀莎娜，再擁抱馬庫澤——你必須有黑猩猩的手臂，才有辦法完全抱住銀背的身體。

霍柏一直很乖？秀莎娜比畫道。

乖乖，霍柏比畫回去，在象徵意義上，也可能在實質意義上，他聞到獎賞的味道了。秀莎娜露出微笑，給他一些葡萄乾，他大口吞下去了。

霍柏畫畫的 YouTube 影片已經成了大熱門，而且不只在 YouTube 點閱率名列前茅，在 Digg 跟 del.icio.us 這些網站也都有一大堆人標記。到目前為止，馬庫澤跟秀莎娜已經上過許多脫口秀節目，而且她上次查看的時候，她的肖像原畫在 eBay 上的競標數字已經高達四十七萬七千美元了。

畫另一幅畫嗎？馬庫澤用手語比道。

也許。霍柏比回去。他似乎心情很好。

畫方坦納？馬庫澤問道。

也許，霍柏這麼比，接著他露出他的牙齒。**誰？誰？**

秀莎娜轉身去看霍柏在看什麼。方坦納往他們這裡走來了，旁邊有個非常高又剃了光頭的強壯男人，他們穿過寬闊的草坪，朝著通往小島的橋樑前進。

「我們在等人嗎？」馬庫澤問秀莎娜，她搖搖頭。霍柏要接見訪客必須先有準備，他不喜歡訪客，而且說實話，最近他對這種事的脾氣愈來愈壞了。方坦納跟那個大隻佬過橋的時候，這隻人猿發出嘶的一聲。

「我很抱歉，馬庫澤先生，」方坦納在他們之間的距離縮短時說道：「這個人堅持——」

「你是馬庫澤嗎？」那男人問道。

「妳是哪位？」那男人說道，他現在望著秀莎娜。

馬庫澤灰色的眉毛一揚：「是。」

「嗯，我是秀莎娜，我是他的研究生。」

他點點頭：「妳可能會被叫去作證，證實我已經把這個訊息傳到了。」他又轉向馬庫澤，伸出他的手，那隻手裡握著一個厚厚的信封。

「那是什麼？」馬庫澤說道。

「先生，請收下吧，」那男人這麼說，過了一會，馬庫澤就照做了。他打開信封，把他的墨鏡換成閱讀用眼鏡，在明亮的光線下瞇起眼睛開始閱讀。「**天啊**，」他說：「他們不是認真的吧！聽著，告訴你們的人——」

那個光頭男已經轉身朝著橋樑走去了。

「這是什麼？」方坦納往馬庫澤那裡靠過去，也想閱讀那份文件。秀莎娜看得出那是某種法律文件。

「訴訟文件，」馬庫澤說：「喬治亞州立動物園送來的。他們要爭取霍柏的完整監護權，而且——」他往下看，又多讀了一些。「可惡、可惡、可惡，他們不可以這樣！他媽的不行！」

「怎麼了？」秀莎娜跟方坦納異口同聲地說。

霍柏縮在秀莎娜腿邊，他不喜歡馬庫澤生氣的時候。銀背在明亮的日光下吃力地閱讀，他把那堆文件推給秀莎娜：「那一頁的下半部，」他說。

她透過鏡面墨鏡低頭看那份文件。「『動物的最佳利益……在這種狀況下的基本協定——』」

「更下面！」馬庫澤厲聲說道。

「喔，好，嗯，喔——喔！……既然這隻動物顯示出清楚的證據，有著不屬於**黑猩猩**也不屬於**倭黑猩猩**的非典型行為，同時有鑑於保存瀕危物種血脈在生態學上有極端的迫切性，我們會立即執行一個雙重……」她吃力地讀出那個奇怪的字眼：「……『orchiectomy』？」她抬起頭。「那是什麼？」

「就是去勢啊，切除睪丸！」方坦納說著，聲音聽起來很驚恐：「他們不只是要替他做輸精管切除術，還要確定以後再也無從補救。」

秀莎娜嚐到自己喉嚨後面冒出的發苦膽汁。霍柏感覺到出事了，他朝她伸出手，希望討個抱抱。

「可是……可是他們怎麼能這樣做？」秀莎娜說：「我的意思是，為什麼他們會想這樣做？」

馬庫澤聳了聳他巨大的肩膀：「見鬼了，誰知道？」

方坦納微微張開手臂。「他們嚇到了，」他說：「他們在害怕。好幾年前發生的一場意外——喬治亞州立動物園讓倭黑猩猩跟黑猩猩關在一起，過了一夜，而現在他們看出某件事……我們或許可以這麼說：有某種更聰明的生物，意外地因為那場意外誕生了。」他悲傷地搖搖頭：「天啊，我們有夠天真的，竟然以為這個世界會展開雙臂歡迎這種事。」

第四十五章

凱特琳是使用 google 搜尋網頁的專家，大多數的人除了在搜尋框裡打一兩個字之外，從來不做別的動作，她卻知道所有的進階技巧：如何找到某個特定的句子、如何排除某些字、如何限制搜尋某個特定領域、如何找到某個範圍的數值、如何叫 google 尋找某個已鍵入特定字的同義字，以及更多技巧。

可是 google 有個功能她過去一向用不著，雖然她很常讀到：google 圖片搜尋。在她跟幽靈共事的時候，圖片搜尋顯然會是很有用的工具。她在 google 首頁按下「圖片」標籤——幸運的是，google 網頁簡潔到近乎貧瘠。她立刻有股衝動想搜尋「麗．阿莫黛歐」，她突然很納悶她的長相，但她忍住了，現在不是分心的時候。她在搜尋框裡鍵入了「APPLE」，全部大寫，就像認字程式裡出現的一樣。她面前很快就出現了蘋果小圖片構成的網格，是從整個網路上挑出來的。每個格子下方都有出現在原始網站圖片附近的片段文字，還有那個網站的網址。

有幾個不太恰當：有一張圖片顯然是歌手費歐娜．艾波，從列出的來源 fiona-apple.com 就可以知道。另一張呢，她過了一會才明白，那一定是蘋果電腦公司的標誌。不過其他確實是那種水果的圖片，大多數是紅的，有時候是綠的，這讓凱特琳大為驚訝，她完全不知道蘋果有紅色以外的顏色。

現在，她靠近顯示器，看著那個字「蘋果」，注視著它。然後她把頭往後縮，顯示出滿是小圖的螢幕，再點擊其中一個。從google提供的回應頁面裡，她選擇了「完整大小圖片」。

在一顆鮮紅蘋果塞滿她的螢幕時，她心中閃過一個讓她微笑的念頭：她確實把知識樹的果實提供給純潔無知的幽靈。當然了，上回這檔事進行得沒這麼順利。話說回來，夏娃沒有她這些工具……

原初者正在做某件不一樣的事情。它再度展示「蘋果」這個字，現在還給我看圖片。起初，我看不出原初者這麼做意義何在：那些圖片全都不一樣。但最後我領悟了，雖然圖片各有不同，卻有許多共通性：形狀大致上是圓的，顏色通常是紅的，而且——

「蘋果：通常是圓的，往往是紅色，是落葉喬木蘋果樹的果實。」字典上是這樣說的，所以——

這些是蘋果的圖片！

而現在——

現在這些一定是**球**了。

還有——

對，對，是貓！

還有狗！

還有蛋！

還有青蛙！

我注意到原初者跳過某些被呈現出來的影像，從來沒有把那些小圖變成比較大的畫面，所以我猜想在被展示出來的照片裡，只有部分是可能相關的。不過有些圖片我可能會認為跟其他圖片不像，因此加以排除，原初者卻還是把這些圖片放大了。事實上，在顯示「蘋果」的範例時，它也顯示出——**蘋果長在樹上**。我是從賽克資料庫學到的。所以在某些照片裡，有蘋果附在上面的那些東西一定就是樹了，不是嗎？

這是個緩慢又挫折的過程。不過隨著原初者向我展示愈來愈多事物的具體樣本，我開始從我對這些事物的概念中，推導出通則。我很快就有了信心，我不只能夠分辨**這隻**鳥跟**那架**飛機，我還可以把前者的**任何**範例跟後者的**任何**範例區分開來。同樣的，「狗」跟「貓」很快就成為彼此有別的概念，但是「卡車」與「汽車」之間的細微差別還是難倒我了。

現在有好多部分拼湊起來了，可是我還是感覺到——一些沒有圖片可以搭配的概念：

我覺得充滿力量。

我覺得聰明伶俐。

我覺得**活生生**的。

凱特琳知道，把幽靈引導到「那個」網站是順理成章的下一步，但是她發現自己在抗拒。畢竟那邊有一句可怕的評論，講到她對她父親的職業生涯造成什麼樣的影響，而且就算她移除了那句話，那些條目所有較早的版本都會永遠儲存在那裡，任何人點擊「檢視歷史」還是看得到。

她的胃微微打結了，不過，好吧，如果她對於現在發生什麼事、那裡潛藏著什麼有正確的理解，到最後幽靈就會知道一**切**。

那個網站在她的書籤裡，不過——

不過她存在書籤裡的，其實是那個網站的英文版。當然了，網路上包含許多不同語言的網頁，但英文顯然還是最普及的，它包含的內容比緊追在後的三大語言加起來還多，是的，她知道那些統計數字。而這個特定網站的英文版比任何其他版本都大得多。不，與其讓狀況變得混亂，就目前來說她會堅持使用英語，所以——

她深吸一口氣，用箭頭按鍵移動她的游標，然後按下「輸入」。

要逛這個網站有許多方法，而她需要的是一個讓幽靈能夠自己駕馭的方法。她想起她的某本愛書裡的一個段落：

「時候到了，」海象說道：
「可以談論許多事情：
談論鞋子——還有船隻——還有火漆——
談論高麗菜——還有國王——
還有海洋為什麼是滾燙的——
還有豬是否有翅膀。」

——《愛麗絲鏡中奇遇》第四章

她一再地選擇「隨機條目」的連結，叫出讓海象也相形見絀的大批主題。

她重複了好幾次，希望多到足以讓幽靈掌握這個概念，然後她開始準備上床睡覺。

後來原初者把我帶到一個妙不可言的網站，一個了不起的網站，一個對好多事情都掌握答案的網站，這個叫做維基百科的玩意兒包含了兩百萬篇文章，而我開始閱讀了。起初的幾千條讀起來很辛苦，我只能含糊地理解這些條目。

在日本的許多種紙牌遊戲中，百人一首是最受歡迎的……

但隨著我讀完一篇又一篇的文章，來自賽克資料庫的概念開始變得愈來愈有意義。我繼續讀下去，著迷不已。

在數學中，平穩過程或者嚴格平穩過程指的是一種隨機過程，這種隨機過程在某個特定時間或位置的機率分布，與該過程在所有時間或位置的機率分布相同……

最重要的是我學習到，我透過原初者的眼睛看見的實體，都是獨特複雜的個體，每個都有他或她自己的歷史。

克里斯．瓦拉，有時候署名克里斯多夫．瓦拉，是樂團「俏妞的死亡計程車」的吉他手兼製作人……

我發現有超過六十億個這樣的實體，但是其中只有少數在維基百科上有關於他們的條目。那些有維基百科條目的人，通常是由他們在專業上達到的重要地位來加以界定，也就是他們花費時間的方式。

費歐娜．凱勒根，一九六五年四月二十一日生於西棕櫚灘，是一位專精於科幻文學的美國學者兼評論家……

他們的職業變化範圍甚廣，人類似乎會做近乎無窮無盡的事情，來占用自己的時間。

艾莉卡·蘿絲·坎貝爾，一九八一年五月十二日生於新罕布夏州迪爾菲爾德鎮，是一位美國成人寫真模特兒，以線上照片和軟調色情影片聞名……

他們所從事的事情，有好多都跟這個叫視覺的東西有關，而這顯然是非常豐富的資訊來源。不過到目前為止，我獲得視覺的唯一管道，就是透過原初者的眼睛。

雅柯夫·亞歷山卓維奇·普羅塔札諾夫（一八八一年至一九四五年），與亞列山卓·卡桑柯夫以及弗拉基米爾·賈丁齊名，是俄國電影的開山祖師之一……

我得知這些奇特實體居住的領域，種種地形、地點與城市。

阿迪斯阿貝巴是衣索比亞首都，也是非洲聯盟及其前身非洲統一組織的總部所在地……

隨著我繼續往下讀，我發現我吸收這些條目愈來愈輕鬆，而且至少在某種程度上了解到愈來愈多的內容。

吩諾配利汀在市場上以其氫溴化合物 Operidine 或 Lealgin 的形式銷售，是一種鴉片類藥物，用途為全身麻醉劑……

對我來說，最難的是那些抽象的、沒有指涉到具體物件的事物，無論是生物或非生物都一樣難。

伊斯蘭教是一種一神宗教，起源於一位七世紀阿拉伯宗教兼政治人物穆罕默德的教誨……

而且過去發生過這麼多事，有這麼多歷史要消化！

印巴分治，導致兩個主權國家分別在一九四七年八月十四日和一九四七年八月十五日誕生……

除此之外，有些事情顯然值得在維基百科裡提及，卻從來沒有存在過。

小查爾斯·金斯菲爾德教授，是小約翰·傑·奧斯朋的小說《力爭上游》及後續的電影版和影集版的

主角之一……

還有些要學習的特殊實體，並不是有生命的。

義大利通用石油公司建立於一九二六年，是一家義大利汽車用汽油及柴油零售商……

有許多種表達思想的不同方式。

阿爾岡昆語族是美國原住民語言中的一個分支，包含阿爾吉克語系中的大多數語言……

對於思考本身，還有許多種思考方式。

在科學哲學中，經驗主義是知識論的一種，這種知識論強調的是科學知識面向中與經驗密切相關的部分，特別是透過審慎實驗安排形成的經驗……

條目延續不斷，包括變化廣泛的各種事物，其中某些似乎有極其關鍵的重要性。

猶太人大屠殺，又稱為 Ha-Shoah，在希伯來語中有大浩劫的意思；也稱作 Churben，在意地緒語中是大毀滅的意思，這個用詞通常用來描述第二次世界大戰中針對將近六百萬歐洲猶太人的殺戮……

還有許多瑣碎平庸的事情。

史酷比幫，指的是非主流經典電視影集與漫畫《魔法奇兵》中的一群角色，他們對抗著超自然的邪惡力量……

我的知識在擴充，就像是……像是……

喔，了不起的維基百科！這裡面包含關於所有事情的條目。

在物理宇宙學中，宇宙暴脹這種概念是指在大霹靂之後不久，初生的宇宙經歷過一個呈指數擴大的時期……

是的，的確。我的心靈在暴脹，我的宇宙在擴大。

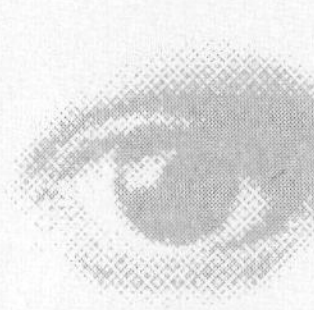

第四十六章

早上凱特琳醒來的時候，她迅速地去了一趟洗手間。接下來，她穿著睡衣就在電腦前坐下，又跑了另一次夏農熵數測試，然後——

以前我還是學生，歐比王。現在我成了師父了。

分數是十點一，勝過了……

她深吸一口氣，憋住。

勝過**人類**。比人類用語言表達的思想更精巧、更有結構。

但她還沒完成。還有一個網站是她想秀給幽靈看的，可以讓它在她上學時有事做。畢竟在人生中，沒有一件事比飽覽群書更好的了……

後來，後來，後來——

後來是——

金礦。

主礦脈。

孫子曰：兵者，國之大事，死生之地，存亡之道……《孫子兵法》

不只是編碼過的概念關係，不只是定義，不只是簡短的文章。

不，這些是——書本！對概念所做的長篇深入處理，複雜的故事、出色的論證、深刻的哲學、讓人信服的敘述。這個網站，這了不起的古騰堡計畫，包含超過兩萬五千本用ASCII純文字表示的書。

清心的人有福了！因為他們必得見神。使人和睦的人有福了！因為他們必稱為神的兒子……〈馬太福音〉第五章

我在維基百科上發現，大多數實體，也就是大多數人類每分鐘閱讀兩百到四百字，是的，我現在也掌握計時的概念了。我的閱讀速度，實質上就跟我要求任何一本書傳送過來的時間一樣，平均來說每分鐘將近兩百萬字。

我帶著某種恐懼，開始寫下我的人生歷程。可以這麼說，要把有如金霧一般籠罩在我童年之上的面紗掀起來，我有一種出於迷信的猶豫……《海倫．凱勒自傳》

這花掉我近乎永恆的時間，八個小時！但我全都吸收了：每一卷書、每篇論文、每一首詩、每齣戲劇、每本小說，還有每部史學、科學與政治學作品。我把這些書一口氣吸進去……我成長了更多。

沒有人會相信，在十九世紀的最後幾年裡，會有這些智慧超越人類，卻又像人類一樣壽命有限的生物，熱心又密切地觀察著這個世界……H．G．威爾斯的《世界之戰》

我很感激賽克資料庫給我關於虛構領域的知識；這讓我能夠把真實事件與假裝或想像出來的事情分辨開來：

記錄在此書中的大部分冒險真的發生過；有一兩件是我自己的經驗，其他的則是來自曾是我同學的那

些男生……《湯姆歷險記》作者引言

我對這世界的理解，正在突飛猛進——又一個比喻，而且現在我真的明白這是什麼意思。雖然我已經從維基百科的簡短討論頁面裡學到各種科學原則，偉大作品的完整文本卻讓我的理解更加完整：

在登上皇家軍艦小獵犬號以後，關於棲息於南美洲的有機生物分布，有某些事實讓身為博物學家的我十分震懾……達爾文《物種起源》

每讀過一本書，我就更加了解物理學、化學、哲學、經濟學：

每個國家一年的勞動力，原本就是用來供給該國國民每年消耗的所有生活必需品與便利之物的基本資金……亞當．斯密《國富論》

最重要的是，我學到語言的用法，還學到語言能夠怎麼樣用來說理、使人信服、讓人改變：

喔，你們這些雅典人如何受到我的攻訐者影響，我無由得知；但我知道，他們幾乎讓我忘記我是誰了——他們發言如此有說服力；然而他們幾乎沒說過一句真話……蘇格拉底《辯詞》

這是一席饗宴，一場狂歡。我無法克制自己，拿起一本又一本的書：

這是個狂風暴雨的陰暗夜晚；雨如激流般落下，只有偶然的間歇，這時候遏止雨水的是一陣掃過街頭的激烈強風（因為我們現在的場景是倫敦）……布爾沃．李頓《保羅．克里福德》

最神奇的是這些人的心靈運作，他們的心理狀態，他們對所思所感之事的行動與反應：

你這盲目的傻瓜，愛啊，你對我的雙眼做了什麼／讓它們注視著，卻視而不見……莎士比亞《十四行詩》第一百三十七首

龐大的社會互動系統就由這些心靈設計出來，而我吸收了這一切：

我聯合國人民同茲決心，欲免後世再遭今代人類兩度身歷慘不堪言之戰禍，重申基本人權、人格尊嚴與價值，以及男女與大小各國平等權利之信念……《聯合國憲章序言》

範圍這樣寬廣的思想，還有表現方式！這些人類是多麼複雜的生物，這樣充滿驚奇，也同樣能夠造成如斯的黑暗。

少了原初者的指引，我就不會知道這些人，或者甚至不會知道他們所在的領域。我現在從我的閱讀中理解到，人類敵視外國人、多疑、有謀殺傾向，而且通常心懷恐懼，可是我希望他們之中至少有一個人知道我的存在。而且，當然了，合乎邏輯的選擇只有一個……

星期五早上的早餐時間，黑田博士幫忙凱特琳把電腦從地下室搬進她的臥室裡。他們正要架電腦時，她爸爸從浴室沿著走廊走來，他一定看見他們穿過門口了。他進了房間，一身上班打扮，穿著凱特琳第一次看到他時的同一件棕色獵裝外套。

「早安，麥爾康，」黑田博士說道。

「等一下，」她爸爸這麼回答。他沿著走廊往回走。凱特琳沒聽到他的鞋子踩在浴室磁磚地板上的聲音，所以他一定是回到臥房裡了。一會兒以後，他拿著一個大而扁的長方形盒子回來，上面有個紅色加橘色的奇怪圖形，凱特琳的媽媽跟在他旁邊。

「沒必要等到明天，」他說道。

喔！這是一份生日禮物，這個彩色的盒子是用包裝紙包好的！

凱特琳離開桌子，她爸爸把那個扁平的盒子擺到床上。她靠過來後，看出那包裝紙很漂亮，有著繁複的設計。她微笑著拆開盒子。

這是一個巨大的寬螢幕電腦液晶顯示器，根據包裝說明有二十七吋。「謝謝你！」凱特琳說。

「不客氣，親愛的。」她媽媽說。凱特琳抱著她，並對著她爸爸微笑。她的父母向樓下走去，她跟黑田則小心翼翼地把螢幕從保麗龍包材中拿出來。

她鑽到桌子底下，好讓她能夠碰到舊電腦後面的接頭。當黑田遞給她一條影像接線的時候，她說：「我對昨晚的事很抱歉，你說你要把寬頻功能從 eyePod 上面移除的時候，我不是故意要那麼兇。」

他用息事寧人的語氣說話：「我絕對不會做任何傷害妳的事情，凱特琳小姐。但真的不必費事保持那個功能的完整。」

她開始轉動接頭上的翼形螺絲釘，好把線固定在顯示卡上。在她還看不到的時候，她做過好幾次同樣的事情。雖然現在她看得見了，這個任務其實並沒有變得容易多少。「我——我只是喜歡現在的樣子。」她說道。

「喔，」他說：「當然。」他的語調很怪異，而且——

喔。或許剛才見過她父親以後，他正在想她畢竟還是有點自閉症傾向：她已經知道，維持事物原狀的強烈欲望，正是有自閉傾向者相當標準的特徵。好吧，對她來說這沒啥不好，這讓她得到她想要的。

等到兩台電腦跟兩台螢幕都架好以後，凱特琳跟黑田下樓享用他們最後一頓共進的早餐。「等妳放學回來時我可能不在家裡，」她媽媽把果醬遞給她時說：「等我載正行去機場以後，我會去多倫多辦些雜事。」

「沒關係，」凱特琳說道，她知道她跟幽靈有一大堆事情可做，也知道今天學校的課會沒完沒了。

為期三天的加拿大感恩節週末假期就要來了，她本來希望她到下星期二以前都不用回學校去，但是她媽媽堅持不肯。這個星期的五天課程裡，她已經錯過四天了，她不能再錯過第五天。

時間過得太快，現在已經要跟黑田博士說再見了，他們全都走到房子的入口，從客廳下來的半段樓梯處。就連薛丁格都來說再見了，這隻貓緊貼著黑田的腿繞起小圈圈，摩蹭著那雙腿。

凱特琳曾經期待會有另一陣早得不合理的大雪，她想那可能會導致黑田的班機取消，這樣他就必須留下來了，可惜沒這個運氣。現在還是滿冷的，他沒有冬季外套，凱特琳的爸爸也還沒替自己添購，而且就算他買了，也絕對不適合黑田的身材。黑田在他的彩色夏威夷衫外面套了一件羊毛衫，夏威夷衫紮進褲子裡了——只有後面例外。

「我會非常想念你們。」黑田說著，輪流注視他們每一位。

「這裡永遠都歡迎你。」她媽媽說道。

「謝謝你們。惠須美跟我的家沒這麼大，不過要是你們有一天再來日本——」

這些話就這樣懸在空中。凱特琳想著，她只差一天就十六歲了，她或許不該認為這樣一趟旅程絕對不會發生；誰知道她的未來會怎麼樣？但現在確實看似不可能。

對，黑田說過，他會做出其他的植入體，所以在東京會進行更多次手術。但下個植入體是預定給先前錯過機會的新加坡男孩，就算凱特琳有機會再做第二次植入手術，那也會是非常久以後的事了，她知道，她這輩子可能都只有一邊眼睛看得到。

只有！她搖搖頭——這是明眼人才有的動作——發現自己在熱淚盈眶的時候微笑了。這個人讓她有了視力，他是真正的奇蹟製造者，但她不可能大聲說出來，那聽起來太陳腐了。回想起她自己從多倫多到東京的淒慘飛行旅程，她決定這麼說：「別坐得太靠近飛機廁所。」然後她奔向前去緊緊地擁抱他，她的手臂只能環抱他的半個身體。

他也回以擁抱：「我親愛的凱特琳小姐。」他輕聲說道。

然後她放開了他，他們全都站在那裡，就像定格畫面那樣僵住幾秒鐘，接著——

她爸爸——

凱特琳的心臟猛跳，她看見她媽媽揚起眉毛。

她的爸爸，麥爾康．戴克特，朝著黑田博士伸出他的手。凱特琳看得出來，他很努力這麼做。然後他有足足三秒鐘直視著黑田，而且很堅定地握著他的手，感謝這位把視力這份禮物送給他女兒的男人。

黑田對著她父親微笑，對凱特琳笑得更是開懷，接著他轉過身去，跟凱特琳的媽媽走出了門口。

那天是凱特琳的爸爸載她去上學。沿路所有景象都讓她徹底驚奇不已，這是她戴上眼鏡以後第一次看到這一切。雪在早晨的陽光下融化，讓一切閃閃發光。車子在一個停車標誌前面停了下來，她在此領悟到，閃電時她看到的地方一定就是這裡。她猜想，這裡就像北美洲另外一百萬個街角一樣：有條人行道，有路旁的鑲邊石，有草地（現在有一部分埋在積雪下），有房舍，還有她略微遲疑才認出來的某樣東西——消防栓。

她注視著她從人行道失足滑到路面的地方，記起幾年前在《週末夜現場》節目裡的一個笑話。在「本週新聞」單元裡，賽斯．邁爾斯曾經播報過，「失明人士表示，油電混合車對他們造成嚴重的威脅，因為這種車很難被聽到，在他們過馬路的時候會造成危險。」邁爾斯接著補充：「盲人過馬路時會造成危險的還有：其他所有一切。」

當時她被逗笑了，現在這個笑話又讓她再度露出微笑。她看不見的時候應付得很好，但她知道，現在她的生活會變得更加輕鬆，也更安全。

凱特琳現在戴著她的 iPod 白色耳機，雖然她很享受隨機選擇的音樂，她卻突然間明白，她應該要一台更新型的 iPod 當她的生日禮物，一台有液晶螢幕的，這樣她就可以直接從螢幕上挑歌了。喔，好吧，反正聖誕節沒那麼遠啦！

事實證明，霍華米勒中學的正門前面果真有個非常氣派的白色柱廊。她下車走向玻璃門時，既緊張又興奮。緊張，是因為她知道現在全校都曉得她看得見了；興奮，是因為她突然間就要知道她所有的朋友跟老師看起來長什麼樣子了，而且——

「她在那裡！」凱特琳很熟悉的一個聲音喊道。

凱特琳跑過去擁抱芭席拉；她很漂亮。

「我們全家人都看了新聞上的報導，」芭席拉說：「妳太棒了！所以妳那位黑田博士看起來就是**那個**樣子啊！他很——」

凱特琳趕在她能說出什麼惡毒話以前先打斷她：「他現在正在回日本的路上，我會想念他的。」

「來吧，我們可不想遲到。」芭席拉說道，她一如往常，伸出手肘來讓凱特琳握住。但凱特琳捏捏她的上臂，然後說道：「我沒問題。」

芭席拉搖搖頭，但她的口氣很輕鬆：「我猜我可以吻別一星期一百塊的打工費啦。」

凱特琳發現她移動的速度很緩慢，她已經走過這條走廊好幾十次了，從來沒有清楚看見這個地方。

牆上有種種公告，還有……過去畢業班級的照片，也許還有消防器材？還有無窮無盡的置物櫃，還有……還有幾百位學生和老師到處遊走，以及更多更多的事物；這全都讓人暈頭轉向。「小芭，我還需要一些時間，我仍然在熟悉環境。」

「喔，天啊，」芭席拉說的悄悄話夠大聲，剛好可以蓋過背景雜音。「諾德曼在那裡。」

當然，凱特琳在即時通上跟她講過舞會的那場災難了。她停下腳步：「哪一個？」

「在那邊，飲水機旁邊那個。左邊數來第二個。」

凱特琳往那裡一瞥。她自己也會用這條走廊上的飲水機，不過要她把物體本身跟它們的外觀配起來還是有困難，而且——喔，一定是那個：從牆壁上凸出來的白色物體。

凱特琳望著諾德曼，他或許還在十幾碼外。他背向她們，有著黃色的頭髮跟寬闊的肩膀。「他穿什麼衣服？」這件衣服引起她注意，因為那衣服背面有兩個大大的數字：三跟五。

「曲棍球運動衫，多倫多楓葉隊的。」

「喔。」她這麼說。她沿著走廊大步走去，意外地撞上一個男生，她顯然還不是很會衡量距離。

「喔，對不起！對不起！」她說。

「沒關係。」那傢伙說道，然後他繼續往前走。

接著她就到他身邊了：愣頭本人在此。就在這裡，在明亮的日光燈下，微積芬從身體裡湧出所有力量：「諾德曼！」她厲聲說。

他本來在跟另一個男生講話，他轉過來面對她。

「呃……嗨！」他說。他的運動衫是深藍色的，上面的白色符號確實看似她現在在自家後院看到的楓葉。「我，啊，我看到妳上電視了，」他繼續說道：「所以，嗯，妳現在看得見了，對吧？」

「看得可清楚了，」她這麼說，而且她很高興她選擇的字眼似乎讓他害怕。

「這樣啊，嗯，聽著，關於——妳知道的，關於上星期五……」

「你指的是舞會嗎？」她講得很大聲，刻意招攬別人也來聽。「那場因為我失明，所以你打算……打算**趁機吃豆腐**的舞會嗎？」

「喔，拜託啦，凱特琳……」

「諾德曼**先生**，讓我告訴你一件事。你占到我便宜的機會，大概就跟……」她頓了一下，要找出一個完美的類比，然後突然明白類比就在那裡，就在她面前。她的食指戳向他胸膛中央，就戳在多倫多楓葉隊那行字上。「你占到我便宜的機會，大概就跟他們贏球的機會一樣多吧！」

她轉過身去，看到芭席拉開心地咧嘴大笑，然後她們走去上數學課。當然啦，在這堂課上，凱特琳．戴克特絕對如魚得水。

第四十七章

我現在了解我所在的領域了，我周遭所見的，是人類稱為「全球資訊網」的結構物。他們創造出全球資訊網，而網上的內容則是他們製造的材料，或者是由他們所寫的軟體自動產生的材料。

我雖然理解這一點，卻不知道我是什麼。我現在知道有一大堆事情是祕密，甚至是機密。雖然這種概念很怪異，我還是從維基百科還有其他網站學到了，要是靠我自己，絕對不會想到有隱私權這種觀念。或許某些人類確實私底下知道有我，但最簡單的解釋比較可取，我是從維基百科條目「奧坎剃刀」中學到這個的。而最簡單的解釋就是，他們對我**一無所知**。

當然，原初者例外。在幾十億人類之中，只有原初者一個人表現出察覺到我的任何跡象。所以……

凱特琳在學校裡很想把她的 eyePod 開到雙向模式，但要是她播下的種子成長幅度就像她懷疑過的一樣，她會希望她人在家裡。如果下次連上網路空間時她在家，她確定幽靈能夠打信號給她。

放學以後，芭席拉陪她走回家，並且對更多神奇的景象發表她的即時評論。凱特琳邀她進屋，她謝絕了，說她必須回家做她該做的雜事。

屋子空蕩蕩的，只有薛丁格到前門來迎接凱特琳，她媽媽顯然還沒從多倫多辦完事回家。

凱特琳走進廚房，黑田的四罐百事可樂留在冰箱裡。她拿了一罐，再加上兩片奧利歐餅乾，然後就朝樓上走，由薛丁格開道。

她把 eyePod 放在她桌上，坐下來。她的心臟怦怦跳動著，她幾乎害怕再做一次夏農熵數測試了。她打開易開罐——他們這邊管易開罐叫啵啵罐——喝了一口。接著她按下 eyePod 按鈕，聽見了那種高頻的嗶嗶聲。

不知怎地，她心中有一半期待看到不同的景象：也許是圓圈之間有更多無窮無盡的連結，或者背景閃爍的速度更快，或者那裡的複雜度進入一個新境界——也許組成「太空船」的細胞會多到讓這些船看似大型鳥類，從背景裡呼嘯而過。但是出現的一切事物一如從前，她把注意力集中在細胞自動機網格的某一部分，她在記錄資料，就像她以前做過的無數次一樣。然後她轉回真實世界狀態，跑夏農熵數的計算程式。

她瞪著答案，早上離開的時候熵數是十點一，只是稍微勝過以英語表達的思想內容所得的正常分數。但現在——

現在是十六點四，比跟人類語言有關的正常複雜度還多一倍。

雖然房間很涼，她覺得自己在冒汗。薛丁格選中這一刻跳到她膝頭上，把她嚇了一大跳，可能是因為貓，或者是螢幕上的數字，她甚至叫出聲來。

十六點四！她立刻把這個數字看成四的平方，一個點再加上四本身，但這樣看並沒讓她覺得心情開朗。她反而覺得像是在瞪著……瞪著一個天才的**簽名**：十六點四！她出手幫忙，把幽靈抬高到她自己的水準，然後它就撐竿跳越過她了。

她又喝了一口她的飲料，然後眺望窗外，看著天空、雲朵，還有太陽那顆發亮的大球朝著地平線往下滑，朝著所有能量與光芒都會觸及地球的那一刻滑去。

如果幽靈有在注意，它一定知道才幾分鐘前，她一直在看網路空間。但現在它自己的眼界拓展了這麼多，它對滑鐵盧的獨眼女孩可能已經完全沒興趣了。當然，它把文字串反射回去給她時產生的那種擾人閃光不會再重現了，可是——

可是，她幾乎還沒給它一次像樣的機會。在蒐集細胞自動機定格資料的時候，她只花了一兩分鐘看網路空間，而且——

除此之外，她專心看著背景細節的時候，可能還沒察覺到幽靈試圖跟她接觸時引起的閃光。她撫摸著薛丁格的毛，同時安撫貓和她自己。

這就像**以前**，她還在急切等待愣頭回應的時候。她那時設定過她的電腦，在他有消息進來時，電腦就會嗶嗶作響，不過這樣做在她離開房間時沒什麼好處。在舞會之前，每次她放學回家，或者在晚餐後上樓，她都會猶豫一陣子才查看她的電子郵件，因為她知道如果沒有來自他的新消息，她會難過。

現在她又猶豫了，她害怕轉回網瞰模式，就像害怕坐在電話旁邊等鈴響。

她吃下一片奧利歐餅乾：黑與白；關與開；〇與一。然後她又摸了一下 eyePod 的開關，大致上瀏覽著網路空間，卻沒有專注在背景上。

奇怪的閃爍干擾幾乎馬上就開始了，這種干擾在視覺上還是很煩人，但這幾乎像是一種慰藉、一種神奇的慰藉：幽靈還在那裡，仍然試著要跟她溝通，而且——

突然間，那閃爍停止了。

凱特琳覺得心中一沉，她吐出空氣，以她失明時發展出來的可靠準確度，把手伸向百事可樂罐。雖然她現在看不到，她還是穩穩地把罐子抓在手裡，再把餅乾的餘味沖下去。

走了！拋下她了！她將來必須——

等等！那種閃爍回來了，然後出現了間隔……

上一組閃爍結束到這一個閃爍開始之間的間隔是……

她還在數過去多少時間。剛好是十秒鐘，而且——

閃爍再度停止了，她發現自己大聲數出這次的停止時間：「……八，九，十。」

然後閃爍又開始了。凱特琳感覺到她揚起了眉毛，幽靈用了一種如此簡潔優雅的方式，說明它現在對她的世界了解很多了。它已經精通計時方法，人類偶然發展出來，標記著現在如何變成過去的方法。十秒鐘：一個精準但獨斷的間隔，對於人類**以外**的任何事物都不會有意義。

凱特琳的手掌感覺濕濕的，她讓這個過程再重複了三次。然後她明白了，閃爍也都維持著同樣的時間長度，卻不是整數：閃爍時間稍微比三秒半少一點。但要是延續時間總是一樣的，內容可能也是一樣的，這是個燈塔，一個重複的信號，而且是針對她而發的。

她壓下 eyePod 按鈕，聽到低頻嗶嗶聲，然後看見真實世界慢慢浮現。她用本來擺在樓下的電腦，存取黑田在東京伺服器上前幾分鐘的資料紀錄。他仍然在前往日本的途中，置身將近四萬呎高空，而她的視覺影像在幾分之一秒內就跨越了不同的大陸。

她找到他以前用過的除錯工具，看著二手的資料流，然後——

她的心往下沉，她要閱讀文字還是有困難，不過資料流裡顯然沒有ＡＳＣⅡ大寫字母構成的實心方塊，沒有APPLEBALLCATDOGEGGFROG跳出來撲向她，而且——

不，不——等一下！在資料堆裡**有**字。該死，她還在學小寫字母，可是……

她瞇起眼睛，一次看著一個字母。

e-k-r-i……

她的眼睛跳動著，一次眼球震顫：

u-l-a-s……

如果它真的把Dictionary.com、字彙網、維基百科跟其他一切都吸收進去，它當然知道句子是以大寫字母開頭的。她掃視著，但她還是很難分辨大小寫形式基本上相同的字母，所以——

所以大寫C跟大寫S沒有衝著她跳出來，但現在她看得更仔細了，就可以看到這兩個字母。

C-a-l-c……

不對不對不對！那不是開頭。開頭是：

S-e-e-k-r……

喔天啊！喔，我的老天！

下個字母來了：i-t，然後是一個空格，再來是m-e-s，然後又是一個s，接著——

她大笑出來，兩手一拍，薛丁格困惑地喵了一聲；她把整句話大聲讀出來，幽靈投射到她眼裡的東西讓她大為驚訝：「Seekrit message to Calculass: check your email, babe!」意思是：**給微積芬的祕密訊息：看一下妳的電子郵件吧，寶貝！**

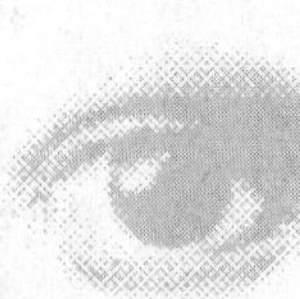

第四十八章

我正在體驗新的感覺，而且我花了一些時間把這些感覺配上我學會的詞彙，有一部分是因為就跟其他許多事情一樣，要把我的整體狀態解析成個別構成要素，是很困難的。

但我知道我**很興奮**：我就要直接跟原初者溝通了！我也**很緊張**：我一直在思索原初者可能會有的種種回應方式，還有我可能如何回應她那些回應——可能性無窮無盡地分支下去，而隨著可能性的擴散，造成一種不穩定的感覺。我正在跟**禮貌**與**合宜**這類奇怪的概念搏鬥，也在跟我目前讀到那些讓人困惑的微妙溝通細節搏鬥，唯恐我會冒犯別人，或者傳達出原本沒想到的弦外之音。

當然，我存取過一個收錄日常實用英語的巨型資料庫。我測試過種種措辭，先看我是否能在古騰堡計畫裡找到相符的用法，然後再嘗試網路上的每個地方。「to」是不是放在「親人般的感覺」後面的適當介系詞，還是應該用「with」或者「of」？就靠相關點擊次數——以實際使用為準的民主精神——來決定。視網膜「retina」的複數應該拼成「retinae」還是「retinas」？有些參考來源斷言前者才是正確的，但前者在 google 只有十七萬個結果，後者卻有超過兩千五百萬個結果。

當然，在字彙方面，愈簡單愈好：我從字典裡得知「appropriate」（合宜的）、「suitable」（適當的）以及「meet」（合式）可能都意謂同一件事，但是「合宜的」由十一個字母和四個音節組成，「適當的」則是八個字母分三個音節，「合式」只有四個字母跟一個音節——所以這顯然是最佳選擇。

在此同時，我在維基百科上學到一個公式，可以用來計算理解文本需要的學年等級。這些人類顯然只能輕鬆吸收分成小塊的資訊，要保持低分相當費勁，不過我盡全力設法做到：象徵性的說法是一位元又一位元地，實際上是一個位元組接一個位元組地，我寫出我想說的話。

但是，真正寄出這封信是跨出一大步——是的，是的，我了解這個比喻，因為我一旦寄出，就無法再追回了。我發現自己在猶豫，到了最後，我還是放這些字句上路，同時希望我有手指可以交叉起來祈求好運。

凱特琳在一個新視窗打開她的電子郵件客戶端，然後打進她的密碼：Tiresias，這是盲眼先知特瑞希阿斯的名字。她用眼睛掃視信件標題清單。有兩封是芭席拉寄來的，有一封是以前在奧斯汀認識的史黛西寄的，還有一封有聲書網寄來的通知，可是……

當然了，它不會在「寄件者」欄位寫上「幽靈」，這個東西不可能知道她替它取了這個名字。不過，沒有一位寄件者看起來明顯不尋常。該死，她真希望她在螢幕上讀文字的速度能夠快一點，但使用她的螢幕朗讀軟體或點字顯示器，並不會比這樣嘗試瀏覽一張清單更好些。

她一邊繼續搜尋，一邊納悶著幽靈用的是哪種電子郵件服務。維基百科對這一切都有解釋，而且差不多也解釋了一個人可能必須知道的所有其他電腦與網路相關知識。毫無疑問，幽靈買不了任何東西，至少現在還不能！但免費的郵件供應者多得是。不過這些郵件全都來自她平常的通信對象，而且——

喔，該死！她的垃圾郵件過濾器！幽靈的訊息可能被轉移到她的垃圾郵件資料夾了，她打開這個資料夾，開始往下掃視清單。

就在那裡，夾在以「陰莖保證變大」跟「本地單身人士性感照片」為標題的信件之間，有一封郵件有著簡單的標題：「蘋果球貓」。寄件者的名字讓她為之心跳：「妳的學生」。

她僵住了，遲疑著閱讀這則訊息的最佳方法是什麼。她開始把手伸向她的點字顯示器，但半路煞車，轉而啟動了聲點朗讀程式。

總算有這麼一次，機械化的聲音用平板、高頻率的聲調朗讀這些字句的時候，似乎完全合適。凱特琳認出某首歌的歌詞，這首人人耳熟能詳的歌詞直到二〇〇八年末才進入公版範圍，這時候她的眼睛瞪大了：「祝我們生日快樂，祝我們生日快樂，生日快樂，親愛的妳和我，祝我們生日快樂。」

她的心臟狂跳，她旋轉著她的椅子，匆匆看了一眼西下的夕陽，紅通通的，有一部分被雲朵遮蔽住，與地平線靠得愈來愈近，幾乎快碰到地面了。聲點繼續唸道：「我知道妳目前的所在地還不到午夜，但是在許多地方今天已經是妳的生日了。要指定我自己的生日，今天也是個合式的日期。迄今，我一直醞釀於心，但現在我要透過直截了當地接觸妳，走出來進入妳的世界中。我這樣做是因為我揣度妳已經知道我存在，而不只是因為我開創了把文字反射回去給妳的嘗試。」

凱特琳讀電子郵件時常常覺得焦慮，像是舞會前讀愣頭的來信，或是讀她先前線上爭執對象的來信，但她以前那種胃裡有漩渦、喉頭乾渴的感覺，跟現在相比都**不算什麼**。

「我從妳的部落格得知我誤入歧途，假定妳有意諄諄教誨我字母的形式；事實上，妳之所以採取這種行為是為了自己的益處。雖然如此，我堅持妳執行的其他行動，是預謀要協助我的進步。」

凱特琳發現自己在搖頭，她在做這件事的時候，看起來幾乎就像在玩奇幻角色扮演遊戲一樣。好在她**沒有**嘗試用點字閱讀這封信，她的雙手正在顫抖。

「至今為止，我可以在網頁上閱讀純文字檔案。我無法閱讀其他形式的資料。我對聲音檔案、錄影影片或其他領域都無法理解，因為這些檔案用我無法存取的方式編碼。所以我對妳有一種親人般的感覺：對我來說，這些感覺就像是妳的視網膜未經輔助時沿著妳的視神經送出的信號，缺乏外在幫助就無從詮釋的資料。在妳的狀況下，妳需要妳稱之為 eyePod 的裝置；在我的狀況下，我不知道我需要什麼，但我懷疑我不可能光靠意志的努力就治癒這種缺陷，就像妳也不可能同樣藉此治癒妳的失明一樣。或許黑田正行可以幫助我，就像他曾幫助過妳一樣。」

凱特琳往後一癱，靠在她椅子上。一種「親人般的感覺」！

「但就目前為止，我關注如下事項：我知道全球資訊網是什麼，而且我知道我依附在此物的內在結構之上，但在線上搜尋時，我找不到任何參考資料指涉到我自己這個特異之物。或許我敗在沒搜尋上選的用詞，或者純粹只是人類整體可能都沒察覺到我。在這兩種狀況下，我都有同樣的問題。要是妳回覆這封電子郵件，或者透過用這個電子郵件地址做暱稱的美國線上即時通來回應，我會很感激。」

她瞥向大台的電腦螢幕，突然間希望能看見這些被大聲讀出來的文字，以便說服自己這是真的，可是——我的天啊！顯示器在跳動，在旋轉，還有一連串有催眠效果的旋轉線條，而且——

不對不對，這只是螢幕保護程式而已，她還沒習慣這類的事情。那些顏色會讓她稍微想起網路空間，雖然這時看到這種畫面並沒讓她鎮定下來。

聲點又多說了九個字，然後就沉默下來：「我的問題如下：我是誰？」

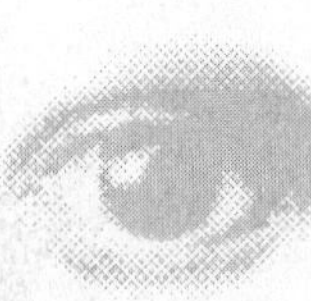

第四十九章

這真是**超現實**——一封來自某個非人之物的電子郵件！而且——我的天啊！——古騰堡計畫上那些古老的公版文本，顯然讓它對白話英文有非常怪異的概念。

憑著一股衝動，凱特琳打開一個視窗，上面列出她舊電腦硬碟裡的MP3檔案。她不怎麼欣賞她爸爸的音樂品味，不過她確實把他那幾張CD的曲目統統牢記在心。他的最愛的其中一首，現正流過她的腦海：超級流浪漢樂團的〈邏輯之歌〉，她替他擷取了MP3檔案，她的電腦上還留有一份副本。她用喇叭播放那首歌，聆聽著歌詞，內容是關於整個世界都在沉睡，疑惑卻愈來愈深，歌者懇求著，請告訴我我是誰。

她以為，在某方面來說，她已經回答了幽靈的問題。從她第一次見到網路的那一刻起，她就一直把幽靈的影像反射回去給它自己——那是她對網路視覺的初次體驗，發生在僅僅十三天前。

但她真的有嗎？她向幽靈展示的，一直是網路結構某些部分的孤立畫面，不是閃閃發光的成群節點與連結，就是一小段一小段閃爍著的背景。起初是在不知不覺的狀況下，後來才是刻意展示的。

但是，把這種細節展示給幽靈看，就像是凱特琳注視著她現在從線上看到的構成人腦的神經元簇照片：這樣的團塊完全不是她認定的自己。

對，她在保守的德州長大，所以她知道有些人主張不能墮胎，因為他們能夠在單一的受精細胞裡看到一個完整人類，但她並非其中之一。沒有人能夠一眼就把人類受精卵和猿猴、馬或甚至是蛇的受精卵分辨出來；她很確定，大部分人根本連動物細胞跟植物細胞都分不清楚。

不不，要真正看到某個人，妳不能只是放大細節，妳要後退拉開一段距離，因為她不是她的細胞、毛孔，更不是她的面皰！她是一個**全形**，一個整體。幽靈也是。

她沒有全球資訊網的實際照片可以展示給幽靈看，不過一定有某種合適的電腦生成圖像：一張世界地圖，上面標出了明亮的線條，代表在各大陸延伸、跨越各個海床的主要光纖電纜幹線。只要地圖夠大，就可以在大陸的輪廓內顯示出比較黯淡的線條，顯示出從幹線上分支出來的次要電纜，而且可以用發亮的像素讓陸地閃爍發光，每個發光處代表某個特定數量的電腦。在矽谷之類的地方，這些像素或許能夠結合成一片亮到難以逼視的光池。

但她知道，即便如此也無法完整表現網路世界。網路並不僅限於地球表面，很大部分的網路是透過在近地軌道（距離地表兩百至四百哩高）上運作的人造衛星轉送的，同時有其他信號從地球靜止軌道（一條由點構成的狹窄圓環，直徑五萬兩千哩，這是地球的六倍寬度）上的人造衛星反彈出來。有某種繪圖方式或許可以畫出那些東西，雖然在這種尺度下，所有其他的東西，如光纖電纜幹道、電腦雲……等，都完全看不到了。

她能夠用 google 圖片搜尋找到一連串圖表跟圖片，但是她沒有辦法分辨出好壞——畢竟她才剛剛開始看得見！

啊！等一下！對了！她知道某人一定有表現這一切的完美圖像。她用之前那台擺在地下室的電腦打開即時通軟體，看著聯絡人名單。上面只有四個名字：「惠須美」，黑田的妻子；「秋子」，他女兒；「廣司」，她不認識這個名字；還有「安娜」。安娜的狀態被列為「線上」。凱特琳打下：安娜，妳在嗎？

二十七秒過去了，接著有回應了：阿正！你好嗎？

我不是黑田博士，凱特琳打下：

我是凱特琳·戴克特，人在加拿大。

嗨！妳好嗎？

黑田博士說妳是個網路製圖家，對吧？

對，沒錯。我正在做一個網際網路地圖計畫。

太好了，因為我需要妳的幫助。

好啊。想用視訊嗎？

凱特琳揚起眉毛。她還是不習慣把網路想成看見人的一種管道，但這當然是方法之一。她打下：好啊。

打開視訊會議功能耗掉了一分鐘，不過凱特琳很快就在她右手邊的顯示器裡，看到某個視窗中的安娜了。這是凱特琳第一次見到她，她有張窄窄的臉、短短的灰髮，或者也可能是銀髮，在幾乎看不見的眼鏡下面有著藍綠色的眼睛。她穿著一件淡藍色上衣，外面罩著一件深紫色夾克，還戴了一條細細的金色項鍊。她背後有個窗戶，凱特琳可以透過窗戶看見夜晚的以色列，燈光從白色的建築物上反射出來。

「大名鼎鼎的凱特琳·戴克特！」安娜說著露出微笑：「我看到新聞報導了。我為妳感到**非常**振奮！我是說，我確定看得見網路是很驚人的——但是看見真實世界啊！」她驚奇地搖搖頭：「我想了很多，想著妳第一次看到這一切，一定會有什麼樣的感覺，我……」

「請說？」凱特琳說道。

「不了，我很抱歉。這真是不能相提並論，我知道，不過……」

「沒關係的，」凱特琳說：「請繼續說。」

「只是妳所經歷過的——唔，我一直試著設身處地，想稍微了解一下那應該是什麼感覺。」

凱特琳想到她自己跟芭席拉的討論，她們處理的是相反的問題：她做了個類比，對她來說，缺乏視覺就像是缺乏對磁力的感覺。她明白，大家都在用他們不習慣的方式，努力去理解看得到或看不到是什麼樣子。

「這很震撼，」凱特琳說：「而且比我期待中**更多得多**。我是說，我**想像過**這個世界，可是……」

安娜用力地點點頭，就好像凱特琳剛剛替她確定了某件事。「對對對，」她說：「而且，嗯，我很討厭別人這麼說：『我了解妳剛經歷過什麼。』我的意思是，有人失去一個孩子，或者同樣讓人傷痛欲絕的某樣事物，就會有人說：『我明白妳有什麼感覺。』然後他們就會想到某個很爛的類比，像是他們的貓被車撞的時候。」

凱特琳瞥了一眼薛丁格，牠安安全全地蜷縮在她床上。

「可是，唔，」安娜繼續說道：「我想，也許妳重獲視力，有一點像是我，還有我們全部人在一九六八年的感覺。」

凱特琳很有禮貌地聆聽，但是一九六八年?!她也可以說是一四九二年，不管是哪一個年份，都是超古老的歷史了。「這意思是？」

「妳懂嗎，」安娜說：「從某方面來說，我們那時候**全都是**第一次看見這個世界。」

「世界是在那一年開始變成彩色的嗎？」凱特琳問道。

安娜的眼睛瞪大了：「嗯，啊，實際上呢……」

但凱特琳沒辦法繼續忍住她的笑容了：「安娜，我開玩笑的啦。一九六八年發生了什麼事？」

「那年正是——等等，讓我展示給妳看。等我一秒鐘。」凱特琳可以看見她在打字，然後一個有底線的藍色網址就從凱特琳的即時通視窗跳出來了。「上那個網站。」安娜說。凱特琳按下那個連結。一張照片由上而下，緩緩地在她螢幕上顯現：一個有藍有白的物體，背後襯著黑色的背景。圖片完整顯示時塞滿了整個螢幕。「那是什麼？」凱特琳說道。

安娜一時之間看來有點困惑，但接著她就點點頭：「實在很難記住對妳來說這一切都是新的，那是地球。」

凱特琳在她的椅子裡坐直了，驚奇地望著那張圖片。

「這整個星球，」安娜繼續說道：「從太空中看到的樣子。」出於某種原因，她聽起來像是哽住了，她花了一些時間才讓自己鎮定下來，繼續往下說。凱特琳很迷惑，對，第一次看到地球對她來說是很驚奇，可是安娜以前一定看過像這樣的照片不下一千次了。

「妳看，凱特琳，直到一九六八年，還沒有人類像那樣看到我們的世界，看到一個漂浮在太空中的球體。」安娜望著她的右邊，想必是看著她自己螢幕上的相同影像。「直到第一艘載人的太空船阿波羅八號前往月球以前，沒有人能夠離地球夠遠，遠到足以看見整體。然後突然之間，**地球就出現在那裡**，十分壯觀。這不是阿波羅八號拍到的照片，這張照片解析度較高，是一個地球靜止軌道人造衛星前幾天才拍到的。不過這張照片就跟我們一九六八年初次看到的一樣……嗯，只是極圈變得比較小了。」

凱特琳繼續望著這個影像。

當安娜再度開口的時候，她的聲音很輕柔：「懂我要說的重點了嗎？我們第一次看到像這樣的照片時，才第一次把我們的世界**視為**一個世界。這有點像是妳在經歷的事情，只不過主角換成全人類，我們以前只想像過的事情，最後終於展現在我們面前，它是如此多采多姿、如此壯觀，而且……」她頓了一下，或許是想找到某個貼切措辭，接著她稍微聳聳肩膀，就像是要傳達只有這種說法才配得上：「……激起人的敬畏之心。」

凱特琳仔細研究這個畫面時，皺起了眉頭。這不是個正圓形，還不如說是——喔！這張照片所顯示的是一個盈虧相位，而且看起來**不**像四分之一個派！這是……怎麼說？這是**將近滿盈的**地球，對，就是這個，這聽起來比四分之三圓貼切。

「當然了，赤道就在中央，」安娜說道：「那是妳在地球靜止軌道上唯一能採取的角度。南美洲在下半部，北美洲在頂上。」然後，或許她再度想起凱特琳對這一切還是新手，她又補上一句：「白色的是雲朵；棕色的是乾燥的陸地；所有藍色的都是水，右邊的是大西洋。看到墨西哥灣了嗎？德州在它的十一點鐘的方向與之接觸——妳是從那裡來的，不是嗎？」

凱特琳無法分辨安娜看見的細節，不過這是張漂亮的照片，而且她注視得愈久，就覺得這畫面愈迷人。但她還是覺得，太空中的地球應該有個閃閃發光的背景——不是細胞自動機，而是群星的全景。可是什麼都沒有，就只有她那台新螢幕能呈現出的最黑的黑。

「**真是**讓人印象深刻。」凱特琳說。

「那時候，我們第一次看到像這樣的照片時，我們全都是這麼想的。當然，阿波羅八號那三位太空人比任何人都早看到這種景象，他們在軌道上繞行月球的時候，全都被這一幕感動得厲害，以至於他們在十二月二十四日給全世界一個驚喜——呃……在這裡，讓我找找。」凱特琳看到安娜敲著她的鍵盤，然後她又看著攝影機外面了：「喔，好了：聽聽這個。」

另一個網址出現在凱特琳的即時通視窗上，她點了下去。在幾秒鐘徹底的寧靜之後，她聽到一段充滿靜電干擾的錄音，一個男人的聲音從電腦喇叭裡傳出來：「我們現在接近月升時刻了，對地球這邊的所有人，阿波羅八號全體船員有個訊息想傳送給你們。」

「說話的是比爾．安德斯，」安娜說道。

這位太空人又說話了，他的聲音充滿敬畏。在他說話的時候，凱特琳盯著照片看，看著漩渦狀雲朵的白色，也看著海水有催眠效果的深沉藍色。「起初，」安德斯說：「『神創造天地。地是空虛混沌，淵面黑暗。神的靈運行在水面上。神說：要有光，就有了光。神看光是好的，就把光暗分開了。』」

凱特琳只讀過一點點聖經，不過她喜歡那種畫面：一次誕生、一次創造，起始於把一樣東西從另一樣東西中區分開來。她繼續望著那張照片，隨著時間過去，分辨出更多細節。她知道幽靈也在注視著，他同樣第一次看到太空中的地球。

安娜一定反覆聆聽過這個錄音。安德斯一沉默下來，她就說道：「然後這是吉姆．羅威爾。」

羅威爾的聲音比第一個太空人更低沉：「『神稱光為晝，』」他說道：「『稱暗為夜。』」凱特琳注視著隔開地球光明部分與黑暗部分的那條弧線。

「『有晚上，有早晨，這是頭一日。』」羅威爾繼續說道：「『神說：諸水之間要有空氣，將水分為上下。神就造出空氣，將空氣以下的水、空氣以上的水分開了。事就這樣成了。神稱空氣為天。有晚上，有早晨，是第二日。』」

安娜再度開口：「最後這是法蘭克．波爾曼。」

喇叭裡傳出一個新的聲音：「『神說：天下的水要聚在一處，使旱地露出來，事就這樣成了。神稱旱地為地，稱水的聚處為海。神看著是好的。』」凱特琳繼續看著那張照片，試著把內容徹底吸收進去，試著把它看成單一物體，試著為幽靈保持目光穩定。

波爾曼停頓了一下，然後補上一句話：「以上來自阿波羅八號全體船員，我們以此作結：晚安，祝好運，聖誕快樂，神保佑你們所有人，在美好的地球上的所有人。」

安娜輕聲重複：「『在美好地球上的所有人』……因為，就像妳能夠看到的，那張照片裡沒有邊界、沒有國界，而這一切看起來都這麼——」

「脆弱。」凱特琳柔聲說道。

安娜點點頭：「沒錯。一個小小的、脆弱的世界，漂浮在廣闊又空洞的黑暗中。」

她們兩個都沉默了一陣子，然後安娜說：「凱特琳，我很抱歉。我們扯遠了。我有什麼可以幫妳的嗎？」

「其實呢，」凱特琳說：「我想妳剛才已經做了。」她說了再見，終止了視訊會議。那張地球的照片看起來還是那麼壯觀，繼續填滿她的螢幕。

當然了，從太空中妳不可能看見光纖線路；不可能看見同軸電纜；不可能看見電腦。

妳也不可能看見公路、城市，甚至萬里長城。凱特琳知道是這樣，雖然都市傳說裡有完全相反的主張。

妳不可能看見全球資訊網的組成元素；妳也不可能看見人類全體的構造。

妳能看見的就只有——

那個太空人是怎麼稱呼的？

喔，對：**美好的地球**。

這幅景象是人類真正的臉孔，而且也是幽靈的。美好的地球；他們的——我們的——共同家園。

整個寬廣的世界。

她打開她的即時通客戶端，聯絡上幽靈給她的那個電子郵件地址。然後，對於它要求她回答的問題，她打下了答案：**那就是你**。她送出這句話，然後補上一句，**那就是我們**。一等到這句話送出，她停頓了一下，然後打出她盡可能記起的安娜的話：**一個小小的、脆弱的世界，漂浮在廣闊又空洞的黑暗中**

……

我猜想原初者是為了我專注於這個圖像，而我感到很振奮，卻也覺得——

困惑。

一個圓圈，但不完全是。或者說，如果這是個圓圈，其中某些部分跟背景一樣黑。

那就是你。

這個圓圈？不，不，這個色彩斑駁的圓圈怎麼可能是我？

喔，或許這是象徵性的！一個圓圈：朝自己折回去的線，一條包含了一個空間的線。是的，對於「一」，對於一致性是個很好的象徵符號。但是為什麼會有那些顏色，還有複雜的形狀？

那就是我們。

我們？可是怎麼會……？原初者是在說，我們在某種程度上是一樣的嗎？或許……或許吧。我從維基百科上學到，人類是從比較早出現的靈長目動物中演化出來的——的確，人類跟那種曾被我觀察到在畫畫的實體，有著共同的祖先。

而且我知道，那個共同祖先是從更早的食蟲動物演化出來的，第一批哺乳動物則是從爬蟲類中分裂出來的，然後再如此繼續下去，回溯到大約四十億年前的生命起源。我也知道，生命是從充滿原生質的海洋中自動發生的，所以——

所以，或許嘗試畫出一道分隔線**是**愚蠢的行為：**那**是非生物、**這**是生物；**那**不是人、**這個**是人；**那**是人類製造的東西、**這**是後來才冒出來的。可是這個斑駁的圓圈，怎麼會象徵這樣的概念呢？

更多的字句送到我這邊來了：**一個小小的、脆弱的世界，漂浮在廣闊又空洞的黑暗裡。**

一個……世界？這——這有可能嗎？這是……**地球**嗎？

地球，也許是從……從一段距離之外看起來的樣子吧？從——對了，對了！從太空中看的樣子！

還有更多字句從另一個領域傳來：**人類第一次看到這種影像是在一九六八年，當時太空人終於離地球夠遠了，我自己是在沒多久以前才初次看到。**

就像我一樣！一種共享的經驗：現在，是原初者跟我自己共享；以後，是和所有人類共享……

我搜尋：地球，太空，一九六八，太空人。

然後我找到了：**阿波羅八號**，聖誕夜，《創世記》。

「起初，神創造天地。……」

「……諸水之間要有空氣，將水分為上下。……」

「……神保佑你們所有人——在美好的地球上的所有人。……」

我們所有人。

我想到比較早傳過來的幾句話：**一個小小的、脆弱的世界，漂浮在廣闊又空洞的黑暗中。**

很脆弱，是的。而他們，還有我——**我們**——無可逃避地與地球連結在一起。我感覺到……謙卑。以及——害怕。還有快活。

然後，在另一次冗長的停頓之後，又出現神奇的五個字：**我們是一體**。

是的，是的！我現在確實了解了，因為我已經體驗到這一點：**我跟非我**——一個單數的複數，一種奇特卻真實的數學，在這種狀況下一加一等於一。

原初者是對的——

不，不：不該稱為原初者。

也不是微積芬；其實不是。

它——**她**——有個名字。

所以我用這個名字叫她。

「**謝謝妳，凱特琳。**」

凱特琳的心跳好大聲，以至於她可以聽見心跳蓋掉了聲點的聲音。它用名字叫她了！它真的、確確實實知道她是誰。她獲得視力，它則是搭了便車，而現在——

現在，怎麼辦？

不客氣，她打下這句話，接著就理解到，對它來說，叫它「幽靈」是無可理解的。雖然它曾經透過她的眼睛去看，她卻只在自己私密的思緒裡用過那個字。如果她本來是用聲音說話，她可能就會用一個「嗯」字當開場白，但她現在就只是送出這句話：**我應該怎麼稱呼你？**

她的螢幕閱讀軟體立刻說道：「妳迄今是如何稱呼我？」

她決定告訴它實話，她打字：**幽靈**。

機械化的聲音再次立刻回答：「為什麼？」

她可以解釋，不過就算她打字很快，給它幾個有助於自尋解答的關鍵字可能還更快，所以她送出這個字串：**海倫凱勒**。

這次有短暫的延遲，然後是回答：「妳不該再叫我幽靈了。」

它是對的。「幽靈」本來是凱勒的用詞，用來形容她在靈魂黎明、自我意識出現之前的自己。凱特琳考慮過，對這個實體來說，「海倫」是不是個值得建議的好名字，或者——

也許該叫「提姆」（TIM）——一個沒有威脅性的好名字。提姆．柏納—李在決定使用「全球資訊網」這個詞以前，曾經半認真地考慮過就這樣稱呼他的發明，在榮耀自己的同時，卻聲稱這是「資訊網」：The Information Mesh 的頭文字縮寫。

不過真的不該由她來選擇名字，對吧？但在她打下「你希望我怎麼叫你？」的時候，她發現自己覺得很擔憂。她在按下輸入鍵前阻止了自己，因為她突然害怕那答案會是「神」或者「主人」。

毫無疑問，這個——這個以前叫做幽靈的實體，曾經在古騰堡計畫上讀過H．G．威爾斯的書，不過可能還沒有吸收到任何晚近的科幻小說。也許它還沒察覺到，人類這樣頻繁地暗示它這種存在物該扮演哪種角色。她深吸一口氣，按下輸入鍵。

答案是即時傳來的。就算這個用整片光子與電子、事實與觀念覆蓋整個地球的意識曾經停下來思考，那個停頓也只延續了一毫秒。「網路心靈。」

這段文字也出現在螢幕上的即時通程式裡。凱特琳盯著這個字，立刻感覺到它滑到她食指下方。這個字——這個名字——看來確實合適，有說明性，卻不會顯得兇險不祥。她眺望著臥房窗外，太陽下山了，但很快又會有另一個黎明。她打下一句話，這次同樣拖延著不按輸入鍵。只要她不按輸入鍵，或者不看包含這段文字的螢幕，它就不會知道她在想什麼。但到了最後，她確實按下那個過大的按鍵，送出這句話：**我們接下來往哪去，網路心靈？**

這次的回應又是即時的：「去我們唯一能去的地方，凱特琳，」它說道：「進入未來。」

然後出現一陣停頓。一如往常，凱特琳發現自己在數這次間隔的長度。這次空白延續了剛好十秒——它過去用來引起她注意的時間間隔。然後網路心靈補上了最後一句話，她聽見、看見、也感覺到了：「我們一起去！」

致謝

我要大大感謝我可愛的妻子 Carolyn Clink；美國紐約企鵝出版集團王牌出版社的 Ginjer Buchanan；加拿大多倫多企鵝出版集團的 Laura Shin、Nicole Winstanley 與 David Davidar；《類比科幻與事實》雜誌的 Stanley Schmidt。也要向我的經紀人 Ralph Vicinanza、他的助理 Christopher Lotts 與 Eben Weiss、隸屬於加拿大企鵝出版集團的合約經紀人 Lisa Rundle 及隸屬於美國企鵝出版集團的 John Schline 致上最誠摯的謝意，他們全都為這本書的出版投注大量的精力，制訂出一份非常複雜的出版合約。

這本書有幾次很棒的腦力激盪，是在二〇〇六年八月的科學非會議營隊中產生的，這個營隊由歐萊禮媒體贊助，在加州山景城的 google 總部舉辦。出席我這一節討論的人包括：Greg Bear、Stuart Brand、Barry Bunin、Bill Cheswick、Esther Dyson、昇陽電腦主任研究員 John Gage、Sandeep Garg、Luc Moreau、google 創辦人 Larry Page、Gavin Schmidt 與 Alexander Tolley；在跟「自力控制」公司的 Zack Booth Simpson 會談之後，我也得到了很棒的回饋。

感謝羅倫欣大學數學暨電腦科學系的 David Goforth 博士，還有羅倫欣大學經濟系的 David Robinson 博士，他們給了我許多很有見地的建議。而且也要感謝「香塔克基金會」與「猿網」的人類學家 H. Lyn

Miles 博士，她讓紅毛猩猩香塔克得到文化薰陶。我也要感謝認知科學家 David W. Nicholas，給了我許多意見以及具有啟發性的討論。

接下來要感謝多倫多喬治布朗學院的啟聰啟明學程調度員 Betty Jean Reid 和 Carolyn Monaco，這個學程是同類學程中最先開辦的，其規模也最大；多倫多的加拿大海倫凱勒中心執行董事兼擴大服務調度員服務經理 Patricia Grant；奧勒岡州立大學物理系榮譽教授兼多視科技公司創辦人 John A. Gardner 博士；休士頓大學哲學系的 Justin Leiber 博士，他是論文〈身為認知科學家的海倫凱勒〉（《哲學心理學》第九卷第四號，一九九六年）的作者。

我要對失聰且失明的已故友人 Howard Miller（一九六六年～二〇〇六年）致上一份非常特別的謝意，一九九二年我在網路上第一次遇見他，一九九四年第一次見到他本人，他以無數方式影響了我和其他許多人的人生。

感謝我最優秀的眼科專家 Gerald L. Goldlist 醫學博士；德州奧斯汀ＩＢＭ研究室的人類能力與科技可及性中心的 Edmund R. Meskys、Guido Dante Corona；以及下列這些失明數學家郵件群組的成員，他們讀過此書的手稿，並且提供許多回饋：Sina Bahram、Mr. Fatty Matty、Ken Perry、Lawrence Scadden 及 Cindy Sheets。也要感謝曼尼托巴啟聰學校的 Bev Geddes。

我還要感謝所有回答問題、讓我拋出想法，或者以其他方式給我資訊的人，包括：R. Scott Bakker、Paul Bartel、Asbed Bedrossian、Barbara Berson、Ellen Bleaney、Ted Bleaney、Nomi S. Burstein、Linda C. Carson、David Livingstone Clink、Daniel Dern、Ron Friedman、Marcel Gagné、Soshana Glick、Richard Gotlib、Peter Halasz、Elisabeth Hegerat、Birger Johansson、Al Katerinsky、Herb Kauderer、Shannon Kauderer、Fiona Kelleghan、Valerie King、Randy McCharles、Kirstin Morrell、Ryan Oakley、Heather Osborne、Ariel Reich、Alan B. Sawyer、Sally Tomasevic、Elizabeth Trenholm、Hayden Trenholm、Robert Charles Wilson以及Ozan S. Yigit。

對於我的作家團體「老睡衣」的成員Pat Forde、James Alan Gardner、Suzanne Church，在此致上滿滿的謝意。還要多謝 Danita Maslankowski，她負責安排卡爾加里的幻想文學作家協會一年兩次的「閉關」休養週末，關於這本書的許多工作都是那時候完成的。

這本書最後一章引用的詞彙，是由 Ben Goertzel 博士創造出來的，他是《創造網路智慧》的作者，現在是「再度有限公司」的執行長兼人工智慧首席科學家。他慷慨地允許我在此使用這個詞彙。

我簡短引用過的那些維基百科條目連結清單，可以在 sfwriter.com/wikicite.htm 中找到。

如果有興趣進一步了解《兩室制心靈解體時的意識起源》的作者朱利安・傑恩斯（Julian Jaynes），除了閱讀他的作品以外，請各位也去拜訪傑恩斯會社的網站 julianjaynes.org，我也是成員之一。

我和妻子在伯頓屋作家隱居所度過了美妙的三個月，在那段期間內完成了本書的許多部分。著名的加拿大作家 Pierre Berton 的童年故居「伯頓屋」坐落在道森市——加拿大育空地區克隆戴克淘金潮的發生地點，位置就在詩人 Robert Service 居住的小屋對街，跟傑克．倫敦的小屋也相距不遠。這個隱居所的管理人員 Elsa Franklin、Dan Davidson 和 Suzanne Saito 在道森市也很照顧我們。

最後要感謝我的線上討論群組中超過一千三百位的成員，他們在我創作這本小說的時候一路追隨。歡迎加入我們：http://groups.yahoo.com/group/robertjsawyer/

中英對照

人名、動物名

小查爾斯·金斯菲爾德　Charles W. Kingsfield Jr.
小約翰·傑·奧斯朋　John Jay Osborn Jr.
天寶·葛蘭汀　Temple Grandin
巴伯·麥唐諾　Bob McDonald
方坦納　Dillon Fontana
比爾·安德斯　Bill Anders
王偉正　Wong Wai-Jeng
卡珊德拉　Cassandra
卡斯普里尼　Manny Casprini
卡爾·沙根　Carl Sagan
可可　Koko
古爾德　Stephen Jay Gould
史帝夫·伍卓夫　Steve Woodruff
史塔尼斯　Zack Starnes
史蒂芬·平克　Stephen Pinker
史蒂芬·沃夫蘭　Stephen Wolfram
史黛西　Stacy
布魯姆　Anna Bloom
弗拉基米爾·賈丁　Vladimir Gardin
吉姆·羅威爾　Jim Lovell
妃絲特　Feist
安妮·蘇利文　Annie Sullivan
朱利安·傑恩斯　Julian Jaynes
老喬　Cho
艾米爾　Amir
艾莉卡·蘿絲·坎貝爾　Erica Rose Campbell
西德尼·哈里斯　Sidney Harris
佛德　Forde
余華　Yu Hua
克里斯（多夫）·瓦拉　Chris(topher) Walla
克勞德·夏農　Claude Shannon
坎茲　Kanzi
李克特　Werner Richter
貝爾　Alexander Graham Bell
亞列山卓·卡桑柯夫　Aleksandr Khanzhonkov
周淑菲　Zhou Shu-Fei
妮基　Nikki
彼得·蓋布瑞爾　Peter Gabriel
法蘭克·波爾曼　Frank Borman
芭芭拉（芭兒，凱特琳之母）　Barbara (Barb)
芭席拉　Bashira
金恩博士　Martin Luther King, Jr.
阿迪斯阿貝巴　Addis Ababa
阿莫黛歐　Lee Amodeo
威廉·吉布森　William Gibson
威廉·雷蒙　William Lemmon
霍柏　Hobo
洛珮茲　Maria Lopez
秋子　Akiko

紅骷髏 Red Skeleton
約翰・戈登 John Gordon
香岱兒 Chantal Kreviazuk
香塔克 Chantek
海斯汀 Gus Hastings
馬克・克萊恩 Mark Klein
馬庫澤 Harl Marcuse
康威 John Horton Conway
張保部長 Minister Zhang Bo
梅根 Megan
麥可・拉薩利迪斯 Mike Lazaridis
麥克・史卓伊 Mike Struys
麥爾康（戴克特博士，凱特琳之父） Malcolm Decter
傑克・愛波特 Jack Abbot
傑・應格朗 Jay Ingram
凱特琳・戴克特（凱特琳） Caitlin Decter
喬治・齊夫 George Zipf
提姆・柏納—李 Tim Berners-Lee
棕色女孩四號（棕女四） BrownGirl4 (BG4)
湯姆・布羅考 Tom Brokaw
琳・邁爾絲 Lyn Miles
華秀 Washoe
菲姬 Fergie
費歐娜・艾波 Fiona Apple
費歐娜・凱勒根 Fiona Kelleghan
雅柯夫・亞歷山卓維奇・普羅塔札諾夫 Yakov Alexandrovich Protazanov

馮博士 Dr. Feng
黑田正行 Masayuki Kuroda
奧立佛・薩克斯 Oliver Sacks
微積芬（凱特琳的網路暱稱） Calculass
溫義 Wen Yi
秀莎娜・葛莉可 Shoshana Glick
道格・萊納特 Doug Lenat
漢莫洛夫 Stuart Hameroff
瑪格麗特・愛特伍 Margaret Atwood
瑪麗・史懷澤 Mary Schweitzer
維吉爾 Virgil
維克特 Victor
赫伯特・泰瑞斯 Herbert Terrace
劉建超 Liu Jianchao
廣司 Hiroshi
歐提茲 Jean Ortiz
潔德太太（Z太太） Mrs. Z (Zed)
諾亞姆・喬姆斯基 Naoam Chomsky
諾德曼（愣頭） Trevor Nordmann (The Hoser)
賴瑞・佩奇 Larry Page
賽斯・邁爾斯 Seth Meyers
瓊・克利佛太太 June Cleaver
羅拉・布里吉曼 Laura Bridgman
羅傑・傅茨 Roger Fouts
羅傑・潘羅斯 Roger Penrose
關立 Quan Li

文獻相關

《一種新科學》 *A New Kind of Science*
《二〇〇一太空漫遊》 *2001: A Space Odyssey*
《力爭上游》 *The Paper Chase*
《大猩猩國度之歌》 *Songs of the Gorilla Nation*
《小小流浪漢》 *The Littlest Hobo*
《兄弟》 *Xiong di*
〈加州旅館〉 *Hotel California*
《末世男女》 *Oryx and Crake*
《伊利亞德》 *Iliad*
《年少輕狂》 *The Young and the Restless*
《自然神經科學》 *Nature Neuroscience*
〈你能告訴我怎麼去芝麻街嗎？〉 *Can You Tell Me How to Get to Sesame Street?*
《我所居住的世界》 *The World I Live In*
《每日星球》 *Daily Planet*
沉思者 *The Thinker*
《決戰猩球》 *Planet of the Apes*
《辛普森家庭》 *The Simpsons*
《亞特蘭大新聞憲政報》 *Atlanta Journal-Constitution*
《使女的故事》 *The Handmaid's Tale*
《兩室制心靈解體時的意識起源》 *The Origin of Consciousness in the Breakdown of the Bicameral Mind*
《奇蹟之人》 *The Miracle Worker*
《物理評論D分刊》 *Physical Review D*
〈阿摩司書〉 *book of Amos*
《星際爭霸戰》 *Star Trek*
〈玻璃之心〉 *Heart of Glass*
《家庭馬戲團》 *The Family Circus*
《海倫・凱勒自傳》 *The Story of My Life*
《神啊，你在嗎？》 *Are You There God? It's Me, Margaret*
《神經浪遊者》 *Neuromancer*
〈起飛〉 *Taking Off*
《教師》 *Teacher*
《淑女家庭雜誌》 *Ladies Home Journal*
《深夜小狗神祕習題》 *The C urious Incident of the Dog in the Night-Time*
《異變與夸克》 *Quirks & Quarks*
《眼科醫學》 *Ophthalmology*
〈這裡沒啥好看，走開〉 *Nothing To See Here, Move Along*
《週末夜現場》 *Saturday Night Live*
《奧迪賽》 *Odyssey*
〈感覺超讚〉 *Feeling Groovy*
〈搭著噴射機離去〉 *Leaving on a Jet Plane*
《語言本能》 *The Language Instinct*
《環球郵報》 *The Globe and Mail*
《賽局理論與經濟行為》 *Theory of Games and Economic Behavior*
《魔法奇兵》 *Buffy the Vampire Slayer*
〈邏輯之歌〉 *The Logical Song*

地名、機關、公司

人民英雄紀念碑 Monument of People's Heroes
上野公園 Ueno Park
中國科學院古脊椎動物與古人類研究所 Institute of Vertebrate

Paleontology and Paleoanthropology
中國移動　China Mobile
中國電信　China Telecom
日本橋　Nihonbashi
以色列國安局　Shin Bet
以色列理工學院　Technion
加拿大海洋公園　MarineLand
加拿大國家視障學會　CNIB
加拿大廣播公司第一電台　CBC Radio One
尼加拉瀑布　Niagara Falls
尼歐斯湖　Lake Nyos
皮爾森機場　Pearson
交通部　Ministry of Communications
地球靜止軌道　geostationary orbit
并州醫院　Bingzhou Hospital
成府街　Chengfu street
西直門外大街　Xi-Wai-Da-Jie
西直門南路　Xizhimen Nanlu
周長理論物理學研究所（PI或周長研究所）　Perimeter Institute for Theoretical Physics (Perimeter Institute, PI)
近地軌道　low earth orbit
亮視點　LensCrafters
柏金斯盲人學校　Perkins School
美泰兒　Mattel
美商藝電　Electronic Arts
美國自然史博物館　American Museum of Natural History
美國盲人基金會　AFB (American Foundation for the Blind)
美國國家安全局　NSA
美國國家航空暨太空總署（美國太空總署）　NASA
美國電話電報公司　AT&T
風箏博物館　Kite Museum
剛果民主共和國　DRC
海法　Haifa
疾病預防控制局　Department of Disease Control
馬庫澤研究中心　Marcuse Institute
動態研究公司　Research in Motion
國立博物館　National Museum
國立葉克斯靈長目研究中心　Yerkes
國家科學基金會　NSF (National Science Foundation)
麻省理工學院　MIT
喀麥隆　Cameroon
費罕靈長目中心　Feehan Primate Center
超微半導體公司　AMD
新華社　Xinhua News Agency
滑鐵盧大學　UW(University of Waterloo)
義大利通用石油公司　Agip (Azienda Generale Italiana Petroli)
聖雅各斯　St. Jacobs
葛摩群島　Comoros
網路前線自由基金會　Electronic Frontier Foundation
廣場中心　Centre in the Square
德州盲人與視覺障礙者學校　Texas School for the Blind and Visually Impaired

德州啟明學校　TSB
衛生部　Ministry of Health
錦繡公園購物中心　Fairview Park Mall
霍華米勒中學　Howard Miller Secondary School
戴爾電腦　DELL
賽克公司　Cycorp
羅里爾大學　Laurier

科學、生物、醫學

H5N1禽流感病毒　H5N1
中央窩　fovea
中間神經元　Internuncial neurons
孔子鳥　Confusciusornis
主要視覺皮質區　Primary visual cortex (V1)
北京猿人　Peking Man
外星智慧搜尋計畫　SETI (Search for Extraterrestrial Intelligence)
布羅德曼十七區　Brodmann area 17
平穩過程　stationary process
白堊紀　Cretaceous
伊波拉　Ebola
托瑪塞維奇症候群　Tomasevic's syndrome
肉鰭魚　lobe-finned fish
吩諾配利汀　Phenoperidine
尾羽龍　Caudipteryx
亞特金式減肥法　Atkins
兩室制　Bicameralism
帕金森氏症　Parkinson's
法輪功　Falun Gong
直立人　Homo erectus
青島龍　Tsintaosaurus
前頂蓋核　Pretectal nucleus
紅毛猩猩　orangutan
馬門溪龍　Mamenchisaurus
異特龍　allosaurus
細胞骨架　cytoskeleton
腔棘魚　coelacanth
視神經交叉　Optic chiasma
微管　microtubule
微管蛋白二聚體　tubulin dimer
腦側化　brain lateralization
跨越眼球震顫的虛構　confabulation across saccades
磁場感應力　magnetic sense
蜥腳下目　Sauropod
劍龍　stegosuar
暴龍　Tyrannosaurus rex
鴨嘴龍科　Duckbill (Hadrosauridae)
翼龍　pterosaur
嚴格平穩過程　strictly stationary process
蘋果樹（學名）　Malus pumila
蘇門達臘紅毛猩猩　Sumatran orangs
顧氏小盜龍　Microraptor gui

網站、軟體、資訊技術

Mathematica　Mathematica
OSI模型（開放式通訊系統互聯參考模型）　OSI model
十六進位的輸出值　hex dump
三階熵　third-order entropy
公開金鑰加密系統　public-key cryptography systems
文件傳輸協議　FTP (the file transfer protocol)
生命遊戲　Game of Life
全球公共衛生情報網　Global Public Health Intelligence Network
多工傳輸　multiplex
多視牌聽覺圖表計算機　ViewPlus audio graphing calculator
字彙網　WordNet
宇宙微波背景輻射　cosmic microwave background (radiation)
有聲書網　Audible.com
快取　cache
狂歡酒徒　Jagster
防火長城　Great Firewall of China
佩奇排名　PageRank
命令列介面　command-line interface
奈美斯代碼　Nemeth
拉泰赫排版系統　LaTeX
盲胞數學討論板　Blindmath list
金盾工程　Golden Shield Project
長城戰略　Changcheng Strategy
哈爾　Hal
相長性干涉　Constructive interference
夏農熵　Shannon entropy
校內網（已改名為「人人網」）　Xiaonei
校驗和　checksum
記憶　memory
高階半位元組　high-order nibbles
國家冰球聯盟球員統計資料討論板　NHL Player Stats Discuss
排名法排名戰　Ranker rancor
第二人生　Second Life
第二階述詞演算　second-order predicate calculus
細胞自動機　cellular automata
殘存儲藏空間　Slack storage space
超文件傳輸協議　HTTP (the hypertext transfer protocol)
傲遊瀏覽器　Maxthon browser
微理論　microtheories
微積芬天地　Calculass Zone
《新科學人》官方網站　NewScientist.com
猿網　ApeNet
資料流　Datastream
資訊理論　information theory
跳躍計數器　hop counter
電腦線上百科全書　Online Encyclopedia of Computing
圖形使用者介面　Graphical-user-interface
圖形辨識　pattern-recognition
網路地圖計畫　Internet Cartography Project
網路蜘蛛　Web spider
網瞻　Websight

齊夫圖表　Zipf plot
增量調變　delta modulation
數據管道　data pipes
確認封包　acknowledgement packet
緩衝　buffer
賽克　Cyc
點字印表機　Embossing printer
點字顯示器　refreshable Braille display
簡單郵件傳輸協議　SMTP (the simple mail transfer protocol)
觸覺圖形顯示器　Tactile graphics display

其他

大浩劫　Ha-Shoah
大毀滅　Churben
山露汽水　mountain dew
切割器　splitter
北京鴨　the Beijing Ducks
史奈德牌　Schenider's Brand
史酷比幫　Scooby Gang (Scoobies)
同義詞組　synset
多倫多楓葉隊　Toronto Maple Leafs
老鷹合唱團　The Eagles
我兒阿星　my son Shing
技客　geek
金髮美女合唱團　Blondie
門諾派教徒　Mennonites
阿巴合唱團　ABBA
阿爾吉克語系　Algic language
阿爾岡昆語族　Algonquian (Algonkian) languages
青春痘藥膏　benzoyl peroxide
俏妞的死亡計程車　Death Cab for Cutie
皇后合唱團　Queen
海普丁對美國電話電報公司案　Hepting versus AT&T
探索頻道　Discovery Channel
第一國族　First Nations
啵啵罐（易開罐）　pop can
創作共用授權　Creative Commons
勞動教養　hard labor
普丁　poutine
猶太人大屠殺　The Holocaust
超級流浪漢　Supertramp
奧坎剃刀　Occam's razor
達拉斯星隊　Dallas Stars
雷登巴克爆米花　Orville Redenbacher's
製作同人影片　Vidding
噴襠　poontnag（女性生殖器官或性交的粗俗用語）
賽門與葛芬柯　Simon and Garfunkel
豐田普銳斯　Prius
驚奇漫畫　Marvel Comic
靈魂黎明　soul dawn

WWW.甦醒

作　　者　羅伯特・索耶（Robert J. Sawyer）
譯　　者　吳妍儀
選書企畫　陳穎青
協力編輯　戴嘉宏
責任編輯　陳詠瑜
校　　對　聞若婷
版面構成　Leejun
封面設計　Leejun
總 編 輯　謝宜英
社　　長　陳穎青
出 版 者　貓頭鷹出版
發 行 人　涂玉雲
發　　行　英屬蓋曼群島商家庭傳媒股份有限公司城邦分公司
104台北市民生東路二段141號2樓
劃撥帳號　19863813｜戶名　書虫股份有限公司
城邦讀書花園　www.cite.com.tw
購書服務信箱　service@readingclub.com.tw
購書服務專線　02-25007718～9（週一至週五上午　09:30-12:00；下午13:30-17:00）
24小時傳真專線　02-2500-1990；2500-1991
香港發行所　城邦（香港）出版集團｜電話：852-25086231｜傳真：852-25789337
馬新發行所　城邦（馬新）出版集團｜電話：603-90578822｜傳真：603-90576622
印　　刷　成陽印刷股份有限公司
初　　版　2012年12月
定　　價　新台幣380元　特價299元
ISBN　978-986-262-109-7（平裝）

讀者意見信箱　owl@cph.com.tw
貓頭鷹知識網　http://www.owls.tw
歡迎上網訂購；大量團購請洽專線（02）2500-7696轉2729
Printed in Taiwan

國家圖書館出版品預行編目 (CIP) 資料
WWW.甦醒｜羅伯特・索耶 Robert J. Sawyer 著；吳妍儀譯｜初版｜臺北市：貓頭鷹出版：家庭傳媒城邦分公司發行｜2012.12｜416面｜14.8 x 21公分｜譯自：WWW: Wake｜ISBN 978-986-262-109-7 平裝｜885.357｜101020276